道连·葛雷的画像

[英] 王尔德 著　荣如德 译

译文名著精选
YIWEN CLASSICS

Oscar Wilde

The Picture of Dorian Gray

上海译文出版社

图书在版编目(CIP)数据

道连·葛雷的画像 /(英) 王尔德 (Wilde, O.)著;
荣如德译. —上海: 上海译文出版社, 2011.1(2024.8重印)
(译文名著精选)
书名原文: The Picture of Dorian Gray and Other Stories
ISBN 978-7-5327-5257-7

Ⅰ.①道… Ⅱ.①王… ②荣… Ⅲ.①长篇小说-英
国-近代 Ⅳ.①I561.44

中国版本图书馆CIP数据核字(2010)第231911号

Oscar Wilde
THE PICTURE OF DORIAN GRAY AND OTHER STORIES

道连·葛雷的画像
〔英〕奥斯卡·王尔德 著 荣如德 译

上海译文出版社有限公司出版、发行
网址: www. yiwen. com. cn
201101 上海市闵行区号景路159弄B座
上海景条印刷有限公司印刷

开本 890×1240 1/32 印张 10. 75 插页 2 字数 197,000
2011年1月第1版 2024年8月第9次印刷
印数: 23,201-24,700册

ISBN 978-7-5327-5257-7/I·3021
定价: 37.00元

译本序

> 既像玩杂耍，又像变戏法；刚刚让它滑过去，随即又把它抓回来；忽而用想象的虹彩把它点缀得五色缤纷，忽而又给它插上悖论的翅膀任其翱翔。
>
> 王尔德　《道连·葛雷的画像》第三章

“创作艺术作品依然是我的目的所在。你觉得我的处理精巧且具有艺术价值，我实在欣喜万分。我觉得报上的那些文章好像出自那些荒淫无耻的市侩之手。我实在无法理解，他们怎么可以将《道连·葛雷的画像》当作不道德作品呢。”①

以上摘自王尔德 1891 年 4 月写给柯南·道尔的一封信中的几句话，包含着中国读者会感兴趣的内容主要有二。收信人确实就是那位创造了大侦探歇洛克·福尔摩斯及其助手约翰·华生医生形象的小说家。阿瑟·柯南·道尔(1859—1930)比王尔德小五岁，他俩应美国出版商斯托达特的邀请与之共进晚餐。席间，两位作家接受斯托达特的约稿，为《利平科特月刊》(*Lippincott's Monthly Magazine*)各写一部小说。柯南·道尔在 1924 年出版的《回忆录及冒险史》一书中述及：“王尔德送去的是《道连·葛雷的画像》，那是本有很高道德水平的书；而我则写了《四签名》”②，此其一。其二是，最早评论《画像》的一些文章，却与柯南·道尔的看法大相径庭，认为此书公开侮辱了上流社会的价值观，因而直接斥之为“不道德”。事情的缘由还得从头说起。

十九世纪末叶，欧洲处于社会大变动的前夜，人心浮动，知识界分化的趋势加剧。在这个被称为“世纪末”的时期，欧洲文艺界一些富有才华的代表人物经历着深刻的思想危机。他们对于自己所属的阶层有相当透彻的了解和颇为强烈的憎恨。为了给自己的创作寻找出路，开辟施展才能的新天地，他们中有些人率先走向唯美主义的殿堂，在文学方面倡导“为艺术的艺术”（Art for Art's Sake），认为“不是艺术反映生活，而是生活模仿艺术”。王尔德曾经写下这样一段话：“在这动荡和纷乱的时代，在这纷争和绝望的可怕时刻，只有美的无忧的殿堂，可以使人忘却，使人欢乐。我们不去往美的殿堂还能去往何方呢？只能到一部古代意大利异教经典称作 citta divana（圣城）的地方去，在那里一个人至少可以暂时摆脱尘世的纷扰与恐怖，也可以暂时逃避世俗的选择。”③

奥斯卡 · 芬格尔 · 奥弗莱赫蒂 · 威利斯 · 王尔德 1854 年 10 月 16 日生于爱尔兰首府都柏林。他的家世虽不算显赫，但他父亲是眼科名医，曾给瑞典国王奥斯卡做过治疗白内障的手术，并在 1864 年被维多利亚女王册封为爵士（倒并非因为手术，而是在人口统计方面有突出贡献，不过对于次子的命名也许有影响），母亲是一位富有民族主义精神的诗人（笔名 Speranza——拉丁文“希望”），参加过号召爱尔兰人奋起冲击都柏林城堡的“青年爱尔兰”运动。奥斯卡自幼受到文学氛围很浓的家庭熏陶，深爱古典文化，曾因古希腊文成绩优异在都柏林圣三一学院被授予金质奖章，1874 年得到奖学金进入牛津大学马格德林学院。1805 年，以收藏文物著称的英国议员罗杰 · 纽迪给特爵士设立了一项以他姓氏命名的诗歌奖。王尔德尽管在大学时代就有诗名，1878 年还以《拉文纳》一诗获纽迪给特奖，却未能成为接受奖学金的研究生，遂于同年从牛津毕业。孰料生命给这位踌躇满志的才子留下的时间已不

①② 均引自《王尔德全集》中国文学出版社中文版第 5 卷（书信卷上）第 495 页。
③ 引自《王尔德全集》中国文学出版社中文版第 4 卷（评论随笔卷）第 27 页。

到一半了。

王尔德的文学活动领域十分宽广。他既是诗人(1881 年就有他的诗集问世),又写小说、童话(包括《快乐王子》、《石榴之家》、《阿瑟·萨维尔勋爵的罪行》三个集子以及他唯一的长篇小说《道连·葛雷的画像》,以上四种除《快乐王子及其他童话》一种成书于 1888 年外,其余三种均于 1891 年出版)。他还写过不少评论和随笔(较重要的有他自己选编的《意图集》以及《社会主义制度下人的灵魂》,均刊行于 1891 年)。但为他赢得最辉煌成功的要数 1892—1895 年间先后在伦敦西区舞台上首演的社会讽刺喜剧《温德米尔夫人的扇子》、《一个无足轻重的女人》、《一个理想的丈夫》和《认真的重要》。1891 年王尔德根据圣经故事用法文写下了独幕剧《莎乐美》。这个见于《新约·马太福音》第十四章和《新约·马可福音》第六章的故事,经过十九世纪多位法国作家和画家的诠释,特别是以神话和宗教题材色情画闻名的象征派画家居斯塔夫·莫罗(1826—1898)所作油画《莎乐美之舞》,虽然已为后来者作了铺垫,但是到了王尔德笔下还是给人无比强烈的冲击,无怪乎英国内务大臣借口“任何以圣经人物为角色的剧目都不准在英国上演”拒绝给此剧颁发演出许可证。[①]德国作曲家理夏德·施特劳斯(即我们经常读到和听到的理查·施特劳斯)1905 年把王尔德的原剧谱写成歌剧,只是由拉赫曼译成德文的唱词代替了法文台词。这位晚期浪漫主义作曲家在《莎乐美》和他的另一部歌剧《厄勒克特拉》(1909)中完成了向表现主义的过渡。理·施特劳斯的歌剧《莎乐美》被选为 1998 年 2 月香港艺术节的揭幕之作,其中的《七重纱之舞》更是二十世纪以来许多指

---

① 参见王尔德之子维维安·霍兰为《王尔德全集》英文版所写的序,载《王尔德全集》中文版第 1 卷第 39 页。

挥家和交响乐队展示瑰奇多变的管弦乐色彩效果的热门曲目。

王尔德总共写过九部戏剧，但另外四部剧作已被遗忘。真正令他名利双收的那几部社会讽刺喜剧全都集中在九十年代前期，可以想见他在十九世纪末英国戏剧界的作用是何等举足轻重。本文起首处引用的一段文字，写的是对道连·葛雷的道德沦丧负有很大责任的亨利·沃顿勋爵在上流社会餐桌旁口若悬河、妙语迭出的精彩表演，从作者津津乐道的口吻可以看出，王尔德无疑是在顾影自怜，因为他自己正是这样的作秀高手，而他在社交圈中越练越“酷”的口才，在他的社会喜剧中得到了淋漓尽致的发挥，令观众如醉如痴，以致当时的剧场顶替了教堂在社会中的地位(萧伯纳语)。然而正当王尔德作为剧作家的好运如日中天之际，一场丑闻官司却把他从九霄云端一下子直摔进了万丈深渊。

1895 年 2 月 14 日，王尔德最后一部、也是他才华机智达到巅峰状态的剧作《认真的重要》在圣詹姆斯剧院首演，观众如潮，盛况空前。两周后，王尔德在阿尔比马尔俱乐部收到昆斯伯里侯爵约翰·道格拉斯(John Sholto Douglas, Marquis of Queensberry, 1844—1900)留下的名片，上面写着：“致装模作样的好男色者奥斯卡·王尔德”。因为王尔德从 1891 年开始便与比他小十六岁的阿尔弗雷德·道格拉斯(侯爵之子，当时还在上牛津大学)有不正当关系，而且经常“俪影双双”地出现在伦敦的公共场所并一起旅游，侯爵十分反感，却对自己的儿子毫无办法，而阿尔弗雷德也不断向父亲的权威挑战。1894 年 4 月，儿子还曾打电报侮辱其父；6 月，侯爵亦曾到切尔西泰特街王尔德寓所羞辱后者遭逐，故而在大半年后又有这次留名片之举。王尔德与年轻男性的同性恋行为遭人物议不自此时始。前面提到过谴责《道连·葛雷的画像》的评论家中就有一位查尔斯·惠布里，他在《苏格兰观察家报》上撰文称：“奥斯卡·王尔德先生又开始写那等还是不写为妙的货色了，”其中的

“又”字暗示王尔德于1889年发表的《W. H. 先生的画像》一文。要说这篇东西是小说、散文或学术考据都不像，又都像，内容是通过分析研究莎士比亚的十四行诗提出一种观点：莎翁这些诗篇奉献、赞美的对象W. H. 先生乃是一个名叫威利·休斯的小男旦（莎士比亚时代戏剧中的少女角色往往由少男扮演）。惠布里显然认为王尔德有拉莎翁为自己“好男色”壮胆之嫌疑。评论接着指出：“……除了那些不法贵族和变态的电报投送员，没人要看他写的东西。”这里更是毫不含糊地重提发生在1889年的一桩同性恋丑闻，那件事曾使经常光顾克利夫兰街上一家娈童妓院的阿瑟·索默塞特勋爵和一批邮局雇员名誉扫地。①但是到了1895年，王尔德却以诽谤罪把昆斯伯里侯爵告上法庭，居然向他一贯通过自己的作品和生活方式加以百般嘲弄的维多利亚时代的英国法律和社会求助。两年后，王尔德沉痛地承认自己干了“一生中最可耻、最无法原谅、最可鄙的事”。1895年4月3日法院开庭审理王尔德诉昆斯伯里侯爵诽谤案（王尔德自幼渴望的倒是能在“女王诉王尔德”的官司中出庭），被告轻而易举地反证原告确系“好男色者”，从而推翻关于诽谤的指控。4月5日，侯爵无罪获释，王尔德反因涉嫌“同其他男子发生有伤风化的肉体关系”被捕后取保候审。又经过两次审讯，5月25日，伦敦中央刑事法院根据1885年通过的针对男子同性恋的刑法修正案判处王尔德两年劳役刑罚，先后囚于纽盖特、彭顿韦尔和万兹沃斯监狱，11月20日又移至雷丁监狱服满刑期，这位折翅的悖论大师从此一蹶不振。②

---

① Peter Ackroyd, *Introduction to Oscar Wilde's The Picture of Dorian Gray* (Penguin Classics), p. vii.

② 参见《王尔德全集》中文版第1卷中文版序第8—10页及第6卷王尔德年表。

1897年5月，王尔德刑满释放后立即流亡法国，化名塞巴斯蒂安·梅尔莫斯。三个月后，他完成了长诗《雷丁监狱之歌》，1898年在伦敦出书，十六个月内就印至第七版。这是他的天鹅之歌，也是作为诗人的王尔德的最高成就。1897年9月，他在法国鲁昂与道格拉斯重逢，两人还于10月同赴意大利的卡普里岛旅游，但终于在次年断交。1898年4月，康斯坦丝去世。1900年11月30日，王尔德因患脑膜炎病逝于巴黎阿尔萨斯旅馆，临终时由罗斯请来了神父为他施洗，实现了逝者皈依天主教的遗愿。

在王尔德去世之日与这个译本出版之时中间隔着整整一个二十世纪，还得挂上二十一世纪肇始那点儿零。一百多年来，这个"臭名昭著的牛津圣奥斯卡、诗人、殉道者"（他逝世前不久为自己想好的永久称号），一直是文坛最有争议的人物之一。不过，赞美也罢，唾骂也罢，若此公泉下有灵，应该不会感到寂寞和悲哀，因为他有一句名言："世上唯一比被人议论更糟糕的，就是无人议论。"上世纪末了的那几年，英美两国掀起了一场王尔德热潮。1995年2月，为纪念《认真的重要》上演一百周年，英国政府在威斯敏斯特诗人角设彩色橱窗展览王尔德的生平和创作，伦敦和都柏林分别举行王尔德纪念牌揭幕式；4月，BBC播放纪念王尔德的专题片；同年，新月书局印行了最新版的《王尔德全集》。1997年是王尔德刑满出狱一百周年，伦敦和纽约各地纷纷重排上演《认真的重要》、《温德米尔夫人的扇子》等名剧，巴黎出版了法文多卷本《王尔德文集》，英国小说家、电影名演员斯蒂芬·弗莱(Stephen Fry)在《星期日泰晤士报》上撰文指出，王尔德再度崛起，成为继莎士比亚之后，在欧洲被阅读最多、被译成语种最多的英国作家。在为数可观的传记中被认为最客观、公允的名作、理查·埃尔曼所著《奥斯卡·王尔德》一书，由弗莱改编、主演并由布莱恩·吉尔伯特执导搬上银幕。弗莱甚至认为："对于那些近来方有合法同性恋地位且需要英雄和殉道者的人们，他是一个圣人；……称王尔德为救世主，听上去有些过分夸张……但与基督的一生比较，相似之处明显存在。"在1998年3月5日《纽约书评》上发表《预言家》一文的杰森·爱普斯坦写道："……王尔德用他的花花公子面貌和极端的唯美主义来挑战的不单单是维多利亚时代的虚伪。他所挑战的是英国历史上最为顽固的礼法。"

当然，对于如此兴师动众、顶礼膜拜的纪念活动也有人持强烈反对态度。1998年5月18日的《纽约客》周刊发表了亚当·戈普尼克的文章《发明奥斯卡·王尔德》。作者认为"批评家、电影家和剧作家在把维多利亚传统敌人的王尔德当成同性恋殉道者来纪念。他们全都弄错了"。戈普尼克援引王尔德生前所言"凡是企图证明什么的书都不值得阅读"，断言目前所有与之有关的书，王尔德肯定都不会去读。①

其实，不同观点的交锋应该是正常和有益的。一百多年前《道连·葛雷的画像》刚一问世便遭到强烈谴责，同样也不意味着当时只有一片讨伐声。除了本文开头提到的柯南·道尔外，爱尔兰诗人、剧作家叶芝(William Yeats, 1865—1939)称《画像》是"一本奇妙的书"，沃尔特·佩特用"真正有活力的"来概括它的特点。也许可以公平地说，只要不是把维多利亚时代的道德观奉为金科玉律的人，都能从中发现不少可供欣赏和值得赞叹的东西。意味深长的是，当初北美洲对此书的评论就比它的原产地好得多。王尔德本人刚从在英国遭到迎头痛击的震荡中缓过神来，便开始努力捍卫这部小说的生存权。他在大量书简、文章(尤

---

①参见赵武平：《世纪末的王尔德——全集编后记》，载《王尔德全集》中文版第6卷第821—834页。

其是《从深处》)中提到《画像》时所流露的深情，是他对自己的其他任何作品所不能比拟的。出狱后不久，他在给出版商伦纳德·史密瑟斯的信中写道：“我只知道《道连·葛雷的画像》是部经典作品，而且堪称经典作品。”①

同任何经典作品一样，《画像》也是在其他经典的基础上写出来的。探究其渊源，不难想到巴尔扎克的《驴皮记》、戈蒂埃的《莫班小姐》等等。当然，浮士德博士为穷究生命意义用自己的灵魂换取魔鬼靡菲斯特的帮助这笔交易，无疑为道连·葛雷表达那个致命的愿望——让画像变老变丑作为自己永葆青春的代价——提供了一份“合同样本”。作为《人间喜剧·哲学研究》系列中影响最大的一部作品，《驴皮记》显然比其他作品与《画像》有更近的亲缘关系。巴尔扎克笔下的瓦朗坦因欲望得不到满足而日夜受着煎熬，只想求得一天的快乐，哪怕用生命去换取也在所不惜。处在这种心态的瓦朗坦，遇到一个老古董商送给他一张上有东方文字符箓的驴皮，但须用他的生命作代价。驴皮象征着持有者的寿限，它将与所满足的欲望强度、次数成正比同步收缩。瓦朗坦毫不犹豫地接受下来。然而他每次实现自己的愿望后感受到的却不是快乐，而是恐怖，因为眼看着驴皮越缩越小，他清楚地意识到死亡离自己越来越近，最后在一次纵欲中结束了生命。

这里不能不提到《画像》第十章末尾亨利勋爵捎给道连的一本黄封面的书。这本没有直接点明的书乃是法国作家若里斯·于伊斯芒斯(1848—1907)所写的《逆反》(Joris Karl Huysmans：*A Rebours*)。它的主人公德艾萨特反抗社会的态度近乎德萨德侯爵(Marquis de Sade，1740—1814，“性施虐狂”或泛指任何虐待狂的 sadism 一词，即由其姓氏得

① 此信译文载《王尔德全集》中文版第 6 卷第 465 页。

名，此人也因而“不朽”)。王尔德并不掩饰自己对此书一定程度的欣赏，但也毫不含糊地指出“这是一本有毒的书”。上述那些作品的回声在《画像》中时有所闻，但王尔德不是一个一边公开抄袭他人、一边犹抱琵琶半遮面的人，只要有正当理由，他也不怕抄袭自己。他曾告诉一名记者，那本毒害了道连 · 葛雷的奇书应该是《逆反》的一个奇幻变种。但是，用过于肯定的方式断言王尔德与其他作家的相似性或与其他书籍的师承关系，难免会流于轻率。1895 年王尔德在接受一次采访时说过：“撇开希腊文和拉丁文作者的散文、诗歌不说，影响过我的只有济慈、福楼拜和沃尔特 · 佩特，而在我与之相会前，我已迎着他们走了一大半路程。”上述三位作家中有两个是英国人，所以阿瑟 · 兰瑟姆认定《道连 · 葛雷的画像》是“用英文写成的第一部法国小说”这一说法，稍稍有些热心过了头。①

王尔德是个非常迷信的人，《画像》从一开始便让人感到宿命和厄运的压力。请看第一章画家霍尔渥德对亨利勋爵说的话：“才貌出众的人多半在劫难逃……你有身份和财产，亨利；我有头脑和才能，且不管它们值得几何；道连 · 葛雷有美丽的容貌。我们都将为上帝赐给我们的这些东西付出代价，付出可怕的代价。”当王尔德自己被关在雷丁监狱的囚室内付出他所说的可怕的代价时，曾在《从深处》中提到“厄运像一条紫线贯穿《画像》那件金衣”。小说第十二章一开始交代了道连杀死霍尔渥德那天是前者三十八岁生日的前夕，但在《利平科特月刊》上发表的最早版本却是三十二岁生日的前夕。这不是什么无关宏旨的细节。王尔德最初由于灵感文思如泉涌而写得太快，没有意识到这年龄(王尔德初涉同性恋泥淖时年三十有二)会泄露天机，但他把此事与道

---

① Peter Ackroyd, *Introduction*, pp. xi-xii.

连谋杀画家的罪恶联系起来，恰恰说明王尔德并不是一个真正随心所欲、完全蔑视礼法的人。他的负罪感一直令他对自己身上堕落的一面觉得如芒刺在背。但在作者和他笔下的人物之间划等号不免过于简单化。王尔德自己1894年2月12日在致拉尔夫·佩恩的信中写道："这本书会造成毒害，或者促成完美，道连·葛雷并不存在……贝泽尔·霍尔渥德是我认为的我个人的写照；亨利勋爵在外界看来就是我；道连是我愿意成为的那类人——可能在别的时代。"[①]在文情斐然的字里行间未必不能发现道德家尖刻审视的目光，甚至在他唯美派或花花公子的面具后面潜伏着一个天生的清教徒也难说。他喜欢他所创造的那个光辉灿烂的世界，但也可以让这个世界随着道连·葛雷临死前极度恐怖的一声惨叫訇然倒塌。说到底，通过《画像》呈现在读者面前的王尔德，首先是一个小说家，而不是哲学家，也不是文化史家，对小说本身也只能从这一角度来评判。即使不用现今比一百年前"开明"得多的尺度加以衡量，《道连·葛雷的画像》也不该被诋为一本不道德的书。

荣如德

二〇〇二年十二月

---

①引自《王尔德全集》中文版第5卷（书信卷上）第606页。

目　录

道连·葛雷的画像

自　序

艺术家是美的作品的创造者。

艺术的宗旨是展示艺术本身，同时把艺术家隐藏起来。

批评家应能把他得自美的作品的印象用另一种样式或新的材料表达出来。

自传体是批评的最高形式，也是最低形式。

在美的作品中发现丑恶含义的人是堕落的，而且堕落得一无可爱之处。这是一种罪过。

在美的作品中发现美的含义的人是有教养的。这种人有希望。

认为美的作品仅仅意味着美的人，才是精英中的精英。

书无所谓道德的或不道德的。书有写得好的或写得糟的。仅此而已。

十九世纪对现实主义的憎恶，犹如从镜子里照见自己面孔的卡利班①的狂怒。

十九世纪对浪漫主义的憎恶，犹如从镜子里照不见自己面孔的卡利班的狂怒。

人的精神生活只是艺术家创作题材的一部分，艺术的道德则在于完美地运用并不完美的手段。

艺术家并不企求证明任何事情。即使那些天经地义的事情也是可以证明的。

艺术家没有伦理上的好恶。艺术家如在伦理上有所臧否，那是不可原谅的矫揉造作。

艺术家从来没有病态的。艺术家可以表现一切。

思想和语言是艺术家艺术创作的手段。

邪恶与美德是艺术家艺术创作的素材。

从形式着眼，音乐家的艺术是各种艺术的典型。从感觉着眼，演员的技艺是典型。

一切艺术同时既有外观，又有象征。

有人要钻到外观底下去，那由他自己负责。

有人要解读象征意义，那由他自己负责。

其实，艺术这面镜子反映的是照镜者，而不是生活。

对一件艺术品的看法不一，说明这作品新颖、复杂、重要。

批评家们尽可意见分歧，艺术家不会自相矛盾。

一个人做了有用的东西可以原谅，只要他不自鸣得意。一个人做了无用的东西，只要他视若至宝，也可宽宥。

一切艺术都是毫无用处的。

奥斯卡·王尔德

---

①卡利班，莎士比亚戏剧《暴风雨》中凶残、丑陋的奴仆。

第一章

画室里弥漫着浓郁的玫瑰花香，每当夏天的微风在花园的树丛中流动，从开着的门外还会飘进来紫丁香的芬芳或嫩红色山楂花的幽香。

亨利·沃登勋爵躺在用波斯毡子作面的无靠背长沙发上，照例接连不断地抽着无数支的烟卷。他从放沙发的那个角落只能望见一丛芳甜如蜜、色也如蜜的金链花的疏影，它那颤巍巍的枝条看起来载不动这般绚丽灿烂的花朵；间或，飞鸟的奇异的影子掠过垂在大窗前的柞丝绸长帘，造成一刹那的日本情调，使他联想起一些面色苍白的东京画家，他们力求通过一种本身只能是静止的艺术手段，来表现迅捷和运动的感觉。蜜蜂，有的在尚未刈倒的长草中间为自己开路，有的绕着枝叶散漫、花粉零落的金色长筒状忍冬花固执地打转，它们沉闷的嗡嗡声似乎使凝滞的空气显得更加难以忍受。伦敦的市声，犹如远处传来的管风琴的低音，隐约可闻。

画室中央的竖式画架上放着一幅全身肖像，画的是一个俊美出奇的青年。保持一小段距离坐在它前面的就是画像的作者贝泽尔·霍尔渥德。若干年前他突然不知去向，一度闹得满城风雨，引起许多离奇的猜测。

画家看着他以如此精湛的技巧反映在作品中的这个风姿秀逸的形象，脸上浮起了满意的笑容，而且这笑容仿佛要再多滞留一会儿。可是他霍地站起身来，闭上眼睛，用手指按住眼睑，仿佛要把一个奇异的梦境羁留在脑际，生怕自己从中醒了过来。

“这是你最好的作品，贝泽尔，超过你过去所画的一切，”亨利勋爵懒洋洋地说。“明年你一定得把它送到格罗夫纳[①]去展出。皇家美术院太大，也太俗气。我每次去那儿，不是人多得叫你看不见画，就是画多得看不见人。前一种情况很讨厌，后一种情况更糟糕。格罗夫纳的确是唯一合适的地方。”

“我不想把它送到任何地方去，”他回答时脑袋朝后一仰的独特姿势，当年在牛津常常被同学们取笑。“不，我哪儿也不送。”

亨利勋爵扬起眉毛，透过一个个淡蓝色的烟圈诧异地望着画家，从他抽的那种掺有鸦片的烈性烟卷中冒出的烟，正盘成奇形怪状的螺环袅袅上升。“哪儿也不送去？我亲爱的朋友，这是为什么？究竟什么原因？你们这些画家真是怪人！你们为了成名什么都干。一旦出了名，又觉得是个负担。你这个傻瓜，世上比被人议论更糟糕的事情只有一桩，那就是根本没有人议论你。这幅画像可以使你凌驾于英国所有的年轻人之上，并且使老头儿们十分妒忌，如果老头们还能激动的话。”

“我知道你会笑我，”他答道，“可是我确实不能把它拿去展出。我在这里头倾注了太多自己的东西。”

亨利勋爵在沙发上伸了个懒腰，放声大笑。

“是的，我知道你会笑的；反正事情确确实实是这样。”

“倾注了太多自己的东西！说真的，贝泽尔，我过去不知道你是这样自命不凡。凭你这刚强的粗线条面孔和煤一样黑的头发，我实在看不出你跟这个仿佛用象牙和玫瑰花瓣做成的阿多尼斯[2]有什么相似的地方。是啊，我亲爱的贝泽尔，他是一个那喀索斯[3]；而你，诚然，你的表情是充满理智一类东西的。可是，理智的表情在哪里露头，美，真正的美就在那里告终。理智本身就是反常的，它会破坏任何一张容貌的和

---

① 格罗夫纳，指1877年由库茨·林赛在伦敦建立的一个画廊，专门陈列前卫画家(如当时的拉斐尔前派)的作品。

② 阿多尼斯，希腊神话中的美少年，爱神阿芙罗狄蒂的情人。

③ 那喀索斯，希腊神话中顾影自怜的美少年，死后变成水仙花。

谐。一个人一坐下来动脑筋，我们看到的就只有他的鼻子、前额，或别的可怕的东西。请看那些从事需要高深学问的职业[①]且有成就的人，他们简直难看极了！当然，神学家是例外。不过他们是不动脑筋的。一个主教到了八十岁还在讲他十八岁时被灌输的那一套，看起来自然讨人喜欢。虽然你始终没有告诉我，你这位神秘的年轻朋友叫什么名字，可是他这幅肖像确实叫我着迷。他从来不动脑筋，我对这一点深信不疑。他是一种没有头脑的、美丽的生物；冬天无花可赏的时候，夏天需要让脑子清爽一下的时候，最好有他在眼前。贝泽尔，不要自作多情了：你一丝一毫也不像他。”

“你不懂得我的意思，亨利，”画家说。“我当然不像他。这一点我非常清楚。其实我也不愿意像他。你不以为然吗？我对你说的是真话。才貌出众的人多半在劫难逃，这样的劫数好像总是尾随着古今帝王的踉跄的脚步。普普通通的人倒更安全些。在这个世界上总是丑人和笨伯最幸运。他们可以舒舒服服地坐在那里看别人表演。纵使他们不知道什么是胜利，至少不必领略失败的滋味。他们的日子本是我们大家应该过的那种日子：安稳太平，无所用心，没有烦恼。他们既不算计别人，也不会遭仇人暗害。你有身份和财产，亨利；我有头脑和才能，且不管它们值得几何；道连·葛雷有美丽的容貌。我们都将为上帝赐给我们的这些东西付出代价，付出可怕的代价。”

“道连·葛雷？这就是他的名字？”亨利勋爵问，同时从画室的一端向贝泽尔·霍尔渥德走过去。

“是的，这就是他的名字。我本来不打算告诉你的。”

“那又为什么呢？”

---

① 指法学、神学和医学。

“哦，我说不上来。我如果非常非常地喜欢谁，我就从来不把他们的名字告诉任何人。这有点儿像把他们部分地出让。我现在变得喜欢秘密行事了。这大概是能够使现代生活在我们心目中变得神秘莫测的唯一办法。哪怕是最平常的事情，只要你把它隐瞒起来，就显得饶有趣味。现在我要是离开伦敦，我决不会告诉家里人上哪儿去。我要是告诉了，我就会觉得索然无味。这也许是一种愚蠢的习惯，但不知怎么的好像能使一个人的生活平添许多罗曼蒂克的气氛。你大概觉得我这种行为荒唐透顶吧？”

“一点儿也不，”亨利勋爵回答说，“一点儿也不，我亲爱的贝泽尔。你好像忘了我是个已经结婚的人，而结婚的唯一美妙之处，就是双方都绝对需要靠撒谎过日子。我从来不知道我的妻子在什么地方，我的妻子也从来不知道我在干什么。我们见面的时候，比如一起在别处吃饭，或者到某一公爵府去拜访，反正偶尔见面的时候，我们总是相互编造种种再荒谬不过的假话，而面部的表情却是再正经不过的。在这方面，我的妻子是很高明的，实在比我高明得多。她从来不会在日期上颠三倒四，而我却常常如此。不过她即使识破我的谎话，也从不吵闹。有时我巴不得她吵闹一场，可她只是把我取笑一番了事。”

“我讨厌你这样谈你的家庭生活，亨利，”贝泽尔·霍尔渥德一面说，一面往通向花园的门那边踱去。“我相信你实际上是个很好的丈夫，不过你硬是以自己的美德为耻辱。你是个怪人。你从来不说正经话，你也从来不做不正经的事。你的玩世不恭无非是装腔作势。”

“保持本色才是装腔作势，而且是我所知道的最令人讨厌的装腔作势，”亨利勋爵笑着高声说。这两个年轻人一同走到了花园里，在一丛高大的月桂树的遮荫下面一张长竹凳上坐定。阳光从光滑的树叶上溜过。一些白色的雏菊在草丛中摇曳。

在一阵沉默之后，亨利勋爵掏出他的表来。“我恐怕该走了，贝泽尔，”他喃喃地说，“在我走以前，我还是要你回答刚才我向你提的那个问题。”

“什么问题？”画家问，眼睛仍盯着地上。

“你明明知道。”

“我不知道，亨利。”

“好吧，我告诉你我指的是什么。我要你向我解释，你为什么不愿意展出道连·葛雷的肖像。我要知道真实的原因。”

“我已经把真实的原因对你说了。”

“不，你没有说。你说因为那里边有太多你自己的东西。这完全是孩子气的说法。”

“亨利，”贝泽尔凝视着他的脸说：“凡是怀着感情画的像，每一幅都是作者的肖像，而不是模特儿的肖像。模特儿仅仅是偶然因素。画家用油彩在画布上表现的并不是模特儿，应该说是画家自己。我不愿展出这幅像，是因为我担心它会泄露我自己灵魂的秘密。”

亨利勋爵笑了起来。“那是什么秘密？”他问。

“我来告诉你吧，”霍尔渥德说，但是他脸上现出了一种困惑的表情。

“我等着听呢，贝泽尔，”亨利勋爵向他看了一眼敦促道。

“哦，其实也没有什么可谈的，亨利，”画家说，“恐怕你未必能理解。很可能你不会相信。”

亨利勋爵微微一笑，他俯身从草丛中摘下一枝粉红花瓣的雏菊，拿来细心观看。“我确信我能理解，”他说，一面凝视着那个像是用白羽毛镶边的小金盘，“至于信与不信，我可以相信任何事情，只要那是完全不足信的。”

一阵风从树上吹落了几朵花，沉甸甸的紫丁香花的成簇的星状花序在重而静止的空气中晃去摇来。墙根旁有一只纺织娘开始歌唱，一只细长的蜻蜓张开棕色的透明翅膀一闪而过，好像划下一条蓝色的线。亨利勋爵几乎能听见贝泽尔·霍尔渥德的心跳，但不知下文究竟如何。

“事情的经过很简单，”画家略事沉吟后说。“两个月以前，我去参加布兰登夫人举办的一个晚会。你要知道，我们这些穷画家有时不得不在社交界露露面，至少是要让人们知道我们不是野蛮人。有一次你对我说过，只要穿上晚礼服，打着白领结，哪怕一个股票经纪人也可以博得文明人的名声。我在客厅里跟一些打扮得吓人的贵族遗孀和乏味透顶的皇家美术院院士聊了十来分钟，忽然觉得有人在瞧着我。我转过头去，就这样第一次看见了道连·葛雷。当我们的视线碰在一起的时候，我发觉自己的脸色在变白。一阵莫名其妙的恐惧向我袭来。我明白自己面对面遇上了这样一个人，单是他的容貌就有那么大的魅力，如果我任其摆布的话，我整个人，整个灵魂，连同我的艺术本身，统统都要被吞噬掉。我在自己的生活中素来不需要任何外来的影响。你也知道，亨利，我有着怎样的独立性格。我一直是自己的主人，至少在我遇见道连·葛雷之前一直如此。可现在……我不知道怎么对你说好。好像有一个声音告诉我，我正面临着平生最可怕的危机。我有一种奇怪的感觉，觉得命运为我准备着异乎寻常的快乐和异乎寻常的痛苦。当时我愈想愈害怕，就转身打算走出客厅。驱使我这样做的并不是良心，而是胆怯。我不想把打算逃跑说成是我的光荣。”

“良心和胆怯其实是一码事，贝泽尔。良心不过是胆怯的商号名称罢了。”

“我不信这种说法，亨利，我想你也不信。不管是什么驱使着我，可能是自尊心，因为我一向自尊心很强，反正竭力往门外挤。偏偏在门口撞见布兰登夫人，‘你这么早就想逃跑吗，霍尔渥德先生？’她发出了尖叫。你知道她的嗓子有多尖哪！”

“她在哪方面都像一只孔雀，可就是不如孔雀那么美。”亨利勋爵说着，用他细长的手指神经质地把雏菊扯成碎片。

“我没法把她甩掉。她把我引荐给皇亲国戚、达官贵人和那些头戴巨大冠冕、长着鹦鹉鼻子的老太婆。她对人说我是她最好的朋友。我以前明明只见过她一回，可她认定我就是她们名流圈子中的一员。诚然，我有一幅画当时曾获得很大的成功，至少几张小报对它鼓噪过一阵子——这是十九世纪名垂不朽的标准。突然，我跟那个使我奇怪地激动起来的年轻人打了个照面。我们靠得很近，几乎碰着了。我们的视线再次相遇。我竟冒冒失失地请布兰登夫人给我们介绍一下。也许这并不算太冒失，而且恐怕是无法避免的。即使没有人介绍，我们也会互相攀谈起来。我相信一定会这样。道连事后也对我这样说过。他也感觉到我们是命中注定要互相认识的。”

“布兰登夫人是怎样介绍这位奇妙的年轻人的？”亨利勋爵问。“我知道她喜欢对她的每一个客人作急口令式的鉴定。我记得，有一次她把我介绍给一个勋绶满胸、一脸凶相的红面孔老头。我们向他走过去的时候，她凑在我耳边讲有关那老头的种种骇人听闻的隐私，她像在悲剧里说悄悄话那样，使客厅里人人都听得一清二楚。我立刻逃之夭夭。我喜欢凭自己的眼光去看人。可是布兰登夫人介绍她的客人同拍卖行里介绍商品一模一样。她要么胡乱搪塞，要么说上好多废话，可就是没有你想知道的事。”

“可怜的布兰登夫人！你把她形容得太过分了，亨利！”霍尔渥德没精打采地说。

“我的老弟，她打算办一个沙龙，事实上只是开了一家饭馆。这叫我怎么能为她喝彩呢？你还是告诉我吧，关于道连 · 葛雷她是怎么说的？”

“哦，大概是这么几句：‘这孩子真可爱……当年我跟他那可怜的妈妈真是形影不离。他干什么我可全忘了……恐怕不干什么……噢，对了，会弹钢琴，也许是拉小提琴吧，亲爱的葛雷先生？’我和道连都忍不住笑了起来，我们立刻做了朋友。”

“笑对于交朋友倒是个不坏的开端，要是以笑告终那就更好，”年轻的勋爵说着又摘下一枝雏菊。

霍尔渥德摇了摇头。“你不懂什么是友谊，亨利，”他嘀咕着说，“你也不懂得什么是仇恨。你什么人都喜欢，那就是说你对什么人都无所谓。”

“你太不公平了！”亨利勋爵嚷着。他把帽子往后一推，抬头望着像一团团闪光的绢丝在夏天的碧空中飘浮的白云。“是的，太不公平了。我对人的态度大有区别。我同相貌美的人交朋友，同名声好的人做相识，同头脑灵的人做对头。在挑选敌人的时候怎么小心也不过分。我的敌人没有一个是笨蛋。他们的智力都很发达，所以他们都很赏识我。我大概是自命不凡吧？我想是的。”

“我觉得是这样，亨利。按照你的标准，想必我只是一个相识。”

“我亲爱的贝泽尔，你是远远超过一个相识的。”

“但也远远算不上朋友。我猜想大概类似一个兄弟。”

“啊，兄弟！我才不管他们呢。我的哥哥偏偏不想死，我的弟弟们却成天在找死。”①

---

① 根据英国法律，财产所有者死亡时如无遗嘱留下，遗产全部由长子或其后嗣继承。这项法律于 1925 年废除。

“亨利！”霍尔渥德皱眉喝住他。

“亲爱的，你不要太认真。不过我实在讨厌我的亲属。大概原因在于我们谁也忍受不了和我们有同样毛病的人。英国的民主派对于他们所谓的上层阶级的劣根性深恶痛绝，我也颇有同感。老百姓把酗酒、愚昧和道德败坏视为他们所专有，如果我们中间有谁出这种洋相，就被认为侵犯他们的权利。当可怜的索思沃克闹离婚的时候，老百姓的愤怒简直无与伦比。可是我不敢说有百分之十的无产者是循规蹈矩的。”

“你这番话我半句也不同意，不但如此，亨利，我肯定你自己也不相信。”

亨利勋爵捋捋他的棕色尖胡须，用带流苏的乌木手杖在漆皮鞋上敲敲。“你是个地道的英国人，贝泽尔！你这是第二次发表这样的评语了。向一个彻头彻尾的英国人谈出某种想法总是一件欠考虑的事情，因为他从来不去分析这个想法是对是错。他认为唯一重要的是对方自己相信不相信。实际上，一种想法是否有价值，同谈出这个想法的人是否出于真心毫无关系。事实多半是这样：说的人愈不是真的相信，那个想法就愈显得有道理，因为这样才不夹杂他个人的需要、个人的愿望或个人的成见。不过我不打算跟你讨论政治、社会学或形而上学。我喜欢人甚于喜欢原则，我喜欢无原则的人甚于喜欢其余的一切。你多给我讲讲道连·葛雷先生的事吧。你跟他常见面吗？”

“天天见面。要是一天不见，我就很不高兴。我绝对少不了他。”

“稀奇事！我一直以为你除了自己的艺术外什么都不感兴趣。”

“现在对我说来，他就是我的全部艺术，”画家严肃地说。“我有时候认为，亨利，世界历史上只有两个时代值得一提。其一是出现了新的手段供艺术使用，其二是出现了新的人供艺术表现。油画的发明对威尼斯画派曾意味着什么，安梯诺斯[①]的面孔对后期希腊雕塑曾意味着什么，有朝一日道连·葛雷的容貌对我也会有这样的意义。我用油彩画他，给他勾线，作素描，这些我当然都做了，但不仅如此。对我说来，他远远超过了一个模特儿。倒不是说我对自己所画的他的肖像不满意，也不是说他的美是艺术所无法表现的，没有什么是艺术不能表现的。我也知道自从遇见道连·葛雷以后，我作的这幅肖像画是件好作品，是我生平最好的作品。可是说也奇怪，——不知道你能不能理解我的意思？——他的容貌向我启示了一种全新的技法，一种全新的风格。我看事物和过去不同了，我对它们的想法也不同了。现在我可以用过去不知道的方式来再现生活。'在理念至上的日子里梦想着形式'，——这是什么人说的？我忘了；但道连·葛雷对我说来正是这样的梦想。尽管他已经二十出头，我还是把他当作一个少年。啊！不知你能不能想象：单是这个少年的出现就意味着什么？他自己也不知道他在为我们勾勒一个新学派的轮廓，这个学派将具备浪漫精神的全部热情和希腊精神的完美特征。灵魂与肉体的和谐——这是多么了不起啊！我们曾在疯狂状态中把这二者分离了，发明了庸俗的现实主义和空洞的理想主义。亨利！你要是懂得道连·葛雷对我意味着什么就好了！你还记得我的一幅风景画吗？就是阿格纽[②]肯出极高的价钱而我不愿卖掉的那幅。这是我最好的作品之一。原因何在？因为我作这幅画的时候，道连·葛雷坐在我旁边。他有一种不可捉摸的感染力传给我，于是我有生以来第一次在极平常的树林子里发现了我一直在寻找、可始终没有找到的奇迹。"

"贝泽尔，这的确不平常！我要见一见道连·葛雷。"

---

①安梯诺斯（110？—130），得到罗马皇帝哈得良（Hadrian，76—138）宠幸的美少年，溺死于尼罗河。后人纷纷为他建庙塑像。

②阿格纽（1825—1910），画商。

霍尔渥德从长凳上站起来，在花园里踱了几个来回，又回到长凳前。“亨利，”他说，“道连 · 葛雷无非是我的创作主题。你在他身上看不出什么来。而我什么都看得出来。在我没有把他画进去的作品中可以更强烈地感到他的存在。我刚才说过，他启示了一种新的技法。我可以在某些线条的折曲、某些色彩的动人微妙处发现他。事情就是这样。”

“那你为什么不愿展出他的肖像呢？”亨利勋爵问。

“因为我不知不觉地在里边倾注了一个画家的全部崇拜之情；这是非常奇怪的感情，当然，我从来没有告诉过他。他一点儿也不知道。他永远也不会知道。但是世人可能猜得到，我不愿意暴露我的灵魂让那些好奇的凡夫俗子瞧个没完。我的心决不放到他们的显微镜下面去。这幅像里我自己的东西太多了，亨利，实在太多了。”

“诗人们可不像你这样躲躲闪闪。他们懂得描写激情的东西在出版方面是有利可图的。时下最畅销的书多半是碎了的心之类。”

“所以我讨厌诗人，”霍尔渥德紧接着说。“艺术家应当创造美的作品，但不应当把个人生活中的任何东西放进去。在我们这个时代，人们看待艺术就仿佛它应该是自传的一种形式。我们丧失了抽象的美感。有朝一日我要让世人知道什么是抽象的美感；为了这个缘故，世人将永远看不到我给道连 · 葛雷画的像。”

“我认为你说得不对，贝泽尔，不过我不想跟你辩论。只有完全丧失理智的人才喜欢辩论。告诉我，道连 · 葛雷是不是很喜欢你？”

画家思索了一会儿，然后回答：“他喜欢我，我知道他喜欢我。当然，我对他奉承得很厉害。有些话我明明知道讲了会后悔，可是我觉得向他讲这些话有一种奇妙的乐趣。他对我通常是很亲切的，我们俩坐在画室里海阔天空什么都谈。然而有时候，他麻木不仁得可怕，而且大有以我的痛苦为乐的样子。那时，亨利，我觉得我把自己的整个心灵都给了一个人，这个人却把它当作插在上衣钮孔上的一朵花，当作一件满足虚荣心的装饰品对待，只供夏天一日之用。”

“夏天日长，贝泽尔，”亨利勋爵咕哝着。“也许你将比他更早生厌。想起来未免悲哀，但天才无疑要比美耐久些。我们大家拼命想多长点学问，原因就在于此。在激烈的生存竞争中，我们需要有些耐久的东西，所以我们尽把各种垃圾和事实往脑袋里装，妄想保住自己的一席地位。现代的理想人物就是无所不晓的人。而无所不晓的人的头脑是很可怕的。它像一家古董铺子，里边全是古里古怪的玩意儿，到处是灰尘，每一件东西的标价都大大超过它本身的价值。不管怎样，我还是认为你将先感到厌倦。总有一天，你看着你的朋友，会觉得他好像不那么匀称，对他的肤色，或者别的什么觉得不中意。你会在心底里狠狠地责备他，并且当真地认为他非常对不起你。下次他再来，你就对他十分冷淡了。这将是件很大的憾事，然而势所必然。你刚才告诉我的故事的确很罗曼蒂克，可以说是一段艺术的罗曼司，而任何罗曼司最糟糕的后果是叫人变得没有丝毫罗曼蒂克的气息。”

“亨利，不要这样说。我活着一天，道连 · 葛雷就永远是我的主宰。我的感受你是体会不到的。你太多变了。”

“啊，我亲爱的贝泽尔，恰恰因为如此，我才能体会你的感受。不变心的人只能体会爱的庸俗的一面，唯有变心的人知道爱的酸辛。”亨利勋爵用精美的银质烟匣打火，点了一支烟抽起来，那神态似乎因为茫茫世事被自己一语道破而得意得有点不好意思。几只麻雀在常春藤碧油油的叶片中吱吱喳喳，蓝色的云影像一群燕子在草上掠过。花园里真可爱！人们的感情真有意思！他觉得，比他们的思想有意思多了。自身的灵魂和朋友的情爱，这是生活中最迷人的。他暗自高兴地想象着由于他在贝泽尔 · 霍尔渥德这里耽搁太久而错过的那顿无聊的午餐。如果他到了姑妈家去吃饭，准会在那里碰见古德博迪勋爵，话题反正跳不出给贫民施食以及设立模范寄宿所的必要性。每个阶级都要宣扬那些他们自己无须实行的美德是如何重要。有钱人大讲节约的好处，游手好闲的人口若悬河地谈论劳动之伟大。这一切今天都不必奉陪了，真开心！他想到姑妈的时候，一下子若有所悟。他转向霍尔渥德说道："老弟，我刚想起来了。"

"想起了什么，亨利？"

"我在哪儿听到过道连·葛雷的名字。"

"在哪儿？"霍尔渥德问，眉头略略皱了一下。

"不要这样绷着脸看人，贝泽尔。我记得是在我姑妈阿加莎夫人那里。她告诉我说，她发现了一个出色的年轻人，这个人愿意帮她在东区[①]做善事，他的名字叫道连·葛雷。我应当声明一下，她从来没向我谈起过这个人很漂亮。女人对于美貌没有鉴赏能力；至少正派女人是这样。她只说那青年踏实认真，心地善良。我立刻想象那是一个戴眼镜的家伙，头发柔软平直，满脸雀斑，一双大脚走起路来踢里趿拉。我要是早知道那是你的朋友就好了。"

"我很高兴你当时不知道，亨利。"

"为什么？"

"我不希望你跟他相识。"

"你不希望我跟他相识？"

"对。"

"先生，道连·葛雷先生来了，在画室里，"仆人到花园里来通报。

"这下你只好给我介绍了，"亨利勋爵高声笑道。

---

① 东区，伦敦的贫民区，与豪华的西区形成强烈对照。

画家转向站在阳光下睁不开眼睛的仆人，说："帕克，请葛雷先生稍待，我一会儿就来。"仆人鞠了一躬，沿着小路走回去。

这时他对亨利勋爵看了一眼。"道连 · 葛雷是我最好的朋友，"他说。"他心地纯洁而善良。你姑母对他的评语一点也不错。不要毁了他。不要去影响他。你的影响好不了。世界大得很，出色的人物有的是。不要把他从我身边夺走，唯独他才能使我的艺术具有目前的那种魅力。我的艺术家的生命全在他手里。记住，亨利，我相信你。"他说得很慢，这些话几乎是违背他的意志硬挤出来的。

"你扯到哪儿去了！"亨利勋爵笑容可掬地说着，抓住霍尔渥德的胳膊，连扶带拽地和他一起回到屋里。

第二章

他们走进画室，看见道连·葛雷背对他们坐在钢琴前翻阅一本舒曼的《林中小景》[①]。“贝泽尔，你得把这本谱子借给我，”他嚷道。“我要练这些。太好了！”

“这完全取决于你今天的姿势摆得好不好，道连。”

“哦，我可摆腻了，我不要这种跟我一样大的等身图像！”那少年任性地闹着在琴凳上转过身来。他看到亨利勋爵，脸上刷地升起一阵淡淡的红晕，连忙站了起来。“请原谅，贝泽尔，我不知道你有客。”

“这位是亨利·沃登勋爵，我在牛津时的老朋友。我刚告诉他，你是个多么好的模特儿，可现在你把事情给弄糟了。”

“一点儿也没有弄糟，见到你我很高兴，葛雷先生，”亨利勋爵说着，走上前去并伸出手。“我姑妈常常跟我谈起你。你是她特别喜爱的人，而且我担心，你也是她的一个受害者。”

“眼下阿加莎夫人正在生我的气，”道连怪可笑地带着忏悔的表情说，“我答应上星期二陪她到白教堂[②]一个俱乐部去，可是我忘记得一干二净。原先排定我和她联合表演钢琴二重奏，弹三首乐曲。我简直想象不出她会怎样骂我。我真不敢上她家去。”

“放心，我会使你和我姑妈和解的。她非常疼你。我想，你没有参加演出也无所谓。听众很可能以为那是二重奏。因为阿加莎姑妈弹起钢琴来音量特别大，一个顶俩绰绰有余。”

“这样的评语对她太不恭敬，对我也不算赞扬，”道连笑着说。

亨利勋爵望着他。是啊，他确实美得出奇：鲜红的嘴唇轮廓雅致，湛蓝的眼睛目光坦然，还长着一头金色的鬈发。他的眉宇间有一股叫人一下子就信得过的吸引力。青春的率真、纯洁的热情一览无余。你会感觉到，他还没有被这浊世所玷污。怪不得贝泽尔·霍尔渥德对他如此崇拜。

“葛雷先生，你太可爱了，做慈善事业是不合适的，完全不合适。”亨利勋爵说着在沙发上躺下，打开他的烟匣。

画家忙着调色和准备画笔。他似乎显得心烦意乱，当听到亨利勋爵末了那句话，便抬头向他瞥了一眼，犹豫了一下，然后说：“亨利，我想今天把这幅像完工。我要是请你走，你不会觉得我太不礼貌吧？”

亨利勋爵粲然一笑，向道连·葛雷瞧了瞧，问道：“你说我该不该走，葛雷先生？”

“哦，请不要走，亨利勋爵。我看贝泽尔今天情绪不好，我最讨厌他这副样子。再说，我希望你告诉我，为什么我做慈善事业不合适。”

“我不知道这事会由我来告诉你，葛雷先生。这话题过于沉闷，非得一本正经来谈不可。不过既然你要我留下，我一定不走。贝泽尔，你不介意吧？你对我讲过好几次，说你喜欢有人同你的模特儿聊聊。”

霍尔渥德咬了咬嘴唇。“既然道连要这样，你当然得留下。道连的怪脾气任何人都得迁就，除了他自己。”

亨利勋爵拿起他的礼帽和手套。“贝泽尔，尽管你诚意相留，我看我还是得走。我跟一个人约好在奥尔良饭店见面。再见，葛雷先生。改天下午请到柯曾街舍间来玩。我五点钟几乎总是在家的。你来以前请写信告诉我。万一让你扑空，我将非常遗憾。”

“贝泽尔，”道连·葛雷嚷了起来，“如果亨利·沃登勋爵要走，

---

① 指德国作曲家罗伯特·舒曼（1810—1856）所作的一部钢琴套曲的乐谱。

② 白教堂，音译“怀特恰佩尔”（Whitechapel），伦敦东区贫民窟最集中的一个区。

我也走。你画画的时候始终不开口，让我站在垫脚上装出一副快乐的傻相，多无聊啊！请他留下吧。我一定要把他留下。”

“别走了，亨利，看在道连的分上，这也是帮我的忙，”霍尔渥德说时凝神端详他的作品。“一点不假，我工作的时候从来不开口，也从不听别人说话，想来我的不幸的模特儿一定闷得受不了。我请求你留下。”

“那我在奥尔良约好的人怎么办？”

画家笑了起来。“我想不会有什么问题。重新坐下吧，亨利。道连，现在你站到垫脚上去，不要挪动得太厉害，也不要把亨利勋爵说的话当作一回事。他所有的朋友都受到他极坏的影响，只有我一个人例外。”

道连·葛雷带着一副年轻的希腊殉道者的表情站到垫脚上，他向亨利勋爵做了一个不满意的怪相，但心里却十分喜欢他。他跟贝泽尔大不一样，两人形成很有趣的对照。他的声音非常好听。少时，道连·葛雷对他说：“你真的给人极坏的影响吗，亨利勋爵？贝泽尔是不是言过其实？”

“好影响是根本没有的，葛雷先生。任何影响都是不道德的，从科学观点来看就是如此。”

“为什么？”

“因为影响他人就是把自己的灵魂强加于人。对方就不再用自己天赋的头脑来思想，不再受天赋的欲念所支配。他的美德并不真正是他自己的。他的罪恶也是剽窃来的——如果有罪恶的话。他变成了别人的乐曲的回声，像一个演员扮演并非为他写的角色。人生的目的是自我发展。充分表现一个人的本性，这就是我们每一个人活在世上的目的。如今的人们害怕自己。他们忘了高于一切的一种义务是对自己承担的义务。当然，他们都有好心肠。他们给饥者施食，给乞丐施衣。可是他们的灵魂却在挨饿，而且赤裸裸毫无遮蔽。勇气已经离开了人类。也许我们从未真正有过勇气。对社会的畏惧，对上帝的畏惧，就是这二者统治着我们。前者是道德的基础，后者是宗教的秘密。不过……”

“道连，好孩子，把你的头向右边稍微转过去一点，”画家说。他全神贯注在工作上，只感觉到这少年的脸上出现了一种前所未有的神采。

“不过，”亨利勋爵继续用低沉而动听的声音往下说，一边做着优美的手势，那是他在伊顿公学①的时候就为人所熟知的，“我相信，每个人要是能充分自在地生活，可以表达自己的任何感情，说出任何念头，实现任何梦想——要是这样，我相信世界将焕发出蓬勃的朝气，我们将忘记一切中世纪的弊病，回到古代希腊的理想境界，甚至可能到达比这更完美、更富足的境界。但是，我们中间最大胆的人也怕他自己。野蛮时期残害人体的遗风还可悲地反映在人们的自我克制上，这使我们的生活遭到损害。我们正在为这种自我限制受到惩罚。我们竭力压抑的每一种欲望都在我们心中作怪，毒化我们。而肉体一旦犯下罪恶，也就摆脱了作恶的欲念，因为行动是一种净罪的方式。事后留下的只是甜蜜的回忆或悔恨的快感。摆脱诱惑的唯一办法是向它屈服。如果进行抵抗，你的灵魂将堕入无边的苦海，因为它所渴慕的是它自己所禁止的，它所向往的是被它自己那一套荒谬的法律视为荒谬和非法的。有人说，世上了不起的大事是发生在头脑里的。我说，了不起的罪恶也发生在头脑里，而且仅仅发生在头脑里。就说你吧，葛雷先生，你在红

① 伊顿公学，英国著名的贵族男子中学，1440 年创办于伦敦之西的伊顿镇，毕业生多升入牛津、剑桥等名牌大学。

玫瑰一样灿烂的青春时期，或在白玫瑰一样纯洁的少年时代，你也有使你害怕的欲望，叫你发抖的念头，你也会醒着胡思乱想，睡着梦魂颠倒，一想起这些，你就会羞得脸上热辣辣的……”

“等——等一下！”葛雷结结巴巴地说，“等一下！你把我搞糊涂了。我不知道说什么好。我应该有话回答你，可我找不出话来。不要说了。让我想一想。不，还是不要让我想的好。”

约莫有十来分钟，他站在那儿一动也不动，嘴唇微微张开，眼睛异样地发亮。他隐约意识到，一些全新的思绪开始在他身上萌动。不过他觉得那是从他自己心底涌出来的。贝泽尔的朋友对他说的几句话无疑是信口开河，故作惊人之论，却触动了某一根秘密的心弦。这根弦以前从未被触及，可是现在已开始震荡和奇怪地搏动。

音乐也曾这样使他激动。音乐也曾多次搅乱他的心。但音乐不是那么明白清楚的。它在我们身上造成的不是一个新世界，而只是另外的一团糟。然而这是言语！光这么几句话就够可怕了！那是多么清楚、鲜明而又残酷的啊！叫你无处躲避。那里边又有着多么难以捉摸的魔力啊！言语似乎能使轮廓模糊的事物具备可塑的形态，言语有它自己的像诗琴和古提琴一般悦耳的音乐。光这么几句话！还有什么比得上言语那样实在的吗?

是啊，在他的少年时代有些事情他不明白。现在他明白了。生活一下子向他闪耀出火红的色彩。他觉得自己好像在烈焰中行走。他过去怎么不知道呢?

亨利勋爵带着一丝淡淡的笑意观察他。他把握得住，在什么样的心理时刻应该保持沉默。他产生了强烈的好奇心。他没料到自己的话竟会给人如此深刻的印象，回想起自己十六岁那年看过的一本书向他揭示了许多以前所不知道的事情，他思量着：道连·葛雷是否正在经历类似的阶段？他不经意地向空中射了一箭，难道竟中了靶心！这个少年真迷人！

霍尔渥德的笔在画布上汪洋恣肆地挥洒自如，这种真正洗练和恰到好处的笔触只可能来自惊人的才力，至少在艺术上是这样。画家没有觉察到对话出现了冷场。

“贝泽尔，我站腻了，”道连·葛雷忽然叫嚷起来。“我要到花园里去坐一会儿。这儿闷得要命！”

“亲爱的，我很抱歉。我画画的时候考虑不到旁的事情。不过你的姿势从来没有这样好。你简直一动也不动。我把握住了我所需要的效果：那微微张开的嘴唇，发亮的眼睛。我不知道亨利对你说了些什么，但他确实使你表现出了最奇妙的表情。他大概对你说了许多恭维话。他的话你半句也信不得。”

“他一点也没有恭维我。也许正因为这样，我完全不相信他所说的话。”

“你明明每一句都相信了，”亨利勋爵说着，有气无力地向他看了看。“我跟你一起到花园里去。画室里热得可怕。贝泽尔，给我们来一些冷饮，加上点草莓。”

“完全可以，亨利。请你按一下铃叫帕克进来，我会把你要的东西告诉他。我还得把衬景画好，过会儿我再来。你不要让道连耽搁太久。我从来也没有像今天画得这样顺手。这幅肖像将是我的杰作。它现在就已经是我的杰作了。”

亨利勋爵走到花园里，发现道连·葛雷把脸埋在一大簇阴凉的紫丁香中，一个劲儿地吸着花香，仿佛这就是美酒。他走到道连跟前，一只手搁在他肩上。“你做得完全正确，”他轻轻说道。“除了感官，什么也不能治疗灵魂的创痛，同样，感官的饥渴也只有灵魂解除得了。”

那少年吓了一跳，连忙退后一步。他没戴帽子，缀满叶片的枝条挑起了他那不听话的鬈发，把一绺绺金丝扯得凌乱不堪。他目光惊恐，好像一个人被猛然叫醒。他那秀气的鼻翼微微颤动，一阵内心的紧张使他鲜红的嘴唇抖个不停。

“是啊，”亨利勋爵继续说，“通过感官治疗灵魂的创痛，通过灵魂解除感官的饥渴，那是人生的一大秘密。你是上帝创造的一个奇迹。你知道的比你认为知道的多，但比你想要知道的少。”

道连 · 葛雷皱起眉头，转过脸去。他无法不喜欢站在他身旁的这个修长而潇洒的青年男子。亨利勋爵罗曼蒂克的茶青色面孔和曾经沧海的表情引起了他的兴趣。他那低沉、掩沓的音调有一种了不起的吸引力。甚至他那双冰凉、白净、花一般的手也出奇地动人。这双手的动作，正如他说话一样，节奏感很强，似乎有一种独特的语言。但是道连觉得有点怕他，并且为此感到羞惭。为什么要让一个陌生人来启发他认识自己？他认识贝泽尔 · 霍尔渥德有好几个月了，但他们之间的友谊没有使他发生任何变化。忽然有一个人出现在他的生活道路上，看来这人要向他揭示人生的奥秘。其实，有什么可怕的？他又不是小学生或者小姑娘。要是害怕才可笑呢。

“我们到背阴的地方去坐坐，”亨利勋爵说。“帕克已经把冷饮端出来了，你要是再在阳光下烤，会把自己毁坏的，贝泽尔就不再给你画像了。你千万不能晒黑。那样就不好看了。”

“那有什么要紧？”道连 · 葛雷笑着说道，同时在花园尽头的凳子上坐下。

“这对你极其重要，葛雷先生。”

“为什么？”

“因为你拥有无比美丽的青春，而青春是值得珍惜的。”

“我感觉不到，亨利勋爵。”

“对，你现在感觉不到。一旦你变得又老又丑，皮肤松垂，思想在你额上刻满了皱纹，欲望的毒焰烤焦了你的嘴唇，那时你会强烈地感觉到的。现在，不论你走到哪儿，大家都被你迷住。但是能永久这样吗？……你有一张惊人的漂亮面孔，葛雷先生。别皱眉头。你确实如此。美是天才的一种形式，实际上还高于天才，因为美不需要解释。美属于世界上伟大的现象，如同阳光，如同春天，如同我们称作冰轮的月亮在黑沉沉的水中的倒影一样。那是无可争议的。美有它神圣的统治权。谁有了它，谁就是王子。你在笑？啊！将来你失去了它的时候，你就不笑了……。人们往往说美只是表面性的。也许如此。但它至少不像思想那样表面。对我来说，美是奇迹的奇迹。只有浅薄之辈才不根据外貌作判断。世界的真正的奥秘是有形的，不是无形的……。是啊，葛雷先生，你得天独厚。但是神所赐予的神不久就要收回。你只有有限的岁月可以真正地、完全地、充分地享受生活。等你的青春逝去，你的美貌也将随之消失，那时你会突然发现，留待你去夺取的胜利已不复存在，或者你只得满足于一些微不足道的胜利，回首当年，这些胜利要比失败的滋味更苦。每过一个月，你就向这可怕的前景走近一步。时光妒忌你，向你脸上的百合花和玫瑰花不断进攻。你的面色会发黄，两颊会凹陷，眼神会变暗。你会痛苦不堪……啊！要及时享用你的青春。不要浪费宝贵的光阴去恭听沉闷的说教，去挽救那不可挽救的失败，去把自己的生命用在那些愚昧、平淡和庸俗的事情上。这些都是我们时代的病态的目的，虚妄的思想。生活吧！让你身上美妙的生命之花怒放吧！什么也不要放过。要不断探索新的感觉。什么也不要怕……。一种新的快乐论——这是我们时代的需要。你可以成为它有形的象征。凭你这么个人，你没有办不到的事情。有一小段时间世界是属于你的……在我遇见你的一刹那，我就看出你还完全不了解你自己，完全不知道你能成为怎样一个人。你身上有那么多吸引我的地方，我觉得我必须使你认识一下你自己。我想，你要是白白浪费掉自己，那太可悲了。要知道，你的青春所能维持的时间是很短很短的。普通的山花谢了还会再开。金链花到明年六月又将是黄灿灿的，和现在一样。一个月以后，铁线莲上将缀满紫色的花朵，年复一年，它的叶片总像绿色的夜空衬托着紫色的星星。可是我们的青春却有去无还。二十岁时在我们身上跳动的快乐的脉搏将缓慢下来。我们的肢体将失去弹性，我们的感觉将变得迟钝。我们将退化为面目可憎的玩偶，整日价回忆那些我们怕得要命的欲念和不敢屈从的异常的诱惑。青春！青春！除了青春，世上的一切毫无价值！”

道连·葛雷听着，眼睛睁大，惊讶不迭。一小枝丁香从他手里跌落在铺碎石的地上。一只毛茸茸的蜜蜂飞过来，绕着那枝丁香嗡嗡地转了一阵子。然后它开始爬遍放射形椭圆花球上的每一颗小星。道连异常专心致志地观察着蜜蜂的动静。我们有时也会这样把注意力集中在微不足道的事情上，因为不敢去想真正重要的事情，或者被无法表达的新奇感受搅得心烦，或者某种令人不寒而栗的念头向我们的脑子发动突然袭击，逼迫我们屈服。过了一会儿，蜜蜂飞走了。道连看见它钻进一朵旋花的斑驳的小喇叭。那花儿似乎先是颤动了一下，然后开始来回摇曳。

画家忽然出现在画室门口，使劲招呼他们回去。亨利勋爵与道连相顾而笑。

“我等着，”画家喊道。“快来。现在光线正合适，你们可以把冷饮带来。”

他们站起来，一起顺着小径慢悠悠地走去，两只绿白色的蝴蝶打他们旁边飞过，花园角上一棵梨树中有一只画眉开始歌唱。

“遇见我，你觉得高兴吗，葛雷先生？”亨利勋爵瞧着他问。

“是的，现在我是高兴的。但不知道我能不能永远高兴？”

“永远！这是个可怕的字眼。我听见这个词就会发抖。女人特别喜欢用这个词。她们竭力想把每一段罗曼司没完没了地延长下去，结果，总是大杀风景。其实，‘永远’这个词没有什么意义。反复无常和终生的爱之间的唯一差别就在于前者更持久一些。”

他们走进画室时，道连 · 葛雷一只手按住亨利勋爵的胳膊。“那我们就算是反复无常的朋友吧，”他低声说，同时为自己的大胆而脸红，然后站到垫脚上去摆他的姿势。

亨利勋爵在一张大柳条椅里舒舒坦坦地坐下来观看。画笔刷在画布上沙沙作响，这是划破沉寂的唯一声音。霍尔渥德时而退后几步，站远一点看看他的这件作品。阳光从开着的门外射进来，金色的灰尘在这一束斜线中飞舞。到处好像洋溢着醉人的玫瑰花香。

大约过了一刻钟，霍尔渥德不再画了。他向道连 · 葛雷看了好长时间，然后又向画像看了好长时间，咬着那支大画笔的笔杆，眉头皱紧，最后大声宣告：“完工了。”说罢俯下身去，在画布的左角用朱红色的瘦长字体签上自己的姓名。

亨利勋爵走过来，仔细看着那幅画像。这无疑是一件罕见的艺术品，那种惟妙惟肖的程度也是罕见的。

“亲爱的朋友，我最热烈地向你表示祝贺，”他说。“这是当代最杰出的肖像画。葛雷先生，请过来看看你自己。”

那少年像从梦里惊醒似地蓦地一震。“真的完工了吗？”他说着从垫脚上下来。

“真的完工了，”画家说。“你今天的姿势摆得极好。我万分感谢你。”

“这完全是我的功劳，”亨利勋爵插进来说。“可不是吗，葛雷先生？”

道连没有答话，只是漫不经心地从画像前走过。他回过头来一看，不禁倒退一步，两腮顷刻间泛起欣喜的红潮。他的眼睛里闪现出愉快的火花，仿佛破题儿第一遭认出了自己。他惊讶地一动不动站在那里出神，模模糊糊意识到霍尔渥德正在向他说话，但捉摸不住他的话的意思。对自己的美貌的认识在他是一大发现。这一点过去他从来没有感觉到。贝泽尔·霍尔渥德的夸奖，他固然觉得悦耳，但只当作出于友好的溢美之辞。这些话他听了，也笑了，过后就忘了，对他本人没有产生影响。如今亨利·沃登勋爵来发表了一大篇赞美青春的怪论，就青春易逝提出了危言耸听的警告。这番话立刻打动了他的心，现在他站在画架前端详自己的丰姿的写照时，亨利勋爵所描绘的前景十分真切地掠过他的心头。是的，总有一天他的容颜会起皱、憔悴，他的眼睛会暗淡、褪色，他的体态会拱曲、变形。鲜红的色彩将从他的嘴唇上脱落，金黄的光泽将从他的发丝上消失。生命本当造就他的灵魂，结果把他的肉体破坏了。他将变为一个毫无风度可言的丑八怪。

想到这里，一阵剧痛像刀子捅穿他的胸膛，使他的每一根细微的神经都为之颤动。他的眼睛由淡转深，变成了紫晶色，并且蒙上了一层泪水。他觉得仿佛有一只冰冷的手压在他心上。

“你不喜欢它？”霍尔渥德终于问道。他不理解道连的沉默是什么意思，因而略微有些不悦。

“他当然喜欢的，”亨利勋爵说。“谁能不喜欢这幅画像？这是现代美术中最伟大的作品之一。不论你开价多少，我都愿意要它。我一定要把它买下来。”

“它不是属于我的，亨利。”

“属于谁？”

“当然属于道连，”画家回答。

“他真是天之骄子。”

“太可悲了！”道连·葛雷两眼盯着他本人的肖像喃喃自语。“太可悲了！我会变得又老又丑，可是这幅画像却能永葆青春。它永远不会比这六月的一天年龄稍大……要是倒过来该多好！如果我能够永葆青春，而让这幅画像去变老，要什么我都给！是的，任何代价我都愿意付！我愿意拿我的灵魂换青春！”

“你大概不会同意这样的安排，贝泽尔，”亨利勋爵呵呵笑着说。“否则，你作品的命运岂不是太惨了？”

“我会强烈反对这样的安排，亨利。”霍尔渥德说。

道连·葛雷转过身来望着他。“我相信你会反对的，贝泽尔。你爱你的艺术甚于爱你的朋友。我在你心目中不会比一件青铜小雕像更有价值。也许还不如。”

画家目瞪口呆地看着他。这完全不像道连说的话。到底是怎么回事？看来他十分生气。他的脸涨得通红，两腮在发烧。

“是的，”道连继续说，“我在你心目中还比不上你的象牙信使神或你的银质牧羊神。你将永远喜欢它们。可是你能喜欢我多久呢？大概顶多到我脸上出现第一道皱纹时为止。现在我懂了，一个人不管原来有多美，只要一旦失去他的美貌，这个人也就失去了一切。这是你的画告诉我的。亨利·沃登勋爵说的完全对。青春是唯一可宝贵的。当我发现我年华渐逝而变老的时候，我将自杀。”

霍尔渥德顿时脸色煞白，急忙抓住他的手。“道连！道连！”他叫了起来，“不要这样说。我从来没有过像你这样的好朋友，我也将永远不会再有这样的朋友。你是不会妒忌没有生命的东西的，是吧？你比一切东西都美呢！”

“我妒忌一切永不消逝的美。我妒忌你给我画的像。为什么它可以保存我必定会失去的东西？每一寸光阴都从我这里拿走一点东西去给它。哦，要是倒个过儿多好哇！要是画像会起变化，而我永远跟现在一样，那该多好！贝泽尔，你干吗要画这幅像啊？将来它会嘲弄我的——狠狠嘲弄我的！”热泪如泉水一般涌上道连的眼眶，他挣脱了贝泽尔的手，仆倒在沙发上，脸埋在靠垫里，就像是在祈祷。

“这是你干的好事，亨利，”画家痛心地说。

亨利勋爵耸耸肩膀说：“这才是真正的道连·葛雷，如此而已。”

“这不是。”

“既然不是，跟我有什么相干？”

“刚才我要求你走的时候你应当走，”他埋怨道。

“我是应你的要求留下的，”亨利勋爵这样回答。

“亨利，我不能一下子跟我两个好朋友闹翻。可是你们俩使我痛恨我的最好的作品，我决心把它毁掉。这不过是一块抹了油彩的画布。我不愿让它在我们三人中间作梗，闹得大家日子不好过。”

道连·葛雷从靠垫上抬起长着金发的脑袋，仰起他那张苍白的面孔，以迷惘的泪眼望着画家走到垂着绸帘的窗边一张松木画桌跟前。他在那儿做什么？他的手在一堆乱七八糟的锡管和干画笔中间摸索，在寻找什么东西。对了，他在找一把刃面薄而柔软的长柄调色刀。终于给他找到了。他想要划破画布。

道连·葛雷抽噎着从沙发上跳起来，冲到霍尔渥德跟前，把刀子从他手里夺下来扔到画室的角落里。“不许这样，贝泽尔，不许这样！”他嚷道。“这等于谋杀！”

“我很高兴你总算赏识我的作品，道连，”画家从惊愕中定下神来以后冷冷地说。“我本来已经不抱这样的希望了。”

“赏识它？我爱上了它，贝泽尔。它是我的一部分。我有这样的感觉。”

“好吧，等你干了以后，给你涂上清漆，配好框子，然后送你回家。那时你爱怎么就怎么处置你自己吧。”他走到画室的另一头去按铃，吩咐仆人送茶进来。“道连，你是一定愿意喝茶的，是不是？你喝不喝，亨利？你不反对这点简单的乐趣吧？”

“我最爱简单的乐趣，”亨利勋爵说。“对于复杂心理的人，这是最后的避风港。可是我不爱看又哭又闹的活剧，除非在舞台上。你们一对都是活宝！我不知道是谁下了人是理性动物的定义。这样的定义下得太早了。人身上什么都有，就是缺乏理性。其实，缺乏理性也好，不过我希望你们不要为这幅画像争吵。贝泽尔，你还是把它给了我吧。这个傻孩子并不真正想要，我是真的想要。”

“贝泽尔，除我以外，你如果把它给任何人，我永远不会原谅你！”道连·葛雷大声抗议。“我也不许别人管我叫傻孩子。”

“你知道这画像是属于你的，道连。在它诞生以前我就把它给了你。”

“你得承认你的表现是有点儿傻，葛雷先生。说你太年轻，你不会真的在意的。”

“今天早晨要是有人这样说，我还很讨厌，亨利勋爵。”

“啊，今天早晨！现在你跟那时候大不相同了。”

仆人敲门进来，把装得满满的茶盘放在一张日本式的小桌子上。杯子、碟子叮叮当当，陶制大茶壶嗞嗞作声。一名僮仆端进来两只球形的瓷缸。道连·葛雷走过去倒茶。贝泽尔和亨利勋爵慢腾腾地走到小桌前，揭开盖子看瓷缸里是什么东西。

“今天晚上我们去看戏吧，”亨利勋爵说。“一定有什么地方在上演好戏。我答应了人家在怀特俱乐部吃晚饭，不过反正是一个老朋友，我可以打电报告诉他我病了，或者说我另有约会不能来。我想这是一个挺好的理由，这样坦率一定能大大出人意外。”

“穿晚礼服实在是桩烦人的事情，”霍尔渥德嘟囔着。“而且，穿上了以后又难看得要命。”

“是啊，”亨利勋爵感慨地说，“十九世纪的服装可恶至极。色调是那么阴暗、沉闷。现代生活中剩下的唯一真正鲜明的色彩就是罪恶。”

“亨利，你不应当在道连面前这样说话。”

“你指的是哪一个？是那个在给我们倒茶的道连，还是画上的道连？”

“两个都包括在内。”

“我想跟你一起去看戏，亨利勋爵，”道连说。

“好极了。贝泽尔，你也去好不好？”

“不行，真的不行。我还是不去的好。我有许多工作要做。”

“那我就跟你两个人去，葛雷先生。”

“我真高兴。”

画家咬了咬嘴唇，手里拿着一杯茶走到肖像跟前。“我要留下来给真正的道连做伴，”他的声调凄怆。

“你说这是真正的道连？”肖像的原型激动地问，一边向画家走过去。“我真的像它吗？”

“是的，你跟它一模一样。”

“多好啊，贝泽尔！”

“至少你在外貌上像它。但它是永远不变的，”霍尔渥德发出一声喟叹。“这毕竟是差别。”

“什么不变啦、忠诚啦，都是小题大做！”亨利勋爵说。“老实说，即使在爱情上，这也纯粹是个生理学的问题，根本不依我们的意志为转移。年轻人想要忠诚，结果都变心；老年人想要变心，已无能为力。事情就是这样。”

“道连，今天晚上不要去看戏了，”霍尔渥德说。“还是留下来和我一起吃晚饭吧。”

“我不能，贝泽尔。”

“为什么？”

“因为我答应了亨利·沃登勋爵跟他一起去。”

“他不会因为你信守诺言而更喜欢你。他自己老是说话不算数的。我请求你别去了。”

道连·葛雷笑着摇摇头。

“我恳求你，”画家说。

道连左右为难，望了望笑眯眯的亨利·沃登。这时勋爵正从茶桌那边观察他们，觉得煞是有趣。

“我一定要去，贝泽尔，”道连最后答道。

“那好吧，”说完，霍尔渥德走过去把茶杯放在盘子里。“时间已经不早了，你们还得换装，不要耽搁了。再见，亨利。再见，道连。希望你很快来看我。明天就来。”

“一定。”

“你不会忘记吧？”

“当然不会，”道连说。

“那么……亨利，你？……”

“怎么样，贝泽尔？”

“请你记住今天早晨我们在花园里的时候我向你提出的要求。”

“我已经忘了。”

“我相信你。”

“但愿我能相信我自己，”亨利勋爵哈哈笑道。“走吧，葛雷先生，我的双人马车在门口，我可以送你到府上。再见，贝泽尔。今天我们度过了一个极有意思的下午。”

等他们走了出去，门关上以后，画家颓然倒在沙发上，脸上现出十分痛楚的表情。

第三章

第二天中午十二点半，亨利·沃登勋爵从柯曾街走到奥尔本尼公寓去看望他的舅舅费莫尔勋爵。这是一位态度生硬，但心地善良的单身老人。外界说他自私，因为从他那里捞不到多大好处。而在上流社会却认为他器量大，因为他乐于宴请那些能使他开心的人。他父亲任我国驻马德里大使的时候，伊莎贝拉[①]还年轻，普里姆[②]还默默无闻。后来，老费莫尔一气之下离开了外交界，原因是没有被任命为驻巴黎大使，而他自以为凭他的出身、懒散、写外交报告的流畅文笔和寻欢作乐的放荡本领，担任这个职务十分合适。彼时给父亲充当秘书的儿子也同父亲一起辞职，这在当时被认为有点儿傻；几个月后，他承袭了爵位，开始专心致志地研究贵族擅长的伟大艺术——无所事事。他在伦敦有两幢大房子，但他宁可住单身公寓，觉得这样省心，平时大都在俱乐部里吃饭。他多少还经营一下他在英格兰中部几个郡里拥有的煤矿，对于自己染上搞实业的不良时尚他是这样辩解的：有煤的唯一好处是供得起一位绅士在他自己的壁炉里烧木柴。政治上他是保守党，不过保守党执政时除外，那时他必定大骂他们是一伙激进派。他是他的贴身男仆眼里的英雄[③]，因为贴身男仆敢顶撞他，而他的大多数亲属却十分怕他，因为他对他们总是疾言厉色。他是地地道道的英国特产，然而他老是说这个国家早晚要完蛋。他的为人之道已经过时，但也可以提出不少理由为他的偏见辩解。

亨利勋爵走进房间时，他的舅舅身穿粗呢猎装，口衔方头雪茄在看《泰晤士报》，一边嘀嘀咕咕自言自语。“你好，亨利，”老绅士说，“有什么要事使你这么早从家里出来？我知道你们这些公子哥儿照例下午两点前起不了床，五点前见不到人。”

“乔治舅舅，请相信我，我上这儿来纯粹是出于亲属情谊。我想从你这儿搞到一些东西。”

“我想一定是钱，”费莫尔勋爵皱起眉头说。“坐下谈吧。如今的年轻人以为有了钱就有一切。”

“嗯，”亨利勋爵含糊地应道，整了整插在上衣钮孔里的花。“随着年龄的增长他们更有体会。不过我今天不要钱。只有要付账的人需要钱，乔治舅舅，我从来不付账。一个人如果不是长子，他就靠赊账过日子，而且可以过得挺舒服。何况，我只跟达特穆尔那边的零售商打交道，所以他们从不找我的麻烦。我今天是来搞情报的：当然不是有用的情报，而是无用的情报。”

“我可以告诉你英国蓝皮书[4]里有的任何一件事，亨利，不过现在那帮家伙往往在书中胡说八道。我当外交官的时候要好得多。可是听说现在当外交官先要经过考试。这能搞出什么名堂来？考试是彻头彻尾的骗人之举！如果是一个有身份的人，他知道的东西总是绰绰有余，如果不是一个有身份的人，他知道的东西对他自己只有害处。”

“道连·葛雷先生不会上蓝皮书的，乔治舅舅，”亨利勋爵懒洋洋地说。

“道连·葛雷先生？他是谁？”费莫尔勋爵问道，他的两道灰白的

---

①伊莎贝拉(1830—1904)，伊莎贝拉二世，西班牙女王，1833—1868 年在位，1868 年西班牙爆发资产阶级革命时被废黜。

②普里姆(1814—1870)，西班牙将军，主张实行君主立宪制的进步党领袖之一，伊莎贝拉被废后一度出任首相。

③法国有一句谚语：“任何人在他的贴身男仆眼里都不是英雄。”作者在这里虽然反说，但意思不变。

④英国议会或枢密院发布的报告书通用蓝色封皮，故称蓝皮书。此外，名人录亦称蓝皮书。

浓眉打起了结。

“我来就是打听这件事，乔治舅舅。应当说，我知道他是谁。他是最后一位克尔索勋爵的外孙。他的母亲是玛格丽特 · 德弗罗夫人。我要你告诉我有关他母亲的情况。她是个什么模样？她嫁给了一个什么样的人？你那个时代的人你差不多全认识，你可能也认识她。目前我对葛雷先生感到极大的兴趣。我刚认识他不久。”

“克尔索的外孙！”老绅士重复着，“克尔索的外孙！……当然……他母亲的事我很清楚。我记得还参加过她的洗礼。她——玛格丽特 · 德弗罗——是个绝色的美人，她干了一桩使所有的男人都发疯的事情：跟一个不名一文的年轻人私奔了。那男的什么地位也没有，大概只是在步兵团里当一名少尉。对了，对了。这件事我原原本本都记得，就像昨天发生的一样。婚后几个月，那个穷小子就在斯帕跟人决斗时被杀死了。这中间有一个很不体面的故事。据说克尔索买通了一个比利时流氓，叫他当众侮辱他的女婿，是雇他干的，那流氓用剑把他捅了个窟窿，就像叉一只鸽子一样。事情好歹算是遮盖过去了，可是此后有相当长一个时期，克尔索只得孤零零一个人在俱乐部里吃他的煎牛排了。我听说他把女儿领了回来，可是她再也没跟父亲说一句话。是啊，这是一件很不体面的事情。玛格丽特不到一年也死了。你说她留下一个儿子，是吗？我已经忘了。那孩子是个什么模样？如果他像他母亲的话，一定是个漂亮的小伙子。”

“他的确很漂亮，”亨利勋爵插了一句。

“我希望他不要落在歹人手里，”老人继续说。“如果克尔索在遗嘱中不亏待他的话，将来有一大笔钱等着他继承。他母亲也有钱。她外祖父的塞尔比庄园的全部财产都归了她。她的外祖父恨透了克尔索，骂他吝啬鬼。确实是这样。有一次他到马德里去，当时我在那里。天哪，我真为他害臊。女王几次问我，那个老是为了车钱跟马车夫吵架的英国贵族是谁。那里关于他的故事有一大堆。我足足一个月不敢在宫廷中露脸。我希望他对待自己的外孙不至于像对待出租马车的车夫那样刻薄。”

“这可不知道，”亨利勋爵说。“我想这小伙子会有钱的。眼下他还没有成年。我知道塞尔比已经归他。这是他自己告诉我的。你说……他母亲很漂亮？”

“亨利，玛格丽特·德弗罗是我见到过的最可爱的一个美人。我怎么也不明白，是什么促使她干出这样的事来。她可以嫁给她看中的任何人。卡林顿曾经为她神魂颠倒。不过，她的气质很浪漫。这一家的女人都是这样。这一家的男人全是庸才；可是女人，说真的，都呱呱叫。卡林顿向玛格丽特下过跪。这是他自己告诉我的。玛格丽特把他嗤笑了一通，而当时伦敦是没有一个女孩子不对卡林顿倾心的。哦，说起莫名其妙的婚姻，亨利，我要问你，你爸爸告诉我，达特穆尔要跟一个美国女子结婚，这不是莫名其妙吗？难道英国姑娘都配不上他？”

“乔治舅舅，如今娶美国女人非常时髦。”

“亨利，我看好英国女人，我可以跟全世界打赌！”费莫尔勋爵说着用拳头敲了一下桌子。

“现在赌注都下在美国女人那一边。”

“听人家说她们的后劲不行，”舅舅不以为然。

“打持久战她们耗不起，不过参加障碍赛非常出色。她们的爆发力特强。我认为达特穆尔没有希望。”

“那女的长辈是谁？”老绅士没好气地问。“她有没有长辈？”

亨利勋爵摇摇头。“美国姑娘在隐瞒父母的身份这方面同英国女人隐瞒自己的过去一样巧妙。”说罢，他起身准备告辞。

“她的上代恐怕是猪肉包装批发商吧？”

“乔治舅舅，为达特穆尔着想，但愿如此。听说，猪肉包装批发业在美国是仅次于政治的赚钱生意。”

“她长得怎么样？”

“她摆出一副美人的样子。美国女人大都如此。这是她们迷人的诀窍。”

“这些美国女人为什么不待在自己国内？我们整天听人家说那里是女人的乐园。”

“的确是这样。正因为如此，她们才像夏娃一样拼命要离开那儿，”亨利勋爵说。“再见，乔治舅舅。再不走我吃午饭要迟到了。谢谢你提供了我所需要的情报。我总是喜欢了解有关我的新朋友的各种情况，而不想知道旧相识的任何事情。”

“你上哪儿去吃午饭？”

“阿加莎姑妈家。我要她请我和葛雷先生吃饭。道连·葛雷是她最新的宠儿。”

“嗯！亨利，告诉你的阿加莎姑妈，再也不要为募捐的事来找我的麻烦。简直把我烦死了！这位女善士大概以为，我除了开支票赞助她的蠢主意就没事干了。”

“好吧，乔治舅舅，我去告诉她。不过这不起任何作用。慈善家就是缺乏为他人着想的博爱精神。这是他们的突出特征。”

老绅士嘟嘟囔囔表示同意，然后按铃叫他的仆人。亨利勋爵穿过低矮的拱廊走上柏林顿街，再折向巴克利广场。

想不到道连·葛雷还有这么一番身世。尽管亨利勋爵听到的只是粗略的事实，但已经很动人，颇有离奇曲折的现代言情小说的味道。一个美丽的女人为了狂热的爱情置一切于不顾。几星期的纵情欢乐被骇人听闻的罪恶阴谋拦腰截断。经过几个月无语的悲伤，于是一个孩子在痛苦中诞生。母亲被死神夺走了生命，遗孤被置于一个铁石心肠的老人的专制统治之下。是啊，这样精彩的背景把那个少年衬托得可以说更加完美了。凡是美好的事物，往往背后都有某种悲剧的成分。哪怕是一朵小小的花儿，也要熬过了阵痛才能开放……。昨天吃晚饭的时候，他多么迷人哪！他们面对面坐在俱乐部里，他的眼睛睁大，嘴唇微启，神情既惊异，又高兴。红色的烛罩把他令人神往的美貌映得分外红润。对他说话好比拉一把奇妙的提琴。你的弓在弦上每碰一下，哪怕只是微微的颤动，都会引起反响……。观察自己对别人的影响，这件事情太诱人了。任何别的事情都不能与之相比。把自己的灵魂注入一个精美的模型，并让它在里面逗留片刻；听听因自己发表高见而激起的配有热情和青春的音乐的回声；把自己的气质像输送稀薄的流体和清幽的异香一般输入别人的身躯；这确实是一种享受，在我们这个如此狭隘和庸俗的时代，在这个热中于赤裸裸的肉欲和赤裸裸的实利的时代，这也许是能够得到的最大的享受……。而且，他在贝泽尔的画室里碰巧结识的这个少年，确实是一个不同凡响的典型，至少有可能塑造成不同凡响的典型。他具有俊秀的脸庞、白璧无瑕的童贞和古希腊大理石雕为我们保存下来的那种美。你把他塑成什么都可以。可以将他做成大力巨人，也可以做成小玩意儿。这样的美竟注定要凋萎，多可惜啊！……可贝泽尔呢？从心理学的角度看，他这个人多有意思啊！仅仅由于看到一个完全处于不自觉状态的人在身旁，就一下子形成了新的创作手法、新的生活观点。过去在密林中悄然徘徊、在旷野里隐身漫步的幻影，突然向画家现了形，像一位山林女神，一点也不害怕，因为画家的心灵一直在寻访她；如今他心灵深处神奇的视觉被唤醒了，而奇迹是只向神奇的视觉显现的。事物的形状轮廓变得可以说十分优美，还具有一种象征的价值，仿佛它们本身就是别的更完美的形式的标本，并使这种形式的幻影成了现实。这一切是多么奇怪啊！他想起历史上有类似的情况。柏拉图——这位思想艺术家——不是最早对它作过剖析吗？米开朗琪罗[①]不是把它刻在录有一组十四行诗的彩色大理石上吗？但在我们的时代这是奇事……是的，他要尝试对道连·葛雷起到这少年自己在不知不觉中对创作了这幅卓越肖像的画家所起的作用。他要设法成为他的主宰——事实上已经取得一半成功。他要占有这颗珍奇的灵魂。这个爱与死的结晶有着某种惊人的魅力。

他突然停住脚步，看看附近的房屋。他发现已经过了他姑妈家好长一段了，自己也觉得好笑，便往回走。他走进半明不暗的门厅，管家告诉他，宾主已经入席了。他把帽子和手杖交给一名听差，然后步入餐厅。

“你又迟到了，亨利，”他姑妈大声埋怨道，一边对他直摇头。

他信口编造了一个理由，就在她旁边一个空位子上坐了下来，随后，他向四周扫了一眼，看看席上有哪些人。道连从桌子的一端向他腼腆地点点头，脸上徐徐泛起高兴的红潮。对面坐着哈里公爵夫人，凡是认识她的都喜欢这位心地好、脾气也好的夫人；她的体态丰满，这在当代的历史学家笔下会被描写为肥胖，如果其对象不是公爵夫人的话。她右边坐着托马斯·柏登爵士，一位激进党议员。他的公开言行紧跟本党的领袖，而在私生活中专去有高明厨师的地方，奉行的是众所周知的明智信条：吃饭和保守党在一起，思想同自由党相一致。坐在哈里公爵夫人左边的是屈莱德里的厄斯金先生，一位相当可爱、颇有教养的老绅士，不过已养成沉默寡言的坏习惯；有一次他向阿加莎夫人解释，他在三十岁以前已经把要说的话都说完了。亨利自己的邻座是范德勒太太，

---

① 米开朗琪罗（1475—1564），文艺复兴时期的意大利大雕塑家、画家、建筑师、诗人。

阿加莎姑妈多年的老朋友，一位十足的女圣人，可是她的打扮粗俗不堪，活像一本装订得非常蹩脚的赞美诗歌集。也算他运气好，范德勒太太的另一边坐着福德尔爵士，一个满腹经纶的中年庸才，他的秃顶可与内阁大臣在下议院所作报告的内容相媲美。范德勒太太与他交谈时那副一本正经的神态，据福德尔爵士自己说，是所有真正的好人都犯的一种不可原谅的毛病，而且没有一个人完全摆脱得了。

“亨利勋爵，我们正在议论可怜的达特穆尔，”公爵夫人高声说，同时隔着餐桌向他点头致意。“你说他是不是当真要娶那个小狐媚子？”

“公爵夫人，我相信她已拿定主意向达特穆尔求婚。”

“太可怕了！”阿加莎夫人发出惊叹。“应该有人出面干涉！”

“根据绝对可靠的消息，她父亲是开美国干货铺[①]的，”托马斯·柏登爵士带着不屑的表情说。

“我舅舅认为是做猪肉包装批发生意的，托马斯爵士。”

“干货？美国干货究竟是什么？”公爵夫人问道，她向上伸出两只多肉的手，表示不解。

“就是美国小说。”亨利勋爵说着自己取鹌鹑来吃。

公爵夫人给弄得莫名其妙。

“别理他，亲爱的，”阿加莎夫人向她低声说。“他从来不说正经话。”

“美洲刚发现时……”激进党议员开始讲一连串乏味的事实。他像一切努力把话匣子全部倒空的人一样，总是连听者的耐心也全部耗尽。公爵夫人叹一口气，决定行使她的特权打断话头。“我倒希望美洲还是压根儿没被发现为好！”她感慨地说。“如今搞得我们的姑娘的机会全

---

①在美国，“干货铺”指经营布匹、衣料和现成服装的商店。

被剥夺了。这太不公平。”

“也许美洲还根本没有发现呢，”厄斯金先生说。“我个人认为它只是被发觉罢了。”

“哦！不过我见过一些美国女人，”公爵夫人换上捉摸不定的口气说。“应当承认，她们大多是挺可爱的。而且穿着都很漂亮。她们的衣服都是向巴黎定购的。我也希望能这样阔绰。”

“据说，体面的美国人死后都到巴黎去，”托马斯爵士咯咯地笑着说，他有一肚子老掉了牙的俏皮话。

“真的吗？！那么不体面的美国人死后到哪里去呢？”公爵夫人问。

“到美国去呗，”亨利勋爵说。

托马斯爵士皱起眉头。“我看令侄对这个伟大的国家抱有成见，”他向阿加莎夫人说。“我曾经走遍那个国家，旅程中的车辆都有专人安排，他们在这方面非常周到。你可以相信我，到那里去游历可以长不少见识。”

“难道为了长见识就得上芝加哥？”厄斯金先生伤心地问。“我可受不了长途跋涉。”

托马斯摇摇手。“屈莱德里的厄斯金先生的世界都在他的书架上。我们讲究实干的人喜欢亲眼去看，不喜欢读书本上的介绍。美国人是个非常有意思的民族。他们的头脑绝对清醒。我认为这是他们的特色。是的，厄斯金先生，这是一个极其明智的民族。我敢说美国人从来不干蠢事。”

“多可怕！”亨利勋爵叫了起来。“赤裸裸的暴力我还受得了，可是赤裸裸的明智我完全不能忍受。这样运用头脑不够光明正大。这是对理性的暗算。”

“我不明白你的意思，”托马斯爵士满脸通红地说。

“我明白，亨利勋爵，”厄斯金先生微笑着说。

“奇谈怪论自然是很风趣的喽……”那位准男爵想要反驳。

“这是奇谈怪论？”厄斯金先生问。“我可没这样想过。也许是。不过事物的本来面目正像奇谈怪论那样。要检验事实真相必须把它放在绷紧的钢丝绳上。等真理变成了走钢丝的杂技艺人，我们才能作出判断。”

“我的天！”阿加莎夫人说，“你们男人尽爱抬杠！说实在的，我从来也闹不清你们在说什么。哦，亨利！我非常生你的气。你为什么要劝我们可爱的道连·葛雷先生撇下东区的工作不管？要知道，他在那边能发挥不可估量的作用。他们一定会喜欢听他的演奏。”

“我要他演奏给我听，”亨利勋爵面带笑容说。他向餐桌尽头扫了一眼，遇到了迎着他投过来的亮闪闪的目光。

“可是白教堂那里的人怪可怜的，”阿加莎夫人仍不死心。

“我同情一切，就是不同情疾苦，”亨利勋爵耸耸肩膀说。“我不能同情疾苦。那实在太丑恶、太可怕、太悲惨。那种赶时髦的同情疾苦有一种非常不健康的味道。人的感情应当倾注在生活的色彩、生活的美、生活的乐趣之中。生活的疮疤少碰为妙。”

“不过，东区的状况是个极为重要的问题，”托马斯爵士说，郑重其事地摇摇头。

“一点也不错，”年轻的勋爵答道。“这是个奴隶问题，而我们居然想用给奴隶一点娱乐的办法来解决这个问题。”

那位政治家盯着他问：“那你另有什么能改变局面的高见呢？”

亨利勋爵放声大笑。“除了天气，我不打算改变英国的任何事情，”他回答道。“我完全满足于哲理性的沉思默想。但是，既然十九世纪因为挥霍同情而破了产，看来我们要扭转颓势只得乞灵于科学。感情的好处是能把我们引入歧途，而科学的好处是不感情用事。”

“可是我们肩上的责任是那么重，”范德勒太太鼓足勇气插进来说。

“是啊，重极了。”阿加莎夫人附和着。

亨利勋爵向厄斯金先生瞧了瞧。“人类把自己看得太了不起了。这是世界的原罪[①]。穴居人如果会笑的话，历史本会是另一种样子的。”

“你很善于让人宽心，”公爵夫人发出鸟鸣似的颤音，“过去，我每次来看你的亲爱的姑妈，心里总是内疚得很，因为我一点也不关心东区的事。往后我正眼看她就不必脸红了。”

“脸红是挺好看的，公爵夫人，”亨利勋爵说。

“那只有在年轻的时候，”她笑道。“要是像我这样的老太婆脸红，可不是好兆。啊，亨利勋爵！希望你告诉我有什么办法恢复青春。”

他想了想，然后隔着餐桌眼望着她问道：“公爵夫人，你能不能记起自己年轻时犯过什么大错误？”

“恐怕多得很。”

“那就重新再犯，”他郑重其事地说。“一个人想恢复青春，只消重演过去干的蠢事就够了。”

“多妙的理论！”她惊叹道。“我一定把它变成行动。”

“危险的理论！”这是从托马斯爵士牙缝里挤出来的评语。阿加莎夫人频频摇头，但也觉得有趣。厄斯金先生一直听着。

“是的，”亨利勋爵继续说，“这是人生的一大秘密。如今大多数人死于战战兢兢的思想方式，等到发现唯一不后悔的是自己所犯的错误

① 根据基督教义，人类是亚当与夏娃偷吃禁果的产物，因而具有犯罪的本性，称为“原罪”。

时，已经太晚了。”

举座为之大笑。

他把这个观点作了任意的发挥：既像玩杂耍，又像变戏法；刚刚让它滑过去，随即又把它抓回来；忽而用想象的虹彩把它点缀得五色缤纷，忽而又给它插上悖论的翅膀任其翱翔。他说着，说着，这曲颂扬荒唐的赞歌已上升为一种哲学，而哲学又变得年轻起来，像给酒神作礼赞的女祭司，身穿酒痕斑斑的长袍，头戴常春藤的花冠，拼命跟上疯狂的享乐音乐的节奏，在生命的山丘上手舞足蹈，嘲笑行动迟缓的山神还不醉倒。现实像惊慌失措的林中小精灵，在她面前纷纷逃窜。她的一双雪白的脚在智者莪默[①]所坐榨酒的巨石上踏个不停，直至葡萄汁涌到她的光脚周围翻腾起紫色的浪花，或者泛起红色的泡沫顺着大桶黑沉沉、湿淋淋的斜壁往下淌。这是一次了不起的即兴表演。他感到道连·葛雷的眼睛一直盯着他，由于意识到听者之中有一个人的心是他所要蛊惑的，他的高论似乎益发显得词锋犀利，奇想联翩。他的表演实在精彩，极尽光怪陆离、不负责任之能事。听众给他迷得晕头转向，一边笑，一边跟着他的笛子跑[②]。道连·葛雷目不转睛地望着他，像着了魔似地坐在那里，一个又一个微笑在他的嘴角互相追逐，颜色转深的眼睛里惊异的神情渐次化为沉思。

最后，穿上时装的现实进入餐厅：一名仆人进来禀报公爵夫人，她的马车已在等候。“真扫兴！”她说。“我必须告辞了。我得上俱乐部去接我丈夫到威利斯会堂去参加一个无聊的集会，他要在会上当主席。我要是去晚了，他准会大发脾气，我戴着这顶帽子没法吵架。这帽子简

① 莪默（1048？—1123），波斯诗人。作品有四行诗集《鲁拜集》。

② 英国诗人罗伯特·勃朗宁（1812—1889）写过一首长诗《赫姆林的花衣吹笛人》，诗中魔笛的奇妙音乐把汉诺威所有的孩子都带走了。

直碰不起，说一句重话都能把它震掉。不行，我不奉陪了，亲爱的阿加莎。再见，亨利勋爵，你确实讨人喜欢，但你败坏道德的作用大得吓人。对你的宏论我简直不知道说什么好。改天请你一定来跟我们一起吃晚饭。星期二，怎么样？你有约会吗？”

“为了你，公爵夫人，我可以对任何人失约，”亨利勋爵说着鞠了一躬。

“啊，你真是太好了，也太坏了，”她说。“可不要忘记呀。”她大摇大摆地走出餐厅，阿加莎夫人和女客们也跟着出去。

亨利勋爵重新坐下后，厄斯金先生移动身躯，过来坐在紧挨着他的一把椅子上，一只手按住他的臂膀。

“听君一席话，胜读十年书，”厄斯金先生说。“你为什么不写一本书呢？”

“我太喜欢看书了，所以不愿写书，厄斯金先生。我当然乐于写一本小说，写得像波斯地毯一样美丽，一样不真实。可是英国读者除了报纸、入门书和百科全书，什么都不看。世上所有的民族就数英国人对文学的美感最差。”

“恐怕你的话有道理，”厄斯金先生应道。“我自己也曾有写作的雄心，不过很早就打了退堂鼓。现在，我亲爱的年轻朋友，如果你不反对我这样称呼你，我想请问，你在吃饭时对我们说的那些话是否真是你的想法？”

“我说了些什么全忘了，”亨利勋爵微微一笑。“我的话要不得吗？”

“完全要不得。总之，我认为你是个非常危险的人物，如果我们善良的公爵夫人发生什么事情，我们将一致认定你是罪魁祸首。不过我还是乐于跟你谈谈生活。我所属的一代人都很乏味。有朝一日你在伦敦待腻了，不妨请到屈莱德里来。你可以向我阐述你的享乐哲学，同时尝尝我有幸买到的上等勃艮第红葡萄酒。”

“一定领情。我能亲临屈莱德里是莫大的荣幸。那里有再好不过的主人，有再好不过的图书室。”

“你的光临将使蓬荜增辉，”老绅士说着彬彬有礼地鞠了一躬。“现在我要去向卓越的令姑母告辞。我得上文艺俱乐部去。这个时候我们照例要在那边打瞌睡。”

“全体都到吗，厄斯金先生？”

“四十个人，坐在四十把圈椅里。我们这是在准备当英国文学院的院士。”

亨利勋爵笑着站起身来，说：“我要到公园[①]去了。”

他正要走出门去的时候，道连·葛雷在他胳膊上碰了一下。“我想跟你一起去，”他轻轻地说。

“你不是答应贝泽尔·霍尔渥德今天去看他吗？”亨利勋爵问。

“我更喜欢和你在一起。是的，我觉得应该和你一起走。让我跟你去吧。你能不能答应一直不停地对我说话？没有人能讲得像你那样动听。”

“啊！今天我讲得够了，”亨利勋爵微笑着说道。“现在我只想做一个生活的旁观者。你可以和我一起旁观，如果你愿意的话。”

① 指伦敦最大的海德公园。

第四章

一个月以后的一天下午，在五月市[1]的亨利勋爵公馆的小书斋里，道连·葛雷靠在一张很舒适的圈椅里。那间书斋精美别致，墙上镶着很高的淡青色栎木嵌板和奶黄色的缘饰，天花板塑有灰泥细工的浮雕，砖红色的毡毯上铺着一块块饰有长穗的丝绸波斯小毯。椴木小几上一尊小型雕像是克罗迪翁[2]的作品，旁边摆着一册《故事一百篇》[3]，那是克洛维斯·埃夫[4]为瓦罗亚的玛格丽特[5]装帧的，封面上饰有王后选作纹章的金雏菊。壁炉架上几只青瓷大花瓶里插着五色斑斓的郁金香。伦敦之夏的杏黄色日光透过用铅条接合的小块窗玻璃倾泻进来。

亨利勋爵还没有回来。他老是姗姗来迟，因为他恪守这样的信条：准时是盗窃时间的贼。所以道连的面色颇为不悦，他心不在焉地随手翻阅在一口书橱里找到的一本附有精美插图的《曼侬·莱斯科》[6]。一座路易十四时代风格的时钟不紧不慢地走着，单调的滴答声惹得他心烦。他已不止一次打算走了。后来总算听见外面脚步声起，接着门开了。“你怎么这时候才来，亨利！”他埋怨道。

“可惜还不是亨利，葛雷先生，”回答的是一个尖利的声音。

他急忙转过头去，站起身来。“对不起。我还以为……”

“你以为是我丈夫回来了，其实是他的妻子。请允许我自我介绍。我已经从照片上认识你好久了。我丈夫大约有十七张你的照片。”

“不是十七张吧，亨利夫人？”

“不是十七，就是十八张。前不久一个晚上我还看见你和他一起在歌剧院。”她发出带点神经质的笑声说，一边用勿忘我花似的蓝眼睛漫不经意地望着他。这是个奇怪的女人，她的服装永远给人这样的印象：

仿佛是在狂怒中设计出来，在暴风雨中穿上身的。她照例热恋着什么人，由于这种爱情始终是单方面的，她的幻想一个也没有破灭。她力图显得新颖别致，然而所达到的只是杂乱无章。她名叫维多利亚，她有上教堂的癖好，甚至到了狂热的地步。

“大概是在演《罗恩格林》⑦的那一次吧，亨利夫人？”

“是的，正是在演可爱的《罗恩格林》。我喜爱瓦格纳的音乐超过任何别的作曲家。他的音乐特别响，你可以不停地说话而不必担心给旁人听见。这是一大好处，你说对不对，葛雷先生？”

又一阵急促而略带神经质的笑声从她的薄嘴唇里冒出来，她的手指开始摆弄一把长长的玳瑁柄裁纸刀。

道连微笑着摇摇头说：“我不敢苟同，亨利夫人。听音乐的时候我从来不说话，至少听优美音乐的时候如此。如果是蹩脚的音乐，那就应当把它淹没在谈话声中。”

“啊！这正是亨利的一种观点，可不是吗，葛雷先生？我总是从亨利的朋友那里听到亨利的观点。这是我了解他的观点的唯一途径。不过你不要以为我不喜欢好的音乐。我酷爱好的音乐，可是我又怕听。好的音乐使我变得过于罗曼蒂克。我对钢琴家简直拜倒在地，有时候一下

---

①音译为“梅费尔”（Mayfair），得名于十八世纪以前每年五月在那里举行的集市，是伦敦最豪华的住宅区之一。

②克罗迪翁，本名克罗德 · 米歇尔（1738—1814），法国雕塑家。

③指菲利普 · 德维尼埃写于1505—1515年的一本法国短篇小说集《新故事一百篇》。

④克洛维斯 · 埃夫，十六世纪法国宫廷图书装订师。

⑤瓦罗亚的玛格丽特（1553—1615），法国波旁王朝第一代君主亨利四世的王后，有《回忆录》传世。

⑥《曼侬 · 莱斯科》，法国作家普雷沃神父（1697—1763）所著的小说，描写年轻贵族格里厄对穷姑娘曼侬的爱情。

⑦《罗恩格林》，德国作曲家理夏德 · 瓦格纳（1813—1883）于1848年创作的一部歌剧。

子就爱上两个，这是亨利说的。我不知道他们身上有什么魔力。也许因为他们是外国人。他们都是外国人，对不对？即使在英国出生的，过一阵子也就成了外国人，可不是吗？他们这办法十分聪明，能使他们的艺术生色不少，成为十足世界性的艺术，是不是？你还从来没有参加过一次我的晚会吧，葛雷先生？你一定得来。我买不起兰花，可是在外国人身上花钱我不心疼。有他们在座，真是满室生春。哦，亨利来了！亨利，我来找你想问你一件事，什么事我已经忘了。我发现葛雷先生在这儿。我们挺愉快地聊了一阵子音乐。我们的想法完全一致。不，我认为我们的想法大不一样。不过跟他聊聊非常愉快，我很高兴能认识他。”

“很好，我亲爱的，好极了，”亨利勋爵说着抬起他那月牙形的浓眉，笑容可掬地望着他们。“对不起，道连，让你久等了。我到沃多尔街去物色一块古老的锦缎，花了好几个小时讲价钱。眼下人们什么东西的价钱都知道，可是对它们的真价值却不知道。”

“很抱歉，我该走了，”亨利夫人以一阵莫名其妙的笑声打破了难堪的冷场。“我答应了陪公爵夫人去兜风。再见，葛雷先生。再见，亨利。你今天不在家吃晚饭吧？我也是。也许我们会在桑柏里夫人那儿见面。”

“很可能，我亲爱的，”亨利勋爵说。等到维多利亚夫人像一只淋了一夜雨的天堂鸟从屋里飞了出去，留下一缕赤素馨花的幽香，亨利勋爵把门关上，然后点上一支烟，在沙发上躺下。

“道连，千万不要跟一个麦秆色头发的女人结婚，”他抽了几口烟以后说。

“为什么，亨利？”

“因为她们感情太丰富。”

“我就是喜欢感情丰富的人。”

“最好是干脆别结婚，道连。男人结婚是由于厌倦，女人结婚是出于好奇。结果双方都大失所望。”

“我恐怕不大会结婚的，亨利。我在恋爱中陷得太深了。这是你的格言之一。我要把它贯彻到行动中去，就像我照你所说的去做每一件事那样。”

“你跟谁恋爱上啦？”亨利勋爵沉吟半晌后问。

“跟一个演员，”道连·葛雷涨红了脸说。

亨利勋爵耸耸肩膀。“如此初恋实在不怎么样。”

“你要是见过她，就不会这样说了，亨利。”

“她是谁？”

“她叫西碧儿·韦恩。”

“从来没听说过。”

“谁也没听说过。不过总有一天人们会听到她的名字。她是个天才。”

“我的老弟，女人没有一个是天才。女人是一种装饰用的性别。她们从来没有什么要讲的，可讲起来就是娓娓动听。女人代表着物质对精神的胜利，正像男人代表着精神对道德的胜利一样。”

“亨利，你怎么能这样说？”

“我亲爱的道连，这是千真万确的。目前我正在研究女人，所以我不可能不知道。这个题目并不像我原先想的那样深奥。我发现，说到底，女人总共只有两类：本色的和上了色的。本色的女人很有用处。如果你想博取一个正人君子的名声，你只消请她们吃晚饭。另一类女人非常可爱。不过她们通常犯一个错误：她们为了要显得年轻而涂脂抹粉。我们祖母一辈的女人涂脂抹粉是要显示犀利的谈锋。胭脂与机智当年是相辅相成的。如今全都变了样。一个女人只要能比自己的女儿看起来年轻十岁，她就心满意足。至于谈锋，全伦敦只有五个女人值得与之一谈，而且其中两个是不容于上流社会的。不管怎样，你把你那位天才的事儿讲给我听听。你认识她多久啦？”

“啊！亨利，你的论点使我害怕。”

“先不去管它。你认识她多久啦？”

“大约有三个星期。”

“你在哪里见到她的？”

“让我告诉你，亨利。不过你可不能泼冷水。事实上，我要是不跟你认识，这件事根本不会发生。你激起了我强烈的欲望去了解有关生活的一切。自从我认识你以后，有好多天总好像有什么东西在我的血管里搏动。不论在公园里散步，或是沿着毕卡狄利大街闲逛，我都要留神观察在我身边经过的每一个人，怀着狂热的好奇心猜测他们过着怎样的生活。有些人吸引着我。另一些人使我害怕。空气里像是有一种诱人的毒素。我渴望着新奇的感觉……。一天晚上，大约七点钟光景，我决定出去寻找某种奇遇。我觉得，我们这个灰色的庞然大物——伦敦——有的是数不清的居民，有的是极卑劣的罪人和了不起的罪恶(就像你有一次说的那样)，它应当能为我提供些什么。千百桩稀奇古怪的事儿在我的想象中出现。光是可能遇到的危险就给我一种快感。我记着我们第一次在一起吃饭的那个奇妙的晚上你对我说的话：人生真正的秘密在于寻找美。我不知道自己期待着什么，反正我出了家门往东走，不久就掉进了肮脏的街巷和没有草木的阴暗空地的迷宫里。八点半左右，我走过一家可怜巴巴的小剧场，外面的煤气灯通明，照着俗不可耐的海报。一个面目可憎的犹太人，穿着我从未见过的可笑的背心，站在门口抽蹩脚雪茄。他的头发油腻腻的，拳曲成一个个圈圈，污迹斑斑的衬衫当胸缀着老大一颗钻石。‘爵爷，要包厢吗？’他看到了我就问，同时巴结得怪肉麻地脱下他的帽子。亨利，那个人身上有某种东西使我很感兴趣。他是个丑八怪。我知道你会笑我，不过我确实进去了，足足花了一个畿尼租了台边的一个包厢。直到今天我仍旧不明白当时为什么这样做。但要是我不这样，亲爱的亨利，要是我不进去，我会错过我一生中最了不起的一段罗曼司。我看得出你在笑。你太可恶了！”

“我不是在笑，道连，至少不是在笑你。不过你不应当说这是你一生中最了不起的罗曼司。你应当说这是你一生中第一段罗曼司。你将永远被人所爱，你将永远在恋爱中。多情是无所事事者的特权。这是一个国家的有闲阶级的唯一本领。别害怕。等着你去体验的新奇事儿多着呢。这仅仅是开始。”

“你把我这个人看得这样浅薄？”道连·葛雷怒冲冲地嚷道。

“不，我认为你有深情。”

“这怎么讲？”

“我的老弟，一生中只恋爱一次的人才真正是浅薄的。他们称做忠诚、坚贞的品质，我认为是习惯的昏睡病或缺乏想象力。情感生活中的忠实就同理性生活中的一贯性一样，无非是承认失败。忠实！将来我要对它作一番研究。这种感情包藏着占有欲。我们本来可以扔掉许多东西，如果不怕别人捡去的话。不过我不想打断你的话。把你的故事讲下去。”

“就这样，我坐进了糟糕不堪的狭小包厢，一道俗气得要命的吊幕就在我面前。我从幕外察看这座剧场。它实在庸俗，到处都画着小爱神和丰饶角①，活像廉价的婚礼蛋糕。顶层楼座和后排坐得满满的，可是两排不干不净的前座却空得很，至于所谓的花楼上简直看不见一个人

① 装满果品、谷物的羊角状盛器，源于希腊神话，其象征意义和聚宝盆相近。

TONIGHT
ROMEO
AND
JULIET

影。卖橘子和姜汁啤酒的女人走来走去，观众席上一片嗑核桃的响声。”

“跟英国戏剧的全盛时代[①]一模一样。”

“想必正是这样，那气氛委实叫人受不了。我坐在那里，不知怎样才好，这时我的视线落到了海报上。亨利，你猜那天演什么来着？”

“八成是《笨蛋或无辜的哑巴》。我相信我们的祖先爱看这类戏。道连，我活得愈久，就愈是强烈地感到：我们的父辈满意的东西已不能使我们满意。在文艺方面，和在政治方面一样，老祖宗总是不对的。”

“亨利，那出戏也能使我们满意的。演的是《罗密欧与朱丽叶》。我得承认，想到莎士比亚的作品在这样一个鬼地方演出，我非常生气。不过，我又有点儿感到好奇。不管怎样，我决定等看完第一幕再说。乐声响了，只见一个年轻的犹太人弹着一架走音的钢琴在指挥其糟无比的乐队。我差点儿给吓跑，这时幕总算升了起来，戏开场了。演罗密欧的是个上了年纪的胖子，用软木炭涂着两道眉毛，一副悲怆的沙嗓子做作得厉害，身段像一只啤酒桶。他的朋友默丘西奥也好不了多少。演这角色的是个三路小丑，他随心所欲地插科打诨，深受顶层楼座观众的欢迎。这两个角色和简陋得像是从草台班子里搬来的布景一样奇形怪状。可是朱丽叶！亨利，请你想象一下：这姑娘恐怕还不到十七岁，小脸蛋像朵花儿，小巧的头部轮廓是希腊型的，深褐色的头发盘着辫髻，淡紫色的眼睛好比两口盛满热情的深井，嘴唇好比玫瑰花瓣。她是我有生以来见到过的最可爱的女孩子。有一次你对我说过，你对激情是无动于衷的，但是美，只有美能使你热泪盈眶。我告诉你，亨利，我几乎没法看清那姑娘，因为泪雾蒙住了我的眼睛。还有她的声音——我

① 指十六至十七世纪英国文艺复兴时期，当时英国戏剧的代表人物为马洛、莎士比亚、本·琼森等。

从来没有听到过这样的声音。起先她的声音很低，那深沉、柔和的声调仿佛单单注入你一个人的耳朵。后来稍微响了一点，就像一支长笛或远处的一支双簧管。在花园里的一场中，那声音充满了狂喜的颤动，你只有在黎明前夜莺的歌唱中能听到。再后来，有几次瞬息间出现了小提琴热情奔放的声音。你也知道，某种声音能打动人的心。你的声音和西碧儿 · 韦恩的声音是我永远忘不了的。我一闭上眼睛就能听到你们的声音。你们说的都不一样，我不知道听谁的好。我怎么能不爱她？亨利，我爱她。她是我的生命。我一个晚上接着一个晚上去看她的戏。她今天扮罗瑟琳，明天演伊摩琴。①我看过她从爱人嘴唇上吮吸毒药后死在阴暗的意大利坟茔中。②我看过她乔装改扮成一个美少年，穿着紧身上衣和长筒袜，头戴雅致的软帽，在阿登森林里漫游。③我看过她发了疯来到有罪的国王跟前，把芸香给他佩带，把苦草给他尝。④我看过她无辜被妒忌的黑手掐断芦苇般纤细的脖子。⑤我看过她扮演各个不同时代的人物，穿上各种不同的服装。寻常的女人触动不了我们的想象，她们超越不出时代的局限。任何法术也不能使她们变形。她们的心就像她们的帽子一样容易看清楚，随时可以了解。她们之中没有一个有什么神秘。她们上午到公园兜风，下午在茶会上聊天。她们的微笑千篇一律，举止得体有度。我们对她们了如指掌。可是一个女演员，一个女演员就大不相同了！亨利！你为什么不告诉我，世上唯一值得爱的是女演员？”

“因为我爱过许许多多女演员，道连。”

---

①她们分别是莎士比亚戏剧《皆大欢喜》、《辛白林》中的女主人公。

②莎士比亚戏剧《罗密欧与朱丽叶》第五幕第三场。

③阿登森林，亦作阿登高地，位于法、比、卢三国交界处，《皆大欢喜》后半部的戏都在那里展开。

④莎士比亚戏剧《哈姆雷特》第四幕第五场。

⑤莎士比亚戏剧《奥赛罗》第五幕第二场。

“哦，那都是些染头发、涂脂粉的怪物。”

“不要挖苦染头发、涂脂粉的女人。有时候她们也有一种异乎寻常的迷人之处，”亨利勋爵说。

“我真后悔把西碧儿·韦恩的事告诉你。”

“你迟早要告诉我的，道连。你这一辈子什么事情都会对我说。”

“是的，亨利，我相信会这样。我忍不住要告诉你种种事情。你对我有一种说不出的影响力。即使我犯了什么罪，我也会来向你供认。你会了解我的。”

“道连，你是生活中的任性而快活的人，像你这样的人不会去犯罪。不过你对我的恭维还是使我感到荣幸。现在你告诉我——请把火柴递给我，好孩子，谢谢！——你跟西碧儿·韦恩现在究竟是怎样的关系？”

道连·葛雷霍地跳了起来，两腮通红，双目怒睁。“亨利，西碧儿·韦恩是神圣的！”

“只有神圣的东西才值得去碰，道连，”亨利勋爵的声调出人意料地稍带几分激昂。“你何必发火呢？我料想她总有一天会属于你的。恋爱中的人总是先欺骗自己，最后欺骗别人。这就是大家所说的罗曼司。我想，你至少已经跟她认识了吧？”

“当然。我第一次进那个剧场的晚上，那个面目可憎的老犹太人在散戏时来到包厢里，他表示愿意领我到后台去，将我介绍给她。当时我对他大发雷霆，我说朱丽叶已经死了几百年，她的尸体躺在维罗纳的大理石墓穴里。我从他目瞪口呆的样子看出，他大概以为我喝了太多香槟酒或别的什么。”

“完全可能。”

“接着他问我是否给哪家报纸写稿。我告诉他，我从不看报。他听了好像大失所望，并向我透露，说所有的剧评家都跟他过不去，他们个个都是可以收买的。”

“我认为他这话说得极有道理。不过，话得说回来，从那些剧评家的外貌来看，其中绝大多数身价都不高。”

“他大概以为自己雇不起他们，”道连笑了起来。“当时剧场里已开始熄灯，我得走了。他要我试试某种他竭力推荐的雪茄，我谢绝了。第二天晚上，我自然又到那里去了。他看见我的时候，对我深深鞠了一躬，称颂我是慷慨的艺术保护者。他是个非常讨厌的家伙，不过对莎士比亚崇拜得五体投地。有一次他以自豪的口气告诉我，他先后五次破产完全是为了这位‘弹唱诗人’——他坚持这样称呼莎士比亚。看来他认为这是很光荣的。”

“这的确光荣，我亲爱的道连，极其光荣。大多数人破产是由于在平庸的生活中投资过猛。为富有诗意的事业破产是一种荣誉。那么，你第一次跟西碧儿·韦恩小姐交谈在什么时候？”

“第三天晚上。那天她扮演罗瑟琳。我终于忍不住，到后台去了。事先我向她抛了一些花，她看了我一眼，至少我以为她看了我一眼。老犹太人把我缠得很紧。他大概拿定主意要带我到后台去，我同意了。我不急于去跟她结交，你不觉得奇怪吗？”

“不，我不觉得奇怪。”

“为什么，我亲爱的亨利？”

“改天我再告诉你。现在我想知道关于那个姑娘的情况。”

“西碧儿？哦，她是那么怕羞，那么文静。她身上还有一些孩子气。当我向她谈出我对她的演技的看法时，她的眼睛睁得大大的，那惊讶的神情妙不可言。看来她对自己的才能一点也不自觉。我想当时我和她都很激动。老犹太人咧着嘴站在满是灰尘的化装室门口，对我们俩说了一大堆天花乱坠的恭维话，而我们站在那里，像小孩子那样你看着我，我瞧着你。老犹太人张口就称我‘爵爷’，使我不得不向西碧儿声明，我什么爵也不是。她很天真地对我说：‘你看起来挺像一位王子。我要把你叫做迷人王子。’”

“道连，我敢担保，西碧儿小姐很会说恭维话。”

“你不了解她，亨利。她仅仅把我看作一出戏里的人物。她对人生一无所知。她和她的母亲——一个芳华已逝的憔悴妇人——一起生活，那妇人在第一天晚上裹着一件品红色晨袍扮演朱丽叶的母亲凯普莱特夫人，看样子当年也出过风头。”

“我知道那种样子，看了叫人难受，”亨利勋爵嘀咕着反复察看自己手上的指环。

“那犹太人要向我讲她的故事，我说我不感兴趣。”

“你做得很对。听别人的悲惨故事照例是无聊透顶的。”

“我感兴趣的只是西碧儿本人。她的出身跟我有什么相干？从她娇小的头到娇小的脚，她是绝对神圣、十全十美的。我每天晚上去看她演出，觉得她一天比一天更令人惊异。”

“怪不得这一阵子你没跟我在一起吃晚饭。我猜想你多半有一段奇妙的罗曼司正在进行。果然如此，不过同我的预想不完全一样。”

“我亲爱的亨利，我每天和你在一起不是吃午饭就是吃夜宵，我还和你一起去过几次歌剧院呢，”道连睁大了一双碧眼说。

“你每次都很晚才到。”

“是啊，我不能不去看西碧儿演出，”他说着，“哪怕看一幕也好。我变得如饥似渴地想看见她；每当想起那藏在牙雕般娇小身躯里的神奇的灵魂，我心中就充满诚惶诚恐的感觉。”

“今天晚上你能和我一起吃饭吗，道连？”

他摇摇头说："今晚她是伊摩琴，明晚她是朱丽叶。"

"那她什么时候是西碧儿·韦恩呢？"

"什么时候也不是。"

"我祝贺你。"

"你真可恶！要知道，所有戏里了不起的女主角都集于她一身。她不是一个人。尽管你认为可笑，我还是要说，她有天才。我爱她，而且我一定要使她也爱我。你深知人生的奥秘，应当告诉我怎样吸引西碧儿·韦恩爱上我！我要使罗密欧吃醋。我要让世上为爱牺牲的有情人听到我们的笑声自叹命薄。我要让我们爱情的热浪惊动他们的骸骨，唤醒他们的痛感。天哪，亨利，我是多么崇拜她啊！"他说这番话的时候在室内不停地走来走去，两颊泛起朵朵红晕，像病人的潮热。他处于极度亢奋之中。

亨利勋爵瞧着他，心中暗暗高兴。记得他们在贝泽尔·霍尔渥德画室里初次见面的时候，他还是一个腼腆、胆怯的孩子，现在同那时已判若两人！他的本性已像蓓蕾怒放，开出嫣红的花朵。他的灵魂刚从隐蔽的暗角探出身来，欲望立即迎上前去。

"下一步你打算怎么办？"亨利勋爵终于问。

"我希望哪天晚上你和贝泽尔跟我一起去看她演出。我对于可能产生的效果一百个放心。你们定能赏识她的天才。然后我们必须把她从犹太人手中弄出来。西碧儿和他订有三年合同，从现在算起，至少还有两年零八个月。当然我要付一笔钱给犹太人。这一切办妥以后，我要找一家西区的剧院让她一显身手。她一定能使全世界同我一样如醉如狂。"

"怕不可能吧，我的老弟？"

"没问题，她能行。她不仅具有完美的艺术直觉，她的个性也了不起，你时常对我说，左右时代的是人，而不是主义。"

“好吧。我们哪一天去呢？”

“让我想一想。今天是星期二。就定在明天吧。明天她演朱丽叶。”

“一言为定。八点钟在布里斯托尔饭店见面，贝泽尔由我去接。”

“八点钟太晚，亨利。六点半吧。我们必须在开场前到。你们必须看她怎样在第一幕中同罗密欧初次相会。”

“六点半！太早了！那是进茶点或看英国小说的时候。七点钟吧。没有一个体面人在七点钟前吃晚饭的。在这段时间里，你还要跟贝泽尔见面不？要不要我写信给他？”

“可怜的贝泽尔！我已经有一个星期没去看过他。我太不应该了，他把我的画像配上他亲自特地设计的最精美的框子派人给我送来。虽然我有点妒忌那幅像比我年轻整整一个月，我得承认我还是喜欢它的。也许你写信约他更好。我不想单独见他。他讲的话我听着心烦。他老是向我提出忠告。”

亨利勋爵微微一笑。“人们总喜欢把自己最需要的东西给别人。我认为这才叫做慷慨到了顶。”

“哦，贝泽尔是个再好不过的人，可我觉得他有那么一点儿迂腐。亨利，自从我和你认识以后，我有这样的感觉。”

“老弟，贝泽尔把他身上全部可爱的气质都放到创作中去了。结果他为生活留下的就只有他的偏见、准则和大道理。我所认识的艺术家中讨人喜欢的都是不成器的。有才气的艺术家只存在于他们的创作中，而他们本人都是索然无味的。一个伟大的诗人，一个真正伟大的诗人，是最没有诗意的人。但是等而下之的诗人却极其讨人喜欢。他们的诗写得愈糟糕，他们的外貌就愈是生动。如果一个诗人出版了一本二三流的十四行诗集，此人一定具有不可抗拒的魅力。他把写不出来的诗都在生活中实现了。而另一类诗人却把他们不敢身体力行的意境都写成了诗。”

“我不知道事实是否真是这样，亨利，”道连·葛雷说着从放在桌子上的一只金塞子大瓶里往手帕上洒了些香水。“既然你如此说，那一定是这样。现在我该走了。伊摩琴在等我呢。明天可别忘了。再见。”

等他离开了书斋，亨利勋爵合上沉重的眼皮，他开始思量起来。诚然，很少有人像道连·葛雷那样吸引他，但这少年疯狂地热恋着另外一个人，却丝毫没有引起他的不快或妒意。他反而感到高兴。这为他提供了一个更加饶有兴味的研究课题。亨利勋爵一向醉心于自然科学的方法，但是自然科学的一般研究对象在他看来却是乏味的，不足道的。于是他始而解剖自己，继而解剖别人。在他心目中唯一值得加以研究的就是人生。与此相比，任何别的东西都毫无价值。确实，你要观察人生在痛苦与欢乐的奇特熔炉中的冶炼过程，不能戴上玻璃面罩，也免不了被硫磺味熏昏头脑，弄得想象中尽是牛鬼蛇神、噩梦凶兆。有些毒物是很难捉摸的，你要了解它们的特性，非得先中毒不可。有些病症非常奇怪，你要弄清它们的根源，非得先害病不可。然而，你得到的回报将是不可估量的！整个世界在你心目中将变得无比奇妙！探明高度严谨的情欲逻辑和涂上感情色彩的理性生活，观察它们何处相遇，何处分离，在哪一点上协调，在哪一点上不谐——真是其乐无穷！至于要花多大的代价，又何必操心？为了得到新的感受，无论付出怎样的代价也划得来。

亨利勋爵意识到，是他的话，是那些用悠扬的语调说出来的动听的话使道连·葛雷的灵魂转向那个纯洁的姑娘，使道连拜倒在她的面前。想到这里，亨利勋爵棕玛瑙色的眼睛露出得意的目光。在很大程度上，现在的道连·葛雷是他的创作。是他催熟了这个少年。这是值得一提的。普通人总是等待生活自己向他们展示生活的奥秘。但是对于少数精英中的精英来说，生活的秘密在帷幕揭开之前即已透露。有时候这份功劳应归于艺术，主要是直接诉诸情感和理性的文学。不过艺术的职能间或由某个不简单的人物取而代之，而这个人本身也是一件地地道道的艺术品，因为生活如同诗歌、雕塑、绘画一样有它自己的杰作。

是的，那少年被催熟了。目前正当春天，他已经在收获了。青春的活力和热情正在他身上搏动，但他已开始自觉。观察他的变化是一种享受。凭他那美丽的容颜和灵魂，他称得上一个奇迹。这一切将以什么告终，或者被注定以什么告终，则无关紧要。他就像赛会或戏剧中那些色艺双绝的名角，他们的欢乐与我们不相干，但他们的悲哀能激起我们的美感，他们的创伤更像殷红的玫瑰。

灵魂与肉体，肉体与灵魂，实在神秘莫测！灵魂包藏着动物的本能，而肉体却有超凡脱俗的时刻。感官能趋于精炼，理性却会退化。谁能说出什么时候是生理冲动的终止，心理冲动的开始？一般心理学家的武断定论是多么轻率！而要在各家之说中作出抉择又是多么困难！灵魂真是寓于罪恶之躯壳的影子吗？抑或肉体包含在精神中，像乔尔达诺·布鲁诺[①]所设想的那样？精神和物质的分离是一个谜，精神和物质的结合同样是一个谜。

亨利勋爵开始思考，人们能否在将来把心理学建成一门绝对精密的科学，使生命的每一次微小的搏动都瞒不过我们？事实上，我们常常对自己发生误解，也难得了解别人。经验没有伦理上的价值。经验只不过是人们给他们的错误定的名称。道德家们照例认为经验是一种警告，声称它对性格的形成能起一定的伦理作用，颂扬经验能教我们遵循什么，

---

① 布鲁诺(1548—1600)，文艺复兴时期的意大利哲学家、天文学家，因反对经院哲学，宣传泛神论和人文主义思想，发展哥白尼的日心说，被宗教裁判所处死刑，烧死在罗马。

避免什么。但是，经验没有动力。它和意识本身一样缺乏能动性。它在实质上仅仅表明我们的未来将同我们的过去一样，我们一度强抑着内心的反感犯过的罪恶，我们还要重复多次，而且将引以为乐。

他看得很清楚，只有通过实验才能对欲念作出科学分析，而道连·葛雷无疑是他手头现成的对象，并且看来会结出丰硕的成果。他对西碧儿·韦恩一下子就如火如荼的狂恋是一种不可小看的心理现象。可以肯定，从中起了相当作用的是好奇心和对新奇感受的渴望。然而这不是一种简单的情欲，它要复杂得多。内中纯系青少年时期感官本能的产物，在想象的作用下已变成道连心目中远远超出官能的东西，正因为如此就更危险，被我们误解了本原的那些欲念，恰恰最牢固地控制着我们。而我们能意识到其本质的，却是最脆弱的感情。我们以为是在别人身上做实验的时候，其实往往是在自己身上做实验。

亨利勋爵正坐在那里冥思遐想，他的侍从敲门进来提醒他，该换装准备吃晚饭了。亨利勋爵站起来向街上望了望。夕阳把金色中透出血红的余晖洒在对面一排房屋高处的窗上，玻璃像一片片烧红的金属闪闪发光。天空呈现着玫瑰凋谢的颜色。他思量着他的朋友正处在火红的青春期的生命，不知道这一切将如何了结。

他在午夜十二点半回到家里，看到门厅里桌上放着一份电报。拆开一看，原来是道连·葛雷打来的。电文通知说，他已经同西碧儿·韦恩订婚了。

第五章

“妈妈，我好开心哪！”姑娘悄悄地说着，她的脸偎在一个韶光不再、形容憔悴的妇人膝头上；母亲背向刺眼的光线坐在不甚洁净的客厅内唯一的圈椅里。“我好开心哪！”女儿还在说，“你也应当开心才是！”

韦恩太太的身子一缩，一双瘦瘦的、因久施铅华变得苍白的手抚摸着女儿的头。“开心！”她应声道，“西碧儿，我只有在看你演出的时候才开心。除了演戏，你不应该想旁的事情。艾萨克斯先生对我们很好，我们还欠他的钱呢。”

姑娘仰起头来，嘟着一张嘴。“你说什么，妈妈？钱？”她大声问道。“钱算得了什么？爱情比钱更重要。”

“艾萨克斯先生预支给我们五十镑，让我们还债，给詹姆士置备行装。你不能忘了这件事，西碧儿。五十镑是很大一笔款子。艾萨克斯先生对我们很照顾。”

“他不是个上等人，妈妈，我讨厌他跟我讲话的样子，”姑娘说着站起来走到窗前去。

“要不是他帮忙，我不知道我们有什么办法，”中年妇人像在埋怨女儿不懂事。

西碧儿把头一扬，放声大笑。“妈妈，我们再也不用他帮忙了。今后我们的生活有迷人王子安排。”她突然住了口，她的血液起了波动，两颊浮起玫瑰色的晕影。频促的呼吸使她的嘴唇如花瓣微微张开，轻轻颤动。热情像一阵南风向她袭来，拂动了她的衣裳上雅致的褶襞。“我爱他，”西碧儿天真地说。

“傻孩子！傻孩子！”母亲一个劲儿地重复着的话，佐以弯曲的手指戴着赝品首饰扭来摆去的动作，给人一种怪里怪气的印象。

姑娘又笑了，那是笼中鸟的欢乐。她的眼睛合着笑声的旋律，一闪一闪地应和着；接着闭上一会儿，似乎生怕泄露了秘密。当它们重新睁开的时候，已经罩了一层朦胧的幻想。

薄嘴唇的智慧化身坐在破旧的圈椅里开导女儿，提醒她谨慎为是，一再援引盗用明智之名的怯懦经典作为依据。西碧儿并没有听。她堕入了情网正在悠然自得。她的王子——迷人王子——和她在一起。她召唤自己的记忆再现他的形象。她派遣自己的灵魂去寻找他，果然把他找来了。她的嘴唇重又感觉到他热烈的亲吻，她的眼皮再次被他的呼吸所温暖。

于是，智慧化身改变策略，谈到要去调查打听。那个年轻人可能很有钱。若是如此，这门亲事应当考虑。但是，精谙世故的浪头打在姑娘的耳廓上溅成微沫，老谋深算的利箭嗖嗖地飞过，没有触动她一根毫毛。她看着那薄嘴唇的翕动，忍不住要笑出来。

忽然她觉得必须开口，母亲一个人自言自语的冷场使她闷得发慌。“妈妈，妈妈，”她大声说。“他那样爱我是为什么？我道我为什么爱他。我爱他是因为他恰恰就像爱情的化身。可是我有什么能被他看中呢？我配不上他。不过，我说不上是什么道理，尽管我远远不如他，我却不觉得丢脸。我感到骄傲，骄傲得厉害。妈妈，以前你也像我爱迷人王子那样爱父亲吗？”

透过抹在腮帮上的一层廉价香粉，看得出中年妇人的脸色在变青，干枯的嘴唇起了一阵痛苦的痉挛。西碧儿扑到她怀里，搂住她的脖子，连连吻她。“原谅我，妈妈。我知道提起父亲会使你伤心，但这正说明你爱他之深。不要这样悲伤。今天我像你在二十年以前一样开心。啊！但愿我永远开心！”

“我的孩子，你年纪太小，不应该考虑恋爱。再说，你对那个年轻人了解些什么呢？你连他的姓名也不知道。总之，这件事太不妥了。说真的，詹姆士就要去澳大利亚，有一大堆事情要我操心。在这样的时候你应当懂事些。不过，我刚才说了，要是他有钱的话……”

“啊，妈妈，妈妈，让我开心吧！”

韦恩太太看看女儿，把她搂在怀里——这一类不真实的舞台动作常常变成演员的第二本性。这时门开了，一个棕发蓬乱的少年走进客厅。他个儿矮壮，粗手大脚，举止笨拙。他不像他的姐姐那么文雅。你很难猜到他俩是同胞姐弟，韦恩太太注视着儿子，脸上的笑容更绽开了些。在她的想象中，她的儿子已取代全体观众的地位。她确实感到这个场面十分动人。

“西碧儿，我希望你的吻能留一些给我，”那少年佯作向姐姐发牢骚。

“啊！可你是不喜欢人家吻你的，詹姆士，”她说。“你是一只讨厌的老熊。”她跑过去和他拥抱。

詹姆士·韦恩亲切地看着姐姐的脸。“我要你和我一起出去走走，西碧儿。我大概再也不会回到这个可恶的伦敦来了。我确实不愿意再回来。”

“我的孩子，不要说这样丧气的话，”韦恩太太低声道。说着，她叹息一声，拿起一件俗气的戏衣开始缝补。她略感扫兴的是詹姆士没有参加合演，否则，这个场面的戏剧效果必定更佳。

“为什么不要说，妈妈？我说的是正经话。”

“你使我太伤心了，孩子。我指望你会发了财从澳大利亚回来，我相信在殖民地没有称得上体面的人物可以结交。所以，等你发了财，你应当回来，在伦敦成家立业。”

“体面人！”少年没好气地说。“我才不想去结交呢。我只想赚点儿钱，让你和西碧儿离开剧场。我恨这个行当。”

“哦，詹姆士！”西碧儿笑呵呵地说。“你就不会说些亲热的话！你真的要我陪你出去走走吗？那很好！我以为你要去跟你的朋友们告别呢，跟那个送一只怪难看的烟斗给你的汤姆·哈迪，或者跟那个笑你抽烟斗的样子的聂德·兰顿。你现在决定跟我在一起度过临走前的最后一个下午，这太好了。我们上哪儿去呢？上公园吧。”

“我的衣着太寒酸，”他皱着眉头回答。“上公园散步的都穿得漂漂亮亮。”

“别瞎扯，詹姆士，”她轻轻地说，一边抚摸着他的上衣袖口。

他犹豫片刻，最后说：“好吧，你换衣服可不要花太多工夫。”

西碧儿跳跳蹦蹦走出客厅。可以听到她唱着歌儿跑上楼去。接着楼板上响起了她的脚步声。

詹姆士在屋里踱了两三个来回，然后他转向静静地坐在圈椅里的中年妇人问道：“妈妈，我的东西都准备好了没有？”

“都准备好了，詹姆士，”她眼睛盯着缝补的活计回答说。最近几个月来，当她独自和这个说话粗声大气、神态冷冰冰的儿子在一起的时候，她总觉得很不自在。逢到他们四目相视，这个浅薄而又怀着鬼胎的妇人心里就发慌。她每每问自己，儿子是不是生了什么疑心。现在詹姆士没有再说旁的什么话，更使她闷得受不了。她开始抱怨起来。女人往往以攻为守，而她们如果突然莫名其妙地屈服下来，那一定是在进攻。“詹姆士，希望你过得惯航海生活，”她说。“你必须记住这是你自己选择的道路。你本来可以进一家初级法律事务所实习当办事员，初级律师是很受尊敬的一等人，在乡下他们经常到最体面的人家去吃饭。”

“我讨厌事务所，我也讨厌办事员，”他回答说。“不过你说得完全对：是我自己选择的生活道路。我只想说一句话：好好照看西碧儿。不要让她受任何伤害。妈妈，你一定得把她照看好。”

“詹姆士，你的话真叫人奇怪。我当然会照看西碧儿的。”

“我听说一个有身份的人每天晚上去看戏，还到后台去跟她说话。这是不是真的？这是怎么回事？”

“这些事你是一窍不通的，詹姆士。干我们这一行，有人捧场，受人抬举是常有的事。当年有一个时期，我也接受过不知多少鲜花。那是表演艺术真正得到赏识的时候。至于西碧儿，我不知道目前她的感情是不是一时的心血来潮。不过那个年轻人确实无疑是有身份的。他对我一直彬彬有礼。再说，看样子他很有钱，他送的花都是挺可爱的。”

“可是你们连他的姓名也不知道，”少年口气生硬地说。

“是的，”母亲回答时不动声色。“他还没有说出他的真名实姓。我认为这是他的一种极其罗曼蒂克的风格。他也许还是个贵族。”

詹姆士·韦恩咬了咬嘴唇。“好好照看西碧儿，妈妈，”他执著地说，“好好照看她。”

“詹姆士，你的话使我难受极了，西碧儿一直在我的悉心保护之下。当然，如果那位先生有钱的话，也没有理由不让西碧儿和他结婚。我相信他是个贵族子弟。他的一举一动无不说明这一点。这对西碧儿来说是一门最体面的亲事。他俩真是天造地设的一对。那位先生长得非常漂亮，见过的人都这么说。”

詹姆士自言自语地不知咕哝了些什么，用他粗壮的手指在窗玻璃上弹了几下，转过脸来正想说什么话，这时西碧儿开门跑了进来。

“你们这样一本正经地做什么？”她问道。“出了什么事？”

“没有什么，”詹姆士回答说。“一个人有的时候应当严肃些。再见，妈妈；我五点钟回来吃晚饭。除了衬衫，其他行李都已经打好，你不必操心了。”

“再见，我的孩子，”她说着，庄重得不大自然地点点头。

儿子跟她说话的口气使她很不痛快，儿子的眼神也叫她提心吊胆。

“亲我一下，妈妈，”西碧儿说。花儿般鲜艳的嘴唇触到了枯槁的面颊，使冰凉的皮肤感到一股暖意。

“我的孩子，我的孩子！”韦恩太太连声叫着，把眼睛翻向天花板，寻找想象中的顶层楼座观众。

“来，西碧儿，”她弟弟在一旁催促。他讨厌母亲装腔作势的表演。

姐弟俩出了家门，在时而被风云遮掩的阳光下顺着冷清的尤斯登路走去。这个面带怒容的粗线条少年，穿着不合身的廉价衣服，竟然同这样一个秀色可餐的姑娘在一起走，好比一个土里土气的花匠佩带着一朵玫瑰，行人见了都感到诧异。

詹姆士每次发觉行人投来好奇的目光，他就皱紧眉头。他不喜欢人家向他注视，这种性格在天才身上要到晚年才形成，而凡人是永远摆脱不了的。至于西碧儿，她完全觉察不到自己所引起的赞赏。爱的欢乐在她的笑声中荡漾。她在想迷人王子，但为了可以更多地想他，西碧儿并不提起他，而尽是谈即将载着詹姆士去远航的船，谈他一定会找到的金矿，谈他将要从红衫土匪手中救出来的美丽的女财主。他当然不会永远当一名水手、一名货物管理员或者诸如此类的人。决不！水手生活是很苦的。试想被塞在闷得要命的船舱里，汹涌的浪涛嘶哑地吼叫着，拼命想冲进来，狂风折断桅杆，船帆被撕成长条哗喇喇地飘，那是什么滋味！但是到了墨尔本，他就要离船上岸，客客气气向船长道别，立即出发到产金地去。不出一个星期，他必定会找到一块老大的纯金生坯，这样大的天然金块还从来没有人找到过。然后把金块装上大车，在六名骑警保护下运到岸边。土匪发动三次袭击，但经过血战都被打退。不，不，他还是不要到产金地去为妙。那是很可怕的地方，那里的人们酗酒、吸毒，在酒吧间里进行枪战，用不堪入耳的话骂人。他还是去当一个牧场主繁殖羊群为好。将来有一天晚上，他骑马回家的时候，看见一个骑黑马的强盗正要劫走美丽的女财主。他立刻追上去，把女财主救下来。不用说，他们一定会互相爱慕，然后结成夫妇，一同回来，住在伦敦美轮美奂的豪宅内。是的，许多好事儿在等着他。不过他一定得好好干，不使性子，不乱花钱。西碧儿认为自己虽然只长他一岁，但比他懂事得多。她要弟弟每开一班邮船都写信给她，还要他每天夜里临睡前做祷告。上帝是很慈悲的，一定会保佑他。她也要为他祈祷，不消几年工夫，他必将发了财高高兴兴回来。

詹姆士紧绷着脸听她说，一声也不吭。离家在即，他心情沉重。

使他闷闷不乐的原因还不单单是这一层。尽管没有多少经验，他却强烈地感觉到西碧儿的处境危险。那个正在追求她的纨袴儿不会有益于她。他是个有身份的人，詹姆士因此恨他，怀着一种奇怪的族类本能恨他。关于这种本能，詹姆士还说不出其所以然；惟其如此，它在这少年内心深处更牢固地处于支配地位。同时他也知道他母亲浅薄、虚荣的性格，意识到这对西碧儿和西碧儿的幸福孕育着极大的危险。做子女的开始都爱自己的父母，长大后对父母就有所批评，有时也能加以原谅。

母亲啊！有一件事他憋在心里已好几个月，一直想问她。一天晚上，他等在剧场的后台门口偶然听到一句话。传到他耳际的窃窃私议在他头脑里激起一连串可怕的推想。他想起这件事，就好像脸上被抽了一鞭。他眉头紧锁，眉心上刻下一道楔形的槽。一阵痛苦的抽搐使他咬住下唇。

“詹姆士，你压根儿不在听我说话，”西碧儿生气地说，“我在为你的未来设计最美的蓝图。你说话呀！”

“你要我说什么呢？”

“你就说你要好好干，不忘记我们，”她笑盈盈地说。

詹姆士耸耸肩膀。“倒不是我会忘记你，而是你会忘记我，西碧儿。”

“你这是什么意思，詹姆士？”她涨红了脸问。

“我听说你新交上一位朋友。他是谁？你为什么在我面前不提这件事？他不会给你带来什么好处的。”

“住嘴，詹姆士！”她激动地大声说。“不许你说他的坏话。我爱他。”

“天哪，你连他的姓名都不知道呢，”詹姆士说，“他是谁？我有权利问你。”

“他叫迷人王子。你不喜欢这个名字吗？哦，你这个傻瓜！可不要忘了。你只要见过他，你就明白他是世上最出色的人。将来你会和他见面的，等你从澳大利亚回来以后。你一定会非常喜欢他。人人都喜欢他，而我……爱他。可惜今晚你不能到剧场来。他也要来，今晚我演朱丽叶。哦！我该怎么演呢？詹姆士，你想想，演朱丽叶的人自己正在恋爱，而心上人就坐在那里，戏是为他演的！我担心自己会把观众都吓跑。要么把他们吓跑，要么令他们倾倒。恋爱中的人会做出平时做不出的事来。可怜而又可厌的艾萨克斯先生将要在小卖部向他的戏迷哥们连声大叫‘天才’。他一直把希望寄托在我身上，今晚他要宣布我是他发现的彗星。我有这样的预感。这一切都要归功于迷人王子，我的奇妙的心上人，我的英俊的神明。但是我在他身边显得太穷酸了。不，穷又怎么样？穷魔爬进门槛，爱神飞进窗来。[1]我们的谚语需要改编。这些谚语是在冬天编出来的，而现在是夏天。对我来说，应该是碧空万里、百花献舞的春天。”

“他是个有身份的人，”詹姆士面色阴沉地说。

“他是王子！”西碧儿几乎在唱歌。“你还要怎么样？”

“他要你做他的奴隶。”

“我一想到自由就会发抖。”

“我要你提防他。”

“看见他就会崇拜他，认识他就会信任他。”

“西碧儿，你被他迷昏了。”

她呵呵笑着勾住弟弟的胳膊。“我亲爱的詹姆士，你说话的口气像是活了一百岁。将来你也会恋爱的。什么叫恋爱，那时你就知道了。别这么愁眉苦脸的。你应当高兴才是，因为我从来没有像现在这样快乐，虽然你即将离家远行。生活对你我都是不容易的，可以说艰难得可怕。但今后不同了。你要到一个新世界去，我呢，已经找到了一个新世界。这儿有两个座位，过往的人穿得都很漂亮，我们坐下来看看吧。”

他们坐在一群旁观者中间。路那边花坛上的郁金香像一团团火焰在颤动。白色的尘埃悬在热气腾腾的空中，好似鸢尾根粉末升起的浮云。色彩鲜艳的遮阳伞像大得出奇的蝴蝶在翩翩飞舞。

她要詹姆士谈谈他自己，谈谈他的希望、打算。他说得很慢，很勉强。他们这样的交谈简直像赌徒付出筹码一样无可奈何。西碧儿感到不自在。她没有能够以自己的欢乐影响弟弟。她得到的唯一反应只是詹姆士闷闷不乐的嘴角上浮起了一丝几乎觉察不出的微笑。过了一些

---

① 英谚原为“穷魔爬进门槛，爱神逃出窗外”。

时候，她也沉默下来。突然，她瞥见了金色的头发和欢笑的嘴唇。原来道连·葛雷和两位女士乘坐一辆折篷马车在此经过。

她猝然立起身来。“那就是他！”西碧儿激动地说。

“谁？”詹姆士·韦恩问。

“迷人王子，”她目送着那辆折篷马车回答。

詹姆士跳起来，一把抓住她的胳膊。“快指给我看。哪个是他？指给我看。我得认认他！”他嚷道。但在这个当儿，贝里克公爵的四驾马车夹进来挡住了他们的视线。等到能重新看清楚的时候，那辆折篷马车已经驶出了海德公园。

“他走了，”西碧儿忧伤地低声说。“可惜你没能看见他。”

“我也希望能看见他，因为他要是敢对不起你，我就要他的命。我对着上帝起誓。”

西碧儿骇然望着他。詹姆士把这番话重复了一遍，字字句句像匕首刺破空气。旁人开始向他们注目。站在近处的一位女士发出吃吃的笑声。

“我们走吧，詹姆士，走吧，”西碧儿轻轻地说。詹姆士倔头倔脑地跟着她穿过人群。他已达到了一吐为快的目的。

他们一直走到阿基里斯铜像前，西碧儿才转过脸来。她眼睛里怜悯的神情终于变为嘴唇上的轻笑。她摇摇头对弟弟说：“你真傻，詹姆士，傻得要命，而且是个脾气很坏的孩子，这就是我要说的。你怎么能这样胡言乱语？你自己也不知道在说些什么。你明明心里妒忌，所以才这样冷酷。啊！我希望你也爱上个什么人。恋爱能使人变得善良，可是你刚才说的话是很恶毒的。”

“我已经十六岁了，”詹姆士回答她说，“我知道我要干什么。妈妈对你毫无帮助。她根本不懂得怎么照看你。偏偏在这个时候我要到澳大利亚去。要不是已经办好手续，我真想把整个计划统统取消。”

“哦，不要这样认真，詹姆士。你活像妈妈最喜欢演的那种无聊情节剧里的一个英雄。我不想跟你吵架。我看见了他，这就是最大的幸福！我们别吵啦。我知道你决不会伤害我所爱的人，你说是吗？”

“不过只限于你爱他的时候，”这是他阴郁的回答。

“我将永远爱他！”西碧儿热烈地宣称。

“那么他呢？”

“他也将永远爱我！”

“那算是他的造化。”

西碧儿吓得从他身旁往后一缩。接着她笑了起来，把一只手搁在弟弟臂膀上。他还是个十足的孩子。

在大理石牌楼附近，他们招呼一辆公共马车，直乘到尤斯登路他们简陋的家门口。时间已过五点，西碧儿必须在演出前躺下休息两个小时。詹姆士坚持要她这样做。他说他宁愿趁母亲不在场的时候和西碧儿告别。要不然，母亲一定又要做戏，而这是詹姆士所深恶痛绝的。

他们在西碧儿房间里互相道别。詹姆士满怀着妒意，他恨那个陌生人到了势不两立的程度，因为那个人是他心目中横在他们姐弟之间的障碍。然而，当西碧儿的胳膊搂住他的脖子，手指抚弄他的头发的时候，詹姆士的心软下来了。他带着一片真挚的柔情吻了姐姐。他下楼时眼眶里噙满了泪水。

母亲在楼下等他。詹姆士走进客厅时，她埋怨儿子不守时间；詹姆士一声不吭，坐下来吃很清苦的饭食。苍蝇围着饭桌嗡嗡地叫，在污迹斑斑的桌布上爬。除了公共马车的隆隆声和出租街车的嘚嘚声，他只听到这个嘟嘟囔囔的声音一分钟一分钟地吞噬着他仅有的一点点时间。

不久，他推开盘子，两手支住脑袋。他觉得他有权利了解真相。倘若事情果真如他所怀疑的那样，那就早应当向他讲明。母亲心怀疑惧注视着儿子。唠唠叨叨的话几乎不自觉地从她嘴里倾泻出来。她的手指把一条破破烂烂的花边手绢揉个不停。等到钟敲六下，詹姆士站起来向门口走去。但他又转过身来看着母亲。他们四目对视。儿子从母亲眼睛里看到的是乞求哀怜。他顿时发作起来。

“妈妈，我有件事情要问你，”他说。母亲失魂落魄地东张西望。她一语不发。“把实情告诉我。我有权利知道。你和父亲究竟有没有结过婚？”

母亲发出一声深沉的叹息。这是如释重负的感叹。那个可怕的时刻，她日日夜夜、几星期、几个月为之胆战心惊的那个时刻终于来临，她反而不觉得害怕了。的确，她甚至有点儿失望。对于开门见山的诘问只得直截了当地回答。这样扣人心弦的场面竟然没有逐渐引入，一下子就摊牌，根本不讲究层次感。这像是非常草率的排练。

“没有，”她回答说，心里对于生活的粗鄙和简单不胜感慨。

“那么我父亲一定是个混蛋！”詹姆士握紧拳头喊道。

她摇摇头。“我知道他另有婚约，我们十分相爱。他要是活着，一定能养活我们。不要责骂他，我的孩子。他是你的父亲，一个有身份的人。是的，他的门第很高。”

詹姆士发出一声诅咒。“我自己不在乎，”他愤愤地说，“可是不要让西碧儿……那个正在和她恋爱或者嘴上说爱她的人，不也是个有身份的人吗？大概门第也是很高的吧？”

韦恩太太霎时间羞愧得无地自容。她耷拉着脑袋，用哆嗦的手揉揉眼睛。“西碧儿有母亲，”她喃喃地说，“我当时可没有母亲。”

詹姆士的心被打动了。他走到母亲跟前，俯身吻了她一下。“如果我问起父亲的事伤了你的心，请你原谅，”他说，“可是我不能不问。

现在我该走了。再见。别忘了，如今只有一个孩子要你照看了。你可以相信，如果那个人敢对不起我的姐姐，我一定能打听到他是谁，说什么也要把他找到，像宰一条狗一样把他宰了，我起誓。”

一时冲动的夸张恫吓，佐以愤激的手势和疯疯癫癫的情节剧台词，反倒使她觉得日子不像此前那么难熬。她习惯于这样的气氛。她的呼吸也比较顺畅了，几个月以来她第一次真正赞赏自己的儿子。她颇有意在这样的情感基调上把这幕戏演下去，但是詹姆士骤然中断了谈话。箱子需要拿下来，围巾手套不知放到哪儿去了。公寓里的一个杂役走进走出忙碌不堪。跟马车夫还得讲价钱。时间在一连串琐事中溜了过去。当她在窗口挥动镶花边的破手绢，目送儿子的马车渐渐去远时，重又感到怅然若失。她意识到，一次极其难得的机会已失之交臂。收之桑榆的办法是对西碧儿说，她觉得生活一定会凄凉寂寞，因为如今只有一个孩子要她照看了。末了那句话她很欣赏，所以记住了。至于詹姆士的恫吓，她只字不提。这番话说得很动人，颇有戏剧效果。她觉得将来他们回忆起这件事来，大家都会哈哈大笑的。

第六章

“贝泽尔，我想你已经听到新闻了吧？”这天晚上，霍尔渥德刚由侍者引进布里斯托尔饭店一间摆着三份餐具的雅座，亨利勋爵立即问他。

“没有哇，亨利，”画家一边回答，一边把帽子和大衣交给殷勤周到的侍者。“什么新闻？但愿不是关于政治的。我对政治不感兴趣。下议院里几乎没有一个人值得一画；虽然其中许多人很需要刷新形象。”

“道连·葛雷订婚了，”亨利勋爵说时留神观察画家的反应。

霍尔渥德先是一惊，继而皱眉。“道连订婚了？”他惊讶地说。“不可能！”

“这是千真万确的。”

“跟谁？”

“一个小演员。”

“我不信。道连决不是没头脑的。”

“道连的确够聪明的，所以免不了偶尔做些蠢事，亲爱的贝泽尔。”

“婚姻不是可以偶一为之的儿戏，亨利。”

“除了在美国，”亨利勋爵懒洋洋地分辩说。“我又没说他结了婚。我是说他跟人订了婚约。这两者有很大区别。我清楚地记得自己结过婚，可是一点也记不起什么时候订过婚。我倾向于认为自己压根儿没有订过婚。”

“但是，请考虑一下道连的家世、地位和财产。跟一个比他低微得多的人结婚，对他来说简直是胡闹。”

“如果你要他娶那个姑娘，你就对他说这番话，贝泽尔。保险可以促使他这样做。一个男人做出荒谬绝伦的事来，总是出于最高尚的动机。”

“我希望那是个好姑娘，亨利。我不愿看到道连被一个会腐蚀他的品性、摧残他的理智的坏人缚住手脚。”

“哦，她长得很美；这是更重要的，”亨利勋爵呷着一杯酸橙汁苦艾酒含糊地说。“据道连说，她长得很美：他在这类问题上很有眼力。你给他画的像启发了他如何品评别人的容貌。那幅画像确实有这样了不起的作用，且不说别的意义。今晚我们就能看到她，只要道连没有忘记这次约会。”

“你不是开玩笑吧？”

“我没有半句不严肃的话，贝泽尔。信不信由你，我认为我再也不可能比现在这个时候更严肃了。”

“那么你是否赞成这件事呢，亨利？”画家问道。他在小室里来回踱步，牙齿咬住嘴唇。“你万万不能赞成。这是昏了头干的蠢事。”

“我现在什么事情都不表示赞成或不赞成。我不愿对生活采取这种荒唐的态度。我们不是被派到世上来宣扬我们的道德偏见的。我从来不理会庸俗的人们说些什么，我也从来不干预可爱的人们做些什么。假若某一个人能使我着迷，那么，无论他选择什么方式表现自己，在我看来都是绝顶可爱的。道连·葛雷爱上了一个扮演朱丽叶的美丽的姑娘，并且打算和她结婚。为什么不可以？哪怕他娶了梅萨莉娜[①]，也不会因此而减少他的吸引力。你知道我不是婚姻的捍卫者。结婚的真正弊端

① 梅萨莉娜（22—48），罗马皇帝克劳狄一世的第三个妻子，以阴险、淫乱闻名。

是使人变得无私。而不自私的人是平淡无奇和缺乏个性的。不过，有些人的气质在婚后会变得更加复杂。他们在保留自我中心的同时还添上许多别的‘我’。他们不得不过着双重或更多重的生活。他们会具有更高级的构造。而我认为这正是人生的目的所在。此外，任何体验都有价值。不管反对结婚的人提出多少理由，结婚毕竟也是一种体验。我希望道连·葛雷能娶那个姑娘为妻。热烈地爱她六个月左右，而后突然迷上另一个女人。他一定能成为绝妙的研究对象。”

“你的话没有半句是认真的，亨利；你自己也知道。倘若道连·葛雷的生活搞得一团糟，你会比任何人更感到遗憾。你事实上比你努力造成的假象好得多。”

亨利勋爵笑了起来。“我们之所以把别人设想得那么善良，是因为我们害怕自己。乐观主义的基础是彻头彻尾的恐惧。我们把可能使自己增光的那些美德奉献给别人，从而自以为慷慨大度。我们赞美银行家，目的是要他同意我们透支；我们恭维拦路抢劫的强盗，无非希望他对我们的钱包手下留情。我说的每一个字都是正经话。我对乐观主义极为蔑视。说到生活被搞糟，那是不可能的，除非它的发展受到压制。如果你要破坏一个人的天性，你只消对他加以改造。至于正式结婚，那当然无聊得很，男女之间的纽带还有其他更有意思的形式。对此我一定要加以鼓励。这类形式自有妙处，取法者大有人在。哦，道连来了！他会告诉你比我所知道的更多的东西。”

“亲爱的亨利，亲爱的贝泽尔，你们都该向我道喜！”道连·葛雷说着脱去缎子衬里的晚装披风，同两个朋友一一握手。“我从来没有这样快乐过。不用说，事情比较突然，就像一切真正的喜事一样。不过，我觉得这正是我无时无刻不在寻找的奇遇。”他兴高采烈，喜上眉梢，显得益发俊美。

“我希望你永远快乐幸福，道连，”霍尔渥德说，“可是我不能完全原谅你把订婚的事瞒着我。你只告诉了亨利。”

“我也不能原谅你今天姗姗来迟，”亨利勋爵把一只手搁在道连肩膀上，面带笑容插进来说。“来，我们坐下来品尝这里新任厨师长的手艺，然后你再把这件事情原原本本告诉我们。”

“其实也没有什么可讲的，”三个人在一张小圆桌旁坐好后，道连说。“事情的经过很简单。亨利，昨天傍晚我跟你分手以后，回家换好装，在你带我去过的茹珀特街上那家意大利小饭馆里吃了顿晚饭，八点钟到剧场去。西碧儿昨天扮演罗瑟琳。不用说，布景非常糟糕，扮奥兰多的演员简直可笑。但是西碧儿！可惜你们没有看见！她穿着男孩子的服装出现时真是妙极了！她上身是青苔色的丝绒短褂，镶着肉桂色的袖子，下身是茶褐色的背带紧身裤。插在绿色小帽上的苍鹰羽毛用宝石扣住，一件带风兜的外套衬着暗红色的里子。在我看来，她比任何时候更优美动人。贝泽尔，她具备你画室里那件塔纳格拉陶俑①的全部韵致。她的头发衬着她的面庞，好似深色的绿叶烘托洁白的玫瑰。说到她的表演，反正你们今晚会看到的。她实在是个天生的演员。我坐在昏暗的包厢里，完全着了魔。我忘记了身在十九世纪的伦敦。我的心和我的爱人一起在没有人到过的森林里。演出结束后，我到后台去和她说话。我们一起坐在那里，忽然她眼睛里出现一种我以前从未见过的表情。我的嘴唇凑到她的嘴边。我们接了吻。我无法向你们描述我在那一瞬间的感受。我只觉得自己的一生整个儿凝聚在完美的一点上，那是绛红色的欢乐。西碧儿全身颤动，像一丛白色的水仙花抖个不停。接着她跪下

---

①塔纳格拉为古代希腊一市镇，遗址在雅典西北24英里。自1874年起，从该地古墓及希腊其他各地陆续发现大量陶俑，通称塔纳格拉陶俑。

来吻我的手。我知道不应当把这些事情都说出来，但我忍不住。当然，我们的婚约绝对保密。她甚至没有告诉自己的母亲。我不知道我的监护人会怎么说。瑞德利勋爵一定会大发雷霆。我不在乎。再过不到一年我就成年了，那时我喜欢怎么做就可以怎么做。我从诗歌中获得爱情，通过莎士比亚的戏剧找到我的妻子，这有什么不对，贝泽尔？在莎士比亚的熏陶下学会说话的嘴唇，向我附耳吐露了秘密。是啊，拥抱着我的是罗瑟琳，我吻着的是朱丽叶。”

“是啊，道连，依我看，你是对的，”霍尔渥德说得很慢。

“你今天见过她没有？”亨利勋爵问。

道连·葛雷摇摇头。“我是在阿登森林和她分的手，我将在维罗纳的花园里和她重逢。”

亨利勋爵若有所思地呷一口香槟。“你究竟在什么情况下提到了结婚这两个字，道连？她又是怎样回答的？你是不是都忘了？”

“亲爱的亨利，我没有把这当作一笔买卖，也没有任何正式的求婚手续。我对她说我爱她，她说她不配做我的妻子。不配！天哪，在我看来，倒是整个世界都配不上她。”

“女人非常讲究实际，”亨利勋爵嘀咕着，“远远比我们务实。在这类场合，男人常常忘记说任何有关结婚的话，而女人总会提醒我们。”

霍尔渥德用手按住亨利勋爵的胳臂。“不要这样说，亨利。你惹得道连生气了。他不是你说的那种男人，决不会亏待任何人。他禀性善良，干不出那种事来。”

亨利勋爵隔着桌子看看他的朋友。“道连从来不生我的气，”他说。“我提这个问题的出发点是再好不过的，那就是出于单纯的好奇心；在好奇心驱使下提任何问题都可以原谅。根据我的理论，我认为总是女人向我们求婚，而不是我们向女人求婚。当然，中产阶级的一套不在此列。但中产阶级那一套已经不时兴了。”

道连·葛雷仰天大笑。“亨利，你这个人本性难移，但我并不介意。反正没法生你的气。你见了西碧儿·韦恩就知道，如果有谁忍心欺负她，那必定是畜生，没有心肝的畜生。我不明白一个人怎么能让他心爱的人蒙受耻辱。我爱西碧儿·韦恩。我要把她供在金坛上，让全世界崇拜这个属于我的女人。什么叫婚约？就是不可推翻的盟约。你为了这个缘故嘲笑结婚。啊！不要嘲笑。我正是要订立这样一个不可推翻的盟约。她的信任能促使我忠贞不渝，不负所望。当我在她身边的时候，我对你教给我的一切感到羞愧，我变成另一个人，跟你所知道的我不一样。只要西碧儿·韦恩的手一碰，我就会把你和你的那些诱人而荒谬的、动听而有毒的理论丢在脑后。”

“哪些理论？”亨利勋爵问道，同时自己取了一点色拉。

“就是关于人生、恋爱、享乐的理论。反正包括你的全部哲学，亨利。”

“享乐是值得建立一套理论的唯一主题，”勋爵用他悠扬而舒缓的音调回答说。“不过，恐怕这不能算我自己创造的理论。它的创造者是天性，不是我。享乐是天性测验我们的试金石，是天性认可的表征。我们快乐的时候总是好的。但我们好的时候并不总是快乐的。”

“那么你说的‘好’是指什么呢？”贝泽尔·霍尔渥德发问。

“是啊，”道连附和道，他靠在椅背上，目光越过餐桌中央的一大簇紫蝴蝶花投向亨利勋爵，“你说的‘好’是指什么，亨利？”

“好就是顺乎本性，”他回答时用白净而修得很光洁的手指捏住酒杯的细腿。“被迫迁就别人便是违反本性。自己的生活极为重要。至于别人的生活，如果你愿意做一个正人君子或清教徒，你可以宣扬自己这方面的道德观，但别人的生活毕竟不干你的事。此外，个人主义的目的实际上是比较高尚的。所谓现代道德就是接受当代的标准。我认为，任何有教养的人接受当代的标准都是最不道德的行为。”

“可是，亨利，人活着如果仅仅为了自己，不是要付出可怕的代价吗？”画家提醒他注意。

“不错，如今我们为任何事情都得付出高昂的代价。依我看，穷人真正的悲剧在于他们什么都嫌太贵，唯一付得起的代价就是自我克制。美丽的罪恶同美丽的东西一样是富人的特权。”

“我说的代价不是指钱，而是其他形式。”

“什么形式，贝泽尔？”

“比方说：内疚、苦恼……意识到自身的堕落。”

亨利勋爵耸耸肩膀。“亲爱的贝泽尔，中世纪的艺术是动人的，中世纪的感情却早已过时。当然，在小说中尽可以用上。其实，也只有生活中已经不用的东西才适合用在小说里。我敢说，文明人享乐从不后悔，而未开化的人从来也不知道什么叫享乐。”

“我知道，”道连·葛雷大声说。“崇拜某一个人就是享乐。”

“那当然比被人崇拜好些，”亨利勋爵应道，一面摆弄着桌上的水果。“被人崇拜很讨厌。女人对待我们好比人类对待神明。她们崇拜我们，可老是要我们为她们做这做那。”

“依我看，她们要求得到的已经先给了我们，”道连严肃地说。“她们使我们的天性焕发了爱情，自然有理由要求我们以爱相报。”

“完全正确，道连，”霍尔渥德表示赞赏。

“从来没有什么是完全正确的，”亨利勋爵说。

“有的，”道连毅然说。“你得承认，亨利，女人把她们一生的精华都给了男人。”

“也许如此，”亨利勋爵似乎感触很深，“但她们一概都要讨还，而且总是那么斤斤计较。麻烦就在这里。有一位俏皮的法国人说过：女人能激起我们大显身手的愿望，可又总是阻挠我们实现这样的愿望。”

“亨利，你真讨厌！可我不知道为什么这样喜欢你。”

“你将永远喜欢我，道连，”他答道。“你们二位要不要咖啡？喂，来咖啡，还要上等白兰地和烟卷。噢，烟卷不要了，我自己有。贝泽尔，我不许你抽雪茄。你来一支烟卷吧。抽烟卷是一种完美类型的完美享受：既给人刺激，又不让你满足。还有比这更理想的吗？是啊，道连，你将永远喜欢我。我在你眼里代表着你从来不敢做的一切坏事情。”

“你尽胡说八道，亨利！”道连说着从侍者放在桌上的一条喷火银龙口中点了支烟卷。“我们到剧场去吧。只要西碧儿一出台，你们就会有新的生活理想。她将向你们展示你们至今不知道的东西。”

“我什么都领教过了，”亨利勋爵说这话时的眼神大有往事不堪回首的意味，“不过我随时愿意尝试新鲜的感受，尽管这样的东西恐怕已经不存在，至少对我来说是这样。可是你那位仙女也许能使我有所触动。我喜欢看戏。舞台上比生活中真实得多。我们走吧。道连，你跟我坐在一起。很抱歉，贝泽尔，我的车只能坐两个人，你只好雇一辆街车跟在我们后面。”

他们离座起身，穿上外衣，还站着呷了几口咖啡。画家默默无言，心事重重。他有些怏怏然。道连这门亲事在他看来大大不妥。但是比起可能发生的其他许多事情来，他又觉得这还不算是最坏的。

几分钟以后，三个人走下楼去。按照事先的安排，霍尔渥德一个人坐一辆街车。眼望着他前面那辆双座小马车闪烁不定的灯光，一种若有所失的奇怪的感觉油然而生。他意识到，对他说来，道连 · 葛雷已不再是过去那个道连 · 葛雷。生活已把他们分开……霍尔渥德的眼睛渐趋黯然，车水马龙、灯火辉煌的街道同他如隔一层薄雾。马车来到剧场门口的时候，他觉得自己老了好几岁。

第七章

不知什么缘故，这天晚上剧场里观众很多。那个肥胖的犹太经理脸上堆着诚惶诚恐的谄笑，在门口迎接他们。他陪同他们进入包厢的时候，表情恭敬而夸张。一双多肉的手戴了好几枚戒指，不住地摆动着；说话的嗓门也特别大。道连·葛雷比以往更加讨厌他。道连的心情就像来看米兰达①时不料碰上了卡利班。相反，亨利勋爵却对那个犹太人颇有好感。至少他自己这样说，而且坚持要和他握手，并向他表示：认识一位既能发现真正的天才、又不惜为诗人而破产的剧场经理实是荣幸。霍尔渥德在好奇地观察后排观众的面孔。剧场里闷热得叫人受不了，煤气簇灯像一朵巨型的大丽花，它的花瓣吐着黄澄澄的火舌。顶层楼座的青年人脱去上装和背心，把衣服搭在栏杆上。他们同离得很远的熟人互相招呼，高声说话，同坐在他们身旁打扮得很俗气的姑娘一起吃橘子。后排有几个女人在纵声大笑。她们的嗓音尖锐刺耳。小卖部里不时响起开瓶塞的噗噗声。

“真是一个发现偶像的好地方！”亨利勋爵说。

“不错！”道连·葛雷接口说。“我正是在这里发现了她，她是高居于一切凡人之上的女神。在她表演的时候，你会把什么都忘了。等她出场以后，这些相貌鄙俗、野调无腔的粗人就会变样。他们会静静地坐着看她。她要他们哭就哭，要他们笑就笑。他们会像一把提琴一样发出反响。她能唤醒他们的灵魂，你会感到他们都是和你一样的血肉做成的。”

“一样的血肉！但愿不是这样！”亨利勋爵说着用望远镜细细观看顶层楼座的观众。

“道连，你别理他，”画家说。“我理解你的意思，我也相信那个姑娘。你爱的人一定不同寻常，你说那姑娘有这么大的吸引力，一定是又漂亮、又高尚。唤醒一代人的灵魂是件了不起的事情。如果她能给那些至今浑浑噩噩过日子的人注入精神的活力，如果她能在那些过着卑琐生活的人身上启发美感，如果她能促使他们撂下自私自利之心，为别人的悲哀一掬同情之泪，那么，她不仅值得你崇拜，也值得世人敬仰。你跟她结婚完全正确。最初我不这样想，但现在我明白了。是上帝为你创造了西碧儿·韦恩。没有她，你将感到残缺不全。”

“谢谢你，贝泽尔，”道连·葛雷紧紧握着他的手说。“我知道你会了解我的。亨利是那么玩世不恭，他使我害怕。哦，乐队开始演奏了。简直听不得，好在只有五分钟左右就要开幕，你将看到那个姑娘。我准备把整个生命都给她，虽则我身上所有美好的东西都已经给了她。”

一刻钟以后，西碧儿·韦恩在一阵异常嘈杂的喝彩声中出场了。是的，她长得确实可爱，亨利勋爵也认为这是他见到过的最惹人喜爱的一个姑娘。她那娇羞的情致和惊愕的眼神使人想起一只小鹿。她向满场热情的观众投了一瞥，双颊泛起淡淡的红晕，恰似玫瑰在银镜中的映像。她退后几步，嘴唇似乎颤动了一下。贝泽尔·霍尔渥德站起来开始鼓掌。道连·葛雷像在梦中坐着纹丝儿不动，直勾勾地望着她。亨利勋爵的眼睛贴着望远镜，连声赞叹：“真迷人！真迷人！”

舞台上是凯普莱特家的厅堂，罗密欧化装成朝圣的香客同默丘西奥等几个朋友一起进来。乐声起处——还是那支糟糕的乐队，——人们

---

①米兰达，莎士比亚戏剧《暴风雨》中失去了爵位的米兰大公之女，与父亲一同被放逐到一荒岛上。

开始跳舞。西碧儿 · 韦恩飘然周旋于一群样子难看、服装又寒伧的演员中间，宛若来自琼宫玉阙的仙子。她跳舞的时候身姿摇曳，犹如一茎芦苇在水中荡漾。她颈脖的曲线酷似洁白的百合花，两条胳臂简直是用象牙雕成的。

但她的表情却异乎寻常地淡漠。当她的视线停留在罗密欧身上的时候，丝毫没有欣喜的迹象。她的几句台词——

信徒，莫把你的手儿侮辱，
这样才是最虔诚的礼敬；
神明的手本许信徒接触，
掌心的密合远胜如亲吻。

以及接下来一段简短的对白，念得十分做作。她的音色优美，但是声调彻底走了味儿。定调既不准，致使诗句的神韵全失，激情变假。

道连 · 葛雷注视着她，脸色愈来愈难看。他窘得要命，坐立不安。他的两位朋友也不敢对他说一句话。西碧儿 · 韦恩给他们的印象是完全没有才能。他们感到大失所望。

然而他们知道，对于任何演朱丽叶的女伶来说，真正的考验在第二幕阳台上的一场，所以还在等待。如果她在那一场里也告失败，那就毫无希望了。

西碧儿出现在月光如水的阳台上时十分动人。这是不可否认的。但是她那装腔作势的演技令人难以忍受，而且愈往下愈糟糕。她的动作极不自然，几乎到了荒谬的程度。她把每一句台词的语气都加重过头。那段精彩的独白——

幸亏黑夜替我罩上了一重面幕，
否则为了我刚才被你听去的话，
你一定可以看见我脸上羞愧的红晕。

像是一个中学生在蹩脚的朗诵教师指导下咬紧牙关背出来的。当她上身探出阳台的栏杆，念到如下一些才气横溢的警句时——

我虽然喜欢你，
却不喜欢今天晚上的密约；
它太仓猝、太轻率、太出人意外了，
正像一闪电光，等不及人家开一声口，
已经消隐了下去。好人，再会吧！
这一朵爱的蓓蕾，靠着夏天的暖风的吹拂，
也许会在我们下次相见的时候，开出鲜艳的花来。

似乎根本不理会其中的涵义。这不是神经紧张所致。她非但不显得神经紧张，而且绝对不动声色。这纯粹是演技不行。这是一次彻底的失败。

甚至后排和楼座上趣味并不高雅的普通观众也对台上的戏失去了兴趣。他们变得焦躁不安，开始高声谈话，甚至有吹口哨的。犹太经理站在花楼后面直跺脚，同时破口大骂。唯一无动于衷的人是西碧儿自己。

第二幕结束时，场内嘘声大作。亨利勋爵离座起身，穿上外衣。“她长得很美，道连，”他说，“但是不会演戏。我们走吧。”

“我要把戏看完，”道连·葛雷以倔强、沉痛的音调回答。“亨利，我感到万分抱歉，浪费了你们一个晚上的时间。我请你们二位原谅。”

“亲爱的道连，我想韦恩小姐多半是身体不舒服，”霍尔渥德不让他说下去。“改天我们再来。”

“她身体不舒服倒也罢了，”道连不以为然。“可是我看她简直是麻木不仁。她完全变了。昨晚她明明是个伟大的艺术家，今晚她只是一个平庸的三流戏子。”

“不要这样谈论你所爱的人，道连。爱情比艺术更神圣。”

“这两者无非都是摹拟的形式，”亨利勋爵说。“好了，我们走吧。道连，你不应当再待在这里。看拙劣的演出于身心无益。何况将来你不见得要你的妻子继续演戏。既然如此，即使她把朱丽叶演得像个木偶，又有什么关系？她很可爱，要是她对生活也像对演戏一样不甚了了的话，那倒是一次饶有兴味的实验。真正讨人喜欢的人只有两种：一种是无所不知的人，一种是一无所知的人。老弟，不要这样哭丧着脸！永葆青春的秘诀在于力戒有损容颜的感情冲动。跟贝泽尔和我一起到俱乐部去吧。我们一边抽烟，一边为西碧儿的美貌干一杯。她是个美人儿。你还要什么呢？”

“你走吧，亨利，”道连烦躁地说。“让我一个人待一会儿。贝泽尔，你也走吧。啊！难道你们没看到我的心都快碎了？”道连说时热泪盈眶，嘴唇发抖。他退到包厢后部倚墙而立，两手捂住面孔。

“贝泽尔，我们走吧，”亨利勋爵的语气出人意料地柔和；这两位年轻人一起走了出去。

几分钟以后，脚灯亮了，台幕升起，第三幕开始了。道连·葛雷回到座位上。他面色苍白，神态傲慢而冷淡。戏拖拖拉拉地演下去，像是没完没了似的。有一半观众在踢踢橐橐的步履声和嘻嘻哈哈的谈笑声中离开了剧场。这是一次全军覆没的惨败。最后一幕几乎是演给空场子看的。幕落时有人吃吃地笑，有人唉声叹气。

戏刚一演完，道连就冲到后台去。西碧儿独自站在候场室里，脸上的神色颇为得意。她双目炯炯，几乎浑身光彩焕发。她略略张开的嘴唇在向着心底的秘密微笑。

道连走进去时，西碧儿面带无限欣喜的表情看着他。"道连，今天我演得很糟糕！"她说。

"糟透了！"道连·葛雷愕然望着她，进一步说，"简直可怕！你是不是病了？你根本不知道糟到什么程度，也不知道我忍受了多大的痛苦。"

西碧儿依然在笑。"道连，"她用唱歌似的声调徐缓地唤出他的名字，似乎她的两瓣樱唇觉得这名字比蜜更甜。"道连，你应该明白的。现在你明白了，是不是？"

"明白什么？"他气呼呼地问。

"我今天为什么演得这样糟。以后我还是好不了。我再也不能演得像过去那样。"

他耸耸肩膀。"我看，你准是病了。既然你有病，就不该演出，何苦招人耻笑？我的两个朋友再也坐不住了。我也看不下去。"

西碧儿好像不在听他。她高兴得变了样。幸福使她处在极度亢奋之中。

"道连，道连，"她兴奋地说，"在我认识你以前，演戏是我唯一真实的生活。我仅仅生活在舞台上。我觉得这一切都是真的。我今天是罗瑟琳，明天是鲍西娅。比雅特丽丝的欢乐就是我的欢乐，考狄利娅的悲哀也是我的悲哀。[①]我什么都信以为真。和我同台演出的俗物在我

---

① 鲍西娅、比雅特丽丝和考狄利娅分别是莎士比亚戏剧《威尼斯商人》、《无事烦恼》、《李尔王》中的女主人公。

眼里一个个都是奇才。台上画出来的布景就是我的天地。我成天跟鬼魂打交道，却以为它们是活人。以后，你来了——哦，我的美丽的爱！——你把我被囚禁的灵魂解救了出来。你使我懂得了什么才是真正的现实。今天晚上，我有生以来第一次看透了，我一直在空幻、虚假、无聊的浮华世界里演戏。今天晚上，我第一次意识到，那个罗密欧无论怎样涂脂抹粉还是又老又丑，花园里的月光是假的，布景是庸俗的，我要念的台词是不真实的，那不是我的话，不是我想说的话。你带给了我某种更崇高的东西，而一切艺术只不过是它的映像。你使我懂得了到底什么叫做爱情。我的爱！我的爱人！迷人王子！生命的王子！我对鬼魂已觉得腻烦。在我的心目中，你比全部艺术更可贵。我跟戏里那些傀儡有什么共同之处？今天我出场的时候，我不明白这一切怎么都同我疏远了？我原先打算演得非常出色，但我发现自己完全无能为力。后来我才恍然大悟，原来是这么回事。我觉得怪有趣的。我听到台下在嘘，我只感到可笑。他们怎么能理解我们的爱情。把我带走吧，道连！让我跟你一起到没有第三个人的地方去。我恨舞台。在我不懂得爱情的时候，我可以演爱情戏。现在爱情像火一样在我心中燃烧，我没法表演。哦！道连，道连，现在你明白这个道理了吧？即使我能这样做，在戏里谈情说爱对我来讲也是亵渎神圣的行为。”

道连·葛雷颓丧地坐在沙发上，把脸侧向一边。“你扼杀了我的爱情，”他悲不自胜地说出这么一句话。

西碧儿用诧异的眼光看着他，笑了起来。道连不做声。西碧儿走到他跟前，用纤细的手指抚摩他的头发。她跪下来，把道连的双手按在她的嘴上。道连全身颤动起来，立刻把手抽回去。

然后他跳起来便向门口走去。“是的，”他喊道，“你扼杀了我的爱情。你曾经唤醒我的想象，现在你甚至引不起我的兴趣。你已经变得可

有可无。过去我爱你是因为你不寻常，因为你聪明，有才华，因为你实现了伟大诗人的梦想，使艺术的幻影有了血和肉。现在你把这一切都毁了。你原来浅薄无聊、冥顽不灵。我的天！我会爱上你真是发了疯！我是多么愚蠢哪！现在你对我已经不存在。我再也不愿看见你，再也不愿想到你，再也不愿提起你的名字。你不知道你对我曾经意味着什么。天哪，那时……哦，想起来我就受不了！我真希望从来没有见过你！你破坏了我生活中罗曼蒂克的情调。你竟然说爱情损害了你的艺术，可见你对爱情是何等无知！你离开了自己的艺术，是毫无价值的。我本想使你成名，一步登天，让全世界都拜倒在你脚下，让你冠上我的姓氏。可现在你是个什么？一个长着一张漂亮脸蛋的三流女戏子。”

西碧儿面色煞白，全身哆嗦。她把两只手扭绞在一起，她的声音像在喉咙里卡住了。“你不是认真的吧，道连？”她说得很轻。“你一定在演戏。”

“演戏！这是你的行当。你演得妙极了，”他刻毒地回答。

她从地上站起来，脸上带着怪可怜的痛苦神情从屋子的尽里头走到他跟前。她谛视着道连的眼睛，一只手按住他的胳臂。道连把她推开。“别碰我！”他叱喝道。

西碧儿发出一声低沉的悲泣，倒在他的脚下，像一朵花儿遭践踏，被抛弃。“道连，道连，别离开我！”她轻声哀告。“我非常后悔今天的戏没有演好。我的心老是系在你身上。不过我愿意重新试一试……一定再试一试。我对你的爱情发生得太突然了。要不是你吻了我，要不是我们接了吻，我想我决不会产生这样的感觉。再吻我一下吧，我的爱。不要把我撇下。我弟弟……不，这不要紧。他不是认真说的。他不过是开开玩笑……可是你，哦！你难道不能原谅我今晚的失常吗？我一定下苦功，努力演得好些。不要对我那样狠心，要知道，我爱你超过世上的一切。归根到底，我使你不高兴也只有这么一次。当然，你说得很对，道连。我应该表现出更多的艺术家气质。我太傻了，可我实在没法控制自己。哦，别离开我。”一阵猛烈的抽噎几乎使她感到窒息。她像一只受伤的动物在地上蜷做一团，而道连·葛雷纵然有一双美丽的眼睛，却鄙夷地俯视着她，还轻蔑地撇着一张清秀的嘴。往往有这样的事：一个不再为你所爱的人即使哀恸欲绝，你也只觉得可笑。道连·葛雷便是这样。他认为西碧儿·韦恩是在演一出拙劣的情节剧。这姑娘的眼泪和抽泣使他反感。

“我要走了，”最后他说，语调平静，口齿清楚。“我不愿做一个不讲情义的人，但我不能再看见你。你使我太失望了。”

西碧儿无声地哭着，一句话也不说，只是爬得更近了些。她伸出一双小手，像个盲人摸索着他。道连转身离开了候场室。不一会，他已经走出剧场。

他要到哪里去，自己也不清楚。事后回忆起来，他曾在几条灯光暗淡的街上徘徊，经过几座黑影憧憧的拱门和看起来像凶宅的房屋。一些嗓门嘶哑、笑声刺耳的女人在后面招呼他。几个三分像人、七分倒像古猿的醉汉踉踉跄跄地走过，一边连声詈骂，或者自言自语。他看到一些奇形怪状的孩子挤在台阶上，听到从黑洞洞的院子里传来尖声的叫喊和诅咒。

破晓时分，他发现自己来到了科文特加登广场[①]附近。黑夜已被驱散，天空映着微弱的灯火，像一颗中空的大珍珠。两轮大车满载着频频点头的百合花，在空荡荡、亮闪闪的街上缓缓而过。空气中有一股浓郁

---

①科文特加登广场，当时伦敦最大的蔬菜、水果和花卉市场，很久以前那里是一座修道院的花园。附近有皇家意大利歌剧院，又称科文特加登剧院。

的花香。看到这些娇美的花朵，心头的创痛似乎稍有缓解。他跟在车后走进市场，看人们卸车。一个穿白罩衫的赶车人请他尝几枚樱桃。道连道了谢，心里直纳罕：为什么他不肯收钱？道连心不在焉地吃起来。樱桃是半夜里摘的，一颗颗沁透了月华的凉意。长长一行男孩子，拎着装有彩条郁金香、黄玫瑰和红玫瑰的篮子，穿过一大堆一大堆碧绿的蔬菜从他前面走过去。一群衣衫不整、不戴帽子的少女在柱子晒成灰白色的门廊下晃来荡去，等待着拍卖结束。①另外一些少女麇集在广场那边一家咖啡馆的转门旁。拉大车的马动作迟钝，在高低不平的石子路上趺趺撞撞，把铃铛和挽具摇得响个不停。有几个赶车的躺在一堆麻袋上睡觉。颈上泛着虹彩、两脚呈肉红色的鸽子跳来蹦去啄食地上的谷粒。

过不多久，道连雇了一辆街车回家。他在台阶上逗留片刻，环顾静悄悄的广场。周围房屋的窗户有的关得严严实实，有的垂着花哨的帘子。这时天空已是纯净的蛋白石颜色，屋顶在这样的天幕前闪着银光。一缕轻烟正从对面一支烟囱里升起，像一条紫色的缎带在呈螺钿色泽的空气中袅袅浮动。

宽敞的穿堂墙上镶着栎木嵌板，从天花板上垂下一座镀金的威尼斯大吊灯——大概是从当地某总督的游览船上猎获的战利品，——其中三个喷口还亮着，闪烁不定的火焰像镶着白边的浅蓝色花瓣。他拧熄了灯，把帽子和短披风往桌上一扔，穿过书斋向卧室——楼下一间八角形的大房间——走去。随着道连新近对奢华的生活讲究起来，他的卧室也刚刚装潢一新，挂上了几张珍奇的文艺复兴时期的壁毯，那是在塞尔比庄园顶楼贮藏室里发现的。他正要转动门把，视线落到了贝泽尔·霍尔渥德为他画的肖像上。道连像受了什么惊吓似地倒退一步。然后

① 市场上的货物由批发商通过拍卖形式转手给小贩零售。

他走进卧室，神色显得迷惑不解。他取下插在上衣纽孔中的花，犹豫了一会儿。最后他还是回到书斋里，走到画像前细看了一番。光线受阻于淡黄色的绸帘子，不甚明亮。他觉得肖像的面部起了点儿变化，神态和原来不大一样：嘴角流露出些许冷酷。这可是件怪事。

他转身走到窗前，把帘子拉上去。灿烂的朝阳把整个房间都照亮了，一些莫名其妙的怪影遭此扫荡，只得瑟瑟发抖地躲在阴暗角落里。可是，他在画像面部发现的些微奇怪的表情非但没有消失，反而更明显了。强烈的阳光在画像上晃动，把嘴角冷酷的线条向他揭示得清清楚楚，仿佛他做了什么亏心事后又从镜子里照见了自己。

他打了个寒颤，从桌上拿起一面象牙框子上雕着爱神的鸭蛋镜——亨利勋爵送给他的许多礼物之一，——急忙向光洁的镜子深处照去。他鲜红的嘴唇并没有现出画像上那样冷酷的线条。这到底是怎么回事?

他揉揉眼睛，一直走到画像紧跟前，重新细细看了一番。他看不出色彩本身有任何异样，然而整个神态无疑起了变化。这不是他的幻觉。事情明明白白摆在那里，太可怕了。

他在一把椅子上颓然坐下，开始思考。突然，他脑际响起了肖像完工那天自己在贝泽尔·霍尔渥德画室里说过的话。是的，他记得十分清楚。当时他发了一个痴愿：希望自己能永葆青春，而让画像渐渐老去；希望自己的美貌如花开不败，而让画布上的容颜承受他的欲念和罪恶的重荷；画上的形象即使布满痛苦和忧虑的皱纹亦无妨，只要自己能保持住当时他还刚刚意识到的年少英俊的翩翩风采。莫非他的愿望竟然实现了？这种事情是不可能的。甚至想一想都叫人害怕。可是，画像明明在他面前，嘴角带着些许冷酷。

冷酷！他的行为算是冷酷吗？那要怪西碧儿，不能怪他。他把西碧儿幻想成一个伟大的艺术家，正因为如此而把自己的爱情献给了她。不料西碧儿使他大失所望。她原来是个俗物，一无足取。不过，他想到西碧儿躺在他脚下像个小孩子似地呜咽抽泣的情景，禁不住无限懊悔。当时他竟是那样狠心地看着她。他怎么成了这样一个人？他为何被赋予这样一颗灵魂？但是，他不也感到痛苦吗？演出持续的那三个小时比死更难熬，他有如承受了几世纪的酷刑和无穷尽的折磨。他和西碧儿一样有权利得到同情。如果说他使西碧儿终生受了伤害，那么，西碧儿也造成了他一段时间的创痛。何况，女人承受不幸的能力天生比男人强。她们是生活在情怀里的，想的也只是她们的感情。她们要情人无非是可以向他哭，向他闹。这是亨利勋爵告诉他的，而亨利勋爵对女人知之甚深。何苦为一个西碧儿·韦恩自寻烦恼呢？在道连的心目中，她已不复存在。

可是那幅肖像的变化又该如何解释呢？它掌握着他的生活的秘密，反映出他的所作所为。它使道连懂得了如何钟爱自己的美貌。难道它还将教他憎恨自己的灵魂不成？他怎么能再去看自己的像？

不，这纯粹是思绪纷乱造成的幻觉。他度过了可怕的一夜，无数怪影还在作祟。他蓦地想起一个红色小斑点可以使人发疯这样的事。不，画像没有起变化。这完全是疑心生暗鬼。

然而，被冷酷的狞笑破坏了美貌的画中人在注视着他。画上的金发在早晨的阳光照耀下熠熠生辉。碧蓝的眼睛和他本人的目光相遇。他感到无限惋惜，不是惋惜自己，而是惋惜画上的形象。它已经变了，而且将变得更厉害。它的金发将退成灰色。红于玫瑰、白似梨花的容颜将枯萎憔悴。他干的每一件坏事都将在画布上留下污点，毁坏它美丽的形象。但他不再作恶了。画像变也罢，不变也罢，对他终究是良心的一面镜子。他要抗拒诱惑。他再也不跟亨利勋爵往来，至少再也不听他那些精致奥妙的有毒谬论。正是这些话在贝泽尔·霍尔渥德的花园里第一次激起了自己的非非之想。他要回到西碧儿·韦恩身边去，向她赔不是，和她结婚，努力重新爱她。对，他有义务这样做。她忍受的痛苦远远超过他自己。可怜的姑娘！他对西碧儿太自私、太冷酷了。西碧儿对他一度拥有的那种魅力将恢复过来。他们在一起将快乐而幸福。他俩的共同生活将是美丽而纯洁的。

他从椅子上站起来，把一道很大的屏风拉到肖像的正前方，但在一瞥画中人的表情时自己还是打了个寒颤。“真可怕！”他喃喃自语，然后走到长窗前，把窗子打开。他跨到室外的草地上，深深吸了一口气。早晨清新的空气似乎驱散了他所有阴暗的思绪。现在，他脑子里想的只是西碧儿。他一遍又一遍地念着她的名字，心底重新激起爱情微弱的回响。鸟儿在露水浸润的花园里歌唱，像是在把她的故事向花儿细讲。

第八章

他醒来时早已过了中午。他的侍从几次悄悄地进来看他有没有动静，对于年轻主人今天这么晚还睡着很觉诧异。终于，铃声响了，维克多用法国塞佛尔产的古老小瓷盘托着一杯茶和一沓信轻轻地进来，把遮在三扇长窗前衬着翠蓝里子的绿缎窗帘拉开。

"先生今儿上午睡得好香啊，"他笑嘻嘻地说。

"现在几点了，维克多？"道连·葛雷看来还没睡够。

"一点一刻，先生。"

都这么晚了！他坐起来喝了几口茶，开始看信。其中一封是亨利勋爵今天上午差人送来的。道连犹豫了一下，把它搁在一边。另外几封他无精打采地拆开来读了，照例都是些名片、宴会请帖、非公开的预展入场券、慈善音乐会的节目单。诸如此类的邮件在社交季节[①]每天早上都会像雪片似地向一个时髦的年轻人飞来。内中有一份金额很大的账单，是买一套路易十五时代风格的银质刻花梳妆用具的，他不敢寄给他的监护人。这些极端老派的人不懂得，在我们所处的时代，只有毫无用处的东西才是少不了的。此外，还有几封信来自杰明街的放债人。他们以殷勤谦恭的措辞表示愿意提供任何数额的借款，而且利率极为公道，只要道连张口。

大约过了十分钟，他起身披上一件非常讲究的丝绣开司米晨袍，走进用缟玛瑙铺面的浴室。凉水使他从久睡之后清醒过来。他似乎把昨夜的事全忘了。只有一两次，他隐约感到自己参与了一桩奇怪而不愉快的事情，不过记不真切，像是一场梦。

他穿好衣服，走进书斋，在开轩临窗的小圆桌旁坐下来用一餐法国式的早点。天气极好，暖和的空气里充满了芳香。一只蜜蜂飞进来，绕着道连面前插满黄玫瑰的青龙瓷花盆嗡嗡地打转，道连的心情十分愉快。

忽然，他的视线落到他用以遮蔽画像的屏风上，不禁打了个寒颤。

“你冷吗，先生？”侍从问，同时端上一道蛋卷。“要不要关窗？”

道连摇摇头说：“我不冷。”

到底有没有这样的事？画像真的变了，还是纯属他的想象作怪，使他把愉悦看成了狞笑？一块涂上颜料的画布总不会这样变吧？事情实在不可思议。这件事可以当作奇谭改天讲给贝泽尔听。他一定会觉得好笑。

然而，他对整个这件事情的记忆还历历在目！先是在昏暗的微明中，嗣后又在灿烂的朝阳下，他从扭曲的嘴唇周围看到了些微的冷酷。他几乎怕他的侍从离开这间屋子。他知道，那时只剩下他一个人，他又要去察看那幅画像。他害怕得到证实。当维克多送上咖啡和烟卷转身要走的时候，道连真想叫他留下。眼看门就要关上，他又把侍从叫回来。维克多站在门口等候吩咐。道连对他看了半晌。“维克多，无论谁来，我一概不见，说我不在家，”他叹一口气说。侍从鞠了一躬后退下去了。

于是他从桌旁站起来，点了一支烟，在面对屏风的一张茵褥富丽的榻上躺下。屏风的年代已相当久远，是用染成金色的西班牙皮革制成的，上面刻有花纹，图案显示路易十四时代花哨的风格。他怀着好奇的心情凝视着这道屏风，不知它以前是否藏匿过某人的隐私。

要不要把它移去？让它放在那里不是挺好吗？为什么一定要知道

① 每年初夏是伦敦社交活动最繁忙的季节。

呢？如果事情是真的，那太可怕了。如果不是真的，又何必自寻烦恼？然而，万一鬼使神差，有别人向屏风背后窥探，发现了可怕的变化，那怎么办？如果贝泽尔·霍尔渥德到这儿来，要看看他自己的作品，又怎么办？不，事情非彻底澄清不可，立刻就澄清。无论结果如何，总强似这种疑神疑鬼的状态。

他站起来，把两扇门都锁上。如果他看到的是一张记录着他的丑行的面具，至少没有旁人在场。于是他拉开屏风，面对面看到了自己。这是千真万确的，画像变了。

事后他一再回想起，而且每次都深感惊讶，他发现自己看这幅肖像时，最初几乎怀着一种研究学问的兴趣。他认为发生这样的变化是难以置信的，偏偏又是明摆着的事实。表现为画布上的轮廓与色彩的化学原子，同他的灵魂之间是否存在着某种难以捉摸的亲缘关系？难道灵魂所想的，那些原子办到了？灵魂梦寐以求的，它们实现了？这可能吗？抑或另有某种更可怕的原因？想到这里，他不寒而栗。他回到榻旁躺下来，强抑着恐惧和恶心，对画像仔细端详。

无论怎样，他知道在一点上画像对他起了作用。它使道连意识到自己对待西碧儿·韦恩是多么不应该，多么忍心。这件事还来得及补救。她仍然可以做他的妻子。他的虚伪而自私的爱将接受较崇高的影响，变为较纯正的感情，而贝泽尔·霍尔渥德为他画的肖像，将成为他终生的向导，正如一些人靠圣洁的灵魂，另一些人靠良心，所有的人都靠对上帝的敬畏作向导一样。有些鸦片能麻醉悔恨之心，有些药剂能把道德观念催眠。但这里却有着看得见的堕落的象征和罪恶的标记。它无时无刻不在记录人把自己的灵魂引向毁灭所留下的足迹。

钟敲三点，四点，四点半，可是道连·葛雷仍不动弹。他试图把生活的一根根红线收集起来织成图案，试图找到一条路走出他正彷徨其中的血红色的欲念之迷宫。他不知道该做什么或想什么。最后，他走到桌旁，坐下来写一封充满激情的信给他爱过的那个姑娘，祈求她宽恕，痛责自己的疯狂行为。他写了一页又一页，字字句句表达他深切的悔恨和更深的痛苦。自我谴责也是一种享受。当我们谴责自己的时候，就觉得别人没有权利再谴责我们。赦免我们的是忏悔本身，而不是教士。信写好后，道连觉得自己已经得到宽恕。

忽然有人叩门，接着他听到亨利勋爵的声音在门外说："亲爱的道连，我一定要见你。快让我进去。你这样把自己关起来，我受不了。"

道连起先不做声，一动也不动。叩门声还在继续，而且愈来愈响。对，还是让他进来的好，道连要向他声明今后决定重新做人；如有必要，如果势在必行，甚至不惜跟他闹翻，大家分道扬镳。主意既定，道连霍地立起身来，匆匆忙忙用屏风把肖像遮起来，然后去开门上的锁。

"这件事非常令人遗憾，道连，"亨利勋爵进门就说。"不过你不要太想不开。"

"你是说西碧儿·韦恩吗？"道连问。

"是的，"亨利勋爵在一把椅子上坐下，慢慢地脱去他的黄手套。"从某种角度看来，事情确实很糟糕，但这不能怪你。告诉我，散戏后你是不是到后台去看她了？"

"是的。"

"我想你一定会去的。你有没有同她发生口角？"

"我当时心肠太狠，亨利，太狠心了。不过现在一切都好了。我并不为所发生的事感到后悔。它使我更清楚地认识了自己。"

"啊，道连，你能这样看待这件事，我很高兴！我本来担心会看到你沉浸在悔恨中，使劲扯你自己漂亮的鬈发。"

"所有这些我都经历过来了，"道连摇摇头微笑着说。"我现在心情十分愉快。首先，我懂得了什么叫做天良。这跟你对我说的不一样。天良是我们身上最神圣的东西。亨利，再也不要嘲笑它，至少在我面前不要这样。我要做个好人。我不能眼看自己的灵魂变得丑恶。”

“这倒是伦理学绝妙的艺术基础，妙极了，道连！我向你表示祝贺。但是你准备从何做起呢？”

“同西碧儿·韦恩结婚。”

“同西碧儿·韦恩结婚？”亨利勋爵惊呼着站起来，惶惑地看着他。“可是，我亲爱的道连……”

“是的，亨利，我知道你要说什么。又是发表一通关于婚姻的谬论。别说了，再也不要向我说这类话。两天前我向西碧儿求了婚。我不打算对她言而无信。她将成为我的妻子。”

“你的妻子！道连……你难道没有收到我的信？今天上午我写了一封信给你，是差专人送来的。”

“你的信？噢，是的，我想起来了。我还没有看，亨利。我担心里边又是一些我不爱听的话。你总是用你的惊人之语来肢解生活。”

“这么说，你还完全不知道？”

“你指的是什么？”

亨利勋爵从房间的另一头走过来，靠近道连·葛雷坐下，紧紧握住他的两只手，说：“道连，我的信——你不要惊慌——我的信告诉你，西碧儿·韦恩死了。”

一声痛苦的叫喊从道连喉咙里冲口而出，他跳起来，使劲抽出被亨利勋爵握住的手。“死了？！西碧儿死了？！这不是事实！这是骇人听闻的谣言！你怎么说这样的话？”

“这的确是事实，道连，”亨利勋爵郑重其事地说。“所有的早报都登了。我写信叫你在我来到以前不要见任何人。当局无疑要验尸，你不能被卷进去。这类事情在巴黎可以使人出名。可是伦敦人偏见太深。在这里，刚刚进入社交界就跟一件丑闻有牵连可要不得。这类事情不妨留待晚年点缀风景。我想剧场里的人也许不知道你的姓名。如果不知道，那就万事太平。有没有人看见你到她的化装室去？这一点很重要。”

道连半晌没有回答。他吓呆了。后来终于用喑哑的嗓音结结巴巴地说：“亨利，你说要验尸？这是什么意思？难道西碧儿——？哦，亨利，我受不了！……快说。快把一切都告诉我。”

“我确信这不是不幸的意外事故，道连。但是必须让外界得到这样的印象。从报道看来，午夜十二点半左右，她和她母亲一起离开剧场时，她说有什么东西忘记在楼上。她母亲等了她一段时间，可是她没有再下来。后来她被发现死在化装室的地上。她误吞了剧场里有毒的化装用品。我不记得究竟是什么，反正里边含有氰氢酸或铅白。想必是氰氢酸，因为她看来是当场毙命的。”

“亨利，亨利，这太可怕了！”道连号叫着。

“是的，的确够惨的，但你不能被牵连。我从《旗帜报》上看到，她今年十七岁。我甚至以为她还不到十七岁。她的模样还是个女孩子，看起来不大会演戏。道连，你不要为这件事过于悲痛。你一定要来同我一起吃晚饭，然后我们上歌剧院去。今晚帕蒂[①]演出，必定名流云集。你可以到我妹妹的包厢里去。她请了几位漂亮的女客。”

“是我杀死了西碧儿 · 韦恩，”道连 · 葛雷像是在自言自语，“等于用刀子割破她的喉咙。可是，尽管她死了，玫瑰却还是那么娇艳，鸟

---

①阿德里娜 · 帕蒂(1843—1919)，意大利著名歌剧演员(花腔女高音)。她的姐姐卡洛塔(1835—1889)是杰出的音乐会歌唱家。

儿还是那么欢快地在我花园里歌唱。今天晚上我还将同你一起吃饭、上歌剧院，然后多半还要去哪儿吃夜宵。生活是多么富有戏剧性啊！假如我在书上读到这一切，亨利，我一定会伤感落泪。现在真的发生了这样的事，而且发生在我自己身上，简直令人无法相信，所以流不出眼泪。这里是我写的平生第一封热烈的情书。奇怪的是我的第一封热烈的情书竟会写给一个死去的姑娘。我不禁要问：被我们称为死人的那些苍白、沉默的躯体有没有知觉？西碧儿！她会不会感到，会不会知道，会不会听见？哦，亨利，我一度多么爱她啊！我觉得这像是好多年以前的事。她曾经是我的一切。不料到了那可怕的夜晚——这难道真的仅仅是昨夜的事？——她演得那么糟糕，简直使我的心都碎了。事后她向我说明了原因。那是感人至深的。可是我丝毫不为所动。我认为她浅薄无聊。后来，忽然发生了一件使我毛骨悚然的怪事。我不能告诉你那是怎么回事，总之是极可怕的。我决定回到西碧儿身边去。我意识到自己干了坏事。可现在她死了。天哪！我的上帝！我该怎么办哪，亨利？你不知道我面临着怎样的危险，又没有任何人拉我一把。她本来应当挽救我的。她没有权利自杀。她这是自私的行为。”

“亲爱的道连，”亨利勋爵从烟盒里取出一支烟卷，用一只包着金箔的火柴匣点了火，一面说，“女人使男人改邪归正的唯一办法，就是把男人烦死，烦得我们对生活意兴索然。你要是娶了那个姑娘，可就倒了霉。当然，你会待她很好。谁都可以待他完全不感兴趣的人很好。但是她不久就会发现你对她毫无感情。女人一旦发现丈夫对她毫无感情，她要么在衣着上显得恶俗不堪，要么开始戴非常漂亮的帽子，不过掏钱的是别的女人的丈夫。且不说这样门第不相当的婚姻多么丢人，当然，我也不会让它成为事实，但我敢担保，它在任何情况下都将以彻底的失败告终。”

“大概是的，”道连低声说。他在屋子里来回走着，面色煞白。“但我觉得这是我的责任。这次不幸的事件阻碍了我尽到应尽的责任，这不能怪我。我记得你有一次说过：痛改前非的决心注定没有好的结果，因为下这样的决心总是太晚。我的决心便是这样。”

“痛改前非的决心是抗拒自然法则的无效尝试。其根源纯粹是虚荣。其结果绝对等于零。这种决心间或能促使我们的感情来一番华而不实的冲动，颇合意志薄弱者的脾胃。除此以外，便没有什么可谈的了。这种决心无非是空头支票。”

“亨利，”道连 · 葛雷叫了一声，走过来在他旁边坐下，“为什么这个悲剧对我的震动不如我希望的那么厉害？我难道如此薄情？你说呢？”

“最近两个星期你干了那么多傻事，肯定没有资格赢得薄情的美名，道连，”亨利勋爵面带亲切而忧郁的微笑回答。

道连蹙额说：“我不喜欢这样的解释，亨利，但我感到安慰，因为你不认为我薄情。我决不是那种人，我知道我不是。不过我得承认，所发生的这件事对我的震动并未达到应该有的程度。在我看来，它只是像一个精彩剧本的精彩结尾。它具有一出希腊悲剧的全部恐怖美，我在这出悲剧里扮演了一个要角，可是心灵却没有受到创伤。”

“这是一个颇有意思的问题，”亨利勋爵说。他逗弄着道连不自觉的自私心理，感到妙不可言，其乐无穷。“一个极有兴味的问题。正确的解释我认为是这样：生活中真正的悲剧往往以毫无美感可言的形式出现，这些悲剧一味凶猛狂暴，绝对不合逻辑，无谓到荒唐的程度，而且完全不讲章法，简直是对我们的侮辱。它们给我们的感受无异于一切鄙俗的事物。它们给我们的印象只是赤裸裸的暴力，于是我们起来反抗。不过，我们在生活中偶尔也会遇到具有美感因素的悲剧。如果这种美的因素货真价实，整个事情就会引起我们欣赏戏剧效果的兴趣。我们会突然发现自己不再是一出戏的演员，而是观众。或者既是演员又是观众。我们开始观察自己，单是这一奇观本身就能叫我们着迷。以目前这件事情来说，到底发生了什么呢？一个姑娘为了爱你而自杀了。我真希望自己曾有这样的经历。它可以使我从此一辈子爱上爱情。我的崇拜者不太多，但有那么几个。在我对她们生腻或者她们对我生腻以后很久，她们照例都坚持活下去。她们个个发了福，变得很不知趣，见了我立刻大谈其往事。女人回首前尘可不得了！管教你啼笑皆非！她们的记忆暴露出她们的智力完全处于停顿状态！人应该吸收生活的色彩，但千万不可记住它的细节。细节总是俗不可耐的。”

“我必须在我的花园里种上罂粟[1]，”道连叹道。

“这没有必要，”亨利勋爵说。“生活中随时随地都有罂粟。当然，有时某些事情挥之不去，总忘不了。我曾经在整个社交季节一直佩戴紫罗兰，为的是有一段罗曼司不肯咽气，我就用这个风雅的办法先行发丧。后来它总算呜呼哀哉了。是什么送了它的终，我已经忘了。我想大概因为她表示愿意为我牺牲一切。这一刹那照例是很可怕的。它使人充满了对永恒的恐惧。说来你也许不信：一个星期以前，在汉普希尔夫人举行的宴会上，我的邻座正是那位女士。她一定要把旧事统统重温一遍，既翻掘往事，又搅扰未来。我早已把这段罗曼司埋在一畦常春花[2]下去了。她又把它挖出来，并且声称是我毁了她的一生。在此我必须说明，她在宴席上胃口奇佳，所以我毫不担忧。她也太不知趣了！过去的事情唯一可爱之处就在于它已经过去。可是女人从来不懂得幕已

①象征忘却。
②象征死亡。

经落下，戏已经散场。她们总是还要第六幕，尽管人家对这出戏已毫无兴趣，她们仍要继续往下演。如果真的顺着她们的意思，任何喜剧都将落得个悲剧的结局，而任何悲剧都将以闹剧告终。她们会作动人的表演，但是缺乏美感。你比我幸运得多。老实告诉你，道连，我所认识的女人没有一个能为我作出西碧儿·韦恩为你作出的举动。一般女人都能自己安慰自己。其中有些女人采用的方式是爱好感伤的色彩。决不要相信穿紫色衣裳的女人，不论她的年龄大小；也不要相信过了三十五岁却对粉色缎带情有独钟的女人。这照例意味着她们有一段说来话长的往事。另外有些女人忽然发现她们的丈夫有种种优点，从中得到极大的安慰。她们逢人便夸自己伉俪情笃，好像这是一切罪孽中最迷人的。也有一些女人从宗教得到安慰。有一次某个女人对我说，宗教仪式具有与调情一样的迷人之处；这话我完全理解。此外，对一个女人的虚荣心最大的满足，莫过于被说成是堕入魔障的罪人。良心使我们大家都成为利己主义者。总之，女人在现代生活中可以找到的安慰真是数不胜数。其实，最重要的一招我还没有提到呢。”

“什么，亨利？”道连心不在焉地问。

“哦，最灵验的安慰就是：在失去自己所爱时，把别人的所爱夺过来。在上流社会中，这个办法总是可以洗刷女人的名声。道连，你想想，西碧儿·韦恩跟所有那些通常可以遇见的女人是多么不一样！她的死包含着一种我认为非常美的成分。我很高兴自己生活在一个居然可能出现这种奇迹的时代。这些奇迹使人相信，诸如恋爱、激情、罗曼司这些我们大家都视同儿戏的事情确实存在。”

“我对她实在太狠心。这一点你忘了。”

“很难说。女人最赏识的也许正是狠心，赤裸裸的狠心。她们具有幼稚得可怜的本能。我们解放了她们，可是她们仍然像奴隶一样在寻找主人。她们喜欢受人支配。我相信你当时一定壮美至极。我从来没有见过你真正大发雷霆，但我可以想象你的神态该是多么动人。还有，前天你对我说过一段话，当时我觉得纯粹是异想天开，但现在看来极有道理，而且正是解释一切的关键所在。”

“我说什么来着，亨利？”

“你对我说，西碧儿 · 韦恩在你眼里代表着所有罗曼蒂克的女主人公：她今晚是苔丝狄梦娜，明晚是奥菲莉娅[①]；如果她作为朱丽叶死去，又会作为伊摩琴复活。”

“如今她永远不会复活了，”道连双手掩面，悲切地说。

“是的，她永远不会复活了。她演完了她最后的一个角色。但你应当把她在小剧团化装室里凄凉孤寂的死设想成詹姆斯一世[②]时代某一出悲剧中阴风惨惨的一个片断，设想成韦伯斯特[③]、福德[④]、西里尔 · 图尔纳[⑤]剧中离奇的场景。那姑娘从来没有真正生活过，所以也没有真正死去。至少对你来说，她始终是一个梦，一个在莎剧中行踪飘忽、从而使之生色不少的幻影，一支使莎剧的音乐显得更加丰满、更加欢快的芦笛。她和现实生活刚一接触就搞得两败俱伤，于是她离开了人间。你愿意的话可以为奥菲莉娅哀伤，可以因考狄利娅被绞死而把灰撒在自己头上[⑥]，甚至为苔丝狄梦娜的无辜牺牲诅咒上帝也无妨。但西碧儿 · 韦恩

---

① 苔斯狄梦娜和奥菲莉娅分别是莎士比亚戏剧《奥赛罗》和《哈姆雷特》中的女主人公。

② 詹姆斯一世(1566—1625)，原为苏格兰王，后兼英王(1603—1625)，建立斯图亚特王朝。

③ 约翰 · 韦伯斯特(1580？—1625？)，英国剧作家，著有悲剧《马尔菲公爵夫人》等。

④ 约翰 · 福德(1586？—1639)，英国剧作家，著有悲剧《破碎的心》等。

⑤ 西里尔 · 图尔纳(1575？—1626)，英国剧作家，著有《复仇者的悲剧》等。

⑥ 古代犹太人往自己头上撒炉灰或尘土以示悲哀或忏悔，见《旧约 · 约伯记》第二章第十二节。

比她们更不真实，所以大可不必为她浪费你的眼泪。”

接着是一阵沉默。屋子里的暮色渐浓。不知不觉间阴影悄没声儿地从花园里潜入室内。各种色彩从它们附丽的物体上疲惫地退去。

少顷，道连·葛雷抬起头来。“你帮助我认识了我自己，亨利，”他低声说，好像还松了一口气。“你所说的我也感觉到了，可是我害怕这一切，我又不能向自己讲清楚。你多么了解我啊！不过我们不要再提这件事了。这是一次惊心动魄的实验，而并非其他。我不知道生活是否还能为我提供这样惊心动魄的奇遇。”

“生活对你来说一应俱全，道连。凭你这样出类拔萃的美貌，还怕什么事情办不到？”

“可是，亨利，一旦我容颜憔悴，年华老去，脸上布满皱纹，那时会怎么样？”

“啊，到那时，”亨利勋爵起身准备告辞，“亲爱的道连，到那时你得为争取每一次胜利而苦战。目前，胜利会送上门来。不，你必须保持你的美貌。我们所处的时代读书太多，把脑子都读糊涂了，想得太多，把容貌都变丑了。所以我们少不了你。而现在你最好还是换了装跟我一起到俱乐部去吃晚饭。我们已经耽搁很久了。”

“我还是直接上歌剧院去找你，亨利。我累得很，什么也吃不下。令妹的包厢是几号？”

“大概是二十七号。在二楼。门上有她的姓名。不过你不跟我一起吃晚饭使我很扫兴。”

“我实在力不从心，”道连无精打采地说。“但我非常感谢你对我说的那些话。你确实是我最好的朋友。没有人像你这样了解我。”

“我们的友谊刚刚开始呢，道连，”亨利勋爵握着他的手说。“再见，我希望在九点半以前又看到你。别忘了，今晚帕蒂演出。”

等他走出去把门带上后，道连 · 葛雷按了一下铃。不一会，维克多掌着灯进来，把帘子放下。道连不耐烦地等着他出去。那侍从磨磨蹭蹭的，好像做每一件事情都没有个完。

维克多一出去，道连急忙走到屏风前把它拉开。不， 画像没有新的变化。它得悉西碧儿 · 韦恩的死是在他自己知道此事之前。在他的生活中发生什么事情，肖像立刻能感觉到。使轮廓优美的嘴变得狞恶的冷酷表情，无疑在西碧儿 · 韦恩仰药的一刹那就出现了。也许，肖像对于他所作所为的结果不感兴趣，而只管他灵魂深处的活动，是不是？不知道有朝一日他是否会眼看着肖像起变化？他希望能看到。但想到这里，他不由得毛骨悚然。

可怜的西碧儿！这一切是多么浪漫啊！她经常在舞台上模仿死亡。现在死神真的降临到她头上，把她带走了。那惨烈的最后一场她是怎么演的？她临终时诅咒了他没有？不，西碧儿是为他殉情的，爱情对他今后将永远保持神圣。西碧儿用自己的生命作牺牲，已把一切都抵偿了。他再也不必去想那可怕的一个晚上在剧场里西碧儿使他受到的痛苦。他如果想起西碧儿来，那应该是一个动人的悲剧形象，她是一位谪仙，来到人间舞台上是为了显示爱情的无上真实性。然而，她何尝是动人的悲剧形象？他回想起西碧儿稚气十足的脸蛋、憨态可掬的痴情和羞羞答答的韵致，禁不住鼻酸泪涌。他赶紧擦了擦眼睛，重新看着画像。

他觉得，现在确实到了必须作出抉择的时刻。也许，他的抉择已经作出了？是的，生活本身以及他自己对生活无限的好奇心已代他做了决定。永不憔悴的青春、无法满足的欲望、神秘奥妙的享受、如醉如狂的快乐和更加疯狂的堕落——一切都将为他所有。而他的耻辱的重荷将由肖像承担：就这么着了。

想到画中人俊美的面貌将被糟蹋得不成样子，一阵痛楚潜入他的心房。有一次，他出于一股孩子气效法顾影自怜的那喀索斯，吻了一下——其实只是假装吻了一下——画上那两片现在正冲他狞笑的嘴唇。他天天早晨坐在肖像前欣赏它的丰采，有时候甚至觉得自己恋上了它。难道今后这幅肖像就要随着他对每一次诱惑的屈服而变化？难道它必须变成一件可憎可厌的东西而被锁起来，避开常常照得它金色的鬈发熠熠生辉的阳光？多可惜呀！多可惜呀！

有那么一瞬间，他想祈求自己和肖像之间这种令人胆寒的交感作用从此停止。肖像正是回应以前的一次祈祷起了变化，那么它也可能回应另一次祈祷而保持不变。然而，只要尝到过一点生活的甜头的人，谁肯放弃永葆青春的机会？尽管这可能是一笔离奇的交易，或者可能孕育着不堪设想的后果。再说，难道他真的能如此从心所欲？难道真是那次祈祷造成了人与肖像的位置对调？这里头会不会有某种奇妙的科学道理在？既然思想能影响有生命的机体，难道就不能影响死去的或无机体？再者，即使撇开思想或有意识的愿望，难道我们身外的事物就不能同我们的情绪和感觉发生共振，像原子与原子在某种神秘的引力或亲和力的作用下相互趋附？但道理本身并不重要。反正他再也不想通过祈祷来试验任何可怖的力量。如果肖像要变，就由它去变。何必刨根问底呢？

观察这个过程倒是一种真正的享受。他将有可能跟随自己的思想进入神秘的灵魂深处。这幅肖像对于他将成为一面最神奇的镜子。如果说过去这面镜子映出了他的形体，那么今后将向他揭示他自己的灵魂。即使将来画中人面临隆冬，他本人依旧处在春夏之交。即使将来红润的血色从画中人的脸上消逝，留下一张死灰色的面具和两颗暗淡无神的眼珠，他本人仍将保持翩翩少年的风采。他那如花的容颜永远不会枯萎。他的生命的脉搏永远不会衰竭。他将同希腊的神祇一样强壮、快乐、来去一阵风。画上的形象发生变化又算得了什么？只要他本人青春常在，这是最要紧的。

道连把屏风拉回到肖像前它原来的位置，在这样做的时候面露笑意，然后走进卧室。侍从等候在那里准备给他换装。一小时后，他已坐在歌剧院里，听亨利勋爵凑近他的座椅同他说话。

第九章

第二天上午，道连·葛雷正在进早餐，贝泽尔·霍尔渥德在仆人引领下走了进来。

“总算把你找到了，道连，”画家说。“昨天晚上我来找你，他们说你上歌剧院去了。我当然不相信，可是又不知道你确实的行踪。我一宿没好好睡觉，生怕一桩不幸引起另一桩不幸。我认为，你一得到这个消息，就该打电报把我叫来。我是偶然在俱乐部里随手拿起一份刚出版的《环球报》才知道的。我立刻上你这儿来，遗憾的是没有找到你。我没法向你表达我为这件事难过到什么程度。我知道你一定很痛苦。可是你到底上哪儿去了？你是不是看那个姑娘的母亲去啦？有一刹那我想跟你到那里去。报上有死者的地址。在尤斯登路某一个地方，是不是？但我担心只会干扰而不能减轻别人的悲痛。可怜的韦恩太太！她该多么伤心啊！何况这是她唯一的孩子！她说了些什么？”

“亲爱的贝泽尔，我怎么知道？”道连·葛雷不悦地说着，从一只威尼斯玻璃杯中啜饮泛着金珠般气泡的淡黄色美酒，神情颇不耐烦。“我的确在歌剧院。你该上那儿去找我。我第一次见到了亨利的妹妹格温多林夫人。我们坐在她的包厢里。她可爱极了；帕蒂唱得也十分出色。不要谈那些可怕的话题。事情只要不去提它，就等于从来没有发生过。亨利说的，事物是否确实存在，取决于是否有人谈论。我可以告诉你，西碧儿不是那女人唯一的孩子。她还有一个儿子，大概也挺可爱。但他并不演戏。听说他在船上当水手。好啦，谈谈你自己吧。最近你在画什么？”

“你上歌剧院去了？”霍尔渥德说得很慢，语气紧张而沉痛。“西碧儿·韦恩的尸骨未寒，还放在一所脏乱不堪的公寓里，而你居然上歌剧院去了？曾经为你所爱的姑娘还没有入土长眠，你居然向我谈论别的女人如何可爱，帕蒂有多么了不起的歌唱天才？老弟啊，还有好多恐怖景象在等着她娇小苍白的躯体呢！”

“别说了，贝泽尔！我不要听！”道连大声说着，霍地立起身来。“你不必对我讲这些事情。过去的已经过去了。往事毕竟是陈迹。”

“难道昨天的事对你已经是‘陈迹’？”

“这同时间的长短远近没有关系。浅薄的俗物需要几年时间才能摆脱某种感情的束缚。有自持力的人结束哀伤就像找到快乐一样容易。我不想被自己的感情牵着鼻子走。相反，我要利用、享受、支配自己的感情。”

“道连，这太可怕了！显然有什么事情使你变成了另一个人。从外貌看，你还是那个天天到我画室里来给我当模特儿的好孩子。但当初你纯朴自然，现在却矫揉造作。你本来是整个世界上最清白的人。如今，我不知你被什么迷住了心窍。你说话好像全无心肝，没有半点同情。这都是受了亨利的影响。我看得出来。”

道连的脸一下子涨得通红，他走到窗前，看看花园在阳光下被暑气蒸得摇曳颤动的一派蓊郁气象。“贝泽尔，我得益于亨利的地方，”他终于说，“比得益于你的多得多。你仅仅启发了我的虚荣心。”

“我已经因此受到惩罚，道连，或者总有一天要受到惩罚。”

“我不明白你的意思，贝泽尔，”他转过身来说。“我不明白你要什么。你到底要什么？”

“我要我所画的那个道连·葛雷，”画家悲切地回答。

“贝泽尔，”道连走过来，把一只手放到他的肩膀上说，“你来迟了。昨天我得悉西碧儿·韦恩自杀的消息——”

“自杀？天哪！你确信她是自杀的？”霍尔渥德惊骇地抬头望着道连，失声叫了起来。

“亲爱的贝泽尔！难道你真以为这是一般的意外事故？她当然是自杀的。”

画家双手掩面。“多么可怕！”他说不出别的话来，浑身哆嗦不已。

“不，”道连·葛雷说，“这一点也不可怕。这是当代一大浪漫悲剧。通常，演戏的人都过着极其庸俗的生活。他们不是好丈夫，就是忠实的妻子，总之都俗不可耐。你当然知道我指的是中产阶级的一套道德观。西碧儿却完全不是那样！她演了一出完美的悲剧。她始终是戏里的人物。在她登台的最后一夜——就是你看到的那一次——她之所以演得那么糟糕，原因是她懂得了什么是真正的爱情。一旦希望幻灭，她就像朱丽叶那样死了。她又回到了艺术的境界。她的死完全是悲壮而无谓的牺牲，具有以身殉志的那种虚妄的美。不过，刚才我已说过，你不要以为我没有尝到痛苦的滋味。如果你昨天在五点半或五点三刻左右上这儿来，你会发现我哭得像个泪人儿似的。昨天亨利来过此地，是他告诉了我这个消息；但就连他也没法想象我经受着什么样的折磨。我痛苦得不得了。后来事情过去了。我不能把这种感受从头再咀嚼一遍。谁也不会这样做，除非是无病呻吟的多情种子。贝泽尔，你对我太不公平了。你是来安慰我的，这是你的一番好意。可是当你发现我已经平静下来，却反而勃然大怒。难道有这样表同情的吗？你使我想起亨利对我讲过的一个故事：有一位博爱主义者费了二十年的光阴昭雪一桩冤狱——或许是改变一条不公正的法律，究竟怎么回事我忘了。后来他终于成功了，可是他的失望感却从此无法克服。他再也没有什么事情可做了，几乎在百无聊赖中郁郁以殁，而且变成了一个不可救药的厌世者。所以，亲爱的贝泽尔，如果你真想安慰我，应当教我怎样忘掉所发生的事情，或者教我怎样从美学的观点来看这件事。戈蒂埃[①]不是一再讲到‘寓安慰于艺术之中’吗？我记得有一天在你的画室里偶然发现一本犊皮纸封面的小书，在里边看到了这句有意思的话。当然，我并不像那个年轻人——有一次我们一起到西郊去的时候你对我讲起过，那个年轻人老是说，黄颜色的缎子能排遣人生一切忧患烦恼。我喜欢摸得着、拿得到的好看的东西。古色古香的锦缎、青铜、漆器、牙雕、精美的陈设、豪华的气派——这一切可以提供许多乐趣。但我认为更重要的是它们能造就，至少能启示一种艺术家的气质。像亨利所说的，做自己的生活的旁观者可以躲避人生的苦恼。我知道我这样对你说话使你吃惊。你还没有认识到，我懂得的比以前多得多了。你跟我初会的时候，我还是个娃娃。现在我已经是个大人。我有了新的欲望、新的思想、新的见解。我已不是过去的我，但你必须同样喜欢我。我变了，但你得永远做我的朋友。当然，我很喜欢亨利。不过我知道你比他好。你不比他强，因为你过于害怕生活，但你比他好。当初我们在一起多快乐啊！不要把我撇下，贝泽尔，也不要跟我吵架。我已经成了现在的我。再没有什么更多的可说了。”

这番话奇怪地打动了画家的心。他无限钟爱道连，这个年轻人是他创作道路上一个重大的转折点。他没有勇气再责备他。归根到底，道连的忍心也许是一种暂时的情绪。他身上有那么多善良的成分，有那么多高尚的品质。

“好吧，道连，”霍尔渥德终于带着一丝苦笑说。“从今天起，我再也不向你提起这件可怕的事情。但愿你不要受到牵连。验尸定于今天下午举行。他们没有传你到案吗？”

---

① 戈蒂埃（1811—1872），法国诗人、小说家、批评家，首倡“为艺术而艺术”。

道连摇摇头，听到“验尸”这两个字，他脸上显出一种厌烦的神情。这类事情照例鄙俗而且无聊。“他们不知道我的姓名，”他回答说。

“可是那姑娘总该知道吧？”

“她只知道我叫道连，不知道我姓什么，而且我确信她没有对任何人说过。有一次她告诉我，人家都想打听我是何许人，她一概回答说我叫迷人王子。真亏她想得出来。贝泽尔，你得为我画一张西碧儿的小像。在我的记忆中只有几次亲吻和一些热情的只言片语。除此以外，我还想保留一些对她的纪念。”

“那我就试试看，道连，只要你喜欢。不过你自己必须到画室里来再给我当模特儿。我少不了你。”

“我不能再给你当模特儿，贝泽尔。这办不到！”他说着猛然退后两步。

画家直勾勾地望着他。“我的老弟，你胡说些什么？！”他惊问。“你是不是不喜欢我给你画的像？它在哪儿？你为什么用屏风把它遮起来？让我看看它。这是我生平最好的作品。把屏风拉开，道连。这一定是你的佣人干的混账事——居然把我的作品这样藏起来。怪不得我进来的时候觉得有些异样。”

“这跟我的佣人没有关系，贝泽尔。你以为我能让佣人做主布置我的房间？他顶多有时候为我搬动一下我的花。不，屏风是我放在那里的。因为射在画像上的光线太强。”

“太强？不见得吧，老弟？那地方非常合适。让我看看去。”说完，霍尔渥德向房间的那个角落走过去。

一声惊骇的急叫从道连·葛雷口中冲出来，他抢步上前，站在画家和屏风之间。“贝泽尔，”他吓得面如土色，“你看不得。我不要你看。”

“我自己的作品不让看？！你开什么玩笑？为什么我不能看？”霍尔渥德笑问。

“你要是敢看一眼，贝泽尔，我发誓这辈子再也不跟你说话。我不是开玩笑。我不打算作任何解释，你什么也不要问。但是你得记住：你要是碰一下这道屏风，你我之间就算完了。”

霍尔渥德像挨了当头一棒。他望着道连·葛雷，呆若木鸡。画家以前从来没有见过他这个模样。道连由于狂怒而脸色发青。他攥紧两个拳头，一对瞳孔射出青光，全身抖个不停。

“道连！”

“住口！”

“你这是怎么啦？既然你不要我看，我当然可以不看，”霍尔渥德相当冷淡地说，并转身向窗口走去。“不过，说真的，我自己的作品竟不让我看，这未免太不讲理。我还打算秋天把它送到巴黎去展出呢。在这以前，恐怕需要给它重新上一道清漆，所以我总有一天要看的。那么，为什么不在今天看呢？”

“把它送去展出？你要把它展出？”道连·葛雷连声问道，同时一种诡异的恐怖感潜入他的心房。难道要把他的秘密向世人公开？让人们饱看他的隐私？这可不行！必须立即采取对策，然而他不知道该怎么办。

“是的，对此你大概不会有异议。乔治·珀蒂打算搜集我最好的作品，十月初在巴黎塞兹街举办一次专题画展。这幅肖像拿去顶多一个月就送回来。希望你能慨然允诺暂借一段时间。反正那时你不在伦敦。其实，你既然老是用屏风把它遮起来，可见对它兴趣不大。”

道连·葛雷伸手抹了抹额上的冷汗，觉得自己正面临着不堪设想的危险。“一个月以前你对我说过，你决不展出这幅肖像，”他气急败坏

地说。“你为什么改变了主意？你们这些人口口声声标榜首尾一贯，事实上跟别人一样反复无常。唯一的区别就是你们的情绪变化更加不合情理。你曾经极其郑重地向我保证，无论什么都不能诱使你把它送往任何展览会，你难道忘了？你对亨利也讲过同样的话。”他突然顿住，眼睛一下子变得明亮起来。他想起亨利勋爵有一次半认真、半玩笑地对他说过：“你如果愿意得到一刻钟奇妙的享受，不妨叫贝泽尔谈谈他为什么不肯展出你的肖像。他跟我谈过其中的原因，这对我来说是一大发现。”对，说不定贝泽尔也有自己的秘密。得试探一下。

“贝泽尔，”他走到画家紧跟前，两眼直盯着他的脸说。“你我都有自己的秘密。让我先了解你的秘密，然后我把我的秘密告诉你。你拒绝展出我的肖像，到底是什么原因？”

画家情不自禁地周身为之颤栗。“道连，我要是告诉了你，你会减少对我的好感，而且一定会取笑我。这两者我都受不了。如果你要我再也不对你的肖像看一眼，我同意。反正我随时有你本人可以看。如果你要把我生平最好的作品藏起来不让世人看到，我也乐意。你的友谊对我来说比任何名望声誉更宝贵。”

“不，贝泽尔，你必须告诉我，”道连·葛雷坚持要他讲。“我认为我有权了解。”他的恐惧已被好奇所取代。他拿定主意要把贝泽尔·霍尔渥德的谜底揭开。

“我们坐下谈，道连，”画家面有难色。“坐下。你先回答我一个问题：你是否发觉画像有什么奇怪的地方？是否有什么地方起初也许没有引起你的注意，可是后来忽然被你发觉了？”

“贝泽尔！”道连惊呼一声，一双发抖的手牢牢抓住椅子的扶手，眼睛睁得老大，瞪着霍尔渥德。

“我看得出你发觉了。你不要开口，先听我说。道连，从我遇见你的一刹那起，你这个人就对我产生最不寻常的影响。我的灵魂、头脑、才能都受你的支配。你成了我心目中无形理想的有形化身，这种理想像瑰丽的梦境无时不萦绕在我们画家的脑际。我崇拜你。我妒忌跟你说话的每一个人。我要你整个都属于我。我只有跟你在一起才感到幸福。即使你不在我身边，你仍然存在于我的创作之中……当然，这一点我从未向你说过，因为听起来有点不可思议。你一定无法理解，我自己也未必清楚。我只觉得面对面看到了完美的形象，只觉得世界在我眼里变得非常奇妙，也许太奇妙了，因为像这样狂热的崇拜包含着危险；保持这股劲头固然危险，但失去这股势头也许更危险……几个星期过去了，我愈来愈被你的魅力所吸引。这时到了一个新的发展阶段。我曾经把你画成披甲戴盔、雄姿英发的帕里斯①，画成身穿猎人装束、手持雪亮梭标的阿多尼斯。你或者头戴沉甸甸的莲花冠环，坐在哈得良皇帝的画舫船头上，凝睇着尼罗河绿色的浊浪。你或者在希腊丛林里俯临一汪平静的池水，从微波不兴的银镜中看到了你自己奇迹般的容颜。这些形象都是直觉的、理想的、缥缈的，如同艺术应该表现的那样。一天，我几次认为这是命中注定的一天，我决定按照你实际的模样给你画一幅奇妙的肖像：不是穿博物院里的古装，而是穿你自己的服装，放在你自己的时代背景前。究竟是由于采用了写实的手法，还是由于你本人的魅力毫无遮蔽地直接呈现在我面前，我说不上。反正在画这幅像的时候，我觉得每一片油彩、每一层颜色都在泄露我的秘密。我担心给别人识破我在搞偶像崇拜。我觉得自己在这幅肖像中诉说得太多了，倾注了太多我自己的东西。所以当初我决定不把它拿出去展览。你曾因此而不大

① 帕里斯，希腊神话中的特洛伊王子。由于他拐走了美人海伦，引起了历时十年的特洛伊战争。

高兴，但那时你不了解其中的缘故。我向亨利谈了这件事，他把我取笑一通。但我并不介意。肖像画好以后，我对像独坐，感到自己的决定还是对的……过了几天，它离开了我的画室。我刚一摆脱它的难以抗拒的魅力，就立即意识到：除了你的美貌令人叹为观止和我的画笔不算拙劣之外，如果我自以为从这幅像上还能看出什么秘密，那实在蠢得可以。直到现在我仍觉得：认为创作时的感情会在作品中反映出来是错误的。艺术永远比我们所想象的更抽象。形状和色彩就是形状和色彩，而非其他。我总觉得，艺术把艺术家隐蔽起来的程度远远超过把他展示出来的程度。因此，当我获悉来自巴黎的这个建议时，我决定把你的肖像定为我的画展的中心作品。我万万没有想到你会拒绝。现在看来，你是对的。肖像不应当展出。我对你说了这些话，你可不能生我的气，道连。有一次我向亨利说过：上帝创造了你，就是让人崇拜的。”

道连·葛雷深深地舒了一口气。他的两腮恢复了红润，嘴唇周围又泛起微笑。危险过去了。暂时他可以放心。但他禁不住无限怜悯刚才向他作了这番奇怪的自供的画家，心想：“我自己会不会这样拜倒在一个朋友脚下？亨利勋爵的吸引力在于他是个危险人物，但也就到此为止。他过于聪明，过于尖刻，所以不能真正赢得别人的心。有没有人能激起我崇拜偶像的感情？生活是否也能提供这样的机会呢？”

“道连，”霍尔渥德说，“你竟从画像中看出了这一点，我非常纳罕。你真的看到了吗？”

“我看到了一些迹象，”他答道，“一些我觉得很有趣的迹象。”

“那么，现在可不可以让我看看它。”

道连摇摇头。“贝泽尔，你不应该提出这个要求。我决不能让你站在画像前面。”

“将来总可以吧？”

“永远不可以。”

“好吧，也许你有道理。我该走了，道连。你是我一生中唯一真正影响了我的创作的人。我的作品如有可取之处，应当归功于你。啊！你无法想象，刚才我向你说出的那一番话是多么不容易呵！”

“亲爱的贝泽尔，”道连说，“你向我说了些什么呀？你只是说你觉得对我的叹赏过了头。这甚至算不上恭维。”

“我说这话可不是为了恭维你。这是一篇自供状。现在我觉得好像失去了什么。也许对人的崇拜不应当用言语来表达。”

“这是一篇令人失望的自供状。”

“为什么？你原先指望听到什么，道连？你是不是从画像上看到了别的东西？”

“没有，别的什么也没有。你不要再谈什么崇拜了。这简直愚蠢。你我是朋友，贝泽尔，我们应当永远做朋友。”

“现在你有亨利了，”画家说着黯然神伤。

“哦，你说亨利？”道连发出一阵清脆的笑声。“亨利白天尽说不足信的话，晚上尽做不可能的事。这正是我喜欢的那种生活。不过，万一我遇到什么患难，我大概不会去找亨利。我多半会找你，贝泽尔。”

“你再来给我当模特儿，行吗？”

“不行！”

“你的拒绝将断送我的艺术生命，道连。任何人都不可能遇上两个理想的形象。一个已经是凤毛麟角了。”

“我没法向你解释，贝泽尔，反正我不能再给你当模特儿。每一幅肖像都连带着某种命定的因素，都有它自己的生命。我愿意到你那里去跟你一起喝茶。那同样是挺愉快的。”

“恐怕对你更愉快些，”霍尔渥德不胜惋惜地说。“再见吧，道连。遗憾的是你不让我再看一眼这幅画像。这也没有办法。你的心情我完全理解。”

他走后，道连·葛雷暗暗在笑。可怜的贝泽尔！他完全被蒙在鼓里！道连非但没有被迫吐露真情，反而在无意中套出朋友心底的秘密，你说怪不怪？！贝泽尔这番不寻常的自供使道连明白了许多事情。画家几次莫名其妙的妒意发作，他的一片痴情，他的无比慷慨的谀辞以及有时候欲言又止的奇怪态度——这一切道连现在全明白了，并为此感到内疚。在他看来，这种带有罗曼司色彩的友谊，包含着悲剧的成分。

他叹息着按了一下铃。画像无论如何得搬开去藏起来。他不能再冒被发现秘密的风险。除非是疯子，否则决不能让肖像继续放在随时可能有他的朋友闯进来的房间里，哪怕一小时也拖延不得。

第十章

侍从进来了，道连目不转睛地盯着他，心想他有没有想到向屏风后面偷看一眼。维克多毫无表情地等候吩咐。道连点着了一支烟卷，走到镜子前面，瞧着镜子，这样他可以把维克多的面孔看得一清二楚。那是一张不动声色的顺从的面孔。没有什么可担心的。不过道连认为还是要留神提防。

道连一字一句说得很慢，他吩咐维克多先把女管家叫来，然后到镜框店去，要那边立刻派两个人来。道连觉得，维克多走出房间的时候曾向屏风那边瞟了一眼。不过也许这仅仅是他自己多心?

过不多久，女管家黎甫太太身穿黑色绸服，布满皱纹的手上戴着老式露指手套，急匆匆地走进书斋。道连向她要课室的钥匙。

“你是说老课室吗，道连先生?”她惊讶地问。“哎呀，那儿全是灰尘。你要进去的话，我得先把它打扫一下，收拾收拾。现在你去不得。真的，去不得。”

“我不要你收拾，黎甫。你只要把钥匙给我。”

“不，先生，你走进去准蒙上一身蜘蛛网。自从勋爵故去以后，那间屋子差不多有五年没打开过。”

道连听到提起他的外祖父，脸上很不自在。外祖父留给他的回忆是可憎的。“不要紧，”道连对女管家说。“我只要看一下那个地方——没有其他事。你把钥匙给我。”

“钥匙在这里，先生，”老妇人说着，不听使唤的手颤巍巍地从一大串钥匙里挑拣。“是这把，我马上就把它从钥匙串上拿下来。你不是想搬到那里去住吧，先生?你在这里挺舒服的。”

“不，不，”道连不耐烦了。“谢谢你，黎甫，没你的事了。”

女管家还逗留了一会儿，刺刺不休地说了些家务琐事。道连叹了一口气，叫她瞧着办就是了。黎甫太太满面堆笑地走了出去。

门关上后，道连把钥匙放入口袋，向室内四周打量了一番。他的视线落在一张用金线绣得密密匝匝的紫缎大罩子上。这是他外祖父从波伦亚附近一座修道院里弄来的一件出色的十七世纪晚期威尼斯工艺品。对，就用它来罩那幅可怕的肖像。这罩儿可能多次盖过灵柩。现在就让它来遮盖一件腐化程度远较尸体为甚的东西，一件使人为之战栗而又永远不会死亡的东西。如同蛆虫蠹蚀尸体一样，他的罪恶将蠹蚀画中人的形象。他干的坏事将毁损肖像的丰采，蚕食它的韵致，把它糟蹋得不成样子，使它蒙受耻辱。然而肖像本身将继续存在，永远活下去。

道连打了个寒颤，有一刹那甚至后悔没有把为什么要藏匿肖像的真情告诉贝泽尔。贝泽尔一定会帮助他抵制亨利勋爵的影响，抵制来自道连本人气质的更加有害的影响。贝泽尔对他的爱出自一片真心，绝无不高尚或违反理性的因素。这不是由感官产生的对美的倾慕，一旦感官生腻，这种倾慕也就完了。这是米开朗琪罗、蒙田①、文克尔曼②乃至莎士比亚也了解的那种爱。是的，贝泽尔本来能够救他。但现在已经太晚了。往事总是可以抹去的，可以通过追悔、否认或忘却做到这一点，但是未来却无法避免。他心中的欲念总要以可怕的形式宣泄出来，他脑际的幻梦总要把罪恶的魅影变成现实。

---

① 蒙田(1533—1592)，文艺复兴时期的法国思想家、散文作家，《随笔集》是他的传世名作。

② 文克尔曼(1717—1768)，德国考古学家、艺术史家，以研究古代希腊文物著称，为十八世纪古典主义美学的代表人物。

他把罩在榻上的那一大块金绣紫缎织物取下来，拿着它走到屏风背后。画中人的面孔是不是更邪恶了？看来还是那样。然而道连对它的厌恶更强烈了。金色的头发、碧蓝的眼睛、玫瑰红的嘴唇都同原来一样，就是表情变了，冷酷得叫人害怕。与画中人无语的非难或申斥相比，刚才贝泽尔为西碧儿·韦恩的事对他的责备太不足道了！简直算不上一回事！他自己的灵魂从画布上逼视着他，责令他接受审判。一片痛苦的阴影浮上道连的面庞，他急忙把富丽的缎罩覆盖在画像上。这时有人在敲门。他从屏风背后转出来时，他的侍从走了进来。

“你要的人已经来了，先生。”

道连思量着，必须立刻把维克多支开。画像要搬到哪里去不能让他知道。这家伙有点狡猾，那双眼睛说明他有头脑和不可信赖。道连在书桌旁坐下，草草写了封短简给亨利勋爵，请他捎几本书来，并提醒他晚上八点一刻见面。

“你送去给亨利勋爵，要等回音，”道连把信交给他，“你把那两个人带进来。”

过了两三分钟，敲门声又起，赫巴德先生——奥德丽南大街上有名的镜框店老板——亲自带了一个粗眉大眼的年轻伙计走进来。赫巴德先生个儿矮小，面色红润，蓄着棕红色的连鬓胡子。由于跟他打交道的画家大多穷愁潦倒已成痼疾，使他对艺术的热爱也大为降低。照例他从不离开他的铺子，总是等主顾上门，但是为道连·葛雷却随时乐意破例。道连有一种能使任何人产生好感的魔力。只要见到他，本身就是一桩乐事。

“葛雷先生，有什么能为你效劳的吗？”他搓着一双满是斑点的肥手问。“我想还是自己来一趟的好，这是我的荣幸。我刚到手一只绝妙的画框，先生。我是在一次拍卖中发现的，把它捡来了。是佛罗伦萨的古董。我相信是从芳特山庄①来的。配宗教题材的画再合适也没有了，葛雷先生。”

“我很抱歉让你枉驾亲临，赫巴德先生。我一定上宝号去看看那只框子，尽管目前我对宗教画兴趣不是很大。不过今天只要给我把一幅画搬到最高一层楼上去。东西重得很，所以我想请你派两个人来。”

“没有什么，葛雷先生。我很高兴能为你效劳。那幅画在什么地方，先生？”

“是这一幅，”道连把屏风拉开。“就这样连盖着的罩子一起搬，行不行？我怕在上楼的时候给擦坏了。”

“没问题，先生。”和气的镜框店老板说着，在他的伙计帮助下开始动手把那幅画从吊住它的铜质长链条上脱钩。“葛雷先生，往哪儿搬？”

“我给你们引路，赫巴德先生，请跟我来。或者你们走在前面。很抱歉，一直要搬到最顶上的一层。我们从正中的楼梯上去，那里比较宽。”

道连为他们扶着打开的门，他们从书斋进入穿堂，开始上楼。极其讲究的镜框使这幅画笨重非凡，道连也不时插手进去助一臂之力，尽管赫巴德先生一再客气地请他不要帮忙。作为一个地道的商人，他认为有身份的爷们亲自动手干活是万万使不得的。

“是有点儿分量，先生，”到了顶层的楼梯口，这位小个子老板气喘吁吁地说。他擦了擦额上亮晶晶的汗水。

“确实重得厉害，”道连附和着说，他用钥匙打开了房门，这间屋

① 苏特山庄，位于英格兰南部威尔特郡的一座哥特式建筑，原为写过一部哥特派小说《瓦提克》的英国贵族威廉·贝克福德（1760—1844）营建的豪华宅第。1822 年山庄易主时，曾有大批艺术品出售。

子将为他的奇特行径保守秘密，将把他的灵魂藏匿起来，不让世人看到。

他已有四年多没有到这里来了。当他是个小孩的时候，他在这里玩耍；稍长，他就在这里读书。这间宽敞的课室是已故的克尔索勋爵造给外孙专用的。由于道连酷肖他的母亲，再加上其他原因，老克尔索始终嫌弃他的外孙，总是希望他离得远些。道连觉得课室几乎没有什么变化。那只绘有古怪的图案、镀金缘饰已经黯然失色的意大利大箱柜还放在那儿，他小时候常常躲在里边。一架椴木书橱塞满了他的旧课本。橱背后墙上依旧挂着那张很旧的佛兰德斯挂毯，上面织着国王和王后——都已脱毛退色——在花园里对弈，一群猎鹰侍从骑马经过，他们戴着臂铠的手腕子上蹲着头套罩子的猎鹰。这一切他都记得很清楚！当他四下环顾的时候，他孤独的幼年景象又历历如在目前。他回忆起白璧无瑕的童年时代，而现在却要把这幅不祥的画像偏偏藏在这个地方，不免使他感到骇然。在那些逝去的岁月里，他做梦也想不到命运竟会给他作出这样的安排！

可是宅内没有别的地方像此处这样稳当，外人是看不见的。钥匙由他掌管，谁也进不去。画中人的面孔任其在紫色柩罩下变得狰狞、丑恶、可憎。那有什么关系？反正没人看见。他自己也看不见。何必眼睁睁看着自己的灵魂令人作呕地堕落下去。只要能保住他的青春就够了。再说，难道他就不能变得好一些吗？凭什么理由断言未来必定不堪设想？爱情也许会降临到他的生活中来，使他洗心革面，摒除似乎已经在他的灵魂与肉体中萌动的邪念。这些尚未被描绘过的邪念，单凭其神秘新奇就具有难以捉摸的吸引力。也许某一天，冷酷的表情会从敏感的猩红色嘴唇周围消失，那时他可以让世人都来欣赏贝泽尔·霍尔渥德的这一杰作。

不，这是不可能的。画中人将一小时比一小时、一星期比一星期变得苍老。纵使它不让罪恶打上可怕的烙印，也无法不让年龄留下无情的标记。两颊将深陷或松垂，暗淡无神的眼睛周围将布满黄色的皱纹，使人望而生厌。头发将失去光泽，嘴巴将老是张开或耷拉下来，显得傻里傻气或令人恶心，跟好多老头的嘴巴没什么两样。皮肤皱缩的颈项、青筋暴突的手背、弯曲变形的体态——道连记忆中的外祖父就是这个样子；而在道连的少年时代，他对道连的态度始终冷漠而严峻。画像非藏起来不可，舍此别无他法。

“请把它搬进来吧，赫巴德先生，”他转过身来说道，显得有些倦意。“真对不起，我刚才在想别的事情出了神，劳你久等了。”

“歇一歇总是乐意的，葛雷先生，”镜框店老板回答，他的确还没有喘过气来。“把它放在哪儿，先生？”

“随便哪儿都行。就放在这儿吧，行了。我不需要把它挂起来，靠在墙壁上就可以了。谢谢。”

“可以看看这件艺术品吗，先生？”

道连吓了一跳。“你不会感兴趣的，赫巴德先生，”他盯着镜框店老板回答说。如果这个身材矮小的人胆敢揭开藏匿着他个人隐私的华丽缎罩，道连随时准备扑上去把他打倒在地。“我不想再麻烦你了。这次烦劳你亲自来，我非常感激。”

“哪儿的话，哪儿的话，葛雷先生。我随时愿意为你效劳，先生。”于是，赫巴德先生履声橐橐地走下楼去。跟在后面的伙计回头向道连瞅了一眼，粗陋的脸上带着不好意思的惊异神情。他从未见过这样漂亮的人物。

他们的脚步声去远后，道连锁上房门，把钥匙放在口袋里。现在他放心了。再也没有人会向这件可怕的东西看一眼。他的耻辱不会落在任何别人的眼睛里了。

回到书斋，他发现时间刚过五点，茶点已经摆好。在一张螺钿镶嵌的深色沉香木茶几上(茶几是他的监护人之妻瑞德利夫人送的礼物，她终年忙于给自己治病，去冬还在开罗疗养)，他看到了亨利勋爵的回信。旁边有一本书，黄色的封面纸稍许有些破损，页边也比较脏。茶盘里放着一份《圣詹姆士报》晚间版。显然，维克多已经回来。不知镜框店的两个人出去时有没有在穿堂里跟他碰上？他有没有向这两个人打听主人要他们干什么？维克多必将发觉画像不见了。不，在他摆上茶具的时候无疑已经发觉了。屏风没有放回原处，墙上的一块空白非常显眼。没准儿某一天夜里，他会撞见维克多蹑手蹑脚上楼去准备破门进入课室。家里有密探是件头痛的事情。他曾听说有些富人一辈子遭到某个仆人的讹诈，就因为被他看到一封信，或者偷听到一次对话，或者捡到一张有地址的名片，或者在枕头底下发现一朵枯萎的花或一绺揉皱的花边。

道连叹了口气，他给自己倒了一杯茶，把亨利勋爵的信拆开。信里边简单地写着，他捎给道连一份晚报和一本道连也许会感兴趣的书，并说八点一刻他准时到俱乐部。道连懒洋洋地把《圣詹姆士报》翻了一遍，第五版上用红铅笔标出的地方引起了他的注意。那里登着一则报道：

> **女优暴卒案调查听证**　有关不久前受聘于霍尔本皇家剧场的青年女伶西碧儿·韦恩暴卒一案，本日上午由区验尸官丹比先生主持在霍克斯登路钟声酒家举行听证会。结果确认致死原因系不幸误服毒药。死者之母于本人作证以及比雷尔法医作尸检报告时悲痛万状，到场者无不深表同情。

道连紧皱眉头，把报纸撕成两半，走到房间的另一端去扔掉。可恶至极！偏偏要这样刨根问底，太可恶了！他有点生亨利勋爵的气，不该把这份报捎来。尤其糊涂的是还用红铅笔作了记号。维克多可能已经先看到了。他认得的字足够看懂这篇报道。

也许他看了以后已开始生疑。不过，那又怎么样呢？西碧儿 · 韦恩的死跟道连 · 葛雷有什么相干？不用害怕。又不是道连 · 葛雷杀了她。

他的视线落到亨利勋爵给他捎来的那本黄封面的书上。他不知这是本什么书。他走到螺钿作面的八角形茶几前(道连总觉得它好像是由一种神秘的埃及蜜蜂用银子酿成的)，拿起了那本书，在一张圈椅里坐下来，开始翻阅。几分钟后，他被吸引住了。他从来没有读过这样一本奇书。他觉得，仿佛全世界的罪恶都穿上了精美的衣服，在柔美的笛声伴奏下默默地从他面前一一走过。凡是以前他曾迷离恍惚地梦见的事物，一下子都变得十分真实，而他连做梦都没有想到过的事物，也逐渐显露出形象。

这本没有故事的小说，实在是一部心理学研究。其中仅有的人物——巴黎一青年——以毕生的精力试图在十九世纪再现过去各个时代的一切欲念和思潮，从而集世界精神所经历的种种情绪于一身。他既能玩味被人们荒唐地称作德行、实为矫情的自我克制，同样也能欣赏被贤哲们称作罪恶的天性反抗。这本书的文笔属于奇特的精雕细琢一路，既生动又晦涩，有许多隐语、古字、术语和别出心裁的异说。一些最纤巧的法国象征派画家的作品就是这种风格。其中有些比喻离奇而又细腻。感官生活是用神秘哲学的术语加以描写的。读者有时摸不透，他看到的是一位中世纪圣者精神上的极乐境界的缕述呢，还是一个当代罪人病态的自供状。这是一本有毒的书。似乎书页上附着浓郁的薰香，搅得人心神不安。道连一章又一章地读着，词句的抑扬顿挫、音韵的微妙变化，好像充满了复杂的叠句和乐章，巧妙地一再出现，在他的头脑里形成了一种幻想曲，一种梦幻病，使他昏昏然竟不知夜之将临。①

窗外铜绿色的苍穹万里无云，刺破天幕的唯见孤星一颗。道连在暮色苍茫中读着，读着，直到再也无法辨认书上的字句。侍从数次提醒他时间已经不早，道连这才起身走到隔壁房间里去，把书放在自己床边老地方的一张佛罗伦萨小桌子上，开始换上晚装。

他到俱乐部快九点了，发现亨利勋爵独坐在休息室里，神态很不耐烦。

“对不起，亨利，”道连说，“不过这完全是你的过错。你捎来的那本书把我迷住了，使我忘记了时间。”

“我知道你会喜欢它的，”亨利勋爵从椅子上站起来。

“我没有说我喜欢它，亨利。我是说它把我迷住了。这两者大有区别。”

“啊，你已经发现了这种区别？”亨利勋爵含糊其辞地说。于是他们一同步入餐厅。

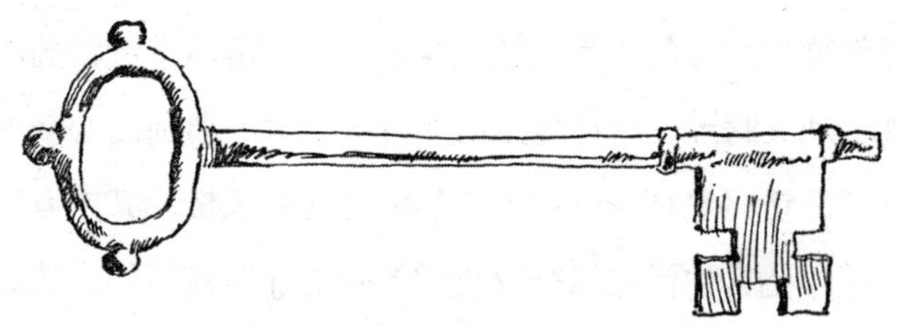

① 亨利勋爵捎来的书是于伊斯芒斯所写的小说《逆反》，有关情况请参阅《折翅的悖论大师——代前言》。

第十一章

道连·葛雷有好几年不能摆脱那本书的影响。也许，更确切一点的说法是他自己从未争取从中摆脱出来。他从巴黎弄到该书的初版大开本竟达九册之多，并用不同颜色的封面重新装订，以便适应他不同的情绪和变化多端的奇想怪癖，而他对这种脾性有时好像已完全失去控制。那个身上十分奇怪地糅合着幻想家和学者气质的主人公，那个独特的巴黎青年，在道连心目中成了他自己的原型，而整个这本书所讲的就好像是他自己一生的故事，只不过他还没有经历过便已经写下来了。

有一点他比小说中古怪的主人公更幸运。那个巴黎青年显然一度也是十分漂亮的，但突然像花儿似地蔫了，所以他从很早的时候起就对镜子、表面光滑的金属、平静的水面产生一种病态的恐惧。这种感觉在道连却是没有的，也永远不会产生。这本书的后面一部分，作者以真正的悲剧笔法——尽管稍带夸张地——刻画了一个人的悲哀和绝望，因为他认为别人身上以及普天之下最可宝贵的品质，他自己却失去了。道连对这一部分总是怀着幸灾乐祸的心情加以欣赏。其实，每一种乐趣和快感可能都含有幸灾乐祸的成分，几乎没有例外。

看来道连似乎永远不会失去贝泽尔·霍尔渥德以及其他许多人为之倾倒的稀世美貌。关于他的生活方式的种种离奇的流言蜚语，已传遍整个伦敦，成了俱乐部里议论不休的话题。但即使那些听到过极端不利于他的坏话的人，只要一看见他，就无法相信任何有损他名誉的事情。他始终像个身居浊世而纤尘不染的人。人们本来在谈论秽闻亵事，道连·葛雷一进来，立即鸦雀无声。他的纯洁无邪的面容有一种使人感到内疚的力量。只要他在场，人们就会慨叹他们也曾是无瑕的白璧，但被自己糟蹋了。在他们看来，像他这样的翩翩美男子，居然能不为人欲横流的时代所玷污，殊属罕见。

他经常会神秘地失踪很长一段时间，从而在他的朋友以及那些自命为他的朋友的人中间引起种种奇怪的臆测。每次回到家里，他总要偷偷地上楼走向那间锁着的课室，用始终不离身的钥匙把门打开，手执一面镜子，站在贝泽尔·霍尔渥德为他画的肖像前，看看画中人狰狞可恶、愈来愈老的面孔，再看看镜子里向他盈盈微笑的英俊脸庞。强烈的对比照例刺激着他的快感。他变得更加钟爱自己的美貌，也更加欣赏自己灵魂的堕落。他能够满不在乎地、甚至怀着病态的乐趣细细端详刻在皱纹累累的额上或簇聚在淫邪的厚嘴唇周围的丑恶线条，有时自己也说不上：罪恶的烙印和年龄的标记究竟哪个更可怕？他把自己白净的手放在画像上变得粗糙而浮肿的手旁边，脸上露出笑容。他嘲笑画中人形态发生畸变，肢体日益衰败。

夜晚，他躺在自己异香扑鼻的卧室里或码头附近一家声名狼藉的小酒店的陋室中（他现在时常乔装化名光顾这种地方），不能成眠时，偶尔也会想到自己灵魂的堕落，而且那种懊恼之情因其纯粹出于自私而特别强烈。不过，这样的时刻并不多。亨利勋爵和他一起坐在画家花园里时第一次在道连身上激起的对生活的好奇心，似乎因一再得到满足反而更加强烈了。他体验得愈多，就愈是希望得到更多的体验。他的疯狂的饥饿心理由于得到食物而益发不知餍足了。

然而他并没有置一切于不顾，至少在社交方面还是识大体的。冬天每月一两次，社交季节的每星期三晚上，他总要把自己华丽的公馆大门向外界敞开，并聘请时下最走红的乐师献艺以娱嘉宾。在亨利勋爵的经常指点下，他的小型宴会已出了名，因为所邀请的客人都经过仔细挑选，座位安排煞费苦心，席面布置也别具一格：奇花异草、刺绣的桌布、古老的金银器皿谱成了一阕优美的交响乐。有不少人，尤其是初出茅庐的青年，从道连·葛雷身上看到了——或者自以为看到了——他们在伊顿或牛津求学时代心向往之的典型的生动体现，这种典型把学者的真才实学同交际场中时髦人物的飘逸风度和完美举止结合起来。在他们心目中，道连属于被但丁称做“崇美以修身”[①]的那种人。像戈蒂埃一样，他也是“可见世界为之而存在”的人。

不言而喻，生活本身对他说来是首要的、最伟大的艺术，而其他各种艺术只不过是为它作准备的。当然，他也讲究时髦和派头。时髦能把奇思异想变成风靡一时的习尚，派头就是要以独特的方式证明美的绝对现代性。他的服装式样，他的不时变换的新奇作风，对于五月市一带舞会上和佩尔美尔路各俱乐部里的纨袴子弟有显著的影响。他们亦步亦趋，事事模仿道连。他举手投足间纵然并非刻意为之的那份潇洒，也被奉为楷模。

一方面，他欣然接受了他刚一成年立即为他提供的地位，想到自己对于当代的伦敦可能成为《萨蒂里孔》的作者[②]之于尼禄[③]皇帝时代的罗马那样的人物，暗暗觉得欢喜。但另一方面，他内心深处的希望却不光是做一个“时尚的主宰”，不光是在如何戴首饰、打领结或挥手杖等方面供人咨询。他幻想设计出一种基于合理的哲学和明确

①“崇美以修身”一语是王尔德从英国文艺批评家、作家沃尔特·佩特(1839—1894)所著小说《伊壁鸠鲁信徒马利乌斯》中转引来的，据考证并非出自但丁。

②《萨蒂里孔》相传为公元一世纪古罗马作家彼得罗尼乌斯(卒于公元66年)所著的一部小说。彼得罗尼乌斯以其高雅的审美观被罗马史家称为“时尚的主宰”。

③尼禄(37—68)，罗马皇帝，54—68年在位，是历史上出名的暴君，最后出奔自杀。

的原则的生活新模式，幻想通过感觉升华为精神发现这种生活的最高境界。

对感官的崇拜常常遭到颇有道理的责难，因为人们本能地害怕看来要比他们自身更强的嗜欲和知觉，而且他们知道那种嗜欲和知觉在较低级的动物身上也有。但在道连·葛雷看来，感觉的真谛之所以至今未被理解，感觉之所以停留在野蛮的兽性状态，仅仅因为世人力图用饥饿使之就范，用痛苦加以扼杀，而不是寄望于把感觉造成以爱美的天性为主要特征的新的精神生活的因素。每当他回首人类在历史上所走过的路程，就会痛心地感到损失之大。为了一些微不足道的目的付出了多么大的代价啊！历史上不知有多少荒唐而顽固的抵制举动，有多少奇怪的自我折磨和自我克制，其根源无非是一个怕字，其后果则是比人们由于无知竭力想逃避的那种出于想象的堕落可怕千百倍的退化堕落。试看造物主迫使遁世者到荒野里去寻找禽兽充饥，让兽类作隐士的伴侣，岂非绝妙的讽刺?

是啊，诚如亨利勋爵所预言，要有一种新享乐主义来再造生活，使它挣脱不知怎地如今又出现的那种苛刻的、不合时宜的清教主义。当然，新享乐主义也有借助于理性的地方，但决不接受可能包含牺牲强烈感情的体验的任何理论或体系。因为新享乐主义的目的就是体验本身，而不是体验结出的果实，不管它是甜是苦。扼杀感觉的禁欲主义固然与之无缘，使感觉麻木的低下的纵欲同样与之格格不入。新享乐主义的使命是教人们把精力集中于生活的若干片刻，而生活本身也无非是一瞬间而已。

人们大都有过黎明前醒来的经验。在这以前，或者一宿睡得既香且酣，梦也不做，简直令人觉得死的可爱，或者度过了恐怖和畸形欢乐的一夜，黎明前醒来时脑海中一一浮现的幻影比现实更加可怕，它们的鲜

明和生气隐蔽在种种奇观异象中，正是这种生气使哥特式艺术[①]具有持久的活力，并被看做是专为梦幻病患者创造的艺术。我们都有过这样的体验。曙色的白手徐徐伸进窗帘，似乎窗帘也在颤动。奇形怪状的黑影悄悄地躲进了房内的暗角，蜷缩在那里。窗外，是鸟儿在叶丛中啼鸣，是人们去上工的脚步声，是从山冈上吹来的风徘徊在沉寂的房屋周围发出的叹息和呜咽，仿佛不敢惊动睡梦中的人，但又不得不催促梦神离开紫色的洞府。溟濛的薄纱一重又一重冉冉升起，周围的一切渐渐恢复各自的轮廓和色彩，我们眼看着世界在晨曦中显现出它的本来面目。昏暗的镜子重又开始摹拟学态的生活。熄灭的蜡烛仍在我们昨夜离开它的地方，旁边放着昨夜读的一本尚未完全裁开的书，一朵在舞会上戴过后已经枯萎的花，一封怕读或读过无数遍的信。总之，在我们看来一切都没有变。我们所熟悉的现实生活又从黑夜的不现实的幽暗中归来。在什么地方暂时中断的生活，我们还得在什么地方把它续下去。由于必须继续在那个令人厌倦的、一成不变的习惯圈子里打转，一想到这点，你就会不寒而栗，或者会产生一种强烈的欲望： 但愿在某一个早晨我们睁开眼睛看到的世界已在黑夜中焕然一新，使我们为之喜出望外；在那个世界里，万物的形状和色彩将是新颖的，而且起了变化，新装将裹着新的秘密；在那个世界里，旧事物几乎没有容身的地盘，幸存下来的至少也不再出于必要或悔恨，因为即使回想欢乐也有辛酸味，追忆快感也难免痛苦。

道连 · 葛雷认为，创造那样的世界才是生活的真正目的或真正目的之一。为了追求既新鲜又愉快、同时含有奇异这一浪漫情调要素的感

① 哥特式艺术，十二至十六世纪初基督教发展时期在欧洲流行一种以新型建筑为主的艺术，包括雕刻、绘画和工艺美术。哥特式建筑的主要特征有高耸入云的尖拱等。

觉，他常常迷恋明知同自己的禀性格格不入的各种思想，沉湎于它们潜移默化的影响，一旦领略了它们的精髓，满足了自己的求知欲，便毫不犹豫地放弃了。那种不在乎的态度同热情奔放的气质非但并行不悖，某些现代心理学家甚至还认为前者往往是后者的必要条件之一呢。

一度纷纷传说他要加入罗马天主教会。的确，罗马天主教的仪式对他一直有很大的吸引力。那每天的献祭比古代世界的任何祭典都更加庄严肃穆，使他为之激动，这种仪式傲然无视明明存在的感情，并且具有原始的质朴气息和它所要象征的人类悲剧的亘古壮美。他喜欢跪在冷冰冰的大理石板上，看身穿硬邦邦的绣花法衣的神甫用苍白的手慢腾腾地揭开圣龛的帷幔，端起像盏琉璃灯似的嵌有宝石的圣餐匣，这时里面盛着的一块颜色泛白的硬面饼能叫人心悦诚服地相信那真是“天使的面包”。他也喜欢看神甫穿上基督受难时的装束，把象征圣体的饼掰入圣餐杯，并捶胸痛责自己的罪孽。神态庄重的男孩们穿着镶花边的猩红色衣服，把冒烟的香炉像一朵朵大金花似地不断摇动，让氤氲的炉烟在空气中散开，这对他也有一种不可名状的吸引力。他每次走出教堂，总要向黑洞洞的告解室投去好奇的眼光，渴望能坐在其中某一间的幽暗处，偷听信男信女们隔着摇摇欲坠的窗栅低声缕述他们生活中真实的故事。

但是，如果正式皈依某种信仰或体系，或者错把只堪在星月无光之夜借宿一宵乃至度过几个小时的逆旅当作定居的家园，那就会阻碍他的智力发展；他永远不会陷入这样的错误。具有化平凡为神奇的力量的神秘主义以及同它形影相随的唯信仰论曾经使他热中于一时。而在另一个时期，他却对德国的达尔文主义运动的唯物主义学说发生好感，一心循着人们的思想和欲念跟踪探究灰质脑细胞或白色神经纤维的活动，兴致勃勃地设想精神绝对取决于一定的生理条件——病态的或健康的、正常的或有病的，——从中获得别有风味的乐趣。然而，诚如前面已说过的那样，他认为任何关于生活的理论同生活本身相比都微不足道。他深切地意识到，一切推理演绎如果脱离了行动和实验统统无效。他知道，就感觉而言，有待于揭开的精神奥秘，并不比灵魂少。

因此，他开始研究各种香精及其制作的秘密，把浓郁的香油加以蒸馏，把从东方弄来的芳烈的树脂点火燃烧。他认为任何一种精神状态都在感官生活中有它的对等物，便下决心探索两者的真正关系。他想弄清楚：为什么乳香使人产生神秘感，龙涎香撩人情欲，紫罗兰能令人回忆起逝去的罗曼司，麝香能叫人晕头转向，金香木使人变得糊涂？他经常考虑创立一门并非徒具空名的芳香心理学，对于各种香草、受粉期的香花、香油、有香气的深色树木、能使人致病的甘松香、能熏人致疯的枳椇以及据说能治忧郁症的迦南香，准备分别判定它们的影响。

另一个时期他全副精力放在音乐上，经常在装着花格窗子、用银红和泥金刷顶、墙壁漆成淡青色的长厅里举行别开生面的音乐会。在这种音乐会上，狂放不羁的吉卜赛人用小齐特拉琴奏出粗犷的曲调；裹着黄色披巾的突尼斯人表情严肃地弹拨弦索绷得紧紧的奇特的琵琶；咧嘴怪笑的黑人单调地敲着铜鼓；身材瘦长、缠着头巾的印度人盘腿坐在大红毡垫上吹奏很长的芦管或铜管，用催眠的音乐迷惑（也许只是做做样子）巨大的眼镜蛇和骇人的角鼻蝰蛇。当舒伯特的清丽、肖邦的凄婉，甚至贝多芬的雄伟都不能使他动心的时候，这种野蛮音乐大起大落的音程和刺耳的不协调音使道连精神亢奋。他从世界各地搜集各种最古怪的乐器，有些是在亡国灭种的民族的墓葬里发现的，有些是在同西方文明接触后幸存的少数未开化部落中找来的。他喜欢拨弄这些乐器。他的收藏包括里奥内格罗[①]印第安人的一种神秘的乐器“朱鲁帕里斯”，

① 里奥内格罗，阿根廷中南部一省份。

那在当地是不许妇女看的，甚至男青年也必须受过斋戒和笞刑后才能看；有秘鲁人的陶罐，声音像鸟儿的尖叫；有阿方索·德奥瓦列①曾在智利听见过的人骨笛子；有在库斯科②附近出土的碧玉，能发出一种异常悦耳的声音。他拥有画得花花绿绿的葫芦，里边盛着细石子，摇动时嚓喇喇地发响；有墨西哥人的长号“克拉林”，演奏时不是通过喇叭口吹气，而是吸气；有亚马孙河流域一些部落的刺耳的“屠累”，那是整天坐在高树上瞭望的岗哨吹的，据说十英里外也听得见；有“忒波纳兹特利”，那是一种有两条木簧的鼓，用黏着植物分泌的乳汁状树胶的鼓槌敲击；有阿兹特克人③的“约特尔”，那是像葡萄一般成一串串挂起来的铃铛；有巨蟒皮的圆筒形大鼓，当年贝尔纳尔·迪亚斯④随同科尔泰斯⑤进入一所墨西哥神庙时曾见过这样的鼓，关于它的悲凉的音色，迪亚斯为我们留下了十分生动的描写。这些乐器能够吸引他的原因就在于怪，原来艺术也同自然界一样有形状丑陋、声音可怕的怪物。想到这里，他会产生一种旁人难以理解的快感。然而，过不多久，他对这些玩意儿就感到厌倦了，还是去坐在歌剧院自己的包厢里，独自一人或同亨利勋爵一起欣赏《汤豪塞》，可以听得悠然神往，并且发现这部伟大作品的序曲表现的正是他自己灵魂的悲剧。⑥

不知从何时起，他对珠宝发生了兴趣，曾像法国的海军将领安·德

① 阿方索·德奥瓦列(1601—1651)，西班牙历史学家，《教士戒律》一书的作者。
② 库斯科，秘鲁南部一山城，十一世纪初为印第安人所建的印加帝国首都。
③ 阿兹特克人，墨西哥印第安人，有过相当发达的古文明。
④ 贝尔纳尔·迪亚斯(1492—1581)，西班牙历史学家，曾参加对墨西哥的殖民战争(1519—1521)。
⑤ 科尔泰斯(1485—1547)，西班牙殖民者。1519 年率领数百名暴徒侵入墨西哥城，建立殖民统治。
⑥《汤豪塞》是德国作曲家瓦格纳创作的一部歌剧。它通过中世纪吟游骑士汤豪塞受维纳斯蛊惑以及如何摆脱她的魔法的故事，表现了灵与肉的斗争。

儒瓦厄斯那样穿了一件缀有五百六十颗珍珠的衣服参加一次化装舞会。这种嗜好持续了若干年，甚至可以说始终没有被他抛弃。他常常整天玩弄收藏在首饰匣里的各种宝石，搬来倒去，理了又理。其中有金绿宝石，它的橄榄绿颜色在灯光下会转成红色；有嵌着银色纹理的乳光宝石、淡黄中微泛绿色的橄榄石、玫瑰红和醇酒色的黄玉；有鲜艳夺目的红玉，其中闪烁可见一颗颗四角的星星；有红得火辣辣的钙铝榴石、橘黄色和淡紫色的尖晶石；有红蓝闪色的紫晶。他喜欢日长石的金红、月长石的珠白、蛋白石的虹晕。他从阿姆斯特丹物色到三颗大得出奇而又晶莹可爱的绿柱玉，还有一颗采自古老岩层的绿松石，是行家无不啧啧称羡的极品。

他还到处发掘有关珠宝的各种奇闻传说。有阿方索的《教士戒律》，其中提到一条蟒蛇的眼睛是真正的红锆石；有关于亚历山大的传奇故事，其中谈到这位马其顿王曾在约旦河谷发现一些“背上会长出翡翠项圈”的蛇。菲洛斯特拉特斯[①]告诉我们，有条龙的脑子里有宝玉，“示之以金字和一件大红袍”，能使这怪物中魔昏睡，便可把它杀死。按照炼金术大师皮埃尔·德博尼法斯的说法： 金刚钻能使人隐身；印度玛瑙能增进口才；光玉髓能平息怒气；红锆石能催人入眠；紫晶能驱散酒气；石榴石可以祛邪祓魔；水蛋白石敢教月亮失色；透石膏会随着月亮的盈亏而盈亏；一种名为“梅洛瑟”的宝石能识别窃贼，只有用小山羊的血可破它的法术。列奥纳尔杜斯·卡米路斯见过从刚刚杀死的蛤蟆脑中取出的一块白石，这是非常灵验的解毒药。从阿拉伯鹿的心脏里发现的毛粪石是对付瘟疫的仙丹。在凤凰巢中有一种名为“阿斯比拉

① 菲洛斯特拉特斯（约 170—245），居住罗马的希腊著作家。

特”的玉石，据德谟克利特[①]说，身上带着这种东西就不怕火烧。

锡兰国王在加冕的那一天要手拿一颗很大的红宝石骑马穿过首都的大街。牧师约翰[②]的宫殿的大门是“由肉红玉髓制成，上嵌蝰蛇角鼻，使人不得携毒药入”；尖顶上有“金苹果两枚，内藏红玉两颗”，白昼金光灿烂，夜里红玉照耀。洛济[③]的一部传奇小说《美洲一珍珠》里讲到，在女王寝宫中可以看到“世上所有贞洁女子的银像，各自面对贵橄榄石、红玉、青玉及绿柱玉的宝镜顾影自怜”。马可·波罗尝见日本国百姓将粉红色珍珠置于死者口中。神话中说有一海怪爱上了一颗珍珠，采珠人潜入海中取出这颗珍珠献于波斯国王庇鲁士，海怪愤而杀死采珠人，并为失去所爱哀伤七个月之久。据普罗科匹厄斯[④]所述，匈奴后来将庇鲁士诱入陷阱时，国王扔弃了珍珠，虽然阿那斯塔修斯[⑤]皇帝出了相当于五百六十磅黄金的赏格，却始终未能觅获。马拉巴尔[⑥]王曾给一个威尼斯人看过一串念珠，那是由三百零四颗珍珠串成的，每一颗代表一位他所崇奉的神。

据勃兰托姆[⑦]所记，亚历山大六世[⑧]之子瓦伦提努阿公爵拜会法王路易十二时，他的马全身披着金叶，他的帽子上两排红宝石辉煌耀眼。英王查理[⑨]坐骑的马镫上有四百二十一颗钻石。理查二世[⑩]有一件缀满

---

① 德谟克利特（约公元前460—约公元前370），古希腊唯物主义哲学家。

② 牧师约翰，中世纪传奇中的基督教国王和牧师。

③ 洛济（1558—1625），英国戏剧家、小说家、诗人。

④ 普罗科匹厄斯（约499—565），拜占庭帝国历史学家。

⑤ 阿那斯塔修斯（约430—518），拜占庭皇帝，491—518年在位。

⑥ 印度次大陆西南沿海地区称马拉巴尔。

⑦ 勃兰托姆（约1535—1614），法国作家，著有描写宫廷和贵族生活的回忆录多卷。

⑧ 亚历山大六世（1431—1503），罗马教皇，1492—1503年在位。

⑨ 查理一世（1600—1649），英国斯图亚特王朝君主，1625—1649年在位，因对抗国会被处死。

⑩ 理查二世（1367—1400），英国金雀花朝末代君主，1377—1399年在位。

玫瑰红尖晶石的大氅，价值三万马克。霍尔[①]描写亨利八世[②]在加冕之前去伦敦塔[③]的途中身穿“凸花金线锦袄，胸铠上镶有钻石及其他珍宝，项下一条阔带嵌满玫瑰红尖晶石”。詹姆斯一世的宠姬都戴着金丝细工镶嵌的青玉耳环。爱德华二世[④]曾赐与他的宠臣皮尔斯·盖维斯顿一副镶红锆石的赤金铠甲、一条用绿松石烘托金玫瑰的颈饰和一顶缀满珍珠的头盔。亨利二世[⑤]戴的手套长到肘部，装饰得珠光宝气。他的一只猎装臂套缀有十二颗红宝石和五十二颗大珍珠。大胆查理——他那个家族中最后一位勃艮第大公[⑥]——的冠冕上装饰着许多蓝宝石和梨子形状的珍珠。

当初的生活多么讲究！那些排场、装饰多么富丽堂皇！单从书上看看古人的豪华气派已经是一种享受。

稍后，他的兴趣转移到绣品和挂毯上。在欧洲北方各国，挂毯在阴冷的房间里发挥了壁画的作用。在从事这项研究的过程中(道连有一种非凡的本领，能在一个时期全身心地投入着手做的事情)，他为美好和瑰丽的事物遭受时间的侵蚀而不胜感慨，几乎发为哀叹。至少他自己逃脱了那种命运。今年的夏天过去了，明年又重来。淡黄色的长寿花开了又谢，谢了又开。充满恐怖的夜晚一再重演那些丑恶的故事。但他还是没有变样。没有一个冬天曾在他脸上留下痕迹或损害他花一般的红润。可是物的命运却完全不是这样！它们都到哪里去了？皮肤浅黑的

---

① 霍尔(1499—1547)，英国历史学家，著有《兰开斯特与约克两大显赫家族之联合》一书。

② 亨利八世(1491—1547)，英国国王，1509—1547 年在位。

③ 伦敦塔建于 1078 年，原为泰晤士河北岸一古堡，中世纪时为幽禁政治犯的监狱，1820 年起改为兵器库。

④ 爱德华二世(1284—1327)，英国国王，1307—1327 年在位。

⑤ 亨利二世(1133—1189)，英国国王，1154—1189 年在位。

⑥ 勃艮第是西欧的一个历史地区，位置大致在今法国东南部和瑞士西部。曾先后数度建立王国，大胆查理 Charles the Rash(1433—1477)企图恢复勃艮第王国，与法王路易十一争雄，兵败身死。

姑娘们为娱悦雅典娜织造了一件杏黄色的宽大长袍，上有诸神大战巨人的图案，如今哪里去了？尼禄下令在罗马圆形剧场上张起巨大的天幕，这顶广阔无边的大红帐篷绣的是满天星斗和阿波罗驾着金辔白马所拉的战车，如今哪里去了？据说，太阳祭司①的稀世餐巾绣着宴席上用的一切甘旨美味；希尔佩里克王②的灵衾上有三百只金蜜蜂；曾经大大激怒蓬蒂斯主教③的那些奇装异服绣满了“狮、豹、熊、狗、森林、山岩、猎人——凡是画家能从大自然临摹的应有尽有”。道连渴望看看所有这些东西，可是它们都到哪里去了？他还惋惜不能看到奥尔良的查理④穿过的外套，它的袖子上绣着一首歌，开头一句是“夫人，我欣喜已极”：据说曲谱线用的是金丝，每一个音符（当时还是方形的）由四颗珍珠组成。他从书上读到，兰斯⑤宫中为王后勃艮第的若安准备的一间内室装饰着“鹦鹉一千三百二十一，蝴蝶五百六十一，全系金丝绣成；鹦鹉身上饰有国王纹章，蝴蝶翅膀上相应地饰有王后纹章”。美第奇的卡特琳⑥吩咐为她准备的灵床铺着撒满新月和太阳的黑丝绒，帐幔是花缎的，金银衬景上绣着绿叶冠环，沿边垂着珍珠流苏。放这张床的卧室装饰着一排排王后的纹章，用黑丝绒剪就缀在银线锦缎上。路易十四⑦宫室里镂金的女像柱高达十五英尺。波兰王索别斯基⑧有一张

---

① 太阳祭司，即埃拉加巴路斯（Elagabalus，204—222），罗马皇帝，218—222 年在位。十四岁前在叙利亚为太阳神的最高祭司。

② 希尔佩里克王，墨洛温王朝的法兰克国王，六世纪和八世纪时各有一个，名字相同。

③ 蓬蒂斯主教（1511—1605），法国诗人、主教。

④ 奥尔良的查理（1391—1465），法国公爵、诗人。

⑤ 兰斯，法国一城市，在巴黎东北。

⑥ 美第奇的卡特琳（1518—1589），法国王后，其夫亨利二世死后曾摄政多年。

⑦ 路易十四（1638—1715），法国国王，1643—1715 年在位。

⑧ 索别斯基（1624—1696），波兰统帅，1647 年被选为国王。当时波兰站在奥地利一边。1638 年，索别斯基曾击败围攻维也纳的土耳其军队。

富丽堂皇的大床，以士麦那[①]的金线锦缎为帐，上绣嵌有绿松石的古兰经文。床柱裹着银箔，刻工精美，挂满珐琅和嵌宝的浮雕圆饰。这张床是在维也纳城下从土耳其驻营地缴获的，在它微微晃动的金帐下曾经竖着穆罕默德的旗帜。

足足有一年工夫，道连到处物色各种最珍奇的织物和绣品。他的收藏包括德里的上等细纱，有用金棕榈叶和虹色的甲虫翅膀织成的奇妙的花纹；有达卡的薄绸，在东方因其透明飘逸被称为“软烟罗”、“水云绡”、“夕露纱”；有光怪陆离的爪哇花布；有中国精制的黄绸帘幔，还包括用茶色缎子或蓝色名绸装帧的书籍，上面有百合花、飞禽等图案；有匈牙利花边网绣的面纱；有西西里的花缎和西班牙的硬丝绒；有绣着小金钱的格鲁吉亚工艺品；有日本的金绿色帛纱，上面绣有羽毛鲜艳的鸟类。

他对法衣如同对与宗教仪式有关的一切一样，抱有一种特殊的癖好。排列在他公馆西廊里的好些杉木箱子藏着许多罕见而美丽的、真正无愧于基督的新娘[②]的衣服，其实她们应该穿紫袍，戴珠宝，应当用上等的麻纱作衬衣，以遮蔽被她们自找苦吃饿瘦了的苍白身躯。道连拥有一件华美的猩红色丝织金线锦缎袈裟，图案是六瓣形的花中结出金色的石榴，两侧各有珠绣的凤梨花纹。法衣上的饰带被分成许多方格，像连环画似地表现圣母马利亚的一生，最后加冕的一景用彩色丝绒绣在帽兜上。这是十五世纪的意大利工艺品。另一件袈裟是绿丝绒的，绣着组成心形图案的一簇簇老鼠簕叶，从中伸出长茎的白花，细部系用银丝和彩色水晶珠缀成。饰带用红色和金色丝绒织成菱形花纹，上有许多圣者和殉道者的小像，其中包括圣塞巴斯提安[③]的小像。道连还搜罗到好几件教

---

① 士麦那，土耳其一城市，即今之伊兹密尔。

② “基督的新娘”指修女。

③ 圣塞巴斯提安，三世纪时因不愿放弃基督教信仰而殉道的罗马教徒。

士的十字褡，料子有琥珀色的绸子、蓝绸、金缎、黄缎、金丝锦；有的绣着基督受难被钉于十字架的情景，有的绣着狮子、孔雀等纹章。他收藏的主教法衣有白缎子的，有红缎子的，分别以郁金香、海豚、百合花为图案。此外他也藏有大红丝绒和蓝色麻纱的祭坛桌围以及许多圣餐巾、圣餐杯罩和圣像巾。需要动用这些法器的神秘仪式颇能刺激他的想象力。

这些珍宝同他收藏在富丽的宅第里的每件东西一样，对他说来是忘怀的手段，可借以逃避往往简直无法忍受的恐惧于一时。那幅可怕的画像不断变化的面貌向他揭示着他的生活腐化堕落的真相，在那间他曾度过童年时代大部分光阴的上锁的空室中，他亲手把画像挂在墙上，前面再用紫红绣金的缎罩当帷幕遮起来。他可以一连几个星期不到那里去，把那可恶的画中人抛在脑后，于是又觉得轻松愉快、逍遥自在，又狂热地沉浸在对生活本身的享受之中。那时，他会突然在某一个夜晚溜出家门，来到蓝门郊野附近一些藏垢纳污的去处，在那里一天又一天地待下去，直到被撵走。回到家中，他就去坐在画像前面，有时对它、对自己都感到讨厌，有时又充满了个人主义的自豪（罪恶的吸引力大半寓于其中），看着代他本人受过的画中人的狞恶嘴脸，暗暗得意地露出微笑。

几年以后，他已不能在国外久居。原先，在特鲁维尔[①]他和亨利勋爵合占着一所别墅；另外，在阿尔及尔一座白墙围起来的房子里，他们也度过不止一个冬天。现在这些地方他都不去了。他委实离不开在他一生中占有如此重要地位的画像，而且害怕有人乘他不在时进入那间屋子，尽管他已吩咐给门装上特制的门闩。

他心里很清楚，即使外人看见了也不知就里。诚然，肖像的面部尽管打上了种种邪恶的烙印，仍然保留着与他本人明显的相似之处，而外

---

① 特鲁维尔，法国西北部靠近塞纳湾一城市。

人从中又能知道什么呢？任何人若想奚落他，他大可嗤之以鼻。又不是他自己画的，肖像无论怎样面目可憎，见不得人，跟他有什么相干？即使他把真相告诉世人，人家会相信吗？

然而他还是怕的。有几次他到诺丁汉郡自己的庄园去作短期盘桓，款待与他身份相当、志趣相投的时髦青年，那种奢侈的生活方式曾使全郡士绅大为吃惊，可是他竟突然撇下宾客，赶回伦敦去看那扇门有没有被撬坏，肖像还在不在室内。万一它被偷走了怎么办？想到这一层，他吓得手脚冰冷。要知道，那时他的秘密就会暴露在光天化日之下。也许人们已经有所怀疑了。

事实上，尽管他使许多人为之倾倒，但不相信他的人为数也不少。他险些遭到西区某俱乐部的抵制，而凭他的出身和社会地位完全有资格当那里的会员。据说，有一次，当他被一个朋友带进丘契尔俱乐部的吸烟室时，贝里克公爵和另一位绅士毫不掩饰地站起身来走了出去。自从他满了二十五岁，关于他的种种离奇的故事更是层出不穷。据传，有人看见他在白教堂偏僻地区的一个下流去处同几个外国水手对骂；又传说他结交盗贼和伪币铸造者，并知道他们那一类行当的某些内幕。他隔三差五的神秘失踪久已遭人物议，所以，每当他在社交界重新露脸的时候，人们就会在角落里窃窃私语，或者带着轻蔑的神情打他身旁走过，或者用冷冰冰的眼光审视着他，似乎下定了决心要探明他的阴私。

这类傲慢无礼的行为他当然不放在心上。在大多数人看来，他那诚恳热情的态度、天真可爱的笑容、无限美妙而且像是永不消逝的青春，本身便足以推翻那些造谣中伤——他们把关于道连的种种传闻一概名之曰造谣中伤。虽然如此，还是可以注意到，某些曾经同他过从甚密的人后来似乎一个个避开他了。以前发疯般爱过他的一些女人，为了他不惜置一切舆论责难于不顾，敢于向陈规旧习挑战，现在她们看到道连·

葛雷，也会因羞惭或恐惧而面色顿变。

不过，这些悄悄议论的丑闻在许多人心目中只会增强道连·葛雷奇怪而危险的魅力。他的雄厚的财力在相当程度上提供了保障。在社会上，至少在上流社会，人们总是不大愿意相信任何有损那些既有钱又可爱的人名誉的话。人们本能地认为，气派比道德重要得多，再高尚、再可敬的品性也远不如家有一位好庖厨来得吃香。归根结蒂，如果某人请你吃饭的菜肴不佳，或者酒味不纯，事后你即使听说东道主的为人无可非议，也未必就能释然解颐。有一次在讨论到这个题目时，亨利勋爵说过，甚至最伟大的德行也补救不了半冷不热的汤菜；的确，可以举很多事实为他的观点佐证。因为上流社会的通则与艺术的通则是相同的，或者应该是相同的。在这里，形式绝对不可忽视。它应当兼有礼仪的庄重和不真实性，应当把浪漫主义戏剧的言不由衷同这一类戏剧中我们所喜欢的机智文采糅合在一起。言不由衷有什么大不了？我看没什么。这无非是丰富我们个性的一种手段。

至少道连·葛雷的见解便是如此。他往往对某些人的浅薄心理感到吃惊，他们把一个人的“自我”看作简单的、不变的、可靠的、一元的东西。在道连看来，人是集亿万种生活、亿万种感觉于一身的复杂的多样性生物，人身上承袭着思想和情感的奇怪遗产，甚至肉体也感染到前人的各种恶疾。道连喜欢在自己的乡间别墅的阴冷画廊里漫步，看看那些和他有血缘关系的先人的各种画像。瞧，这位是菲利普·赫伯特，据弗兰西斯·奥斯本在《伊丽莎白与詹姆斯两朝忆旧》中的描写，他“因貌美深得朝廷宠幸，但美貌未能持久”。道连自己某些时候过的莫非就是赫伯特青年时代的生活？会不会是某种有毒的病菌代代相传，一直传到他自己身上？也许他早已隐约意识到那位先人驻颜乏术，否则怎么会在贝泽尔·霍尔渥德的画室里如此突然地、几乎无缘无故地发了那个痴愿，从而使自己的生活陡起变化？瞧，这是安东尼·谢拉德爵士的像，他站在那里，身穿绣金的红袄和镶嵌珠宝的短袍，戴着金边绉领和套袖，脚边堆着他的乌银铠甲。这个人传给后代的是什么呢？那不勒斯女王乔万娜二世的这位情人是否把一份罪恶和耻辱的遗产传给了他？道连的所作所为莫非正是那位古人不敢实现的梦想？瞧，伊丽莎白·德弗罗夫人从褪色的画布上在向他微笑。她头戴罗纱帽兜，身穿珠绣的三角胸衣，粉红色的袖子开着衩。她右手拿一朵花，左手握一串涂釉的白玫瑰和妃色玫瑰颈饰。她旁边的桌上放着一把曼陀铃和一只苹果。她的尖头小鞋上缀有绿色的大花结。道连对她的一生和关于她的好些情人的奇闻轶事有所了解。他自己身上有没有这位夫人的某些气质呢？那一对眼睑厚厚的细长眼睛仿佛在好奇地看着他。这位假发上搽粉、脸上贴着奇怪的小绸片的乔治·威洛比又怎样呢？他的样子多凶恶！他轻蔑地撇着淫邪的嘴唇，面色阴沉微黑，精致的花边套袖下露出一双戴满指环的枯黄的手。这位十八世纪的时髦人物年轻时曾是费拉斯勋爵的朋友。第二代的比肯汉勋爵又怎样呢？他是摄政王太子①纵情声色时期的伙伴，也是摄政王太子与菲茨赫伯特太太秘密结婚的证人之一。这位有一头栗色鬈发的美男子的神态是多么傲慢！他传下来的是什么样的情欲？他当年的名声极坏，卡尔登大厦②里花天酒地的宴乐总是他领头。代表嘉德勋位的星章在他胸前灿灿发光。旁边挂着他的妻子的肖像，那是一位面色苍白、嘴唇很薄的黑衣妇人。道连身上也有她的血液。这一切多有趣啊！还有道连的母亲，她有着汉弥尔顿夫人③似的面

---

①摄政王太子，指英王乔治四世(1762—1830)。1811年因父病，他以王储身份摄政，1820年正式即位。

②卡尔登大厦，当时的摄政王府邸。

③汉弥尔顿夫人(约1761—1815)，英国外交官威廉·汉弥尔顿之妻，海军名将纳尔逊的情妇，以貌美和幕后政治活动著称。

庞和好像在酒里浸湿的嘴唇。他知道自己从她那里得到了什么，他继承了她的美以及她对别人的美的热爱。她穿着宽松的酒神女祭司服装在向他笑。她的头发里有好几片葡萄叶子，紫红色的酒从她拿着的一只杯子里溢出来。画像的肉色部分已经褪色，但一双明眸依然如此深邃幽远、奕奕有神，仿佛在密切注视着道连的行踪。

然而，人不仅有血统上的祖先，还有文学上的祖先，并且就类型和气质而言，许多文学祖先可能与后代更接近，影响当然也更大。道连·葛雷有时候觉得自古至今的一部历史无非是他自己一生的记录，不过记载的不是他实际度过的生活，而是他的想象所创造的、存在于他的脑海和欲念中的生活。那些离奇可怕的人物曾经先后登上世界舞台，他们犯罪也是壮美的，作恶也是细腻的；道连觉得自己同他们都似曾相识，他们的生活同他自己的生活有着某种神秘的联系。

对于道连的生活产生巨大影响的那本奇书的主人公也作过这样异想天开的试验。在该书的第七章里，作者叙述自己如何像提贝里乌斯①那样，戴着避雷电的桂冠，坐在卡普里岛的花园中读埃列芳提斯②的一本亵书，当时有好些侏儒和孔雀在他周围大摇大摆地走来走去，还有一个吹笛手在嘲弄摇香人；自己又如何像卡里古拉③那样，同穿绿色衬衫的骑师们在马棚里纵情宴乐，同额带上嵌珠宝的一匹马一起从象牙秣桶里吃饭；又如何像图密善④那样，在大理石镜廊里游荡，不时用失神的眼睛寻找那柄要送他命的匕首的映象，完全陷入那种从生活得到一切满

---

① 提贝里乌斯（公元前 42—公元 37），罗马皇帝，公元 14—37 年在位，晚年在意大利西南部那不勒斯湾中的卡普里岛度过。

② 埃列芳提斯，公元前一世纪的希腊女作家。她的散文和诗歌充满淫艳情调。

③ 卡里古拉（12—41），罗马皇帝，37—41 年在位，以暴虐著称。

④ 图密善（51—96），罗马皇帝，81—96 年在位，专横暴戾，导致众叛亲离。生前最后几年精神失常，结果被人用匕首刺死于寝室中。

足以后往往会陷入的厌世状态；又如何透过一颗莹澈的绿宝石欣赏竞技场上鲜血淋淋的景象，后来乘坐用珍珠和紫缎装饰起来的锦舆，由钉着银掌的骡子拉车，经过石榴大街往黄金宫殿驶去，一路上听到的尽是人们在高声咒骂尼禄皇帝；又如何像太阳祭司埃拉加巴路斯那样，用油彩涂了脸杂在妇女中间纺纱捻线，从迦太基赚来了月亮女神，使她同太阳神结成神秘的婚姻。

道连把这一章充满幻想的文字以及紧接下去的两章读了又读，其中像在某些出色的挂毯和巧夺天工的珐琅器皿上一样，鲜明地描绘着邪恶、嗜血和无聊使之变成怪物和疯子的那些人的可怖而又可爱的形象。如：米兰大公菲立波，他杀死了自己的妻子，还用猩红色的毒药涂在她的嘴唇上，好让她的情人吻别死者时吮吸致命。威尼斯人皮埃特罗·巴尔比，世称保罗二世，一心妄想获得福尔莫苏斯的尊号[①]，他的价值二十万佛罗林[②]的皇冠是付出了滔天罪行的代价才到手的。吉安·马利亚·维斯康蒂[③]，曾嗾使猎狗追逐活人，后来他遇刺身死，一个对他相当多情的妓女在他的尸体上撒了几朵玫瑰花。博尔贾[④]骑着白马，在他旁边骑行的是杀害同胞罪的象征，他自己的大氅上沾着佩罗托的鲜血。佛罗伦萨的青年红衣主教皮埃特罗·里亚里奥，西克斯图斯四世[⑤]的儿子兼宠臣，他的美貌只有他的放荡可以匹敌；为了迎接阿拉冈的利昂诺拉，他特地用白色和深红色的丝绸搭起一座帐篷，里边布置着山林女神

---

① 保罗二世（1417—1471），意大利籍教皇（1464—1471年在位）。“福尔莫苏斯”（Formosus）在拉丁文中是“秀美”的意思，曾为在他之前五六百年另一意大利籍教皇（891—896年在位）的尊号。

② 佛罗林，十三世纪时在佛罗伦萨铸造的金币名。

③ 维斯康蒂（1389—1412），意大利北部以米兰为中心的伦巴第世家子。

④ 博尔贾（1476—1507），罗马教皇亚历山大六世的私生子，十七岁就任红衣主教。以阴险毒辣、权欲熏心著称。

⑤ 西克斯图斯四世（1414—1484），罗马教皇，1471—1484年在位。

和马头人，还吩咐把一个男孩用金箔裹身，使他可以在宴会上充当神的侍酒俊童该尼墨得斯或许斯[①]。艾泽林[②]的忧郁症必须用死亡的景象才能医治，他对鲜血有着犹如别人对红酒一样的嗜好，据说他是魔鬼的儿子，曾经以自己的灵魂为赌注同他父亲掷骰子，居然叫魔鬼受骗上当。姜巴蒂斯塔·契博以恶作剧的姿态取名为英诺森[③]，犹太医生曾经用三个少年的血输入他那麻痹了的血管。伊淑塔的情人，里米尼领主西吉兹蒙多·马拉特斯塔，他的模拟像曾被当作人神共愤的仇敌在罗马焚烧，他曾用餐巾缢死波里塞娜，用绿玉杯鸩害日内甫拉·德斯特，为了满足一种可耻的癖好，居然建造一座异教堂举行基督教的礼拜。查理六世[④]痴恋着自己的弟妇，以致一个麻风病人警告他即将精神错乱，后来他的脑子出了毛病，变得乖谬不堪，唯独绘有爱情、死亡和疯狂图像的阿拉伯纸牌能给予慰藉。格里福奈托·巴略尼，身穿漂亮的短上衣，头戴用珠宝装饰的帽子，鬈发像老鼠簕叶，他曾杀死阿斯托雷和他的未婚妻，杀死西蒙内托和他的童仆；但他长得如此俊美，当他奄奄一息躺在佩鲁贾[⑤]的黄墙敞廊里时，甚至痛恨他的人也忍不住为之泣下，曾经诅咒他的亚塔兰塔也为他祝福。

所有这些人物都有一种可怕的魅力。夜里，道连梦见他们；白天，他们搅乱他的想象。文艺复兴时期有许多下毒的妙法：通过头盔和点

---

①许斯，希腊神话中的美少年，是大力神赫拉克勒斯的侍童，在密细亚的一个泉井汲水时被仙女掳去。

②艾泽林四世(1194—1259)，依附德意志皇帝、代表封建势力的意大利“皇帝派”领袖。但丁在《神曲·地狱篇》中描写他因犯有反对天主教会的血腥罪行遭到惩罚。

③英诺森八世(1432—1492)，罗马教皇，1484—1492年在位。“英诺森”(innocent)意为“纯洁无邪”。

④查理六世(1368—1422)，法国国王，1380—1422年在位。

⑤佩鲁贾，意大利中部一城市。

亮的火炬下毒，通过绣花的手套或嵌有珠宝的扇子下毒，通过绣金的香袋和琥珀项链下毒。道连 · 葛雷中的毒则是一本书。有时候，他干脆把作恶看成实现他的美感理想的一种方式。

第十二章

事情发生在十一月九日，事后他才一再回忆起来：那天正好是他自己三十八岁生日的前夕。

他在亨利勋爵家里吃了晚饭，十一点左右从那里步行回家。夜里天寒雾浓，他裹着很厚的裘皮大衣。在格罗夫纳广场和奥德丽南大街的转角上，迷雾中有一个人打他身旁经过。那人走得非常快，灰色束腰呢大衣的领子竖了起来，手里拿着一只提包。道连认出那是贝泽尔·霍尔渥德。他感到一阵不可名状的惊恐，然而不动声色地加快脚步朝着自己家里那个方向走去。

但是霍尔渥德看到了他。道连听见他先是在便道上站住，接着急匆匆地跟了上来。很快，他的一只手已经搁到道连的胳臂上。

"道连！巧极了！我从九点钟起一直在你的书斋里等你。后来看到你的侍从实在太累了。我于心不忍，就叫他把我送走后自己去睡觉。我要赶午夜的一班火车动身去巴黎，很想在临走前跟你见一面。刚才你打我身旁走过，我认出了你，其实应该说认出了你的裘皮大衣。不过我没有十分把握。你没有认出我吗？"

"亲爱的贝泽尔，你不想想这雾有多浓！我连格罗夫纳广场都认不清呢。我相信我的家就在此地附近，但是也不敢担保。真遗憾，你马上就要远行，我已经很久没看见你了。你大概不久就要回来的吧？"

"我要离开英国半年左右。我打算在巴黎租一间画室把自己关在里面，直到完成我已构思成熟的一幅大型作品为止。不过，我不是想跟你谈我自己的事情。瞧，已经到你家门口了。让我进去坐一会。我有话要对你说。"

“那太好了。可是，会不会耽误了你上火车？”道连·葛雷无精打采地说着走上台阶，用自己的钥匙开门。

灯光勉强穿破大雾，霍尔渥德看了看表。“还早呢，”他回答说。“火车十二点一刻开，现在才十一点。刚才碰见你的时候，我正想上俱乐部去找你。你瞧，我也没有多少行李，重的东西都先送走了。我随身只带这一只手提包，二十分钟就可以从从容容到达维多利亚车站。”

道连望着他，微微一笑。“瞧你这位名画家出门旅行的样子！一只手提包，一件夹大衣！快进来，否则雾要钻到屋里来了。请注意，不要谈任何严肃的问题。目前什么严肃的事情都没有。至少不应当让任何严肃的事情发生。”

霍尔渥德摇摇头进了门，然后跟随道连走进书斋。书斋的大壁炉里柴火烧得正旺，灯也亮着。嵌木细工的小桌子上放着一只打开的银质酒箱、几瓶苏打水和几只刻花玻璃大酒杯。

“瞧，你的侍从对我的招待多周到，道连。他给了我所需要的一切东西，包括你的最好的金头烟卷。他非常殷勤好客。我觉得他比以前你那个法国侍从好得多。说起那个法国人，他后来怎么样了？”

道连耸耸肩膀。“他大概娶了瑞德利夫人的侍女，在巴黎开了一家英国时装店。听说那边现在时兴一股英国热。法国人也真无聊，可不是吗？不过，说实在的，维克多倒是个不坏的用人。可是我从来就不喜欢他，尽管对他没有什么可抱怨的。一个人往往会凭空想象出毫无根据的事来。其实他对我忠心耿耿，我把他辞退的时候，他看来很难过。要不要再来一杯白兰地苏打？或者兑矿泉水的白葡萄酒？我自己常喝兑矿泉水的白葡萄酒。隔壁房间大概找得到。”

“谢谢，我什么也不要了，”画家说着把帽子和大衣脱下来，往他放在角落里的手提包上一扔。“老弟，现在我要跟你严肃地谈一谈。别把眉头皱得那么紧，这样我就很难开口了。”

“什么事值得这样郑重其事？”道连不耐烦地问，无奈只得在沙发上坐下。“但愿与我本人无关。今晚我对我自己已经感到腻烦。我很想变成另一个人。”

“这是有关你本人的，”霍尔渥德用他深沉严肃的声音说，“我必须把这件事告诉你。我只占用你半个小时。”

道连长叹一声，点了一支烟。“半个小时！”他咕哝了一句。

“这不能算是不情之请，道连，何况我要说的都是为你着想。我认为应当让你知道：伦敦流传着极其可怕的谣言，都是说你的坏话。”

“我一点也不想知道那些事情。我喜欢听有关别人的丑闻，可是有关我自己的流言蜚语引不起我的兴趣。都是些老调。”

“这必须引起你的注意，道连。每一个正派人都应当关心自己的名声。你总不愿意人家把你说成一个下流东西吧？当然，你有地位、财产等等。但地位和财产并不等于一切。告诉你，所有这些谣言我一概不信。至少，当我看到你的时候我无法相信。干了坏事的人脸上会有反映。要隐瞒也瞒不住。有时谈到所谓神不知鬼不觉的勾当，其实这是根本不可能的。坏人干了坏事一定要在他嘴巴的线条、下垂的眼皮，甚至在手的轮廓上反映出来。去年有人来找我，要我给他画一幅像。我姑隐其名，不过你知道他是谁。以前我从未见过这个人，也没有听说过关于他的任何事情，后来才听到许多他的情况。当时他表示愿出一笔惊人的代价。我拒绝了。因为他的手的轮廓使我极其反感。现在我知道我对他的判断完全正确。此人的一生非常丑恶。但是你，道连，凭你纯洁无邪、光明磊落的面貌，凭你纤尘不染的美妙青春，叫我难以相信任何关于你的坏话。然而我绝少见到你，你现在根本不到我的画室里来。当你不在我身边的时候，我听到人家背后议论你，就不知道该如何对待所有那些骇人听闻的流言蜚语了。道连，为什么像贝里克公爵那样的人，看见你走进俱乐部的吸烟室，他就要离开？为什么伦敦有许多正派人既不上你的门，也不邀请你上他们家去？你曾经是斯退夫利勋爵的朋友。上星期我在一次宴会上遇见他，谈话中提到了你的名字，因为说起你把一些袖珍画借出去在达德里[①]展览。当时斯退夫利把嘴一撇，说你尽管在艺术鉴赏方面也许极有眼力，但是任何思想纯正的少女都不应当认识你这样的人，任何正派女人都不应当和你同坐一室。我提醒他说我是你的朋友，并诘问他说这样的话是否有根据。他居然当着大家的面毫不含糊地提出了他的理由。这太可怕了！为什么年轻人跟你交朋友会招致不堪设想的后果？近卫团里就有一个不幸的少年自杀了。你曾经是他的知心朋友。还有那个声名狼藉、在英国待不下去的亨利·厄什顿爵士。你跟他也是形影不离的。为什么阿德连·辛格尔顿落得这样可怕的下场？为什么肯特勋爵的独生子毁了自己的前程？昨天我在圣詹姆士大街遇见他父亲，发现他被羞耻和伤心彻底压垮了。还有年轻的珀思公爵，他过的是什么生活？有哪个正派人愿意同他为伍？”

“够了，贝泽尔。你对自己所讲的那些事情一无所知，”道连·葛雷以无比轻蔑的口吻咬牙切齿地说。“你问我，为什么贝里克公爵看到我走进吸烟室就要离开。因为我对他的底细了如指掌，而不是因为他了解我什么底细。凭他这样的血统，怎么能保持自身清白？你问我关于亨利·厄什顿和小珀思的事。难道厄什顿的道德败坏、小珀思的放荡堕落都是我教的？肯特不长进的儿子娶了野鸡做妻子，这跟我有什么关系？

---

① 达德里，坐落在伦敦毕卡第利大街上的一座私人美术馆，为达德里勋爵所有。

阿德连·辛格尔顿在账单上冒签了他的朋友的名字，难道也得由我负责？我岂是他的看守？①我知道英国人是怎么搬弄是非的。中产阶级在饭桌上吃得酒酣耳热的时候，就要宣扬他们的道德偏见，对上等人的所谓秽闻窃窃私议，以此显示他们也是出入上流社会的，同他们所毁谤的人关系密切。在这个国家里，一个人只要有点与众不同，有点头脑，立刻会招来一班俗物蠢货的造谣中伤。其实，那些标榜道德高尚的人自己究竟过着什么样的生活？老兄，你别忘了我们生活在伪君子的发源地。”

“道连，”霍尔渥德激动地说，“问题不在这里。我知道英国糟得可以，英国社会决不是什么君子国。正因为如此，所以我希望你洁身自好。但你没有做到。一个人对他的朋友影响如何，可以据此对他本人作出判断。你的那些朋友看来已把名誉、品德、操守统统丢在脑后。你向他们灌输了一种疯狂的享乐欲望，使他们掉进无底的深渊。是的，是你把他们推下去的，而你居然还在微笑，就像现在这样。还有比这更坏的呢。我知道你同亨利·沃登是莫逆之交。且不管别的理由，单是看在这一点上，你就不应该让他妹妹的名声成为笑柄。”

“留神，贝泽尔，别太放肆了。”

“我非说不可，你也非听不可。你听着。在你认识格温多林夫人之前，从来没人说过她半句闲话。可是如今，哪一个识体统的女人愿意同她一起到公园里去兜风？甚至她的孩子也被带走了，不让他们和母亲住在一起。还有别的奇闻。有人看见过你天快亮时从下流的场所悄悄地溜出来，看见过你化了装偷偷摸摸到最肮脏的地方去。这些是不是事

①《圣经·旧约·创世记》第4章，该隐杀了他的兄弟亚伯，耶和华问该隐：“你兄弟亚伯在哪里？”该隐说：“我不知道，我岂是看守我兄弟的？”

实？这难道是可能的吗？我最初听人家这样说的时候，只是大笑一通。可是现在我听了忍不住打寒颤。还有，你的乡间别墅里究竟在搞些什么名堂？道连，你不知道人家在怎么说你。我不愿向你表白，说什么我不想对你说教。我记得亨利有一次说过，一个人客串扮演起牧师来，总是用这句话作开场白，而以后却一再违反自己的表白。我就是要对你说教。我要你过能够得到世人尊敬的生活。我要你有一个清清白白的名声和光明磊落的行藏。我要你甩掉你结交的那些下流人物。不要这样对我耸肩膀。不要装出这种满不在乎的样子。你对人有很大的影响。要使这种影响把人引上正道，而不是带入邪路。人家说：你跟谁要好，就会把谁教坏；你走进哪一户人家，丑事就跟着临门。我不知道事实到底是否如此。我怎么知道呢？但人们的确在这样议论你。还有人告诉我的一些事情看来不可能有怀疑的余地。格罗斯特勋爵是我在牛津时的至交。他给我看了一封信，这是他妻子在芒冬[①]她的别墅里孤独地死去之前写给他的。这是一篇我所读过的最可怕的忏悔录，其中涉及你的名字。我告诉他说，这是无稽之谈，因为我对你完全了解，你不可能干出这样的事来。其实，我对你真的了解吗？我也要问一问自己。要我回答这个问题，除非看到你的灵魂。”

“看我的灵魂？！”道连·葛雷喃喃地重复了一遍。他从沙发上霍地站起来，几乎吓得面无人色。

“是的，”霍尔渥德严肃地回答说，声调显得更加沉痛。“除非看到你的灵魂。但只有上帝能这样做。”

道连发出一阵刻薄的苦笑。“你也能看到，就在今天夜里！”他恶狠狠地说着从桌上抓起了一盏灯。“走，这是你一手造成的，为什么不

① 芒冬，法国东南部滨地中海的一处疗养地。

去看看？以后你可以把一切都告诉世人，只要你愿意。但谁也不会相信你的话。要是人们相信了，反而会更加喜欢我。我比你更了解这个时代，尽管你谈起这个时代来唠唠叨叨叫人心烦。来吧。关于腐化堕落你啰唆得够了。现在你可以面对面看到什么叫腐化堕落。”

他说的每一句话都流露出失去理性的傲气。他像个无理取闹的孩子频频顿足。想到有一个人将分享他的秘密，想到这幅成为他一切耻辱之根源的肖像画的作者将因自己做了这样一件可怕的事而从此抱恨终天，道连简直按捺不住幸灾乐祸的心情。

“是的，”他继续说着向画家走得更近了些，同时逼视着贝泽尔严厉的眼神，“我要让你看我的灵魂。你将看到你以为只有上帝看得见的东西。”

霍尔渥德惊恐地倒退一步。“这是罪过的啊，道连！”他喊道。“你千万不能这样说话。这样的话太可怕、也太荒谬了。”

“是吗？”又是一阵狂笑。

“确实如此。至于我刚才对你说的话，那都是为你好。你知道我始终是你忠实的朋友。”

“别碰我。把你要讲的话都讲完。”

一阵痛苦的痉挛在画家的脸上掠过。他沉默了一会儿，心中产生一股强烈的同情。归根结蒂，他有什么权利干预道连·葛雷的生活？即使他干的事只及传闻的十分之一，想必已经够他自己痛苦的了。

霍尔渥德定了定神，走到壁炉前，站在那里看熊熊燃烧的木柴在霜华似的灰烬中吐着晃动不已的火舌。

“我在等你，贝泽尔，”道连以生硬而清晰的声音说。

霍尔渥德转过身来。“我要讲的就是：关于那些针对你的指控，你必须给我一个答复。只要你对我说，那些可怕的指控全是彻头彻尾的捏造，我一定相信你。说吧，道连，快否认吧！你没看见我在忍受怎样的折磨？我的天哪！我不愿知道你是个堕落、可耻的坏人。”

道连·葛雷鄙夷地撇嘴冷笑。“到楼上去，贝泽尔，”他镇静地说。“我有一本逐日登录自己生活的日记，一直保存在记日记的那间屋子里。你只要跟我上楼去，我就让你看。”

“我跟你去，道连，如果你愿意的话。反正我已经误了我的那一班火车。这没多大关系。我可以明天再走。不过你可不要叫我在今天夜里阅读什么东西。我只要你明确地回答我的问题。”

“到楼上会给你答复的。在这里我不能回答你。用不着花很多时间你就知道了。”

第十三章

他走出房门，开始上楼。贝泽尔·霍尔渥德紧跟在后面。他们的脚步很轻，人们在深夜里走路往往如此，也是本能使然。灯光把奇形怪状的影子投在墙上和扶梯上。起风了，有几扇窗户被摇得格格直响。

他们走到顶层的楼梯口，道连将灯放在楼板上，取出钥匙插入锁孔。“你仍坚持要知道吗，贝泽尔？”他压低了嗓门问道。

“是的。”

“好极了，”他微微一笑，然后又有点生硬地说，“你是这个世界上唯一有资格了解我的全部底细的人。你跟我的生活的关系比你想象的密切得多。”他拿起灯开了门走进去。一股冷气从里边冲出来，使那盏灯霎时间闪起深黄色的火焰。道连打了个寒噤。“你进来把门关上，”他悄悄地说着将灯放在桌上。

霍尔渥德四下看看，脸上现出困惑不解的表情。这间屋子看起来好多年没有人住了。一张褪了色的佛兰德斯挂毯、一幅被遮起来的画、一口意大利大箱柜、一架几乎空空如也的书橱，再加上一把椅子和一张桌子，似乎就是里边的全部陈设。当道连·葛雷把壁炉架上半支蜡烛点亮的时候，霍尔渥德发现这里的一切都在尘封之中，地毯已有不少窟窿。一只耗子在护壁板后面打滚奔跑。屋子里有一股潮湿的霉味。

“贝泽尔，你以为只有上帝看得见人的灵魂，是不是？你把这罩子揭开，就会看到我的灵魂。”

说这话的声音阴冷而残酷。

“你准是疯子，道连。要不然就是在演戏，”霍尔渥德咕哝着，皱起了眉。

“你不干？那我自己来干，”道连说罢，将缎罩从挂杆上扯下来扔在地上。

霍尔渥德发出一声恐怖的叫喊，他在昏惨惨的烛光灯影中看到一张可憎可怕的脸从画布上向他狞笑。画中人的神态使霍尔渥德充满了厌恶，简直令人作呕。老天爷啊！他看到的难道是道连的脸吗？不管怎样，狞恶的表情还没有完全掩盖那出类拔萃的美。开始变得稀疏的头发还是金黄的，淫邪的嘴唇也还红得鲜艳。浑浊的眼睛多少保持着原来可爱的碧蓝色，清秀的鼻孔和雕塑似的脖子尚未完全丧失典雅的曲线美。是的，这是道连。但是谁把他画成这样的呢？霍尔渥德好像认出了自己的手笔，画框也是他亲自设计的。这简直不可思议。他感到害怕，一下子拿起点亮的蜡烛，举着它照那幅像。左角分明有他朱红色瘦长字体的亲笔签名。

这简直是恶作剧，是一种卑劣、缺德的讽刺。他从来没有画过这样的东西。然而，这又明明是他的作品。他认出来了，只觉得自己身上的血液一下子从火结成了冰。他画的像！这是怎么回事？为什么变了样？他转过身来，眼睛像病人发烧时那样望着道连·葛雷。霍尔渥德的嘴抽搐着，敝焦的唇舌说不出话来。他抹一下脑门子，发现额上沁出了黏糊糊的汗珠。

道连靠在壁炉架上，带着异样的表情对霍尔渥德进行观察，像是全神贯注于看一位伟大的演员演戏。道连的表情既谈不上哀愁，也不算高兴。他只抱着一个旁观者的兴趣，也许眼睛里闪现出胜利的火花。他把上衣钮孔里的一朵花取下来闻了闻，不过也许只是做做样子。

“这是怎么回事？”霍尔渥德终于问道，但声音是那么刺耳，他自己也觉得奇怪。

“好多年前，我还是个少年，”道连一面说，一面把那朵花在掌心里捻碎，“你遇见了我，说了许多恭维我的话，使我懂得了自己的美貌是值得骄傲的。有一天，你把我介绍给你的一个朋友。他向我讲解青春有多大的魔力，而你正好完成了我的一幅画像。那幅像开了我的眼界，使我看到了美的魔力。在痴迷心窍的一刹那——直到现在我依然不知道自己是否感到后悔，——我发了一个愿，也许可以说是作了一次祈祷……”

“我记起来了！哦，我记得很清楚！不！那是不可能的。这间屋子潮湿。霉菌侵蚀了画布。或者，我用的颜料里头含一种可恶的有毒矿物质。而你说的那种事是不可能的。”

“不可能？”道连沉吟着走到窗前，把前额贴在冰凉模糊的玻璃上。

“你告诉过我，说你已经把画像毁掉了。”

“我撒了谎。是画像把我毁了。”

“我不相信这是我的作品。”

“你从上面看不到自己的理想了，是不是？”道连尖刻地说。

“你所谓的我的理想……”

“是你自己把我称做你的理想。”

“这没有什么要不得的，没有什么不光彩的。我曾经把你看作是再也遇不上第二次的理想。可是这幅画像上的面孔是一个色情狂的嘴脸。”

“这是我的灵魂的面貌。”

“主啊！我崇拜的竟是这样的东西！它的眼睛完全是魔鬼的眼睛。”

“天堂和地狱都在我们每个人自己身上，贝泽尔！”道连大声说，同时做了一个动作幅度很大的手势以示其绝望。

霍尔渥德重又转过脸来注视着画像。“我的天！如果这是真的，”

他惊呼道，“如果你过的正是这样的生活，那么，你甚至要比说你坏话的人所想象的更坏！”他再次举起蜡烛照着肖像仔细观看。画布的表面看来完好无损，同离开他画室的时候一样。可怕的变化显然是从内部发生的。邪恶的菌体通过画像内在活动的某种微妙的刺激作用对它不断加以蚕食。尸体在潮湿的坟墓里腐烂也没有这样可怕。

他的手开始发抖，蜡烛从烛台里跌落下来。霍尔渥德把它踩熄了，然后颓然坐在桌旁一把东歪西倒的椅子上，两手捂住面孔。

“老天哪，道连，这是多么可怕的惩罚！”没有回答。但他听见道连在窗前抽噎。“祈祷吧，道连，祈祷吧，”他低声说。“小时候大人是怎么教我们的？‘不要让我们堕入魔障。宽恕我们的罪过。荡涤我们的恶行。’让我们一起来念。你逞一时的骄气所作的祈祷应验了，你表示忏悔的祈祷也会应验的。我对你的崇拜太过分了。为此我受到了惩罚。你对自己的崇拜也太过分了。我们都受到了惩罚。”

道连·葛雷慢慢转过身来，泪眼迷茫地望着他。“现在祈祷已经太晚了，贝泽尔，”他结结巴巴地说。

“决计不会太晚的，道连。让我们跪下来，试试看能不能背出一段祈祷文来。好像在哪里见过这样的诗句：‘哪怕你的罪恶殷红似血，我也能把它们洗刷得洁白如雪。’”

“这些话现在对我毫无意义。”

“嘘！不要这样说。你一生作孽已经够多了。天哪！你没看到这个该死的东西在向我们扮鬼脸吗？”

道连·葛雷向画像瞟了一眼，突然对贝泽尔·霍尔渥德产生一种情不自禁的憎恨，仿佛这是画中人向他暗示的结果，是那狞笑的嘴唇向他耳语的结果。一匹野兽遭到追逐时的疯狂性开始在他身上萌动。此时他讨厌坐在桌旁的那个人甚于曾在他一生中引起厌恶感的任何事物。

他睁大了眼睛四下张望。那口面朝着他的彩绘大箱柜盖上有一件亮闪闪的东西把他的视线吸引住了。他知道那是前几天他带到楼上来割绳子的一把刀，后来忘了拿下去。他慢慢地朝那边移动，从霍尔渥德身旁经过。道连刚一绕到他背后，立刻抓起那把刀子，转过身来。霍尔渥德在椅子里挪动了一下身体，好像要站起来。道连向他猛扑过去，把刀子戳进他耳朵后面的大静脉，接着就把他的脑袋使劲往桌上摁下去，又捅了好几刀。

霍尔渥德发出一声喑哑的呻吟，然后是喉头被血阻塞的那种可怕的声音。他伸出两条胳膊，痉挛地往上挥了三下，发僵的指头在空中做了几个古怪的动作。道连又给了他两刀，但是霍尔渥德已不再动弹了。什么东西开始滴滴答答落在地上。道连等了一会儿，手仍旧摁住那颗脑袋。最后他把刀子扔在桌上，侧耳细听。

除了什么东西落在经纬毕露的地毯上的滴答声，此外声息全无。他开了房门，走到楼梯口。整幢房屋一片寂静。没有任何人走动。他靠在栏杆上俯视着黑洞洞一缸沸腾的墨水似的楼梯井孔，这样站了有几秒钟。然后从锁孔中取出钥匙，回到课室里，把自己反锁在里边。

死人依然坐在椅子里，低头拱背趴在桌上，不自然地伸着两条长胳臂。要不是后脑勺上张开着边缘不整齐的红色裂口，要不是凝成块状的黑色血泊在桌上逐渐漫开，你还以为这个人睡着了呢。

想不到这么快一切都结束了！道连的心情异样地平静，他走到长窗前，把窗子打开，跨到阳台上。风已经把浓雾吹散，满天繁星像一只其大无比的孔雀尾巴上缀着无数金眼睛似的圆斑。他朝下面望望，看见一个警察提着一盏灯在巡视所管的地段，长长的灯光照在一座座静悄悄的房屋大门上。一辆双轮小马车缓缓驶过，车灯的红光在拐角上闪了一下就不见了。一个女人扶着栅栏蹑手蹑脚慢慢地走着，身子摇摇晃晃，披

巾在风中飘动。她时而停下来回头张望。有一次她竟扯开破嗓子唱起歌来。警察踱步过去向她说了几句。那女人笑着踉踉跄跄地走开了。一阵狂风扫过广场。煤气街灯眏眏眼睛泛起了青光，光秃秃的树木来回摆动着黑铁色的枝条。道连打了个寒噤，回到课室把长窗关上。

他走到房门口，转动锁孔中的钥匙把门打开。对那个被他杀死的人，道连甚至没有看上一眼。他觉得关键在于不要去想所发生的事。一个朋友曾经画了一幅给他带来这么多苦难的肖像，现在这个朋友从他的生活中消失了。如此而已。

这时他想起了带上楼来的灯。那是北非摩尔人制作的一件相当罕见的亚光银器，嵌有阿拉伯风格的抛光钢筋花纹，还点缀着好几颗粗绿松石。他的侍从也许会发现少了这盏灯，难免要查问。道连犹豫了一会，还是回到桌子旁边去拿这盏灯。他不由自主地看了一下那具尸体。它还是纹丝儿不动！两条长长的胳臂是那样惨白！委实是一座蜡像，令人毛骨悚然。

道连锁好房门，开始轻手轻脚地下楼。木质梯磴叽叽嘎嘎地像在痛苦中呼号。他几次停下来静听。不，没有任何动静，除了他自己的脚步声。

他走进书斋，看到了角落里有一只手提包和一件大衣。这些东西必须藏起来。他用钥匙打开一口藏有他自己的各种化装衣服的秘密壁橱，把手提包和大衣放进去。以后他可以轻而易举地把它们毁掉。他掏出表来看看时间，一点四十分。

他坐下来寻思。在英国，每一年，不，几乎每一个月，都有人因为做了刚才他所做的事被处绞刑。时下流行着一股杀戮的狂热。大概某一颗火红的星太靠近地球了……。得想一想，有没有不利于他的证据？贝泽尔·霍尔渥德是十一点钟离开这里的。没有人看见他第二次再来。大部分用人都在塞尔比庄园。他的贴身侍从已经睡了……。巴黎！对了。贝泽尔按原计划坐午夜的火车到巴黎去了。这位画家素来孤僻成性，几个月之内他的无声无息不会引起任何怀疑。几个月！这么长的时间还怕来不及把一切痕迹都消灭干净？

忽然他想出一个主意，立刻穿上裘皮大衣，戴上帽子，走到穿堂里。他在那儿停下来，听警察踏着缓慢而沉重的步子在门外的街上走过，看窗上映出牛眼巡捕灯一闪一闪的发光。他屏住呼吸等着。

少顷，他拔去门闩溜到外面，轻轻地把门带上。然后，他开始打铃。约莫过了五分钟，他的侍从一边穿衣服，一边睡眼惺忪地出来开门。

"我很抱歉不得不把你叫醒，弗兰西斯，"道连进了门说。"我忘了带钥匙。现在几点了？"

"两点十分，先生，"侍从眨巴着眼睛看了看钟说。

"两点十分？都这么晚了！上午九点你得把我叫醒。我有一件工作要做。"

"是，先生。"

"晚上有人来过吗？"

"霍尔渥德先生来过，先生。他一直等到十一点，后来他走了，说是还要去赶火车。"

"哦！可惜我没有碰到他。他没有什么话要你转告吗？"

"没有，先生。他只说要是在俱乐部找不到你，他到了巴黎再给你写信。"

"好吧，弗兰西斯。别忘了九点钟叫醒我。"

"忘不了，先生。"

侍从趿拉着拖鞋从走廊里退了下去。

道连把他的帽子和裘皮大衣扔在桌上，走进书斋。有一刻钟左右他一直在屋子里踱来踱去，咬着嘴唇反复思量。然后他从书架上取下一本社会名人录，开始翻查。“艾伦·坎贝尔，五月市赫特福德街一百五十二号”。对，这正是他需要的那个人。

第十四章

翌晨九点钟，他的侍从用盘子托着一杯巧克力进来，把遮窗板拉开。道连身体向右侧卧，一只手压在腮帮下，睡得正香。他看起来像个玩得十分疲倦或用功过度的孩子。

侍从在道连肩膀上碰了两下，他才醒来。他睁开眼睛的时候，嘴上浮起一丝淡淡的笑意，仿佛刚刚离开甜蜜的梦乡。实际上他根本没有做梦。这一夜没有任何幻象打搅他，不管是愉快的还是痛苦的。青春的笑往往无缘无故。这是它最主要的魅力之一。

他翻过身来，用胳膊肘支住上体，开始一小口一小口地啜饮那杯巧克力。十一月里柔和的阳光照进房间。窗外天色明亮，空气里有一股舒适的暖意，简直像五月的早晨。

渐渐地，上一夜发生的事情无声无息而又血迹斑斑地潜入他的脑海，清晰得令人胆寒地在那里一一重演。回忆起自己经历的那一切，他立即紧锁双眉；对贝泽尔的莫名其妙的厌恶驱使道连把他杀死在所坐的椅子里，现在这种厌恶感又苏醒过来，使道连从心里开始冷遍全身。死人还坐在楼上那间屋子里，这时正被阳光照耀着。这太可怕了！这种讨厌的东西只能让黑夜把它遮盖起来，不能暴露在光天化日之下。

他感到，要是对这一夜的经历深思起来，非生病或发疯不可。有些罪恶事后回味比实行更有意思。有些不寻常的胜利所满足的与其说是欲念，毋宁说是虚荣心；这种胜利对思想所起的兴奋作用大于给感官带来或可能带来的快乐。但眼下这桩罪恶不属于那一类。应当把它从记忆里赶出去，用鸦片加以麻醉，让它闷死，否则它会把你闷死的。

钟敲九点半，道连用手抹了抹前额，然后急忙起床。他比平时更讲究地穿好衣服，在挑选领带和领带夹时着实费了点工夫，指环也换之再三。他还在早餐上花了不少时间，品味各种点心，同侍从商量他打算给塞尔比庄园的用人做新号衣的事情，还把上午收到的信件浏览一遍。有几封信使他露出会心的微笑。有三封信他觉得讨厌。还有一封他读了好几遍，脸上略带心烦的表情，最后把它撕了。“女人的记性真是要命的玩意儿！”他想起亨利勋爵有一次说过这样的话。

他喝完一杯清咖啡，用餐巾抹了抹嘴，示意他的侍从等一下，自己走到书桌旁坐下来写了两封信。一封放在自己口袋里，另一封交给侍从。

“弗兰西斯，把这封信送到赫特福德街一百五十二号去。如果坎贝尔先生不在伦敦，你打听一下他在什么地方。”

侍从出去后，他独自留下来，点了一支烟，开始在一张纸上信手素描，先是画一些花卉和建筑上的小型装饰，后来画人的面孔。突然，他发觉自己画的每一张面孔不知怎的都有点儿像贝泽尔·霍尔渥德。他皱眉蹙额地站起来，走到书橱跟前随便拿了一本书。他决意非到万不得已时不去想所发生的事情。

他在沙发上躺下，翻开书的扉页。原来是戈蒂埃的诗集《珐琅与玉雕》，是夏邦蒂埃[①]的日本纸版本，有雅克马尔[②]作的蚀刻版画插图。柠檬黄的皮封面上，图案是金色的格子和用虚点勾成的石榴树。这本书是阿德连·辛格尔顿送给他的。道连翻了几页，目光停留在咏拉斯奈尔[③]的手的一首诗上。其中写到那只冰冷、蜡黄的手长着棕红的汗毛和

---

① 夏邦蒂埃(1805—1871)，法国出版商。

② 雅克马尔(1837—1880)，法国版画家。

③ 拉斯奈尔(1800—1836)，一个罪行累累的法国杀人犯，1836 年被处死。他在狱中写有回忆录。

“牧羊神的指头”，“尚未洗去受刑的痕迹”。道连看看自己白净纤细的手指，情不自禁地哆嗦了一下。他继续一页一页翻过去，一直读到咏威尼斯的那几节动人的诗句：

亚得里亚海的维纳斯，
从水中露出白里透红的身体，
在半音音阶的陪衬下，
胸前洒下粒粒珠玑。

碧波砌就的圆穹顶，
像丰满的乳房高高耸起，
合着轮廓完美的乐句节奏，
频频发出爱的叹息。

船家把我送到岸边，
柱桩上系缆停放舟楫。
在嫩红色的正门前，
我踏上大理石的阶梯。

写得多细腻啊！读这些诗好比坐在黑漆银舻、风鼓帘幔的凤尾船上，顺着这座珠光闪烁的桃红色城市的绿色水道随波荡漾。那一行行的诗句本身就像向利多①疾驶的船后面笔直的一道道清波碧浪。如此

---

① 利多，意大利北部把威尼斯泻湖同亚得里亚海隔开的一群岛屿，北端有著名的海滩浴场。

绚丽的色彩使他蓦地想起曾见过一些颈脖上泛着乳光虹彩的鸟，它们或者环绕着高高的蜂窝状钟塔翻飞翱翔，或者气度雍容地在幽暗尘封的拱门下高视阔步。他仰靠在沙发上，眼睛似开似闭，独自一遍又一遍地吟诵着：

在嫩红色的正门前，
我踏上大理石的阶梯。

凭这两行诗，整个威尼斯便跃然纸上。他想起了自己在那里度过的一个秋季，想起了曾诱发他干了不少荒唐趣事的一段奇妙的情话。罗曼司到处都有。但是威尼斯就像牛津一样，有着演出罗曼司的天然背景；而对于真正罗曼蒂克的风流韵事来说，背景即使不是决定一切也是举足轻重的因素。贝泽尔有一段时间和他一起在威尼斯，当时霍尔渥德醉心于丁托雷托[①]的作品。可怜的贝泽尔！他死得多惨哪！

道连浩叹一声，重又拿起书来排遣愁怀。他读到燕子在士麦那的小餐馆里飞进飞出，曾去麦加朝圣的穆斯林坐在那里数琥珀念珠，缠头巾的商人们抽着带穗的长烟管庄重地互相交谈；他读到协和广场上的方尖碑[②]流下花岗岩的眼泪，悲叹被孤单单地放逐到这没有灿烂阳光的地方，渴望着回到水面上开满莲花的炎热的尼罗河畔，那里有狮身人面的斯芬克斯，有玫瑰红的灵鹭，有白色的金爪兀鹰，有长着翡翠小眼睛的鳄鱼在冒水蒸气的绿色泥沼地里爬行；他开始玩味一些诗句如何从留着吻痕的大理石上汲取旋律，歌咏被戈蒂埃比作女低音、“迷人的怪

---

① 丁托雷托(1518—1594)，意大利画家，十六世纪威尼斯画派主要代表之一。
② 指原来在尼罗河右岸阿蒙那神庙废墟中的方尖碑。1831 年被运往巴黎协和广场。

物”、如今陈列在卢浮宫[①]紫红厅里的那座珍异的雕像[②]。但是过不多久，那本书从道连手中跌落了。他变得烦躁不安。随后，一阵来势凶猛的恐怖沁入他的心窝：万一艾伦 · 坎贝尔出国去了怎么办？谁知道他要多久才能回来？也许他拒绝到这里来，那又怎么办？每时每刻都可能是性命攸关的。

五年前，他和艾伦 · 坎贝尔曾经是朋友，几乎形影不离。后来这种亲密的关系突告中断。如今他们在社交场合见面时，只有道连 · 葛雷向他微笑，艾伦 · 坎贝尔却毫不动容。

艾伦 · 坎贝尔是个天赋极高的年轻人，不过他对视觉艺术却是个门外汉，而且他之得以领略一点点诗歌的美也全仗道连的熏陶。他的主要爱好是科学。在剑桥，他大部分时间泡在实验室里，在他那一届的自然科学优秀生考试中名列前茅。他直到如今还在潜心研究化学，常常整天关在他自己的实验室里，使他母亲大为恼火，因为她一心望子位列议员，而化学家在她模模糊糊的概念中只是个配药的。不过，坎贝尔倒是个出色的音乐家，无论拉小提琴还是弹钢琴，都比绝大部分业余爱好者高明。事实上，最初使他接近道连 · 葛雷的媒介正是音乐，还有道连那种似乎随时都能施展自如的无法形容的魅力，其实他本人往往并不自觉。他们是在巴克希尔夫人家里认识的，那天鲁宾斯坦[③]在晚会上演奏。此后，他们经常一起出入歌剧院和可以听到美妙音乐的一切地方。这种亲密的关系维持了一年半。坎贝尔不是在塞尔比庄园，就是在格罗夫纳广场葛雷公馆里。他同其他许多人一样认为道连体现着生活的全

---

① 卢浮宫，原为法国王宫，1793 年起辟为国立美术博物馆，艺术珍品收藏之丰在全世界首屈一指。

② 指大理石雕的维纳斯。

③ 安东 · 鲁宾斯坦(1829—1894)，俄国钢琴家、作曲家。

部妙处。他们之间是否发生过争吵，任何人不得而知。但是人们突然发觉他们见面时几乎不交谈了，而且坎贝尔照例提前离开有道连 · 葛雷在场的任何聚会。坎贝尔的性格也起了变化，时常莫名其妙地郁郁不乐，对于音乐几乎听也不要听，自己也从不演奏；逢到人家请他表演，总是推说专心致志于科学研究，没有时间练琴。这也是实情。他对化学的兴趣似乎一天比一天浓厚。某些学术刊物中曾一再提到他的名字，说他正在从事若干颇有意思的试验。

道连等候的就是这么一个人。他不时举目看钟。时间一分钟一分钟地过去，他的情绪愈来愈焦躁。于是他站起来，在房间里走来走去，像一只关在笼子里的美丽的动物。他步子跨得很大，但是声息全无。他的手冷得出奇。

左等右等，等得道连实在不耐烦了。他觉得时间像拖着灌铅的腿那样在爬行，而他自己正被狂风飞速推向悬崖绝壁，眼看就要掉入黑洞洞的万丈深渊。他知道在那里等着他的是什么，甚至已经看到了那景象，所以一边哆嗦着，一边用冰凉而潮湿的手挤压发烫的眼皮，似乎要把眼球塞回到头颅中去，把想象的视觉也剥夺掉。然而没有用。头脑有自己的营养来源，想象则由于恐惧而变得神经过敏，像有生命的东西受到痛苦的刺激挣扎扭动，又像丑恶的傀儡在台上乱蹦乱跳，戴着活动面具扮出种种怪相。突然，他觉得时间停止了。是的，那盲目的东西连慢慢腾腾的爬行也停止了。时间既然死去，恐怖的念头立刻冲上前来，把无比惨酷的未来从坟墓中拖出，展示在他的眼前。他睁大眼睛看着这个未来，吓得不能动弹。

门终于开了，他的侍从走进来。道连把一双呆滞的眼睛转过去望着他。

“坎贝尔先生来了，先生，”侍从向他通报。

他张开枯焦的嘴唇松了一口气，两颊恢复了原有的血色。

“快请他进来，弗兰西斯。”他觉得自己又恢复了镇定。一时的胆怯已经消失。

侍从鞠了一躬退下去。不一会，艾伦·坎贝尔走了进来，他神态严峻，在乌黑的头发和两道浓眉的反衬下，面色显得分外苍白。

“艾伦，你来得太好了。我向你表示感谢。”

“我已经立意永远不上你家的门，葛雷。可是你信上说这是一件生死攸关的事。”他字斟句酌地说得很慢，语气生硬而冷淡。他定睛注视着道连，目光犀利而轻蔑。他的手插在俄国羔皮大衣的口袋里，并不理会道连伸手欢迎他的姿势。

“是的，艾伦，这是一件生死攸关的事，而且涉及不止一个人。请坐。”

坎贝尔在桌旁一把椅子上坐下，道连坐在他对面。两个人四目相遇。道连的眼神流露出无限的怜悯。他知道自己打算采取的手段极为狠毒。

在一阵难堪的沉默之后，他隔着桌子凑到对方面前，很沉着地说，同时留神观察每一句话、每一个字在他请来的这个人脸上有什么反应：“艾伦，这幢房屋的顶层有一间锁着的房间，除了我自己，任何人进不去。里面有一个死人坐在桌子旁边。他死了有十个小时。别紧张，也不要这样瞪着我。那个人是谁，他为什么死了，怎么死的，这些跟你都不相干。你要做的只是……”

“住口，葛雷。我不愿听下去。你对我说的话是真是假，我不管。你的事我绝对不插手。把你丑恶的秘密留着自己受用吧。我对这些把戏再也不感兴趣了。”

“你不感兴趣也不行。这件事你非管不可。我感到万分抱歉，艾伦，但也是出于无奈。你是唯一能救我的人。我不得不让你知道这件事。我没有别的办法。艾伦，你是搞科学的。你对化学之类的学问是内行。你做过不少试验。你得把楼上那具尸体消灭掉，消灭得干干净净，不留下一点痕迹。没有人看见他到这里来。目前大家以为他到巴黎去了。几个月之内他的失踪不会被发觉。到人们发觉的时候，这里决不能找出他的任何痕迹。艾伦，你必须把他以及属于他的一切变成可以在空中撒开的一撮灰。”

“你疯了，道连。”

“啊！我就等着你叫我道连。”

“我告诉你，你准是疯了。要不，你怎么能想象我愿意抬一抬手指头帮你的忙？要不，你怎么会向我作这番骇人听闻的自白？不管这到底是怎么回事，反正我不插手。难道你以为我甘愿为你去冒身败名裂的危险？你在搞什么鬼名堂，我根本不想知道！”

“艾伦，他是自杀的。”

“但愿如此。可是把他带上这条路的是谁？我敢说，是你。”

“你是不是仍然拒绝为我做这件事？”

“当然拒绝。我绝对不插手。你出丑与否跟我无关。你出丑也是活该。看到你当众丢脸，名誉扫地，我不会感到惋惜。你竟敢要我自己往火坑里跳！为什么不找别人，偏偏找到我头上来？我本以为你比较了解人们的性格。看来，你的朋友亨利·沃登勋爵在心理学方面给你的教益不多，尽管他教会了你其他许多本领。我决不为你出半点力气。你找错人了。你该去找你的狐朋狗友，不要来找我。”

“艾伦，他是被杀的。是我把他杀了。你不知道他给我带来了多大的痛苦。不管我过的是怎样一种生活，在造成今天的我或毁坏原来的我这方面，他起的作用比可怜的亨利更大。也许这不是他的本意，但结果却是如此。”

“杀人！我的老天！道连，你竟然走到了这一步？我不会告发你。这不关我的事。何况，即使我不掺和进去，你也一定会被捕。犯下罪行的人没有不露马脚的。反正我不参与这件事。”

“你必须参与。等一下，等一下，听我说，艾伦。我只要求你作一次科学实验。你经常到医院和陈尸所去，你对于自己在那里做的可怕的事情不是无动于衷吗？假如你在某一间令人作呕的解剖室或臭气触鼻的实验室里，看到这个人躺在有槽让血可以往外流的金属镶面长台上，你必定单纯地把他看作一件有趣的试验品。你连眉毛也不会抬动一下。你决不会想到自己在做不应当做的事。相反，你大概认为你是在为人类造福，或者扩大世界的知识宝库，或者满足自己的求知欲，等等。我要你做的无非是你过去经常做的事情。其实，消灭一具尸体应当比你干惯的那种事情好受得多。请你记住，这是可能对我不利的唯一证据。万一它被发现，我就完了；而你要是不帮我忙的话，它肯定会被发现。”

“我根本不想帮你的忙。我已经说过了。对这件事我完全不感兴趣。它跟我毫无关系。”

“艾伦，我恳求你。请设身处地替我想一想。就在你来到这里以前，我害怕得差点儿昏倒。将来你自己可能也会尝到恐怖的滋味。不！还是不要去想这些。你得纯粹从科学的角度来看这件事。你从来不问让你做试验的死尸是哪里来的。现在你也不要问。我告诉你的已经太多了。但是我请求你做这件事。我们毕竟一度是朋友，艾伦。”

“不要提过去的事，道连。过去种种已经死去。”

“死去的东西往往死而不去。楼上那个人死了，但就是不去。他伸出两条胳臂趴在桌上。艾伦！艾伦！你要是不拉我一把，我就完了。我会被绞死的，艾伦！你懂吗？我干了这样的事，他们非判我绞刑不可。”

“这出戏再演下去已经没有意思。我绝对不插手这件事。你一定是神经错乱了才来求我帮忙。”

“你不干？”

“是的。”

“我恳求你，艾伦。”

“这没有用。”

道连·葛雷的眼睛里又出现了那种怜悯的表情。于是他伸手取过一张纸来，在上面写了些什么。他默默读了两遍，把那张纸仔细折好，隔着桌子推过去。然后他站起来走到窗前去。

坎贝尔惊讶地对他看了看，拿起纸片把它展开。他读了这张字条，顿时面色煞白，颓然靠在椅背上。他感到一种恶心，好像他的心脏在一片空虚中怦怦乱跳，眼看着就要破裂。

在两三分钟可怕的沉默之后，道连转身走到桌旁，站在艾伦·坎贝尔背后，把一只手搁在他肩上。

“我很替你难过，艾伦，”他轻声说着，“但是你逼得我没有别的路可走。我已经写好了一封信。这就是。你看看上面的地址。你要是不帮忙的话，我只得把这封信寄出去。我一定会这样做。后果如何你也知道。不过你会帮助我的。现在你要拒绝也不可能。我本来不打算对你来这一手。你应当承认我作过这样的努力。但是你毫不通融，出口伤人。从来没有人敢像你这样对待我，至少活着的没有。我都忍受下来了。现在该由我来提出条件。”

坎贝尔双手掩面，一阵颤栗通过他的全身。

“是的，该轮到我提条件了，艾伦。我不提你也知道。事情非常简单。算了，不要这样像发疟子似的。事情还是得做。拿出勇气来面对现实，干吧。”

坎贝尔发出一声呻吟，又打了一个寒战。对他说来，壁炉架上一座台钟的滴答声正在把时间分裂成无数痛苦的原子，每一颗都是可怕难熬的折磨。他感到有一圈铁箍在他脑门周围慢慢地愈收愈紧，仿佛威胁着他的奇耻大辱已经临头。搁在他肩上的那只手像灌了铅一般沉重，实在受不了。这样他非被压得粉碎不可。

“快一点，艾伦，你必须当机立断。”

“我不能干这种事，”他机械地说着，其实任何言语都改变不了局面。

“你必须干。你没有选择的余地。不要拖拖拉拉。”

艾伦犹豫了一会儿。“楼上那间屋里有没有炉子？”

“有，是一只带石棉防火幕的煤气炉。”

“我得回家去一趟，从实验室里取一些东西。”

“不，艾伦，你不能离开这所房屋。你把所需要的东西开一张单子写在便条上，我的用人会坐车去取来。”

坎贝尔匆匆写了几行字，用吸墨水纸吸干了，信封上写他的助手的姓名。道连接过便条，仔细读了一遍，这才打铃。他把信交给进来的侍从，并吩咐他尽快回转，把东西都带来。

穿堂门关上时，坎贝尔神经质地全身震了一下。他从椅子里站起来，走到壁炉前。他像发寒热似地哆嗦着。有二十分钟左右，两个人谁也不开口。一只苍蝇在房间里嗡嗡乱转，惹人心烦。台钟的滴答声像一把锤子敲个不停。

钟敲一点。坎贝尔转身向道连 · 葛雷一看，见他两眼满是泪水。他那充满哀愁但是眉清目秀的脸庞顿使艾伦无名火起。

“你真无耻，无耻到了极点！”他咬牙切齿地说。

“算了，艾伦，你已经使我得到了重生，”道连说。

“使你重生？老天爷！那是怎样的一生啊！你一步步地腐化堕落，现在索性犯下了杀人罪。我之所以答应做你强迫我做的那件事，考虑的可不是使你得到重生。”

“唉，艾伦，”道连叹了口气嘀咕着，“你要是对我有我对你的怜悯的千分之一就好了。”说罢，他转过身去站在那里，眼望着窗外的花园。坎贝尔并不答理。

过了十分钟左右，侍从敲门进来。他搬来了一只放化学药品的红木大箱子、一圈长长的钢丝和白金丝，还有两只形状很怪的铁夹钳。

“这些东西是否放在这里，先生？”侍从问坎贝尔。

“是的，”道连抢先回答。“弗兰西斯，我还有另一件事要你去办。里士满①那个给塞尔比供应兰花的人叫什么名字？”

“叫哈登，先生。”

“对，哈登。你立刻到里士满去一趟，找到哈登本人，告诉他以后送兰花要比我原来定的增加一倍。白的尽量少些。最好完全不要白的。今天天气很好，弗兰西斯，里士满又是个挺可爱的地方，否则我不想麻烦你跑这么远。”

“没关系，先生。我什么时候该回来？”

道连向坎贝尔望了望。“艾伦，你的实验需要多少时间？”他用平静的语调很随便地问。看来，室内有第三者在场，他就特别胆壮。

坎贝尔皱紧眉头，咬了咬嘴唇。“大约五个小时，”他回答说。

“时间充裕得很，弗兰西斯，你可以在七点半回来。等一等，你把我的晚装准备好。晚上你自己安排。我不在家里吃晚饭，可以放你一次假。”

---

①里士满，泰晤士右岸一城市，位于大伦敦西部。

“谢谢，先生，”侍从说着退了出去。

“艾伦，现在得马上动手。这箱子重得厉害！我来给你搬。你拿其余的东西。”他说得很快，一副指挥若定的样子。坎贝尔不由自主地听从他的调遣。两个人一起离开书斋。

他们登上了顶层，道连掏出钥匙来开了锁。这时他停下来，眼睛里露出惶惑的神色。他打了个寒战，嗫嚅道：“我大概不能进去，艾伦。”

“对我来说无所谓。我不需要你，”坎贝尔冷冷地说。

道连把门打开一半，首先映入他眼帘的是他的肖像上沐着阳光的狞笑的嘴脸。被扯破的罩子扔在画像前面的地上。他这才想起昨天夜里忘记——这是他生平第一次忘记——把那幅要命的像遮好，正想冲过去，但立即哆嗦着退了回来。

肖像的一只手上出现了湿漉漉、亮闪闪的红色露珠。那是什么讨厌的东西？难道画布会冒汗沁血？多可怕啊！霎时间，他觉得这比伸出胳臂趴在桌上毫无动静的死人更可怕。虽然他没有正眼去看，但是血迹斑斑的地毯上轮廓奇特的阴影表明，死人没有移动过，依旧在道连离开时它所在的地方。

他深深地倒抽一口气，把门开大些，侧着脑袋匆匆走了进去。眼睛不敢完全睁开，拿定主意不向死人看上一眼。然后，他俯身拾起地上的绣金紫红缎罩，把它直接盖在画像上。

他站在那里，头也不敢回，眼睛盯着自己面前那缎罩上所绣的细巧花纹。他听见坎贝尔把沉重的箱子、铁夹钳和做这桩可怕的工作所需要的其他一切东西都搬了进来。道连心想：不知贝泽尔·霍尔渥德生前是否认识艾伦·坎贝尔？要是认识的话，他们现在互相该作何感想？

“现在你可以走了，”一个严厉的声音在道连背后说。

他转过身去，急急忙忙走出房间，只瞥见那具尸体已被掀翻，靠在椅背上，坎贝尔正凝视着那张油光光的黄脸。道连下楼时，听见钥匙在锁孔中转动。

等到坎贝尔下楼回到书斋里时，早已过了七点。他面色苍白，但十分镇定。“我完成了你要求我做的事情，”他没好气地说。“现在让我们分手吧。以后谁也不要再看见谁。”

“你救了我的命，艾伦，我没齿难忘，”道连只说了这么一句。

坎贝尔一走，道连立即奔上楼去。那间屋子里有一股触鼻的硝酸味。但是原先坐在桌旁椅子里的死人不见了。

第十五章

当天晚上八点半，服饰高雅的道连·葛雷的上衣钮孔上插着好几朵帕尔马[①]紫罗兰，在仆从恭恭敬敬的导引下步入纳尔巴勒夫人的客厅。他脑门子上的神经剧烈地抽动着，精神亢奋到了极点，但当他俯身吻女主人的手时，却依然潇洒如常。也许，一个人显得最悠然自得的时候恰恰是在演戏。不用说，那天晚上任何人看着道连·葛雷，都无法相信他刚刚经历了一出惨剧（其恐怖的程度不下于我们这个时代的任何一出惨剧）。谁也不会相信，他那形态优美的手曾抓起一柄利刃行凶，他那盈盈微笑的嘴唇曾恶毒咒骂上帝和神明。甚至他自己也不能不惊诧于自己举止的从容，一时对这种双重人格的生活感到十分过瘾、痛快。

纳尔巴勒夫人匆匆忙忙邀集了这个小型宴会。她是一个很聪明的女人，保存着被亨利勋爵形容为“丑得可以”的残余。她嫁给我国的一位大使——一个毫无风趣的人，博得了一位贤德夫人的名声。大使死后，她按应有的排场把丈夫葬在她亲自设计的大理石墓室中。她还把好几个女儿一一嫁给年纪相当大的有钱人。自此，她就一心一意欣赏法国小说、法国烹调术和法国式的诙谐，只要能发现这种诙谐的情趣。

道连是她特别喜欢的人物之一。她经常向他表示自己非常庆幸没有在年轻时跟他认识。“亲爱的，我知道，否则一定会失魂落魄地爱上你，”她几次对道连这样说，“一定会为你把帽子扔过风磨去[②]。谢天谢地，当时你还不知在哪儿呢。那个时候我们的帽子难看得要命，磨坊又老是忙于攒钱，所以调风弄月的把戏我一次也没有跟谁玩过。不过，这都怪纳尔巴勒，他的眼睛近视得可怕。你想想，把一个反正什么也看不见的丈夫蒙在鼓里有什么乐趣可言？”

这天晚上她的座上客都是些非常乏味的人物。她用一把相当破旧的扇子半遮着面部向道连解释，她的一个出嫁的女儿突然到她这里来了，并打算住上一阵子，尤其糟糕的是竟把丈夫也带来了。“我认为她太不知趣，”纳尔巴勒夫人悄悄地说。“当然，每年夏天我从霍姆堡[③]回来后也要到他们那儿去作客。但要知道，像我这样年龄的人经常需要新鲜空气。何况事实上我是在促使他们活跃起来。你不知道他们在那儿过的是什么日子。这是一种不折不扣的乡巴佬生活。他们一大早就起床，因为有许多事情要做；睡得也早，因为没有什么事情要想。从伊丽莎白女王[④]的时代起，周围附近的地方没有出过一桩丑闻，所以他们全都吃完晚饭就去睡觉了。你不要去和他们任何一个坐在一起。待会儿你坐在我旁边，说些有趣的话让我开开心。”

道连含含糊糊敷衍了一番，向客厅里扫视一周。是啊，这群宾客确实无聊得可以。其中两个人以前他从未见过，其余的包括：欧内斯特·哈罗登，伦敦俱乐部里比比皆是的中年庸才之一，这种人没有仇敌，但是朋友无不讨厌他；腊克斯顿夫人，一个四十七岁还打扮得花里胡哨的女人，长着一个鹰钩鼻，她老是努力败坏自己的名声，但相貌实在太不标致，所以从来没有人相信她的任何桃色事件，这使她大为懊丧；厄林太太，一个削尖了脑袋往上爬的无名人物，头发呈棕红色，说起话来挺可笑地咬着舌头；爱丽丝·切普门夫人，女主人的女儿，一个不懂得如何穿戴的、迟钝的女郎，一张典型的英国式面孔，你见过以后永远也记不住；还有她的丈夫，两颊红润，蓄着白苍苍的连鬓胡子，他

---

① 帕尔马，意大利北部波河沿岸一城市。

② “把帽子扔过风磨去”原为法国成语，意即“豁出去”、“置一切后果于不顾”。在法语中指女人行为放荡。

③ 霍姆堡，德国一疗养城市，在法兰克福西北。

④ 指伊丽莎白一世（1533—1603），都铎王朝的英国女王，1558—1603 年在位。

同本阶级的许多人一样，相信无穷的热情可以弥补思想的极度空虚。

道连正在后悔来到这里，但这时纳尔巴勒夫人望着用紫红色丝绒装饰起来的壁炉架上一座造型松散、线条繁复的镀金台钟，大声说道："亨利·沃登简直不像话，这么晚还不来！今天上午我特地派人去过，他表示决不使我扫兴，说是以信誉担保。"

知道亨利要来，道连才稍感宽慰。后来门开了，他听见亨利悠扬舒缓的声调言不由衷、但是娓娓动听地表示歉意，也就不再觉得无聊了。

但在宴席上道连什么也吃不下。他面前一道又一道的菜尝也没尝就撤了下去。纳尔巴勒夫人不住口地埋怨他，说这"对阿道夫是一种侮辱，可怜他特意为你安排了今天的菜单"。亨利勋爵不时隔着餐桌向他这边瞟一眼，对他的沉默和心不在焉感到不解。侍者频频往道连的酒杯里斟满香槟。他喝了一杯又一杯，愈喝就愈是渴得难熬。

"道连，"在传递野禽肉冻的时候，亨利勋爵终于问道，"今晚你怎么啦？你好像神思恍惚得厉害。"

"八成是爱上什么人了，"纳尔巴勒夫人说。"他不敢告诉我，怕我吃醋。他确实应该瞒着我。要不，我非大发醋劲不可。"

"亲爱的纳尔巴勒夫人，"道连含笑低语道，"说实话，自从费罗尔夫人离开伦敦后，我已经整整一星期没跟任何人相爱了。"

"你们男人怎么能爱上这样一个女人？！"上了年纪的女主人惊叹道。"我实在不明白。"

"那纯粹是因为她还记得你小姑娘时的情景，纳尔巴勒夫人，"亨利勋爵说。"她是连接我们和你的连衫短裙的唯一环节。"

"她决不会记得我穿连衫短裙的时代，亨利勋爵。我倒是对她三十年前在维也纳时裸肩露胸的模样记得很清楚。"

"她现在还穿裸肩露胸的礼服，"亨利勋爵说着用细长的指头夹起一颗橄榄。“她盛装的时候就像一部蹩脚法国小说的豪华版。她非常有趣，不时忽发奇想干出怪事来。她眷恋家庭的本领真了不起。当她第三个丈夫去世的时候，由于伤心，她的头发完全变成了金黄色。”

“你太缺德了，亨利！”道连说。

“这倒是最浪漫的一种解释，”女主人笑呵呵地说。“不过，亨利勋爵，你提到她‘第三个丈夫’，难道费罗尔已经是第四个了？”

“当然，纳尔巴勒夫人。”

“我绝对不信。”

“你可以问葛雷。道连是她最亲密的朋友之一。”

“是真的吗，葛雷先生？”

“她对我也是这么说，纳尔巴勒夫人，”道连答道。“我问过她是否把每一个丈夫的心都涂了香油挂在紧身褡上，像那瓦尔的玛格丽特[①]那样。她说没有，因为他们全都没有心肝。”

“四个丈夫！未免太卖劲了！”

“太勇敢了，我对她这样表示，”道连说。

“嘜！她有足够的勇气干任何事情，亲爱的。那么，费罗尔是个什么样的人物呢？我不认识他。”

“绝色女子的丈夫应该归入罪犯一类，”亨利勋爵说着呷一口酒。

纳尔巴勒夫人用扇子拍了他一下。“亨利勋爵，怪不得世人说你这个人坏透坏透。”

“但你所说的‘世人’究竟是哪个世界上的人呢？”亨利勋爵扬起

---

① 那瓦尔的玛格丽特，即瓦罗亚的玛格丽特。她出身于1328—1589年统治法国的瓦罗亚王室，又是那瓦尔王国(中世纪西欧一封建国家，位于西班牙北部和法国西南部)的王后，故名。1599年，她与丈夫法国国王兼那瓦尔国王亨利四世离异。

眉毛问道。“我看必定是来世的。我同今世相处得十分融洽。”

“我认识的人都说你很不正经，”纳尔巴勒夫人连连摇头。

有一会儿工夫亨利勋爵显得相当严肃，此后他说：“真讨厌！如今时兴在背后讲人家坏话，偏偏这些话都是千真万确的。”

“这个人确实本性难改！”道连从椅子里探身过去向女主人说。

“我看不改也罢，”纳尔巴勒夫人笑道。“说实在的，要是你们都这样荒唐地崇拜费罗尔夫人，我非得再嫁不可，否则就要落伍了。”

“你永远不会再嫁，纳尔巴勒夫人，”亨利勋爵插进来说。“你太幸福了。女人再嫁是因为恨前夫。男人续娶则是因为爱前妻。女人结婚是碰运气，男人则是冒风险。”

“纳尔巴勒也不是十全十美的，”女主人不以为然。

“他如果十全十美，你就不爱他了，尊敬的夫人，”亨利勋爵对答如流。“女人爱的是男人的缺点。我们如果有一大堆缺点，她们什么都可以原谅我们，包括我们的才智。我担心说了这话你再也不会请我吃饭，纳尔巴勒夫人；但事实的确如此。”

“当然是这样，亨利勋爵。要不是我们女人爱你们的缺点，你们不知会落到怎样的田地。你们一定谁也娶不到老婆。你们会变成一群可怜巴巴的光棍。不过，尽管如此，你们也不会有多大改变。如今有家室的人生活都像光棍，而光棍反倒像有家室的。”

“这就叫做世纪末，”亨利勋爵咕哝了一句。

“这叫做世界的末日，”女主人作了修正。

“但愿是世界的末日，”道连感慨地叹道。“生活太令人失望了。”

“啊，亲爱的，”纳尔巴勒夫人急忙加以制止，同时戴上她的手套，“可不要说生活对你已变成一口枯井。一个人说这样的话，那肯定是他自己对于生活已变成一口枯井。亨利勋爵太不正经，我有时候真希望自己也能这样；但你生来是一块做好人的料，你的相貌也是端端正正的。我一定要给你找一位好太太。亨利勋爵，你说葛雷先生是不是该结婚了？"

"我一直就是这么对他说的，纳尔巴勒夫人，"亨利勋爵说着低头施礼。

"好，我们一定得为他物色一个合适的对象。我今晚就去把德布雷特[①]从头至尾仔细翻一遍，把所有够格的年轻女人列出一张名单。"

"是否附上她们的年龄，纳尔巴勒夫人？"道连问。

"当然附上，只是要作一番小小的校订。但不能草率从事。我要把事情办得门当户对，像《晨邮报》所说的那样。我要使双方都称心如意。"

"什么门当户对，称心如意，全是胡扯！"亨利勋爵说。"男人跟任何女人都可以得到快乐，只要男的不爱女的。"

"啊，你这个玩世不恭的厚脸皮！"女主人说着把自己的椅子往后一推，并向腊克斯顿夫人点头示意。"亨利勋爵，过几天你必须再来跟我一起吃饭。你比安得鲁爵士介绍我吃的补药灵得多。不过你得告诉我，你喜欢跟哪些人见面。我要把那次聚会搞得活泼热闹。"

"我喜欢来日方长的男人和不堪回首的女人，"他答道。"不过，这样恐怕会变成一次清一色的女士聚会吧？"

"恐怕是的，"纳尔巴勒夫人笑道，一边起身离席。"非常抱歉，亲爱的腊克斯顿夫人，"她添上一句，"我没看见你还在抽烟。"

"没关系，纳尔巴勒夫人。我抽得太多了。今后我要克制一下。"

"千万不要，腊克斯顿夫人，"亨利勋爵说。"克制是最糟糕的事

---

① 德布雷特，指英国出版商约翰 · 德布雷特（1752—1822）所编印的《英格兰、苏格兰、爱尔兰贵族姓名录》。德布雷特死后，该书仍以他的名义逐年增订重版。

情。适度就好比吃饭充饥一样不带劲儿。过量才像丰盛的筵席一样热闹。”

腊克斯顿夫人好奇地看了看他。“改天下午一定请你到舍间来赐教，亨利勋爵。你的高论很吸引人，”她低声说完后步出餐厅。

“注意，你们可不要总是待在这里谈你们的政治和传播丑闻，”纳尔巴勒夫人从门口提出警告。“否则我们在楼上非吵架不可。”

男客们哈哈大笑，切普门先生郑重其事地从餐桌一端走到另一端。道连·葛雷换了个座位，坐到了亨利勋爵旁边。切普门先生开始就下议院的现状大发宏论。他以放肆的大笑攻讦他的政敌。笑声之间不时提到在英国人听来非常可怕的一个名词——空论家。这大概算是一种演讲艺术的修辞技巧。他在思想之塔上升起了大不列颠的旗帜，凭着他的乐天精神把这个民族祖传的鲁钝叫做健全的英国头脑，声称这是社会的可靠支柱。

亨利勋爵撇着嘴淡然一笑，掉过脸去向道连看看。

“老弟，你觉得好点儿了吗？”他问道。“在席上我看你有些神思恍惚。”

“我没有什么不舒服，亨利。只不过有点儿累罢了。”

“昨天晚上你很有魅力。那位娇小的公爵夫人完全被你迷住了。她对我说准备到你的塞尔比庄园去。”

“她答应我十二号那天去。”

“蒙茂斯是不是也去？”

“是的，亨利。”

“我非常讨厌这个人，简直跟公爵夫人讨厌他的程度一样。公爵夫人很聪明，作为一个女人，也许聪明过了头。她缺少那种妙不可言的柔弱。金身偶像之所以可贵，就在于有一双泥足。她的脚非常可爱，但不是泥的，不妨说是白瓷的。这双脚经过火烧；凡是经过火烧而无损的，就炼结实了。她很有些经验。”

“她结婚多久了？”道连问。

“据她说已经很久很久。从贵族姓名录上看，大概十年左右，但是同蒙茂斯在一起过十年简直等于几辈子。其他还有什么人去？”

“威洛比夫妇、腊格比勋爵夫妇、我们的女主人、杰弗里·克罗斯登，照例是这几个人。我还邀请了格罗特连勋爵。”

“我喜欢这个人，”亨利勋爵道。“很多人不喜欢他，可是我认为他挺可爱。他偶尔穿得花哨了些，但他的学问渊博极了，足够弥补这个缺点。他非常合乎时代的潮流。”

“我不知他是否去得成，亨利。他也许得陪他父亲到蒙特卡罗去。”

“嗳，那些父母家属真讨厌！你想办法还是叫他到塞尔比去。对了，道连，昨天晚上你一溜烟走得很早，十一点还不到。后来你干什么去了？是不是直接回家啦？”

道连急忙向他瞅了一眼，旋即皱起眉头。“不，亨利，”他终于说，“我差不多三点钟才回到家里。”

“你上俱乐部去了？”

“是的，”道连答道。他咬了咬嘴唇。“不，不，我没有上俱乐部。我是在散步。我忘了我干什么去了……亨利，你老是想知道别人在干什么。我老是想忘掉自己干了些什么。如果你要知道确切的时间，我可以告诉你，我是两点半回到家里的。我忘了带钥匙，只得叫用人起来开门。你如果需要旁证，可以去问他。”

亨利勋爵耸耸肩膀。“老弟，我才不管这些呢！我们到楼上客厅里去吧。谢谢，切普门先生，我不要雪利酒。道连，你大概出了什么事。告诉我，是怎么回事？今晚你的情绪不对头。”

“不要管我，亨利。我心里烦得很，情绪不好。明天或者后天，我会去看你的。你代我向纳尔巴勒夫人打个招呼。我不上楼去了。我这就回家。我得马上回家去。”

“好吧，道连。明天我等你来喝茶。公爵夫人也要来。”

“我尽可能去，亨利，”他说着走出餐厅。在坐车回家的路上，他意识到原先以为已被他闷死的恐怖感又苏醒了。亨利勋爵无意间问的话使他一时失去了自持力，现在他十分需要镇定。一些危险的物证必须销毁。想到这里，他禁不住发抖。单是碰一碰那些东西就能叫他恶心。

然而他明白这件事非做不可。到了书斋里，他用钥匙把门反锁起来，便去打开藏着贝泽尔·霍尔渥德的夹大衣和手提包的秘密壁橱。壁炉里火烧得正旺。道连又添了一根木柴。烧衣服和皮革的焦味非常难闻。他花了三刻钟才把所有的东西全部销毁。最后他觉得头晕想吐，就在一只有孔的铜盆里点了一些阿尔及利亚卫生香，再用一种麝香味的凉醋洗刷两手和前额。

他蓦地全身一震，眼睛变得异样地明亮，牙齿狠命咬着下唇。在两扇窗之间放着一只象牙和天青石嵌面的佛罗伦萨乌木柜子。道连瞪着它发愣，仿佛那只柜子既吸引着他，又使他害怕；仿佛里边藏着什么他既向往又憎恨的东西。他的呼吸愈来愈急促。一个狂热的念头油然而生。他点了一支烟，但旋即扔掉。他的眼皮愈垂愈低，以致流苏似的睫毛几乎触及面颊。他依旧瞪着那只柜子。最后，他从原来躺着的沙发上站起来，走到柜子跟前，开了锁，再按动一处弹簧暗门。一只三角形的抽屉慢慢地自动抽出。道连的手本能地向那里伸进去，摸到了一件东西。那是一只黑漆洒金的中国小匣子，做得十分精巧，外面雕着波状花纹，丝带上串着水晶小球和金属丝编成的辫状流苏。他把匣子打开。里边放着一团绿色的膏状物，光泽像蜡，香味浓得出奇，而且经久不散。

他犹豫片刻，一丝微笑停留在脸上。接着他打起寒颤来，尽管屋子里热得要命。他定一定神，看了看钟。这时是十一点四十分。他把匣子放回原处，关好柜子的门，然后走到卧室里去。

等到古铜的钟锤在幽暗中敲了十二下，道连·葛雷身穿不起眼的寻常服装，脖子上裹着围巾，悄悄地溜出公馆。他走到邦德街上，看到一辆套着一匹好马的出租街车，便招呼一声，压低了嗓门向马车夫说出一处地方。

车夫摇摇头，嘀咕了一句："太远了。"

"这个金镑给你，"道连说。"你要是赶得快，再加你一镑。"

"行，先生，"车夫答应说，"一小时内准保把你送到。"等乘客上了车，他掉转马头，飞快地向泰晤士河边驶去。

第十六章

外面下起冷雨来了，昏暗的街灯在雨濛濛的浓雾中透出一派阴森森的鬼气。酒店正准备打烊，门口聚着一堆堆男人和女人，模模糊糊的看不真切。有几家小酒店不时传出放荡的笑声，另外几家则有醉汉在吵架和尖声喊叫。

道连·葛雷斜卧在车座靠背上，帽檐拉到额前，以淡漠的眼光观察这座大都市见不得人的一面，时而默默地重复着亨利勋爵在同他结识的第一天所说的话："通过感官治疗灵魂的创痛，通过灵魂解除感官的饥渴。"对，这是一张秘方，而且屡试不爽，现在他又要试一试。那里有鸦片馆，可以出钱买一个忘乎所以；有罪恶的渊薮，可以不顾死活地干新的坏事来消除记忆中旧的劣迹。

月亮低垂在空中，像一颗黄色的骷髅。一大片形状古怪的浮云不时伸出长臂把它遮住。煤气路灯愈来愈稀，街道愈来愈窄，愈来愈暗。车夫有一段路赶错了，不得不退回来半英里。马蹄啪嚓啪嚓踩得泥浆四溅，马背上直冒热气。两边的车窗被灰色法兰绒似的大雾遮得严严实实。

"通过感官治疗灵魂的创痛，通过灵魂解除感官的饥渴！"这话为何老是在他耳际回响？的确，他的灵魂已病入膏肓。感官真的能解救它吗？无辜的血也流了。怎样才能抵偿呢？这笔债是没法还的；不过，宽恕虽然办不到，忘却还是可能的，所以他决意把这件事忘掉，从记忆中一笔勾销，像踩死一条咬了他的蝰蛇一样把它碾得粉碎。确实如此，贝泽尔凭什么对他说那些话？谁授给了他充当法官审判别人的权利？他说的话是极其可怕的、骇人听闻的、不能容忍的。

马车勉强继续前进，好像一步比一步走得更慢了。道连推开天窗，催促车夫赶得快些。难熬的鸦片烟瘾折磨着他。他的喉咙干渴如焚，一双皮肤柔嫩的手神经质地扭绞在一起。他伸出手杖恶狠狠地抽打马背。车夫放声大笑，并且也挥动他的鞭子。道连跟着他笑，那车夫却又沉默了。

路好像没有尽头似的，这一带的街衢宛如一张巨大的黑色蜘蛛网，景色的单调沉闷使人受不了。随着雾愈来愈浓，他也愈来愈感到害怕。

马车经过荒凉的砖厂区。这里的雾比较薄，道连看得出一座座呈奇怪的瓶状的砖窑吐着橘红色的扇形火舌。一条狗向着马车吠叫，一只失群的海鸥在远处黑暗中尖声哀鸣。马在辙槽里打了个趔趄，车身向旁边歪了一下。然后马车开始快跑。

不久，马车离开土道，重又咔哒咔哒走上高低不平的石子街路。大多数窗子都漆黑无光，但偶尔几处有灯光的窗帘上映出形形色色的怪影。道连兴致勃勃地看着。那些影子像巨大的傀儡晃动着，做着各种手势。看了一会儿，他就觉得讨厌，心中无名火起。马车在一处转角拐弯的时候，有个女人从一扇开着的门口向他们招呼，两个男的跟在车后跑了有一百码地。车夫挥动鞭子才把他们赶开。

据说，在强烈的欲望支配下，人的念头会不停地打转。果然，道连·葛雷咬得齿痕累累的嘴唇顽固地翻来覆去念叨着关于灵魂与感官的那两句神秘的话，直到认为这两句话确已充分表达他的心情并从理性上承认他的欲望是正当的；其实，即使不承认，欲望照样主宰着他的情绪。这个念头从一个脑细胞潜入另一个脑细胞；强烈的生的欲望——人类一切欲念中最可怕的一种——加速着每一条神经、每一根毫毛的颤动。丑恶的阴暗面由于使人面对现实而一度为他所憎恨，如今却由于同样的原因而使他感到亲切。丑恶的阴暗面现在是唯一的现实。粗野的詈骂、下流的巢窟、放荡的生活、卑劣的盗贼和无赖，凡此种种，就其给人印象的鲜明和强烈而言，胜过一切优美的艺术形式，胜过仙乐飘飘所能营造的梦幻意境。这正是他追求忘却所需要的。三天之内他便将获得解脱。

车夫突然使劲勒住缰绳，马车在一条暗沉沉的胡同口停下。这一带房子低矮的屋顶和破损的烟囱后面高耸着黑色的船桅。一团团白茫茫的雾气像鬼船的帆贴在桁上。

“是这地方吧，先生？”车夫以沙哑的嗓音向天窗里问。

道连吃了一惊，向窗外看了看。“对，”说着急忙下车。他付了向车夫许下的额外车资，便朝河岸的方向快步走去。有几条大商船的船尾上点着灯。灯光在污水坑里摇曳闪烁。从正在加煤准备开往国外的一艘轮船上射来耀眼的红光。泞滑的路面犹如一件湿漉漉的雨衣。

他匆匆折向左边，频频回头看是否有人尾随。七八分钟后，他走到夹在两家可怜巴巴的工场中间一所又小又脏的房子门前。有一扇楼窗口点着一盏灯。他停下来用暗号敲门。

少时，他听到过道里有脚步声，接着，链条的钩子被拔去。门悄没声儿地开了，他走进去的时候，一个矮胖、臃肿的身影向暗处一缩，道连一句话也不说。过道尽头挂着一块破破烂烂的绿色门帘，被一阵跟着他冲进来的劲风吹得飘飘荡荡。他把门帘拉开，跨进一间很低的、但相当长的屋子，看样子过去是一所三等舞厅。靠墙排列着煤气灯的喷火口，刺目的灯光映在对面满是蝇卵的镜子里，变得昏暗、歪斜。灯口后面衬着油腻腻的波纹形铁皮反光罩，火焰的圆圈在反光罩的反射下不住地颤动。地上铺着黄褐色的锯屑，有些地方被踩实了露出泥地，还有泼翻的酒留下的一圈圈深色的痕迹。几个马来人蹲在一只小炭炉旁边掷骰子，说话时露出很白的牙齿。角落里有个水手头枕着胳膊趴在一张桌子上。漆色非常恶俗的吧台沿着整整一面墙壁排开，两个骨瘦如柴的女人站在台边嘲弄一个正在刷大衣袖子的老头儿。道连打那儿经过时，听到其中一个女人格格地笑着说："他以为有红蚂蚁爬到他身上啦。"那个表情似有洁癖的老头儿惊恐地望着她，竟抽抽搭搭哭起鼻子来了。

屋子尽头有一架小梯通往一间暗室。道连匆匆登上那三级摇摇晃晃的梯阶，立刻有一股浓烈的鸦片香味迎面扑来。他深深吸了口气，鼻翅儿怪舒服地翕动着。当他走进暗室时，一个黄头发滑溜溜的青年正弓着腰凑在灯上点一支烟枪。他举目对道连一看，略带犹豫地点点头。

"阿德连，你在这里？"道连低声问。

"我还能上哪儿去？"他没精打采地回答。"过去的朋友现在谁也不理我。"

"我以为你到国外去了呢。"

"达林顿一点不讲交情。最后还是我哥哥付的账。乔治也不睬我……"他叹了一口气后又说，"我不在乎。只要有这玩意儿，就不需要朋友。我过去交的朋友也许太多了。"

道连身不由主地一缩，眼睛向周围那些三分像人、七分像鬼的烟客扫去。他们都以同样古怪的姿势躺在破垫子上。他们蜷曲的肢体、呵欠连连的嘴巴、呆滞无光的眼神使他看得出了神。他能体会这些人正在何等特异的天堂里忍受煎熬，也知道他们正向何等幽暗的地狱讨教领略新奇快感的诀窍。他们的处境比他好。他被思绪缠住了不得脱身。回忆像一种恶疾啮食着他的灵魂。贝泽尔·霍尔渥德的眼睛不时从冥冥中瞪着他。但他还是不敢留下，因为有阿德连·辛格尔顿在此地终究不妥。他要找一个没人认识他的地方。他恨不得连自己的影子也甩掉。

"我要到另一个地方去，"道连沉默片时后说。

"上码头？"

“是的。”

“那只疯猫八成在那边。这儿现在不让她来了。”

道连耸耸肩膀说：“我对爱我的女人已经厌倦，倒是恨我的女人有意思得多。再说，那边的烟土也好些。”

“都是一路货。”

“我比较喜欢那边的。我们去喝一杯吧。我很想喝点儿什么。”

“我什么也不想喝，”那青年喃喃地说。

“去喝一杯吧。”

阿德连懒洋洋地爬起来，跟着道连向吧台走去。一个缠着破头巾、身穿破大褂的英印混血儿丑脸上堆着笑招呼他们，同时把一瓶白兰地和两只平底酒杯放到他们面前。刚才那两个女人侧着身子挨过来搭讪。道连背对着她们，低声向阿德连·辛格尔顿说了些什么。

一个女人扭动脸上的肌肉作了一个怪笑。“哟，今天怎么架子这样大？”她用讥诮的口吻说。

“看在上帝分上，别跟我纠缠，”道连把脚一跺嚷道。“你要什么？钱？拿去。再也别来缠我。”

那女人一双直勾勾的眼睛霎时间迸出两颗红色的火花，但是一闪即逝。旋又归于暗淡而呆滞。她脑袋一扬，急忙把几枚硬币从柜台上耙到贪婪的手里。她的同伴歆羡地望着她。

“这没有用，”阿德连·辛格尔顿叹道。“我不打算回去。回去又怎么样？我在这儿挺快活。”

“你如果需要什么，就写信给我，好不好？”道连沉吟半晌后说。

“好吧。”

“那么，祝你晚安。”

“晚安，”青年回答说，一边登上梯阶，一边用手帕抹抹枯干的嘴唇。

道连脸带痛苦的表情向门口走去。在他掀帘子的时候，刚才拿了他钱的那个女人从涂着口红的嘴唇上吐出一阵浪笑。“魔鬼捡来的便宜货走了！”她一面打嗝儿，一面用难听的粗嗓子喊着。

“你这个臭娘们！”道连不甘示弱。“不许这样叫我。”

那女人打了一个榧子。“难道你要人家叫你迷人王子吗？”她在后面咆哮。

本来想打个盹儿的那个水手，听到了这句话，霍地跳起身来，睁大眼睛四下望着。这时，过道门砰然关上的声音传到他耳边，水手立即追出门去。

道连·葛雷在毛毛雨中沿着河岸匆匆地走着。与阿德连·辛格尔顿的不期而遇搅得他心里乱糟糟的。他不禁在问自己：“这个青年的堕落是否应归咎于我，像贝泽尔·霍尔渥德毫不留情地指责的那样？”他咬住嘴唇，有一瞬间两眼现出凄怆的神情。不，这毕竟不关他的事！人的生命太短促了，犯不着把别人失足的责任揽到自己身上。各人走各人的路，并为此而各自付出代价。唯一可悲的是：仅仅由于偶一失足，却往往必须没完没了地付出代价。命运同人打交道时永远不肯清账。

据心理学家们说，犯罪的欲望——或者想干世人名之曰罪恶的事的欲望——有时候会把一个人紧紧抓住不放，使他体内的每一根血管、脑子的每一个细胞好像都快被可怕的冲动所胀破。男人和女人在这样的时刻便会失去意志的自控力。他们会像自动机器那样运转，走向不堪设想的结局。他们的选择力已被剥夺，意识也被扼杀了，即便还残留着，也只会给叛逆增添魅力，使反抗更加诱人。因为反抗是万恶之本，正像神学家们不惮其烦地提醒我们的那样。当勇气的晨星这个罪恶之先驱从天上陨落的时候，正是由于叛逆而谪降的。

道连·葛雷横下一条心，污浊的头脑里只有邪念，灵魂渴望着反叛。他急急忙忙加快步伐，折入一条黑洞洞的拱道，正想同往常一样抄近路前往他要去的那个臭名昭著的地方，突然发觉自己被人从后面揪住。他还来不及自卫，那人已把他向拱道的壁上狠狠地一搡，一只蛮不讲理的手掐住了他的脖子。

道连没命地挣扎，拼出全身力气把掐住地脖子的手指扳开。但就在这一刹那，他听到手枪扳机咔哒一声响，只见擦得锃亮的枪筒已对准他的脑袋，一个身材矮壮的人黑糊糊的轮廓站在他面前。

“你要干什么?”道连吓得上气不接下气。

“不许动!”那人说。“你要动一动，我就开枪!”

“你疯啦?我招你惹你啦?”

“你坑害了西碧儿·韦恩。”那人说。“西碧儿·韦恩是我的姐姐。她是自杀的。我知道。她的死是你一手造成的。我发誓要杀死你偿命。我已经找了你好几年，但是没有一点线索，没有一点踪迹。只有两个人说得出你的外貌，可是都死了。我对你一无所知，只晓得西碧儿过去叫你的一个爱称。刚才碰巧给我听见了这个名字。现在你向上帝祈祷吧，因为你今夜就要死了。”

道连·葛雷吓得魂不附体。“我从来不认识她，”他结结巴巴地否认。“我也从来没有听人说起过她。你一定发疯了。”

“你还是老实忏悔的好。因为你必死无疑，否则我就不叫詹姆士·韦恩。”这是惊心动魄的一刹那。道连不知该说什么或做什么。“跪下!”那人叱喝着。“我给你一分钟做祷告，再多不行。我今夜要上船到印度去，我得先把这件事了结。一分钟。我的话完了。”

道连颓丧地垂下两条胳膊。他被震慑得不能动弹，不知如何是好。突然，一线绝处逢生的希望在他脑际闪过。“慢着!”他喊道。“你姐姐

死了有多久？快告诉我！”

“十八年，”那人说。“你问这干吗？死了多少年有什么关系？”

“十八年，”道连·葛雷带着一点胜利的得意放声大笑。“十八年！你让我站到灯光下去，你再看看我的面孔！”

詹姆士·韦恩犹豫了一下，摸不透对方是何用意。他将道连·葛雷一把拖出拱道。

风很大，街上的灯光昏暗而又不稳；尽管如此，詹姆士·韦恩还是能看清自己犯了个大错误。想不到他正要结果其性命的这个人的面貌，竟焕发着纯洁无邪的青春的光辉。从这张脸看来，此人不过二十来岁，比好多年前他离家时的西碧儿大不了几岁，简直不相上下。显然，这不是摧残了他姐姐生命的那个人。

他松了手，晃晃悠悠地退后几步。“我的天！我的老天爷！”他连声说道。“我差点儿把你给杀了！”

道连·葛雷倒抽了一口冷气。“老兄，你险些犯下了滔天大罪，”说着严厉地向他瞪了一眼。“但愿你记住这次教训，报仇不是凡人的事，不要自己动手。”

“请原谅，先生，”詹姆士·韦恩深表歉意。“我弄错了。刚才我在那个鬼地方无意中听到的一句话把我闹糊涂了。”

“我劝你还是回家去，把手枪放好，免得招麻烦，”说完，道连转过身去，不慌不忙地沿着街路走开。

詹姆士·韦恩站在便道上，吓得从头到脚抖个不停。不一会，沿着潮湿的墙壁潜行的一个黑影出现在灯光下，踏着无声的脚步走到他紧跟前。他感到有一只手按在他臂膀上，慌忙回头一看。原来是刚才在吧台前喝酒的两个女人中的一个。

“你干吗不杀死他？”她把枯瘦的面孔凑到他鼻子前，从牙缝里发出嘶嘶的声音说。“我知道你从戴利馆中冲出来一定是追他。你这个笨蛋！你应该把他干掉。他有许多许多钱，又是个十足的坏蛋。”

“他不是我要找的那个人，”詹姆士·韦恩回答，“我也不要任何人的钱。我只要一个人的命。这个人现在该有四十来岁了。而刚才那一个差不多还是个少年。谢天谢地，我的手幸亏没有沾上他的血。”

那女人发出一阵苦笑。“差不多还是个少年！”她鼻子里哼了一声。“告诉你吧，迷人王子把我害成现在这副模样大概有十八年了。”

“你撒谎！”詹姆士·韦恩失声惊呼。

那女人举起一只手指着天上。“我敢向上帝起誓，我说的句句是真话，”她喊道。

“向上帝起誓？”

“要是我撒谎，叫我变成哑巴！他是上这儿来的人中最坏的一个。据说他把自己出卖给魔鬼，换了一张小白脸儿。我认识他大概有十八年了。从那时到现在，他没有变什么样。可是我……”说到这里，她乜斜着眼睛现出一副怪相。

“你敢起誓？”

“我敢起誓，”从她扁平的嘴唇上吐出的像是沙哑的回声。“不过，可不能让他知道是我说的，”她哀告着，“我怕他。给我点儿钱付宿夜费吧。”

詹姆士·韦恩咒骂一声，拔腿便向街角那边奔去，但是道连·葛雷已杳无踪影。詹姆士回过头来一看，那女人也不见了。

第十七章

一个星期以后，道连·葛雷坐在塞尔比庄园的花房里同怪可爱的蒙茂斯公爵夫人聊天，她是和她的丈夫——年已花甲、倦容满面的蒙茂斯公爵——一起来到这里作客的。现在正是茶点时刻，桌上放着一盏带花边罩子的大灯，柔和的灯光照亮了细瓷的和银质的茶具。主持茶政的是公爵夫人。只见她雪白的双手在杯盘之间翩翩张罗，丰满的朱唇微微含笑，大概道连向她说了些什么有趣的悄悄话。亨利勋爵靠在有绸套的柳条椅里瞧着他们。纳尔巴勒夫人坐在妃色的无靠背软榻上，装做在听公爵描述他的收藏中新近增添的一只巴西甲虫。三个年轻人穿着精工制作的晚礼服在向几位女客敬点心。到塞尔比庄园小住的共有十二人，明天还有几位客人要来。

“你们在谈什么？”亨利勋爵走到桌边，放下他的茶杯问道。“格蕾狄丝，道连有没有把我打算给每一件东西改名的计划告诉你？这是一个绝妙的主意。”

“我可不愿改名，亨利，”公爵夫人说时，一双俏眼睛朝着他往上一瞟。“我对我的名字十分满意，我想葛雷先生对他的名字也挺满意。”

“亲爱的格蕾狄丝，我决不会改动你们二位的名字。你们的名字都是极好的。我指的主要是花。昨天我剪了朵兰花插在翻领钮孔里。那是一朵非常美的洒斑兰花，就像七大罪恶①一样迷人。我在无意间向一个花匠问起它的名称。他告诉我，这是名种，叫‘鲁滨逊尼安那’，或者类似的名目，反正是一样糟糕。说来也伤心，但事实确是我们丧失了给东西取漂亮名称的本领。名字是举足轻重的。我从来不跟行为发生争吵。我只跟语言过不去。这就是我讨厌文学上的庸俗现实主义的原因。对于把铲子称做铲子的人，必须强迫他使用铲子。他只配干这活。”

“那么我们该称你什么呢，亨利？”公爵夫人问。

“他叫怪话王子，”道连说。

“我一听这名字就知道是他，”公爵夫人表示叹赏。

“我可不愿听到，”亨利勋爵笑道，同时在一把椅子上坐下。“一旦给贴上了标签就甭想甩掉！敬谢不敏。”

“王位是不能谦让的，”美丽的嘴唇提出告诫。

“这么说，你要我维护君权？”

“对。”

“我的话都是明天的真理。”

“我宁可听今天的谬误，”她回答。

“你缴了我的武器，格蕾狄丝，”亨利勋爵不禁对她纵情驰骋的机智表示折服。

“我缴了你的盾，亨利，而不是你的矛。”

“我从来不攻击美，”他说着摆一摆手，恭敬地行了个礼。

“这就是你的错误，亨利。你把美的价值看得太高了。”

“这是哪儿的话？的确，我认为美比善更要得。但反过来说，我比任何人都乐于承认丑比善更要不得。”

“难道七大罪恶也包括丑？”公爵夫人提出诘问。“可是你刚才把兰花比作七大罪恶又怎么讲呢？”

“丑是七大美德②之一，格蕾狄丝。作为一个坚定的保守派，你不

---

① 指傲慢、暴怒、妒羡、淫邪、贪婪、饕餮和懒惰。
② 指忠诚 、希望、仁爱、谨慎、公正、坚毅和克制。

能低估了它们。是啤酒、圣经和七大美德把我们的英国弄成了现在这个样子。”

“这么说，你不喜欢这个国家喽？”她问。

“我不是住在这里吗？”

“无非是便于你非难它。”

“你是不是要我接受欧洲对它的评价？”亨利勋爵问道。

“欧洲说我们什么来着？”

“他们说塔尔丢夫[①]侨居英国开张营业了。”

“这恐怕是你杜撰的吧？”

“我把版权送给你。”

“我要来何用？这话太真实了。”

“你不用害怕。我们的同胞从来认不出自己的写照。”

“他们是注重实利的。”

“与其说注重实利，不如说老奸巨猾。他们结账时总是用财富抵偿愚蠢，用伪善抵偿邪恶。”

“不过，我们毕竟做过大事业。”

“大事业是强加于我们的，格蕾狄丝。”

“可我们还是把担子挑了起来。”

“可是只挑到证券交易所为止。”

她摇摇头声称：“我相信民族的力量。”

“它代表的是进取精神的残余。”

“它有发展前途。”

---

① 塔尔丢夫，法国戏剧家莫里哀（1622—1673）所著同名喜剧的主人公。这个名字已成为“伪善者”的同义语。

“我觉得没落更可爱。”

“那么艺术呢？”她问。

“那是一种病。”

“爱情呢？”

“是幻想。”

“宗教呢？”

“信仰的时髦代用品。”

“你是个怀疑论者。”

“完全不是！怀疑是虔诚的开端。”

“那你是什么呢？”

“下定义就是定框框。”

“给我一点线索。”

“线会断的。你会在错综复杂的岔路中迷失方向。”

“你把我搅糊涂了。还是谈谈别的吧。”

“我们的东道主就是个很有趣的话题。若干年前他有一个雅号，叫迷人王子。”

“喔，不要提这个名字，”道连·葛雷叫了起来。

“我们的主人今晚真讨厌，”公爵夫人红着脸说。“他大概以为蒙茂斯跟我结婚纯粹出于科学上的考虑，因为在当代再也找不到比我更好的蝴蝶标本。”

“但愿他没有用针把你钉起来，公爵夫人，”道连笑道。

“哦！我的侍女在生我气的时候已经这样做了，葛雷先生。”

“她怎么会生你的气呢，公爵夫人？”

“都是些鸡毛蒜皮的小事，葛雷先生。比方说，我在九点差十分时对她说：我要在八点半以前换好装。”

“她太没有道理了！你该把她解雇才对。”

“我不敢，葛雷先生。她能为我设计各种帽子。你还记得在希尔斯登夫人的游园会上我戴的那顶帽子吗？你忘了，不过你装做记得的样子，这也难为你了。那顶帽子是她用最不值钱的料子做的。其实，所有好看的帽子料子都不值钱。”

“就像所有的好名声一样，格蕾狄丝，”亨利勋爵插进来说。“谁要是出人头地，马上就会树敌。要受人欢迎，必须做一个庸才。”

“女人可不是这样，”公爵夫人不以为然，“而世界是女人统治的。我敢肯定，我们女人决不能容忍庸才。正如某人所说，我们女人是用耳朵恋爱的，而你们男人却用眼睛，除非你们根本不懂得爱情。”

“我觉得自己除了恋爱从来不做旁的事情，”道连说。

“啊！那就是说你从来没有真正恋爱过，葛雷先生，”公爵夫人故作伤感地说。

“亲爱的格蕾狄丝！”亨利勋爵提出异议。“你这是什么话！罗曼司是靠反复维持生命的，情欲也要经过反复才变成艺术。此外，每一次恋爱对于本人都是独一无二的。对象不同并不意味着爱情就不是独一无二的了。这只能使爱情更加热烈。我们一生顶多只能得到一次伟大的体验，而生命的秘密就在于重温这种体验，尽可能重温多次。”

“倘若曾受到这种体验的伤害，是不是也该重温，亨利？”公爵夫人停顿片时后问。

“受过伤害更需要重温，”亨利勋爵答道。

公爵夫人掉过脸去用异样的眼神望着道连·葛雷。“你有何高见，葛雷先生？”她问。

道连迟疑了一下，然后仰天大笑。“公爵夫人，我永远同意亨利的观点。”

“他错了你也同意？”

“亨利从来不会错的，公爵夫人。”

“他的哲学能给你幸福吗？”

“我从不追求幸福。谁需要幸福？我只追求享受。”

“你得到了没有，葛雷先生？”

“常常得到。得到的次数太多了。”

公爵夫人慨然叹道：“我需要的是安宁，如果现在我不去换装，今晚上就别想得到安宁。”

“我去给你挑几朵兰花，公爵夫人，”道连说着立起身来就往花房深处走去。

“你跟他调情已经到了不成体统的程度，”亨利勋爵向他的表妹说。“你可要留点儿神。他的诱惑力很大。”

“假如他没有诱惑力，会战也就打不起来了。”

“这样说来，你们是棋逢敌手喽？”

“我站在特洛伊人一边。他们是为一个女人而战的。”①

“最后他们战败了。”

“当俘虏并不是最坏的命运，”她说。

“我是放松了缰绳骑在马上快跑。”

“跑得快才有劲儿，”她不假思索地说。

“我把这写到我今天的日记中去。”

“写什么？”

“我要写上：挨过火烫的孩子喜欢火。”②

---

①相传特洛伊王子帕里斯拐走了斯巴达王墨涅拉俄斯美丽的妻子海伦，因而引起荷马史诗所描写的特洛伊战争。

②系英谚“挨过火烫的孩子害怕火”之反用。

“我可没有挨过火烫。我的翅膀还是好好的。”

“你的翅膀哪儿都用得上，就是不能用来飞。”

“勇气已经从男人转移到女人那里。这对我们来说是新的体验。”

“有一个人在同你竞争。”

“谁？”

亨利勋爵哈哈大笑，然后悄悄地说：“纳尔巴勒夫人。她对道连爱得可厉害呢！”

“经你这样一说，我倒担心起来了。我们这些浪漫主义者热中搞古典一定会失败。”

“浪漫主义者？！你们把全套科学方法都用上了还是浪漫主义者？”

“这是男人教我们的。”

“但是男人始终没有对你们作出透彻的解释。”

“那就请把全体女人概括一下吧，”她以挑逗的口吻说。

“无谜可猜的斯芬克斯。”

她微笑着望了望亨利勋爵。“葛雷先生怎么还不来？”她说。“我们去帮他挑选吧。我还没有告诉他，我要换什么颜色的连衣裙。”

“啊！你得用你的连衣裙去配他的花，格蕾狄丝。”

“那岂不是不战而降？”

“浪漫主义艺术是从高潮开始的。”

“我得给自己留一条退路。”

“像帕提亚人那样？”①

“帕提亚人可以逃入沙漠。我没有地方可逃。”

---

① 帕提亚即安息，是西亚一古国，鼎盛时期的版图领有全部伊朗高原及两河流域。据说，帕提亚骑兵的惯用战法是在掉转马头作退却状时用他们唯一的武器弓施放冷箭或发射弹丸。

“女人有时候也会弄到没有选择的余地，”他还没说完，忽然从花房深处传来一声像是气闭的呻吟，随后是沉重的倒地声。大家都惊慌起来。公爵夫人站着吓呆了。亨利勋爵睁大充满恐惧的眼睛，拨开棕榈叶奔过去，发现道连 · 葛雷脸朝下躺在花砖地上不省人事。

他立即被抬到蓝色客厅里的一张沙发上。过不多久，他苏醒过来，向周围看看，惑然不解。

“这是怎么回事？”他问。“噢！我想起来了。我在这里有没有危险，亨利？”说着开始发抖。

“亲爱的道连，”亨利勋爵安慰他说，“你不过是晕倒了。别的没有什么。一定是太累的缘故。你不要下楼去吃晚饭吧。我替你招待客人。”

“不，我要下去，”他说着勉强撑起身子。“我还是下楼去的好。我不能一个人待着。”

他到自己卧室里去换了装。在晚餐席上，道连谈笑风生，放浪形骸。但只要他一想起刚才看见一张脸像一块白手绢似地贴在花房外面的玻璃窗上窥伺着他，就会浑身发抖。那是詹姆士 · 韦恩的脸。

第十八章

第二天，道连足不出户，大部分时间待在自己的卧室里，因为怕死而时时刻刻感到芒刺在背，但对生命本身又漠然无动于衷。一种遭到尾随、追逐、行将落入陷阱的意识在他身上开始占据统治地位。只要挂毯被风稍一吹动，他就发抖。枯叶打在镶铅条的窗框上，也会使他联想起自己的种种打算已成画饼而懊丧万分。他一闭上眼睛，立刻看到蒙着雾气的玻璃窗外那个水手虎视眈眈的面孔，于是恐怖又一次攫住了他的心。

不过，也许仅仅是他的幻觉使复仇神的幽灵从黑夜中现身，使森严可怖的报应景象呈现在他的面前。现实生活是一片混乱，但想象的思路却有条不紊得可怕。正是想象驱使着悔恨在罪孽后面尾随不舍。正是想象使每一颗罪恶的种子结出了丑陋畸形的果实。现实世界里恶人并不遭恶报，好人也没有好报。成功的照例是强者，弱者总是倒霉，历来如此。何况，如果有陌生人在庄园宅子周遭徘徊不去，定会被用人或猎场看守发觉。花圃上如果发现足印，花匠也会来报告。可见，这纯粹是他的幻觉。西碧儿·韦恩的弟弟并没有回来索命。他随船出航，也许已经葬身冰冷的大海。无论怎样，詹姆士·韦恩对他并不构成威胁。那水手根本不知道他是何许人，也不可能知道。青春的面具救了他的命。

虽然这仅仅是幻象，但良心竟会生发出如此恐怖的怪影，而且赋以清晰可见的形状，令其在你面前出没活动，想起来真叫人胆寒！倘若他的罪恶的魅影一天到晚从冷僻的角落里瞅着他，嘲笑他，在宴席上向他耳语，用冰凉的手指把他从睡梦中触醒，这样的日子叫他怎么过？随着这个念头潜入他的脑髓，恐惧使他的脸色愈变愈惨白，空气对他又骤然变冷了。天哪！他在陷入狂乱的时刻竟把自己的朋友杀了！一想起那幅景象，他就毛骨悚然！可怕的细节在想象中一一重演时更加触目惊心。他的罪行的幽灵阴惨惨、血淋淋地从漆黑的时间洞穴里冉冉升起。当亨利勋爵六点钟走进来的时候，他发现道连正哭得心都快碎了。

直到第三天，道连方始敢出门。那是一个冬天的早晨，洋溢着松树清香的新鲜空气似乎使他恢复了兴致和生趣。然而引起这种变化的原因不完全在于自然环境。过多的苦痛企图彻底摧垮他内心的安宁，结果他自己的天性起来反抗了。禀性敏感、气质高雅的人往往会这样。他们强烈的欲念没有什么调和的余地： 不是把人毁灭，就是本身死亡。渺小的忧伤和渺小的爱寿命很长。伟大的爱和伟大的忧伤却毁于自身的过于丰富强烈。此外，他已使自己确信： 是疑心生了暗鬼。现在回顾几天来心惊胆战的情状，对自己既有些怜悯，也颇为鄙夷。

早餐已毕，道连同公爵夫人一起在花园里散了一小时步，然后他坐车穿过林苑去加入打猎的一伙。干脆的霜花像撒在草上的盐巴。天空犹如一杯倾覆的蓝色金属溶液。湖面平静如镜，芦苇丛生的岸边结着一层薄冰。

到了松林边缘，他看见公爵夫人的弟弟杰弗里 · 克罗斯登爵士正从猎枪里拔出两颗空弹壳。道连纵身下车，吩咐车夫把马牵回去，自己穿过枯蕨蔓草和乱丛棄子向这位客人走去。

“手气好吧，杰弗里？”他问道。

“不太理想，道连。看来鸟儿大多飞到旷野里去了。下午我们换一个地方，估计情况会好些。”

道连在他旁边走着。空气中的芳香沁人心脾，棕色和红色的光斑在树林里时隐时现，助猎的人们不时发出嘶嗄的吆喝惊起鸟兽，接着就响起扳动枪栓的咔哒声；这一切吸引着道连，使他充满了愉快的自由感。

他沉浸在无忧无虑、逍遥自在的情绪中。

忽然，从他们前面大约二十码处一个留着残草的土墩子那边，窜出一只野兔。它支楞起尖端长着黑毛的耳朵，蹬着细长的后腿向一片赤杨丛中逃去。杰弗里爵士把枪托到肩上；但是，说也奇怪，那只野兔优美矫捷的动作竟使道连 · 葛雷为之心动。他急忙喊道："别开枪，杰弗里。饶它一条命吧。"

"你真傻，道连！"杰弗里爵士笑道。就在野兔刚刚溜进树丛的一刹那，他开了枪。紧接着，同时传来两声号叫：其一是野兔痛苦的哀号；其二是一个人临死前的惨叫。后者比前者更加惨不忍闻。

"天哪！一个助猎夫给我打中了！"杰弗里爵士惊呼起来。"这头蠢驴怎么会跑到枪口前面去的？喂，你们那儿别开枪！"他扯开嗓子大叫。"有人受伤啦！"

猎场看守手里拿着一根棍子闻声赶来。

"在哪儿，先生？他在哪儿？"他气急败坏地问。这时，整个一条线上的枪声都停了下来。

"在那边，"杰弗里爵士生气地回答说，自已急忙向树丛中跑。"你怎么不叫你手下的人离远些？把我今天打猎的兴致全败坏了。"

道连看着他们拨开富有弹性的枝条钻进赤杨丛去。隔不多久，他们从那里出来，把一具尸体拖到阳光下。道连惊骇地掉过脸去。看来，他走到哪里，厄运就跟到哪里。他听杰弗里在问：那人是否确实死了。猎场看守作了肯定的回答。道连觉得树林一下子活动起来了，到处都是面孔。他仿佛听见亿万人跺脚和嗡嗡地说话的声音。不知从哪儿飞来一只古铜色胸脯的大山鸡，在头顶上的树枝间扑打着翅膀。

过了几分钟——在这几分钟内，心乱如麻的道连好像熬过了无数小时的苦痛，——他感到有一只手搁在他肩上。他吓了一跳，急忙回过头来。

“道连，”亨利勋爵说，“我看还是叫大家今天停止打猎吧。这样继续下去也怪没趣的。”

“我愿意永远停止打猎，亨利，”他沉痛地回答。“这件事太糟了，也太惨了。那个人难道……”

他无法把这句话完全说出口。

“是的，很遗憾，”亨利勋爵应道。“他的胸膛把整整一发枪弹的火药照单全收了，想来几乎是当场毙命的。走，我们回去吧。”

他们朝着林阴道的方向并排而行，默默地走了有五十码左右。然后道连看看亨利勋爵，长叹一声，说：“这是一个凶兆，亨利，一个很坏的兆头。”

“你说什么？”亨利勋爵问。“哦！你是指这件意外事故吗？老弟，这是没有办法的。是那个人自己不好。谁叫他跑到枪口前面去啦？何况，这也不关我们的事。当然，杰弗里非常懊恼。请助猎夫吃开花弹太不像话。人家还以为他是个乱开枪的射手。其实不然，杰弗里的枪法很准。可是说这话又有什么用呢？”

道连摇摇头。“这是个凶兆，亨利。我觉得将有可怕的事情临到我们中某一个人头上。八成会临到我自己头上，”末了他添上这么一句，同时深感痛苦地抹了一下眼睛。

亨利勋爵笑了起来。“世上最可怕的事情是无聊，道连。这是不可宽恕的罪过。不过我们大概不会遭到这种厄运，除非那些家伙在吃晚饭的时候没完没了地谈这件事。我得告诉他们不准涉及这个话题。至于兆头，那是根本没有的。命运女神从来不事先向我们报信。凭她的聪明和残忍都不会这样做。再说，你还怕什么事情会临到自己头上，道连？凡是一个人可能需要的一切，你都有了。没有人不乐于同你交换位置。”

“没有一个人的位置我不愿意同他交换，亨利。你不要笑，我说的是实话。刚才死去的那个不幸的乡下人比我现在的处境好得多。我对死亡本身并不恐惧。使我恐惧的是死神的即将来临。它好像已经在我周围铅一样沉重的空气里舞动巨大的翅膀。天哪！你看，那边的几棵树后面是不是有一个人影在移动，在监视我，在等待着我？”

亨利勋爵朝着道连戴手套的手瑟瑟发抖地所指的方向望去。“是的，”他微笑着说，“那是花匠在等你。他大概要向你请示，今晚餐桌上该插什么花。老弟，你的神经太脆弱了！回伦敦以后，你得找你的大夫看看去。”

道连看见花匠走近来，才松下一口气。花匠举手触帽行了个礼，犹豫地向亨利勋爵看了一眼，然后掏出一封信交给他的东家。“公爵夫人叫我等候答复，”他嗫嚅着说。

道连把信放进衣袋。“告诉公爵夫人，说我就来，”他冷淡地说。花匠转身向宅院那边很快地走去。

“女人尽爱做危险的事！”亨利勋爵笑着。“这是她们身上最为我所赏识的一种品质。女人会跟任何人调情，只要旁人注意她们。”

“你尽爱说危险的话，亨利！这一次你大错特错了。我非常喜欢公爵夫人，但是我并不爱她。”

“公爵夫人非常爱你，但是并不怎么喜欢你，所以你们是天造地设的一对。”

“你不要无中生有，亨利，这里头没有任何制造丑闻的根据。”

“制造丑闻无须深信不疑，反正有闻必丑，”亨利勋爵说着点了一支烟。

“你为了说一句俏皮话，不惜用任何人作牺牲。”

“世人是自愿走向祭坛的，”这是亨利勋爵的回答。

“我真想能够爱上什么人！”道连·葛雷以凄怆的语调叹道。“可是看来我已经心如止水，万念俱灰。我的心思过于集中在自己身上。我本人已经成了我的累赘。我想逃脱、避开、忘却。这次我到乡下来实在愚蠢。我打算给哈维打个电报去，叫他把游艇准备好。在游艇上才能摆脱威胁。”

“你要摆脱什么威胁，道连？你有什么为难的事？为什么不告诉我？你知道我会帮助你的。”

“我不能告诉你，亨利，”他忧郁地回答。“很可能这完全出于我的胡思乱想。这次不幸的意外把我闹得心里烦透了。我有一种可怕的预感：类似的事情将要临到我头上。”

“简直是梦话！”

“但愿如此，可是我确有这样的感觉。啊！公爵夫人来了，就像一位穿紧身长袍的狩猎女神。你瞧，我们不是回来了吗，公爵夫人？”

“那件事我全都听说了，葛雷先生，”她说。“可怜的杰弗里懊丧得不得了。据说你还劝过他不要开枪打那只野兔。真是件怪事！”

“是啊，真奇怪。我也不知道为什么说了这话。大概是心血来潮吧。那只野兔确实是一只极可爱的小动物。但是，我很抱歉，他们已经把这件事告诉了你。这件事惨极了。”

“只不过是件不愉快的意外，”亨利勋爵插嘴说。“根本没有心理研究的价值。要是杰弗里故意干了那件事，他这个人倒有意思了！我很想结识一位真正的杀人者。”

“亨利，你简直全无心肝，”公爵夫人大声说。“葛雷先生，你说是不是？亨利，葛雷先生又犯病了。他恐怕马上就要昏倒。”

道连好不容易把身子站稳，强作笑容。“不要紧，公爵夫人，”他费力地说，“我的神经系统严重紊乱。别的没有什么。大概上午路走得太远了。刚才亨利说什么来着？我没听见。又是什么可恶的怪话，是不是？以后你再告诉我。很抱歉，我要去躺一会儿。失陪了。”

他们走到花房通凉台的宽阔的台阶前。等道连进去把玻璃门带上，亨利勋爵转过脸来倦眼惺忪地望着公爵夫人，问道：“你真的爱上他了吗？”

公爵夫人半晌没有作声，只是站着眺望风景。“我自己也想知道，”她终于说了这么一句。

亨利勋爵摇摇头。“知道了就会味同嚼蜡。妙就妙在迷离恍惚。雾里看花分外有趣。”

“雾里也会迷路的。”

“条条道路都通往同一个终点，亲爱的格蕾狄丝。”

“通往哪里？”

“幻灭。”

“我的生活正是从幻灭开始的，”她不胜感慨。

“你感到幻灭时已经戴上了爵冕。”

“我对草莓叶①厌倦了。”

“你戴着正相宜。”

“那只是在人前。”

“你少不了它，”亨利勋爵说。

“我不打算舍弃任何一片叶子。”

“蒙茂斯是有耳朵的。”

“上了年纪的人听觉不灵。”

“他难道从来不吃醋？”

---

① 公爵冠冕上的装饰。

“我真希望他能生一点醋意。”

亨利勋爵东张西望，像在寻找什么。

“你找什么？”公爵夫人问。

“你花剑上的小球[①]，”他回答说。“你把它掉了。”

公爵夫人放声大笑。“我还戴着面罩呢。”

“这会使你的眼睛格外动人，”亨利勋爵说。

她又笑了起来。她的皓齿像鲜红的果实中间的白籽。

道连·葛雷躺在楼上自己卧室里的沙发上，恐怖渗透了他身上的每一个细胞。生命一下子变成他无法承受的负担。那个倒霉的助猎人像一只野兽在树丛中饮弹惨死一事，在道连看来预示着他自己的死亡。刚才亨利勋爵脱口而出的一句俏皮怪话差点儿使他晕厥。

五点钟，他打铃吩咐侍从整理行装，让马车八点半等在门口，准备赶夜班快车回伦敦去。他决意不在塞尔比庄上再睡一夜。这个地方处处是凶兆。死神在光天化日下出没无常，林中草地已经染上斑斑血迹。

他给亨利勋爵写了一张便条，告诉他要回伦敦去就医，并要求亨利勋爵代他款待宾客。他正要把便笺装入信封，他的侍从敲门进来，说猎场看守求见。道连皱起眉头，咬住嘴唇。“叫他进来，”迟疑片刻后，他相当勉强地说。

猎场看守一进来，道连就从抽屉里取出一本支票簿，把它翻开了放在自己面前。

“你来大概是为上午那件不幸的意外事故吧，桑顿？”他一面说，一面拿起笔来。

---

①击剑运动中戴面罩和在剑尖上套一小球都是安全措施。有一句成语 the bottons came off the foils(剑尖上的小球掉下来了)意即“把游戏当了真”。

“是的，先生，”猎场看守回答。

“那个可怜的人有没有成家？有没有人靠他养活？”道连露出不耐烦的神色问。“如有的话，我愿赡养他们。你认为该付多少钱，我就拿出多少钱来。”

“我们不知道那个人是谁，先生。我冒昧求见正是为了这一点。”

“不知道他是谁？”道连心不在焉地问。“你说什么？难道他不是你手下的人？”

“不是，先生。我从来没有见过那个人。他像是个水手，先生。”

笔从道连手中跌落，他觉得自己的心脏突然停止了跳动。“水手？”他失声惊呼。“你说他是个水手？”

“是的，先生。看样子他当过水手，两条胳臂都刺着花。”

“他身边有些什么东西？”道连上身前倾，瞪着猎场看守问。“从中能不能知道他叫什么名字？”

“他身上有一点钱，先生，可是不多。还有一支六响手枪。没有姓名标记。那个人长相还可以。就是眉目粗些。我们猜想他是个水手。”

道连霍地立起身来。一个可怕的希望在心头闪起。他发疯似地抓住这点希望不放。“尸首现在什么地方？”他急忙问。“快！我得立刻去看一下。”

“在家用农场的空马棚里，先生。大伙都不愿把死人搁在家里，那样总是会带来坏运气的。”

“在家用农场里？你马上到那里去等我。你叫一个马夫把我的马带来。不，不必了。我自己去吧。这样快些。”

没过一刻钟，道连·葛雷已经以最快的速度骑马奔驰在很长的林阴道上。树木像鬼怪列队从他旁边刷刷地飞掠过去，在他经过的路上投下骇人的魅影。有一次，道连的坐骑看到一根白漆门柱，突然向那里一拐，险些把他摔下马背。道连在马脖子上抽了一鞭。那匹马像一支箭划破飞扬的尘土向前直奔。石子从马蹄下被踢起来纷纷溅开。

他终于赶到农场。两个雇工在院子里闲荡。道连翻身下了马鞍，把缰绳扔给其中一个雇工。在最远的一座马棚里有灯光露出来。他下意识地感到尸体就在那边，便三脚两步跑到门前，准备拔闩开门。

这时他立停片刻，觉得自己正站在打开闷葫芦的门坎上：他的余生究竟可以优哉游哉呢，还是永沉苦海，立即就要见分晓。于是他猝然把门打开，走进马棚。

在马棚深处角落里的一堆麻袋布上，停着一具穿粗布衬衫和蓝裤子的男尸。一方血迹斑斑的手帕覆盖着他的面孔。插在瓶子里的一支劣质蜡烛，在它身旁发出劈劈啪啪的爆裂声。

道连打了个寒战。他感到自己没有勇气伸手揭去那方手帕，只得叫一个雇工进来。

"把脸上那东西拿掉。我要看一看，"他说时扶住门柱支撑自己的身子。

雇工照他的吩咐做了。道连跨前几步，一声惊喜的叫喊从他口中迸发出来。在树丛中饮弹身亡的那个人正是詹姆士·韦恩。

道连站在那里，对尸体看了好几分钟。在回家的路上，他两眼噙满了泪水。他知道自己的安全已不再受到威胁。

第十九章

"你何必向我宣布要重新做人呢？"亨利勋爵大声说，他的白净的手指正浸在一只盛玫瑰香露的紫铜钵子里。"你本来就十全十美。还是不要变吧。"

道连·葛雷摇摇头。"不，亨利，我一生作的孽太多了。以后我再也不干了。我昨天已开始做了些好事。"

"你昨天在什么地方？"

"在乡下，亨利。我一个人借宿在小客栈里。"

"我的老弟，"亨利勋爵面带笑容说，"在乡下任何人都可以做好人。那里没有诱惑。这就是远离都市的人处于未开化状态的原因。文明决不是唾手可得的。只有两条途径可以达到文明：一条是修身养性；另一条是腐化堕落。这两种机会乡下人一种都没有，因此他们停滞不前。"

"修身和腐化，"道连像回声般沉吟道，"我都体验过。现在我实在难以想象这两者怎能并行不悖。由于我有了新的理想，亨利，我决定重新做人。我觉得自己已经换了一个人。"

"你还没有告诉我，你到底做了什么好事。你好像说做了不止一桩？"亨利勋爵一面说，一面把去籽的草莓倒在自己盘子里堆成一座鲜红的小金字塔，再用有孔的贝壳形匙子把白糖撒在草莓上。

"我可以告诉你，亨利。这不是一个我可以随便讲给别人听的故事。我放过了一个叫海蒂的少女。这话听来有些浮夸，不过你能明白我的意思。她长得极美，同西碧儿·韦恩像得出奇。这大概是我被她吸引的首要原因。你还记得西碧儿吗？那是多么遥远的往事啊！当然，海蒂不是你我这个阶级的人，她不过是个乡下姑娘。但是我真心爱她。我确信这是爱情。在今年整个美妙的五月里，我一星期要去看她两三回。昨天她在一座小果园里和我相会。苹果花不断落在她的头发上，她笑得挺欢。我们本来打算今天黎明时分一起私奔。但我突然决定让这朵花保持我初次见到她时的原样。”

“道连，我想这种新奇的感觉一定使你得到某种真正快意的刺激，”亨利勋爵把他的话打断。“但是我可以代你叙述你们这首田园诗的结尾。你给了她忠告，也撕碎了她的心。这就是你脱胎换骨的起点。”

“亨利，你真可恶！你不应该说这样刻薄的话。海蒂的心没有碎。当然，她哭了，这是免不了的。但是她的名节保全了。她可以像珀狄塔一样生活在薄荷飘香、金盏花开的乐园里。”

“并且为负心的弗罗利泽[①]流泪，”亨利勋爵接口说着仰靠在椅背上哈哈大笑。“亲爱的道连，你哪来这许多孩子气的傻念头？难道你以为那个姑娘今后会看得上哪一个跟她出身差不多的人？将来她多半会嫁给一个赶大车的粗汉或傻乎乎的农夫。既然她遇见过你，跟你相爱过，今后她必定瞧不起她的丈夫，觉得自己命苦。从道德观点看，我不敢恭维你这种急流勇退的壮举。即使作为一个起点，也不值得鼓励。何况，目下海蒂也许像奥菲莉娅那样，周身围着睡莲，正漂浮在某一座磨坊池塘映着星光的水面上呢？”

“我受不了，亨利。你总是把任何事情变成嘲笑的资料，然后又凭空描绘最悲惨的情景。我后悔告诉了你。不管你对我说什么，反正我知道自己做得对。可怜的海蒂！今天早晨我骑马经过那个农家时，看见她雪白的脸蛋像一枝茉莉花紧贴在窗上。这件事再也别提了，你也不必说

---

① 弗罗利泽和珀狄塔是莎士比亚戏剧《冬天的故事》中的一对情侣。

服我相信：多少年来我做的第一桩好事，我有生以来作出的第一次自我牺牲，实际上又迹近罪恶。我要革面洗心。我正打算革面洗心。谈谈你自己的事情吧。近来伦敦有些什么新闻？我好多天没上俱乐部了。”

“人们还在谈可怜的贝泽尔失踪这件事。”

“我还以为这一阵子人们已经谈腻了呢，”道连说着给自己倒了点葡萄酒，同时略微皱起眉头。

“老弟，这件事才谈了六个星期，而英国人至少要三个月才换话题，否则他们的头脑适应不了。不过近来新闻层出不穷，够他们谈的。其中包括我的离婚和艾伦·坎贝尔的自杀，现在又是一个画家神秘地失踪了。苏格兰场①坚持说，十一月九号坐午夜一班火车前往巴黎的那个穿灰大衣的人就是可怜的贝泽尔；可是法国警方声称，贝泽尔根本没有到达巴黎。没准儿两星期以后我们会听说：有人看见他在旧金山。说也奇怪，谁要是失踪了，总会有人在旧金山看见他。那一定是个挺可爱的城市，想必具备身后世界的一切妙处。”

“依你看，贝泽尔出了什么事？”道连问。他举起一杯红葡萄酒放在灯光下细看，对于自己竟能如此从容自若地议论这件事，心里也很纳罕。

“我一点也想象不出。倘若贝泽尔愿意躲起来，这不关我的事。倘若他死了，我不愿想起他。唯一使我心惊肉跳的就是死亡。我恨死亡。”

“为什么？”道连有气无力地问。

“因为，”亨利勋爵说时把一只嗅盐盒的镀金箅子放到鼻子底下闻了一下，“如今的人什么都熬得过，唯独这一桩例外。死亡和庸俗是十

① “苏格兰场”是一条很短的街名，1890 年前为伦敦警察厅总部所在地（现已迁往泰晤士河畔的新苏格兰场）。但一百多年来，“苏格兰场”一直是伦敦警方、尤其是伦敦警察厅刑侦处的代名词。

九世纪至今得不到圆满解释的现象。我们到琴室里去喝咖啡，道连。你得给我弹肖邦的作品给我听。跟我妻子一起私奔的那个人弹肖邦的作品非常出色。可怜的维多利亚！我倒是挺喜欢她。她走后家里怪冷清的。家庭生活固然仅仅是一种习惯，而且是坏习惯，但即使坏习惯也舍不得丢掉。也许恰恰是坏习惯最叫人难以割舍，因为它们已经成为我们不可或缺的组成部分。”

道连没有说什么，只是从桌旁站起来，走到隔壁的琴室里，在钢琴前坐下，手指按在黑白分明的象牙琴键上弹了起来。咖啡端上来后，他停止了弹奏，望着亨利勋爵，问道：“亨利，你是否想到过贝泽尔可能被人谋杀？”

亨利勋爵打了一个呵欠。“贝泽尔人缘挺好，又老是带着一块不值钱的表。为什么人家要杀害他？他没有足以树敌的聪明。的确，他有画画的奇才，但一个能像贝拉斯克斯[①]一样画画的人，也可能在其他方面毫无趣味。贝泽尔实在是个乏味透顶的人。他只有一次引起我的兴趣，那是好多年以前的事。当时他告诉我，说他对你崇拜得简直要发狂，说你成了他创作中压倒一切的主题。”

“我曾经很喜欢贝泽尔，”道连的语调带着一点伤感。“这么说，人们并不认为他可能被杀？”

“有几家报纸提出过这种猜测。我认为这根本不可能。我知道巴黎有些可怕的去处，不过贝泽尔不是会到那里去的人。他没有好奇心。这是他主要的毛病。”

“假如我告诉你说我杀了贝泽尔，你将作何感想？”道连说这话时聚精会神地注视着对方。

---

① 贝拉斯克斯（1599—1660），西班牙大画家。

“我会说，老弟，你在扮演一个不合适的角色。一切犯罪行为都是庸俗的，正如一切庸俗行为都是犯罪一样。道连，你不配干杀人的勾当。很抱歉，我这话伤害了你的自尊心，但我确实认为如此，犯罪是下层百姓的行当。我丝毫没有谴责他们的意思。我觉得，犯罪之于他们，犹如艺术之于我们一样，无非是寻求刺激的一种手段。”

“寻求刺激的手段？照你这样说，犯过一次谋杀罪的人还可能再犯同样的罪喽？可不能这样说。”

“哦！任何事情只要多做几次就自有乐趣，”亨利勋爵笑道。“这是人生最重要的秘密之一。不过，我认为杀人永远不足为训。凡是不能在酒后茶余谈论的事情决不要做。我们别再议论可怜的贝泽尔了。我很愿意相信他被你言中而得到一个真正浪漫的结局，但是我无法相信。他充其量只可能是从巴黎的公共马车上摔下来掉进了塞纳河，而售票员把事情掩盖起来了。对，我猜想他的结局八成是这样。我好像看到他这时正躺在浊绿色的水下，满载货物的驳船在他头上来来往往，他的头发同很长的水草缠在一起。老实对你说，我看他再也画不出多少好作品来。最近十年他的画大不如前。”

道连叹息一声，亨利勋爵踱到房间另一头去抚摸一只珍异的爪哇鹦鹉的脑袋。那是一只冠顶和尾巴呈粉红色、其余都是灰色的大鸟，它蹲在一根竹竿上保持平衡。亨利勋爵细长的手指碰到它身上，鹦鹉立刻垂下白色鳞片状的皱眼皮，遮住玻璃球似的黑眼睛，开始荡秋千。

“是啊，”亨利勋爵转身继续说，并且从口袋里掏出一方手帕；“他的画已大不如前，好像失去了什么似的。看来是失去了理想。自从你同他不再是知己朋友，他也不再是一位伟大的画家。是什么把你们分开的？我估计是因为你对他日久生厌。如果真是这样，那他永远不会原谅你。凡是讨人嫌的人往往如此。对了，我要问你一件事：

他给你画的那幅出色的肖像后来怎样了？自从他画好了以后，我好像一直没有看见过。哦！我想起来了，几年前你告诉过我：你把它送到塞尔比庄园去，可是在途中遗失了或是被偷走了。你始终没把它找回来吗？真可惜！这是一件真正的杰作。我记得我曾想把它买下来。现在我仍希望拥有它。这是贝泽尔创作巅峰时期的作品。从那以后，他的作品多半是很好的构思和糟糕的技法的奇怪混合物，凭这个条件就有资格被称为有代表性的英国画家。你有没有登过启事寻找那画像？应当登报。”

“我忘了，”道连说。“大概登过。不过我从未真正喜欢它。我后悔为它做了模特儿。这幅像留下了令人讨厌的回忆。你提它做什么？它常常使我想起某一个剧本——大概是《哈姆雷特》——里边有挺古怪的两行诗，不知我有没有记错——

> 不过是做作出来的悲哀，
> 只有表面，没有真心。①

是的，只有一张脸而没有心肝，这正是它的写照。”

亨利勋爵笑了起来。“一个人要是能用艺术的眼光看待人生，他的头脑就是他的心，”说着，他在一张圈椅里坐下。

道连·葛雷摇摇头，在钢琴上弹出轻柔的和弦。“只有表面，没有真心，”他还在那里自言自语，“只有一张脸而没有心肝。”

亨利勋爵靠在椅背上，眼睛半开半闭地瞧着他。“我想问你，道

---

①《哈姆雷特》第四幕第七场，弑兄篡位的国王问被哈姆雷特误杀的御前大臣波洛涅斯之子雷欧提斯：“你真爱你的父亲吗？还是不过是做作出来的悲哀，只有表面，没有真心？”

连，”他沉默片刻后说。“人若赚得全世界，却赔上自己的灵魂，有什么益处呢？[①]——不知我是否把原话记错？”

琴声戛然而止，道连·葛雷全身一震，向他的朋友瞪着眼睛。“你为什么向我提这样的问题，亨利？”

“亲爱的，”亨利勋爵惊异地扬起眉毛说，“我问你是因为我想你大概能给我答复，如此而已。上星期日我正步行穿过海德公园，见一小群衣衫褴褛的人围在大理石牌楼近旁听一个街头传教士讲道，无非是老生常谈。我打那儿经过的时候，听到他正在向他的听众大声提出这个问题。这个充满戏剧性的场面给我留下深刻的印象。类似的饶有兴味的景象在伦敦还是不少的。不妨想象一下：一个下雨的星期天，一位穿雨衣的酸教友，滴水的雨伞拼凑成的临时檐棚下几张没有血色的面孔，忽然由歇斯底里的尖嗓门喊出这句出人意料的话——确实别具一格，发人深思。我本想对那位传教士说：艺术有灵魂，人没有灵魂。可是我担心他不能理解我的意思。”

“不要这样说，亨利。灵魂是一种可怕的现实存在。它可以买卖，可以用来作交易，可以被腐蚀，也可以改邪归正。我们每个人身上都有灵魂。这一点我知道。”

“你有十分把握吗，道连？”

“有把握。”

“啊！那一定是幻觉。凡是我们觉得有绝对把握的事情决不是真的。那都是迷信，是中世纪骑士传奇的余绪。你的神态多么严肃啊！不要这样认真。你我何必去跟这个迷信的时代一般见识？不，我们再也不信有什么灵魂存在。给我弹一曲吧。弹一首夜曲，道连。你一边弹，一

---

①见《圣经·新约·马太福音》第16章第26节。

边轻轻地告诉我，你是怎样保持青春的。你一定有什么秘诀。我只大你十岁，可我已经满面皱纹，又老又黄。你实在讨人喜欢，道连。今晚你简直比任何时候更叫人着迷。你使我想起我第一次看见你的那一天。当时你很冒失，但又怕羞，总之极不寻常。后来你变了，但容貌始终没变。我希望你能把秘诀告诉我。如果能恢复青春，我什么都愿意干，除了做体操、早起或者做正派人。青春！什么都不能同青春相比！什么‘少不更事’之类的话全是胡扯！现在只有比我年轻得多的人的见解，我才多少有点尊重。他们走在我们前头。生活总是把最新的奇迹向他们揭示。至于上了年纪的人，我老是跟他们发生冲突。这是出于我的原则。你如果请他们对昨天发生的事情发表意见，他们就会一本正经地向你陈述1820年流行的看法，那时人们还穿长袜子，什么都相信，可是什么都不懂。你弹的这支曲子美极了。我不知道这首作品是不是肖邦在马略卡岛①上写的，那里有大海在别墅周围呜咽，有带咸味的浪花溅在玻璃窗上。这情调非常浪漫。谢天谢地，我们总算还有一门不事摹仿的艺术！不要停下来，继续弹。今晚我需要音乐。我觉得你像年轻的阿波罗，我像玛息阿在听你演奏②。道连，我也有自己的悲哀，这连你也一无所知。老年之所以可悲，并不在于年纪大了，而是在于心还年轻。有时候我对自己的坦率感到吃惊。唉，道连，你多幸福啊！你的一生真美妙！你把每一种享受都像酒一样喝了个痛快。你把葡萄抵着硬腭榨出汁来。对你来说已不存在任何秘密。而且这一切就像音乐一样丝毫也没有把你玷污，你还是原来的样子。”

---

① 马略卡岛，在地中海西部，属西班牙。1838年秋至次年年初，肖邦与乔治·桑曾在岛上居住。

② 据希腊神话，智慧女神雅典娜制成一支笛子，因发现吹者会面目变丑而弃之。自然之神玛息阿拾得此笛，与阿波罗比试音乐才能，败北后被活活剥皮。

“我已经不是原来的我了，亨利。”

“不，你还是原来的你。但不知你今后的生活将是怎么个样子。可不要用自我克制的办法把它糟蹋了。现在你是完美的典型。小心不要给自己制造缺陷。目前对你一点毛病都挑不出来。你别摇头，你自己也知道这是事实。还有，道连，不要欺骗自己。生活不是由意志或愿望驾驭的。生活取决于神经、纤维、慢慢构成的脑细胞，思想就在那里藏身，欲望就在那里酝酿。你自以为高枕无忧，无所畏惧，但只要偶然看到一间屋子里或早晨天空的色调，嗅到某种为你所喜爱和令人依稀想起往事的异香，无意间读到早已忘怀的一首诗中的某一行，听到你久已不演奏的一部作品的某一乐段——告诉你吧，道连，凡此种种，都会影响我们的生活。勃朗宁在什么地方写过上面这样的话，我们的感官也有这样的经验。有时候，不知哪儿忽然飘来一阵白丁香的清芬，我就得把我一生中最不可思议的一个月重新回味一遍。我真想同你交换位置，道连。世人把我们俩都骂得狗血喷头，但他们只崇拜你一个人。过去如此，将来还是如此。你是我们这个时代所要寻觅的典型，而觅到后他们又害怕了。我感到高兴的是，你从来没有雕过一座像，画过一张画，或者造出任何一件身外之物。生活就是你的艺术创作。你把你自己谱成了音乐。你过的日子就是一首首十四行诗。”

道连从钢琴旁边站起来，用手掠了一下自己的头发。“是的，生活确是美妙的，”他喃喃地说，“但我再也不愿过这样的生活了，亨利。你也不要向我发表这些奇谈怪论。并不是我的一切你都了解，否则恐怕连你也会转脸不认我的。你笑什么？不要笑。”

“你为什么不弹下去，道连？去坐下来再给我弹一遍那首夜曲。你瞧，那蜜黄色的大月亮挂在暗沉沉的空中，正等着你去诱惑她。只要你的琴声一起，她就更加挨近地面。你不弹了吗？那么我们上俱乐部去。

我们度过了一个愉快的晚上，应当有始有终。怀特俱乐部有个人一心一意想跟你结交，就是那位年轻的浦尔勋爵，邦茅斯的长子。他已经把你打领结的式样学到了家，并一再央求我给你们介绍介绍。他很讨人喜欢，我看他有许多地方像你。”

“但愿不是这样，”道连眼神带着几分忧郁说。“不过今天我已经很累，亨利。我不上俱乐部去了。现在将近十一点，我想早些回家睡觉。”

“再待一会儿。今天你弹得比任何时候都好。你的指法有一种出神入化的妙处，比我以前听过的任何一次更富有表现力。”

“那是因为我想要重新做人，”他微笑着回答。“我已经起了一点小小的变化。”

“在我心目中你不会改变，”亨利勋爵说。“你我将永远是朋友。”

“可是当初你通过一本书把我给毒害了。这件事我永远不会原谅你。亨利，你得向我保证：再也不把它借给任何人。那是一本坑人的书。”

“老弟，你真的做起道德家来了。看来不久你将作为一个改邪归正的改宗者、一个信仰复兴运动者到处现身说法，告诫人们不要作那些你已经感到厌倦的罪孽。不过，你怎么也扮不像这样可恶的角色，你太可爱了。何况，这起不了任何作用。你我是怎样的人就是怎样的人，将来仍然如此。至于说一本书可以把人给毒害，那是根本没有的事。艺术不可能促进行动，只会打消行动的愿望。艺术绝对不结果实。有些书被称为伤风败俗，无非因为向世人揭示了他们自己的丑态。好了，我们不必辩论文学问题。你明天再来。我打算上午十一点去骑马。我们一起去吧，然后我带你到布兰克瑟姆夫人家吃午饭。这个可爱的女人打算买几张挂毯，她要向你请教。可不要忘了。或者我们去同娇小的公爵夫人一起吃午饭，好不好？她说近来你的影儿也见不到。大概你对格蕾狄丝已经腻烦了吧？这是意料中事。她那副伶牙俐齿会叫人受不了的。好吧，反正你十一点到这儿来就是了。”

“你非要我来不可吗，亨利？”

“当然，这个季节公园的风景很美。打我认识你那一年起，丁香还从来没有开得像今年这样盛。”

“好吧，我十一点到这儿来，”道连说。“晚安，亨利。”他走到门口，犹豫了一下，像有什么话要说。后来只是叹了口气，就出去了。

第二十章

那是一个醉人的夜晚。因为天暖，他把大衣脱下来挎在胳膊上，脖子上连丝围巾也没有系一条。他一路吸烟，一路漫步走回家去。有两个穿晚礼服的年轻人打他身旁经过。他听见其中一个向另一个悄悄地说："那就是道连·葛雷。"他回忆过去被别人指指点点、注视或议论的时候曾是多么得意，现在他对自己的名字已经听厌了。近来他常常到一个小村子去，那个地方的可爱之处一半在于没有人知道他是谁。他几次告诉那个被他诱入情网的姑娘，说他是个穷光蛋，她也信以为真。有一次，道连向她承认自己是个坏人，被她取笑了一通。她说坏人总是又老又丑的。她笑得多甜哪，活像一只画眉鸟在唱歌。她头戴大帽子、身穿布衣裳的模样十分招人喜欢。她天真无知，但是她有着道连失去了的一切。

到了家里，他发现自己的侍从还在等他，便打发侍从去睡，自己靠在书斋里的沙发上，开始思量亨利勋爵对他说的话。

人是不是真的永远改变不了啦？他无限缅怀自己白璧无瑕的少年时代——亨利勋爵一度称之为白玫瑰般的少年时代。道连知道自己玷污了自己，腐蚀了心灵，毒化了想象；知道自己对别人产生了坏影响，而且从中获得一种残忍的乐趣；知道自己结交的人中间禀性最纯洁、前途最光明的人都被他引入歧途而身败名裂。可是这一切难道都不能挽回了吗？难道他已无药可救了吗？

唉！当初他在虚荣和欲望的一时冲动下，祈求上苍让画像代他承受年龄的负担，使他自己永葆光华照人的青春。想不到那一刹那竟成千古恨！如果他造的孽桩桩件件都毫厘不爽地马上得到报应，倒也痛快。惩罚就是净罪。人向无比公正的上帝祈祷时不应当说:“宽恕我们的罪孽吧,”而应当说:“惩罚我们的不义吧!”

不知多少年前亨利勋爵送给他的一面雕镂精细的镜子,此刻正放在桌上,镜框上白白胖胖的小爱神依旧在笑。道连拿起镜子,就像在初次发觉要命的画像起变化的那个恐怖之夜里一样,睁大了一双模糊的泪眼向光洁的镜子里望着。曾经有一个爱他快要发狂的人写过一封痴情洋溢的信给他,末尾是这样两句偶像崇拜者的谵语:“有了你这样一个牙雕金铸的人,世界也变了样。你的嘴唇的曲线将重写历史。”现在他想起了这几句话,一遍又一遍地默念着。随后他对自己的美貌突然憎恶起来,就把镜子扔在地板上,用鞋跟把它踩成无数银色的碎片。正是他的美貌毁了他,正是他祈求得来的美貌和青春葬送了他。要不是这两者,他的一生可以不沾上一个污点。事实上,他的美貌不过是一张面具,青春则成了笑柄。青春究竟是什么呢?往最好处说,也只是一段缺乏经验、不成熟的时间,充满了浅薄的见解和不健康的思想。他何苦老是穿着这身号衣?青春把他惯坏了。

过去的事还是不要去想。反正已经什么都不能改变了。他应该考虑的是自己和自己的未来。詹姆士·韦恩已埋入塞尔比坟地的一座无名冢。艾伦·坎贝尔某一天夜里在自己的实验室里开枪自杀了,但是没有泄露他被迫知道的秘密。贝泽尔·霍尔渥德失踪一事所引起的纷纭之说不久就会平息下去,眼前已经不是那么沸沸扬扬了。总而言之,他完全可以高枕无忧。事实上,贝泽尔·霍尔渥德之死还不是他最感到沉重的心病。不,是他自己半死不活的灵魂使他不得安宁。贝泽尔画的肖像害得他好苦哇!这件事他不能原谅贝泽尔。祸根全在于画像。贝泽尔向他说了许多极其难堪的话,但他还是忍气吞声地听了。杀人完全是一刹那的疯狂行为。至于艾伦·坎贝尔的自杀,那是他自己的事。他要走这条路，谁拦得住？

重新做人！这才是他所需要的。这才是他所渴望的。事实上他已经开始做了。至少他放过了一个无辜的少女。他再也不引诱无辜。他要做一个好人。

关于海蒂·默顿的思绪使他联想到被锁在空室里的画像，不知它是否变好了些？也许不像以前那样狰狞可怖了吧？如果他从此洁身自好，或许能把邪恶的欲念留在画像面部的痕迹一个个清除干净。或许邪恶的痕迹已经消失了。他要去看一看。

道连从桌上拿起一盏灯，蹑手蹑足走到楼上。当他启锁开门的时候，一丝欣喜的微笑浮上他异样地年轻的脸庞，并在嘴角上逗留了一会儿。是的，他要做一个好人，被他藏匿了这么多年的丑东西将不再使他害怕。他觉得压在心上的石头已经搬开。

他悄悄地走进房间，照例把门反锁起来，然后把紫红缎罩从画像前拉开。一声痛苦夹着愤怒的叫喊冲口而出。除了眼睛里现出狡猾的目光，嘴角刻上一道伪君子的皱纹外，他看不出任何变化。画像上那个家伙还是那样面目可憎，甚至比以前更加可憎。沾在一只手上的殷红的湿斑似乎更醒目了，更像新鲜的血迹。他禁不住哆嗦起来。难道他做唯一的好事的动机纯粹是一种虚荣心？难道他只是想追求新的刺激，像亨利勋爵带着嘲笑所暗示的那样？难道正是那种装腔作势的癖好使我们偶尔做出比自身更高尚的行为？还是这一切都兼而有之？为什么那块红斑比先前更大了？像是一种恶疮在皮肤皱缩的手指上蔓延开来。画像的脚上也有血迹，莫非是从手上滴下来的？甚至没有握过刀子的那只手上也有血。

自首？这是否意味着他必须去投案自首？任凭发落，等待处死？他笑了起来。他觉得这个念头荒唐之至。再说，即使他去投案，谁能相信他？无论何处都没有留下被害人的任何痕迹。属于死者的一切已全部销毁。是道连亲自把贝泽尔留在楼下的东西烧毁的。如果他和盘托出，人们一定会说他神经错乱。倘若他坚持声称确有此事，就会被关进疯人院里去……。然而他应当自首，应当为人所不齿，应当受到社会的制裁，这是他罪有应得。上帝还是有的，上帝要人们对天对地同样不隐讳自己的罪恶。除非他供认自己的罪行，否则无论用什么办法都不能把他洗刷干净。然而，到底哪些是他的罪行？道连耸耸肩膀。贝泽尔·霍尔渥德之死在他心目中已算不了什么。他想的是海蒂·默顿。不，此时他正在照的这一面镜子没有如实反映他的灵魂。虚荣？猎奇？伪善？难道他悬崖勒马的行为就没有别的内容？应该还有。至少他认为还有。可是他有什么呢？……谁也说不上来。别的什么也没有。他是在虚荣心的驱使下放过了海蒂。他是出于伪善的目的而套上德行的面具。他是为了猎奇的缘故才作这一番自我克制的尝试。现在他认识到了。

但是，这桩杀人的罪行难道要跟踪他一辈子吗？难道他将永远背着自己的往事这个包袱？他是不是真的该去自首？不。他的罪证还留着的只有这么一点儿。那就是这幅画像。必须把它也消灭掉。他这么长时间留着它干什么？观察画像逐步变化，渐渐老去，一度是他的一种乐趣。近来他已感觉不到什么乐趣。这东西常常使他夜里不能成眠。他不在伦敦家里的时候老是提心吊胆，生怕别人窥见他的秘密。这东西在他纵欲的过程中掺入了忧郁的成分。有不少欢乐的时刻往往因为惦着它而大杀风景。这东西好像成了他的良心。对，的确成了他的良心。他得把这东西毁掉。

道连四下环顾，看见了曾经捅死贝泽尔·霍尔渥德的那把刀子。道连曾把它擦过好多次，直至上面找不到任何一点痕迹。这时它又在那里闪着寒光。既然它杀死过画家，那就让它把画家的作品及其象征意义也一起毁了吧。让这把刀子切断同往事的一切联系。一旦往事逝去，他就自由了。让这把刀子结束灵魂的这种不可思议的活动。只要听不见灵魂讨厌的警告，他就可以得到安宁。于是他抓起刀子，对准画像猛戳过去。

紧接着，只听到一声惨叫和什么东西訇然倒地的声响。那临死前痛苦的叫喊极度恐怖，惊醒过来的仆人吓得纷纷冲出卧房。当时有两位绅士正好从下面广场上路过，听到了叫喊声，停下来朝这所大房子楼上张望。他们去叫来了一名警察。警察打了好几次铃。但是没有人应门。除了顶层一扇窗子有灯光外，整座楼宅一片黑暗。过了一会儿，警察从门口走开，去站在毗邻的柱廊里观看动静。

“警察，这是哪家的公馆？”年纪较大的一位绅士问。

“道连·葛雷先生的，先生，”警察回答说。

两位绅士交换了一下眼色，冷笑一声走开了。其中一位是亨利·厄什顿爵士的舅舅。

公馆内部的下房里，衣履不整的用人们在紧张地窃窃私议。年事已高的管家妇黎甫太太一边抽噎，一边使劲交替地握着自己的手。弗兰西斯面无人色。

大约一刻钟以后，他把马车夫叫来，加上一名听差，三个人一起放轻脚步登上顶层。他们敲了敲门，但是没有人应。于是他们大声叫唤。依旧毫无动静。在尝试破门无效之后，他们终于爬上屋顶，翻到阳台上。阳台的长窗没费多少力气就被打开，因为插销已经很旧了。

他们走进房间，发现墙上挂着东家的一幅肖像，同他们最近一次见到他本人的时候一样容光焕发，洋溢着奇妙的青春和罕见的美。地上躺着一个死人，身穿晚礼服，心窝里插着一把刀子。他形容枯槁，皮肤皱缩，面目可憎。如不仔细察看他手上的指环，他们怎么也认不出这个人是谁。

阿瑟·萨维尔勋爵的罪行

——论责任

1

这是复活节前温德米尔勋爵夫人最后一次接待宾客，本廷克宅楼比往常越发显得人头攒动。六位内阁大臣是从下议院院长的招待会上满身勋绶赶来的，所有的漂亮女人都打扮得花枝招展，卡尔斯鲁厄[①]的索菲娅郡主站在画廊尽头，这位显贵的长相好似鞑靼人，眼睛细小乌黑，戴着珍稀的翡翠首饰，她的法语很蹩脚，偏偏嗓门特别高，不管别人对她说些什么，郡主一概报以纵声狂笑。这些人差异很大，混杂在一起可真够奇怪的。雍容闲雅的贵妇们与挥斥八极的激进派亲切交谈，深得人心的教士牧师与大名鼎鼎的无神论者相安无事。一群德高望重的主教跟在歌剧界一位肥胖的大牌女明星后面，从一间屋子拥到另一间屋子。楼梯上站着几名自命为画家的皇家艺术院院士，据说有一段时间餐厅里简直挤满了旷世奇才。事实上，这是温德米尔夫人办得最精彩的晚会之一，那位郡主几乎一直待到十一点半才走。

郡主刚一离去，温德米尔夫人便回到画廊，那儿有位著名的政治经济学家正煞有介事地向另一位怒气冲冲的匈牙利炫技派演奏家大谈其音乐理论。温德米尔夫人开始跟佩斯礼公爵夫人说话，后者的脖子宛如象牙雕就一般高贵典雅，一双大眼睛犹同勿忘草开的浅蓝色花朵，还有那一绺绺沉甸甸的金色鬈发，使她看上去美得出奇。她的头发是真正的纯金色，并非时下盗用黄金美名的那种淡淡的稻草色，而是金子被织入一束束阳光或藏在奇异琥珀之中泛出的颜色。金色的发卷儿仿佛为她的面容提供了一位圣徒的轮廓，同时也包含着一名罪人的不少魅力。从心理学的角度说来，她是个颇具研究价值的课题。她早年就发现了一条重要的真理：看起来最像无辜的莫过于行为不加检点。正是由于一系列的轻举妄动(其中有半数均无伤大雅)，她赢得了一个“人物”可以得到的所有好处。她曾不止一次改嫁；诚然，德布雷特记载她结过三次婚，可是她从未更换过情人，因而外界久矣乎不再议论她的绯闻。现今她年届四十，没有子女，还是那样纵情欢乐，这正是永葆青春的秘诀。

温德米尔夫人急切地环顾室内，用她清晰的女低音说：“我的手相术专家哪儿去了？”

“你的什么，葛蕾荻丝？”公爵夫人不由得吃了一惊问道。

“我在找我的手相术专家，公爵夫人。眼下离开了他我简直就没法儿过日子。”

“亲爱的葛蕾荻丝！你永远是那么与众不同，”公爵夫人嘀咕道，同时在思忖，手相术专家究竟是干什么的，但愿那跟治趼子和鸡眼的手足疾专家不是一码事儿。

“他每周来两次看我的手，挺准时的，”温德米尔夫人继续说，“真是再有趣不过的了。”

“天哪！”公爵夫人暗暗叫苦，“说到底这还是手足疾专家一类的货色。讨厌透了。但愿他至少是个外国人。那还不至于太糟糕。”

“我说什么也得介绍你跟他认识一下。”

“认识他！”公爵夫人叫了起来。“你的意思是说此刻他就在这儿？”说着，她开始在身旁寻找一柄玳瑁小折扇和一条已很破旧的花边披巾，似乎准备马上离去。

“他当然就在这儿；我举办晚会哪能不把他请来。他告诉我，说我有一只完完全全通灵的手，还说我的拇指只要稍稍短那么一丁点儿，我

---

① 卡尔斯鲁厄，德国西南部一城市。

肯定是个不可救药的悲观主义者，早就进了修道院。”

“哦，我明白了！”公爵夫人如释重负地说，“他是个算命的，告诉人家什么时候交好运，对不？”

“也说什么时候走背运，”温德米尔夫人答道，“不管吉多凶少还是凶多吉少。譬如我明年将遭大凶险，无论在陆地或海上都一样，所以我打算住在气球里，每天晚上用篮子把我的饭食吊上去。这一切都写在我的小指上，也许是在我的手掌上，哪只手我忘了。”

“可这明明是蔑视天命，葛蕾荻丝。”

“我亲爱的公爵夫人，这一回天命一定受得了蔑视。我认为人人都应该每月让专家看一次手相，好知道不宜干哪些事。当然，人们还是照干不误，可事先得到警告真让人高兴。这会儿要是没有人立刻去把波杰斯先生找来，我只得自己去了。”

“让我去吧，温德米尔夫人，”有位长得挺帅的高个儿年轻人说，当时他正站在一旁听她们交谈，脸上的微笑说明他觉得挺滑稽。

“太感谢了，阿瑟勋爵；不过恐怕你认不出他。”

“要是他像你说的那么神奇，温德米尔夫人，我看到了他不会当面错过。只要告诉我他什么模样，我立马把他给你找来。”

“嗯，他可一点儿也不像一位手相术专家。我是说他看上去并不神秘或者莫测高深，也不浪漫。他身材矮胖，一颗秃脑袋，样子挺可笑，戴一副老大老大的金丝边眼镜；模样儿介乎家庭医生和乡村律师之间。我这么说实在很抱歉，可这不是我的错。人们的模样真讨厌。我的钢琴家个个一看就像诗人，而我的诗人又都完完全全像钢琴家。我记得上一社交季节邀请过一名最可怕的暗杀党吃饭，他曾经用炸弹把好多人送上天去。这人老是穿一件锁子甲上衣，衬衫袖子里边永远藏着一柄匕首；然而，他来的时候模样儿活像一位和善的老牧师，而且整个晚上不断地说笑话，你知道吗？尽管他非常风趣，可我却大失所望；当我向他问起那件锁子甲上衣的时候，他只是笑呵呵地说，在英国穿这玩意儿实在太冷。啊，波杰斯先生来了！嗨，波杰斯先生，我要你给佩斯礼公爵夫人看看手相。公爵夫人，你得褪一下你的手套。不，不是左手，而是另一只手。”

“亲爱的葛蕾荻丝，我真的觉得这不太合适，”公爵夫人说着半推半就地解开一只脏兮兮的小山羊皮手套的扣子。

“社交界认为有意思的事儿，”这前半句温德米尔夫人说的是法语，“照例一点意思也没有。不过我得给你们互相介绍一下。公爵夫人，这位是波杰斯先生，我宠信的手相术专家。波杰斯先生，这位是佩斯礼公爵夫人，你如果说她的月亮山掌纹比我的大，那我再也不信你的话了。”

“葛蕾荻丝，我确信自己决计没有那样的掌纹，”公爵夫人一本正经地说。

“公爵夫人阁下说得完全正确，”波杰斯瞥了一眼她那只指头生得短短方方的肥软小手，“月亮山没有充分展开。不过生命线纹出类拔萃。请弯一下腕关节。谢谢。在 *rascette*① 上三条线清清楚楚。你将是一位高寿人瑞，公爵夫人，而且福气也好极了。至于抱负嘤——很有分寸，智力线纹并不过于发达，心怀线纹——”

“嗨，你可得实话实说，波杰斯先生，”温德米尔夫人急了。

“那对我是莫大的荣幸，”波杰斯先生说着欠了欠身，“假如公爵夫人的心怀确实存在这种情况的话。但是对不起，我看到的是伟大专一

① 波杰斯此处故弄玄虚地使用了一个中古拉丁语词，指腕部掌面皮肤上的横纹。

的情感和强烈的责任心结合在一起。”

“求求你说下去，波杰斯先生，”公爵夫人道；看来，她觉得十分惬意。

“在公爵夫人阁下的美德中间丝毫看不到理财有方的迹象，”波杰斯先生继续道，而温德米尔夫人则笑得前俯后仰。

“理财有方是件好事儿，很不错，”公爵夫人言下颇有得色。“我嫁给佩斯礼的时候，他拥有十一座宫堡，可是适宜居住的宅楼一座也没有。”

“如今他拥有十二座宅楼，宫堡却一座也没有了，”温德米尔夫人嚷道。

“没错，我亲爱的，”公爵夫人说，“我喜欢——”

“舒适，”波杰斯先生接过话茬，“还有各项经过改进的现代化设施和通到每一间卧室的热水管道。公爵夫人阁下的想法完全正确。舒适是当代文明唯一可以给我们的东西。”

“你对公爵夫人的性格作了精彩的描述，波杰斯先生，现在你得给弗萝拉小姐看了。”这时，一位头发像苏格兰人那样呈米黄色、肩胛骨隆起的高个儿少女，见女主人颔首微笑向她示意，便从沙发后面很不利索地跨步上前，伸出一只瘦削细长、指头状似压舌板的手来。

“啊，是位钢琴家！我看得出来，是位出色的钢琴家，但恐怕算不上一位音乐家。很拘谨，很老实，非常热爱动物。”

“千真万确！”公爵夫人转过脸去向温德米尔夫人发出惊叹，“绝对正确！弗萝拉在麦克洛斯基养了两打柯利狗[1]。要是她父亲由着她的话，她会把我们城里的宅院变成动物笼养场的。”

---

① 原产苏格兰的一种牧羊犬，体型大，头部尖瘦。

“嗨，这正是我每周四晚上在我家里干的事情，”温德米尔夫人大声笑道，“不过我喜欢狮子胜过喜欢柯利狗。”

“这是你唯一的过错，温德米尔夫人，”波杰斯先生说，随即夸张地鞠了一躬。

“女人倘若不能使她的过错显得十分可爱，那她就仅仅是个女人而已，”勋爵夫人回答。“但是你得给我们多看几个手相。过来，托马斯爵士，让波杰斯先生瞧瞧你的手。”于是，一位穿白色背心、和蔼可亲的老绅士走上前去，伸出一只皮肤粗厚、中指很长的手。

“天性喜欢冒险，过去曾有四次远航的经历，今后还有一次。遭遇船舶失事先后达三次之多。不，以前只有过两次，可是你的下一次航程仍将遭遇这样的危险。你是一位坚定的保守党人，行为方正规范，酷爱收藏古玩。在十六至十八岁这段时间内生过一场重病。三十岁左右得到一笔遗产。对猫和激进派特别反感。”

“妙极了！”托马斯爵士大为赞赏。“你一定得给我的太太也看看手相。”

“给你的第二位太太，”波杰斯先生轻声细气说，同时仍握着托马斯爵士的手。“她是你的第二位太太。我将深感荣幸。”

但是，马维尔夫人——一位神情忧郁、长着棕色头发和感伤派睫毛的女士——却断然拒绝暴露自己的过去或未来；俄国大使德科洛夫先生同样如此，温德米尔夫人想尽办法，都无法使之心动，就连手套他也不肯褪下。其实，许多人似乎害怕面对这个身材矮小的古怪男子，包括他那一成不变的微笑、他的金丝边眼镜和一双亮晶晶的小眼珠子。及至他当着大庭广众直截了当地告诉可怜的弗莫尔夫人，说她对音乐根本不感兴趣，只是极度倾心于音乐家罢了，这时人们才普遍感到，手相术是一门危险至极的技能，不该加以提倡，除非只是双方私下密谈。

然而，阿瑟·萨维尔勋爵浑然不知弗莫尔夫人的不幸故事，他怀着极大的兴趣在观察波杰斯先生，并且充满了强烈的好奇心，最好自己的手相也让他给看一下，可又不大好意思自己提出来，于是走到屋子另一头温德米尔夫人坐的地方，怪可爱地涨红了脸问她是否认为波杰斯先生会见怪。

"他当然不会见怪，"温德米尔夫人说，"请他来这儿就派这用场。阿瑟勋爵，我养的狮子都是能表演的，我什么时候要它们穿圈儿，它们就得什么时候跳过去。不过我得跟你把话说在前头：不管什么事情我都会告诉西碧儿的。明天她要来和我共进午餐，谈有关帽子的事；万一波杰斯先生发现你有坏脾气，或者有痛风倾向，或者在贝斯沃特已经有一个妻子，我一定会向她通报所有的情况。"

阿瑟勋爵莞尔一笑，摇了摇头。"我不怕，"他回答道。"西碧儿了解我，同样，我也了解她。"

"啊！听你这么说，我倒有点儿遗憾了。彼此误会对方才是适当的婚姻基础。不，我决不认为人世间一无是处，我无非有过经验，不过这两者在很大程度上是一码事。波杰斯先生，阿瑟·萨维尔勋爵急切希望你给他看看手相。别告诉他，说跟他订婚的是伦敦最美的姑娘之一，因为这条消息一个月前就上了《晨邮报》。"

"亲爱的温德米尔夫人，"杰德伯格侯爵夫人急忙提出请求，"你得让波杰斯先生在这儿多待一会儿。他刚算定我将来会登上舞台，我很想听他说下去。"

"要是他对你这样说了，杰德伯格夫人，那我一定要把他拉走。波杰斯先生，马上过来给阿瑟勋爵看手相。"

"那好吧，"杰德伯格夫人略为噘了噘嘴，从沙发上站起身来，

“既然不让我上台演出，至少得让我在台下当一名观众吧。”

“当然，我们大家都准备当观众，”温德米尔夫人道，“波杰斯先生，你务必讲些精彩的给我们听。阿瑟勋爵可是我特别宠爱的一个。”

但是，波杰斯先生看了阿瑟勋爵的手以后，竟然脸色煞白，白得出奇，而且一语不发。一阵震颤似乎穿透他的全身，他的两道浓眉抽风似地牵动起来，这种古怪而又让人讨厌的样子，以前他感到困惑不解的时候也曾有过。接着，大颗大颗的汗珠像有毒的露水从他蜡黄的前额上直往外冒，他肥软的手指变得冷冰冰、黏糊糊。

对这些反映心情激动的奇怪表现，阿瑟勋爵不可能视而不见，他自己都感到了恐惧，这在他有生以来还是头一回。他的第一个冲动是想从屋子里冲出去，但他控制住了自己。不管情况有多坏，知道是怎么回事也比这可怕的一头雾水强。

“我等着呢，波杰斯先生，”他说。

“我们全都等着呢，”温德米尔夫人急不可耐地大声道，然而手相家并不答话。

“我相信阿瑟是要登上舞台了，”杰德伯格夫人说，“可是有你刚才那一顿骂，波杰斯先生哪还敢照实告诉他。”

波杰斯先生骤然甩下阿瑟勋爵的右手，一把抓住他的左手俯身细瞧，而且把腰弯得那么低，他眼镜的金边都快碰到阿瑟勋爵的掌心了。有一瞬间，他的脸成了一张白色的恐怖面具，但他迅即恢复了镇定，抬头望着温德米尔夫人，强作笑容说：

“这是一位人见人爱的好青年的手。”

“那还用说？”温德米尔夫人应道。“可他会是一个好丈夫吗？这才是我想知道的。”

“人见人爱的好青年都是好丈夫，”波杰斯先生说。

“我认为当了丈夫就不该太让人着迷，”杰德伯格夫人没精打采地咕哝着，“那有多危险。”

“我的宝贝，他们从来不会太让人着迷的，”温德米尔夫人急得直嚷嚷。“但我要的是详情细节。人家感兴趣的就是细节。阿瑟勋爵到底会遭遇什么事儿？”

“嗯，今后几个月内阿瑟勋爵将要出一趟远门——”

“哦，是的，他的蜜月旅行嘛，当然！”

“并将失去一位亲戚。”

“但愿不会是他的姐妹吧？”杰德伯格夫人说，声调悲切。

“当然不是他的姐妹，”波杰斯先生回答时不以为然地把手一挥，“只是一位远亲。”

“嗐，我落了个两手空空，”温德米尔夫人道。“明天我没有什么可以告诉西碧儿的，绝对没有。如今谁也不在乎什么远亲。谈论远亲不再时髦已经有年头了。不过，我想西碧儿还是备一块黑绸子在身边比较好；要知道，这东西永远符合教堂的要求。现在我们到楼上吃宵夜去吧。他们准把什么都吃光了，不过我们兴许还能找到一些热汤。弗朗索瓦有一个时期做得一手好汤，可是现在他让政治搅得头脑发热，我对他总不是十分有把握。我特别希望布朗热将军不要开口。公爵夫人，想必你感到累了吧？”

“一点儿也不，葛蕾荻丝，”公爵夫人答道，一边步履蹒跚地向门口走去。“我的兴致高极了，最有意思的是那位手足疾专家，不对，我是说那位手相术专家。弗萝拉，我的玳瑁折扇会到哪儿去了呢？哦，谢谢你，托马斯爵士，太感谢了。还有我的花边披巾呢？哦，谢谢，托马斯爵士，你准是个大好人。”这位可敬的夫人好赖总算到了楼下，香水瓶从她手中掉下来也没超过两次。

这段时间阿瑟·萨维尔勋爵一直站在壁炉旁，压在他心头的还是那种恐惧感，一想到祸之将临便觉得毛骨悚然。他的姐妹挎着普利姆代尔勋爵的胳膊打他身旁走过去的时候，穿戴着粉色锦缎和珍珠首饰，显得妩媚动人。他向姐妹惨然一笑，而温德米尔夫人叫他跟随自己走时，他几乎没有听见。他在想西碧儿·默顿，考虑到他俩之间什么事情都可能发生，他不禁泪眼模糊起来。

瞧着他的神情，人家会说，涅墨西斯偷走了帕拉斯的盾，给他看了戈耳工的脑袋。①他仿佛变成了石头，他那张忧伤的脸就跟大理石似的。作为一个出身名门的富家子弟，他过的是锦衣玉食的奢华生活，那是一种优美高雅、无牵无挂、真个少年不识愁滋味的生活；如今，他头一遭意识到命运的神秘恐怖，意识到在劫难逃的可怕涵义。

整个儿这件事好像太悖情逆理，简直荒乎其唐！用他自己读不懂、另一个人却能破译的字符写在他手上的，难道真是什么孽障的可怕秘密，真是某桩罪恶的血红标记？难道就不可能逃脱？较之由一股看不见的力量在暗中播弄的棋子，较之随陶工兴之所至制作出来、是好是丑全没准儿的壶罐，我们也强不到哪儿去，难道不是吗？阿瑟勋爵的理智对此奋起反抗，但他感觉到一场悲剧正悬在自己头上，而自己突然受命挑起一副无法承受的重担。演员们真是幸运。他们可以选择演悲剧还是喜剧，选择受苦受难还是寻欢作乐，选择哈哈笑还是掉眼泪。在现实生活中可不一样。大多数男人和女人被迫去演他们并不能胜任的角色。原本跑龙套的扮起了哈姆雷特，原本演哈姆雷特的却不得不反串《亨利四世》中尽打哈哈的哈尔王子。人生是个大舞台，可是戏里的角色分派

---

① 据希腊神话，涅墨西斯是报应女神，帕拉斯是被雅典娜杀死的巨人，戈耳工是蛇发女怪三姐妹(其中最小的墨杜萨最危险，任何人只要看到她的脸，就会变成石头)。此处作者以这一情节形容阿瑟的表情如同看到了墨杜萨的脑袋。

实在糟糕。

波杰斯先生突然回到屋里来。他见阿瑟勋爵还在这儿，吃了一惊，他那胖乎乎的丑脸顿时发青变黄。这两人四目交接，一时出现片刻的冷场。

“阿瑟勋爵，公爵夫人有一只手套落在这儿，她让我来拿去给她，”波杰斯先生终于开口说话。“啊，我看见了，在沙发上！晚安。”

“波杰斯先生，我打算向你提一个问题，请你务必直截了当地回答我的问题。”

“换个时间再谈吧，阿瑟勋爵，公爵夫人急着要呢。对不起，我得走了。”

“你不能走。公爵夫人并不着急。”

“让女士久等是忌讳的，阿瑟勋爵，”波杰斯先生苦笑道。“女性往往很容易不耐烦。”

阿瑟勋爵线条优美流畅的嘴唇扭曲了，现出恼怒、轻蔑的表情。此刻，可怜的公爵夫人在他心目中太不足道了。他从屋子的另一头走到波杰斯所站的地方，向他伸出自己的一只手。

“把你在这上面看到的告诉我，”他说。“跟我说实话。我必须知道实情。我不是三岁小孩。”

波杰斯先生的双目在他的金丝边眼镜后面眨巴个不停，他不自然地把身体的重心从一只脚换到另一只脚，他的手神经质地摆弄着一条亮得挺俗气的表链。

“阿瑟勋爵，你凭什么认为我没把从你手上看到的都告诉你？”

“我知道你没有全说出来，所以我坚持要你告诉我，究竟是怎么回事。我愿意支付报酬。我会给你一张一百镑的支票。”

手相家的绿眼睛顿时一亮，随后重又变得黯淡无光。

“是畿尼[①]？”波杰斯终于低声问了一句。

“当然，明天我会把支票派人给你送去。你是哪个俱乐部的？”

“我没有俱乐部。就是说眼下还没有加入。我的地址是——，不过你还是容我给你我的名片吧，”说着，波杰斯先生从背心小兜里掏出一张金边硬纸片，深深鞠了个躬把它递给阿瑟勋爵。勋爵一看，上面印着：

塞普蒂默斯·R·波杰斯先生

手相术专家

月亮西街103号a

“敬候赐教的时间是十点到四点，”波杰斯先生语调呆板地咕哝道，“阖府看相可以打折。”

“快，”阿瑟勋爵急忙说，脸色煞白地伸出一只手。

波杰斯先生紧张地环视四周，把厚重的门帘拉上。

“这需要花点儿时间，阿瑟勋爵，最好你请坐下。”

“快说吧，先生，”阿瑟勋爵又催促道，还愤怒地在打蜡地板上跺了一脚。

波杰斯先生微微一笑，从背心口袋里抠出一枚小小的放大镜，用手帕仔细把它擦干净。

“我准备好了，”他说。

---

①那时的1英镑 =20先令，而1畿尼 =1.05英镑 =21先令，两者有百分之五的差价。

2

十分钟以后，阿瑟·萨维尔勋爵吓得面色惨白，两眼带着痛不欲生的神情，一路奔出本廷克宅楼，从穿着毛皮外套站在条纹大雨篷周围的听差堆里冲过去，对任何事物仿佛一概视而不见、充耳不闻。这是一个寒冷彻骨的夜晚，广场周遭的煤气灯在似刀的风中摇曳闪烁，但他的双手滚热，前额火烧火燎。他不停地走着，几乎像个醉汉那样脚步踉跄。一名警察在他经过时好奇地瞅了他一眼，有个叫化子低头垂肩探出拱道向他求乞，见这位爷的光景比他自己更惨，不由得大吃一惊。有一回，勋爵停步站在一盏煤气灯下察看自己的双手。他以为会发现上面已经沾了血迹，这时，从他颤动的双唇间迸出轻轻一声哀叫。

谋杀！这就是那个手相家在他手上所看到的。此事好像连四围的夜色都知道，凄厉的寒风也对准他的耳朵在狂吼这两个字。谋杀充斥大街小巷黑暗的角落。谋杀从楼宇的屋顶冲他龇牙咧嘴。

起初，他来到海德公园，那里暗沉沉的林地好像使他着了魔。他疲惫地靠在铁栏上，让眉额贴着潮湿的金属凉一凉，一边凝听树木胆怯的沉寂。“谋杀！谋杀！”他一遍又一遍说着，好像如此不断重复能冲淡这两个字的恐怖涵义。自己的声音令他战栗不已，尽管如此，他几乎巴不得厄科[1]能听到他的声音，把昏睡的都市从梦中唤醒。他觉得心中有个疯狂的愿望，直想拦住无论哪个过路人，把一切都告诉他。

接着，他漫无目的地穿过牛津街，折入一些藏垢纳污的丢人陋巷。两个涂脂抹粉的女人当他经过时还向他挤眉弄眼。从一家黑咕隆咚的院子里传来詈骂和打人的声音，随后是凄厉的尖叫；一处潮湿的门阶上，他看到有几个弯腰曲背的身影在那儿挤作一团，都是些贫穷的老人。一阵奇怪的怜悯之情涌上他的心头。这些个罪恶和苦难的产物，是否命中注定会落得这样的下场，如同他命中注定必将落得他自己的下场一样？他们是否和他一样仅仅在一场怪诞的演出中充当傀儡罢了？

然而，令他震惊的倒不是他遭的罪有多么离奇，而是这份罪遭得极其可笑，无聊透顶，一点意思都没有。所有的情况好像怎么也连不起来，彼此完全不相称！表面上歌舞升平，与现实的真相是那么不协调，这使他大为惊讶。他还非常年轻。

过了一会儿，他发现自己身在马利尔本教堂前边。静悄悄的马路宛如一条长长的、擦得锃亮的银带，摇曳的影子东一片西一片洒落在带上，构成黑色的阿拉伯图案。道旁闪闪烁烁的煤气灯排成一行蜿蜒伸向远方，一所筑在围墙内的小房子外面孤零零停着一辆双轮双座马车，驭者在车厢内熟睡。阿瑟勋爵朝着波特兰广场的方向匆匆走去，不时四顾张望，好像生怕被人跟踪似的。里奇街的拐角处站着两个男人，正在读公告栏上一小张启事。在一种独特的好奇心驱使下，他穿过街道来到那里。走近一看，赫然映入眼帘的是用黑体字印刷的“谋杀”二字。他猛然一惊，面颊上顿时泛起一片深绯色。这是一则悬赏启事，要求提供信息捉拿一名中等身材、三四十岁的男子，此人戴一顶低圆顶软毡帽，穿黑色上衣、方格裤子，右颊上有一道疤。阿瑟勋爵把启事读了一遍又一遍，心想不知这名歹徒会不会被逮住，当初他是怎么落下那道疤的。或许某一天，他——阿瑟·萨维尔勋爵——自

---

①据希腊神话，厄科为山水林泉的仙女，因爱恋美少年那喀索斯遭拒，憔悴而死，只留下声声叹息，成为回声女神。

己的名字也会张贴在伦敦街头的墙上。某一天，或许也会悬赏一笔钱捉拿他本人。

想到这儿，他害怕极了，简直想要呕吐。他赶紧转过身去，急急忙忙融入夜色之中。

他去了哪儿，自己也未必知道，只是依稀记得像掉进了迷宫似的在一些破破烂烂的棚屋之间转悠，直至东方发白，才发现自己终于来到毕卡第利广场。当他不紧不慢地朝着贝尔格莱夫广场走回家去的时候，遇见一辆辆大货车正赶往科文特加登市场。那些穿白罩衣的赶车人晒黑的脸膛和粗硬的鬈发挺讨人喜欢，他们啪哒啪哒挥动鞭子，大步流星往前赶路，时而互相叫唤同伴。铃儿响叮当的车队由一匹高头大灰马开道，骑在马上的小胖子男孩戴一顶插了一束报春花的破帽子，他笑着用小手紧紧抓住鬃毛；车上大堆大堆的蔬菜，在清晨的天幕前，看去犹如一朵巨型玫瑰的粉红色花瓣映衬着大块大块的绿玉。阿瑟勋爵奇怪地被感动了，他说不出为什么。黎明时分的柔媚景色，在他眼里显得难以描绘地煽情，于是他想到了所有破晓时风光旖旎的日子和入暮时风狂雨暴的日子。同样，那些说话直来直去、举止满不在乎的乡下人，他们看到的是一个多么陌生的伦敦哪！这个伦敦没有黑夜的罪恶，没有白天的烟雾，是一座死气沉沉、幽灵般的城市，一片荒凉的坟场！他在想：他们对伦敦是怎么看的；他们对于伦敦的辉煌和丑恶，对于那里胡天胡帝、光怪陆离的欢乐，对于那里可怕的饥饿，对于那里从早到晚不断制造和不断毁坏的一切，他们是否有所了解。或许，对他们而言，伦敦只是一个集贸市场，他们把水果运到那儿去卖，在那儿顶多逗留几个小时，离开时街道还是静悄悄的，家家户户还在沉睡之中。他瞧着他们打自己身旁经过，感觉挺愉快。尽管他们是粗人，穿着很沉的钉靴走路显得笨手笨脚，他们毕竟带来了一点儿淳朴的田园气息。他感觉到，他们生活在大自然中，大自然教会了他们心平气和地处世为人。他羡慕这些人拥有他们自己并不意识到的一切。

他到达贝尔格莱夫广场时，天际已呈现一抹淡青色，花园里鸟儿正开始啁啾啼鸣。

3

阿瑟勋爵一觉醒来，已经十二点了。中午的阳光透过象牙色的丝绸窗帘射入屋内。他起身向窗外望去。一股混沌的热气弥漫在大都市上空，楼宇的屋顶好像罩上了一层朦胧的银灰色。楼下广场上，有几个孩子在氤氲的绿地里跑来跑去，一如白蝶穿花。人行道上熙熙攘攘，都是前往海德公园的。生活在他眼里从未显得如此可爱，祸害也从未显得如此遥远。

接着，他的贴身男仆把一杯巧克力放在托盘上给他送来。他喝完后，拉开一幅厚重的绛桃色长毛绒门帘进入浴室。柔和的光线透过透明的缟玛瑙薄板从上面不易察觉地洒下来，大理石池子里的水犹如一整块月长石微光闪烁。他急忙跳入水池，直至清凉的涟漪碰到他的脖子和头发，然后他把脑袋完全浸入水下，仿佛要抹掉一段可耻的记忆留下的痕迹。等到浴毕跨出池子时，他觉得几乎已恢复平静。此刻，他处于身体的舒爽感觉控制之下，这在一些有良好教养的人身上可谓屡见不鲜，因为感官跟火一样，既能毁灭人，也能净化人。

早餐过后，他躺倒在长沙发上，点燃起一支香烟。壁炉架上搁着一帧用精美的老式锦缎做衬托的大相片，那是西碧儿·默顿的倩影，跟阿瑟勋爵在诺埃尔夫人举办的舞会上初次见到她时一样。西碧儿轮廓优美的小脑袋略微向一边倾斜，仿佛她芦苇般纤细的脖子难以承受如许丽质的重负；嘴唇只张开一条缝儿，看来是为美妙的音乐天生的；一个少女的娇柔纯情，从正在做梦的眼睛透出的几分惊异中表露无遗。她穿着软而贴身的双绉连衣裙，手执大团扇，模样儿像一个从塔纳格拉附近橄榄树林中出土的精致小陶俑；她的体态、姿势自有一份希腊韵致。然而她并不娇小。她的身材匀称，委实臻于完美——好多女人在这年龄要么长过了头，要么长不大了，因而十分难得。

此时，阿瑟勋爵瞧着她，心中充满源自爱情的痛切哀怜。他觉得，明知自己头上悬着谋杀厄运还要跟她结婚，将是与犹大卖主相同的背叛，此等罪孽比博尔贾[①]曾经策划的任何奸计更恶毒。既然他随时可能被召去实现写在他手上的可怕谶语，那么他俩还有什么幸福可言？只要这一厄运仍系在命运之神的天平上，还能过什么样的日子？婚期必须推迟，不惜任何代价。在这个问题上他是十分坚定的。诚然，他狂热地爱着那姑娘，每当他俩坐在一起时，只要碰一下姑娘的手指，他身体的每一根神经都会颤动起来，产生微妙的快感；尽管如此，他还是十分清楚自己的责任所在，完全意识到除非他把谋杀付诸行动，否则便无权结婚这一事实。办完了此事，他才可以把西碧儿抱在自己怀里，并且知道西碧儿再也不用为他赧颜，再也不用垂头蒙羞。但首先得办完此事，而且越快越好，对于他俩都一样。

处在他的位置上，许多男人会选择走优哉游哉的安逸之道，不去攀高峻陡峭的尽责险峰；但阿瑟勋爵的良知决不允许他把享乐看得比原则更重要。他的爱所包含的并非仅仅是情欲而已；西碧儿对他来说象征着高尚美好的一切。有一会儿工夫，对于要他干的事情，他曾产生一种本能的憎恶，但这种感觉很快就过去了。他的心告诉他，那不是罪过，而是一种牺牲；他的理智提醒他，除此之外别无他途。他不得不在为自己活着与为他人活着这两者之间作出抉择，虽则落到他头上的任务无疑非常可怕，然而他知道自己决计不会听任私心战胜爱心。早晚我们都将被

---

①意大利十五至十六世纪历史上有过重大影响的贵族之家。该家族中的罗德里戈（后为罗马教皇亚历山大六世）及其子切扎列、其女卢克蕾契亚均为以谋杀、叛卖为能事的阴谋家。

要求就同一件事做决定——人人都将回答同样的问题。阿瑟勋爵一生中早早地就面临了这道坎儿——他的本性尚未败坏于人到中年便患得患失的自我放纵，或者说当今只图利己的浅薄风尚还没有侵蚀他的心灵，所以在尽自己的责任方面他义无反顾，从不犹豫。还有一层对他来说也很幸运：他不是只会做梦的空想家或光唱高调的半瓶子醋。倘若他是这种人，就会像哈姆雷特那样举棋不定，让优柔寡断的性格妨碍他达到目的。但他本质上是个干实事的人。在他看来，与其说生命在于思考，不如说生命在于行动。所有品质中最最难得的——实事求是——他具备。

昨夜心乱如麻的狂躁情绪，到此时已烟消云散，他回首自己迷迷瞪瞪地彷徨在大街小巷，反思彼时痛不欲生的精神状态，几乎感到可耻。当时的痛苦完全发自内心，惟其如此，现在他反倒觉得不太真实。他在纳闷，自己怎会愚蠢到冲着无法逃避的宿命大动肝火。困扰着他的似乎只有一个问题：该拿谁开刀？如同异教世界的诸多宗教一样，杀人除需有祭司外，也需要有牺牲。他不是一个天才，所以没有人与他为敌，由于要他去执行的使命至关重要，非同小可，他认为这根本不是什么泄私愤、报私仇的时候。鉴此，他在一张便条纸上列出了自己的亲友名单，经过慎重考虑后，决定中选的目标为克蕾门蒂娜·比切姆夫人，一位住在柯曾街的慈祥老太太，他本人母系的隔房亲戚。他向来很喜欢克蕾姆夫人（大家都这么称呼她），阿瑟勋爵成年后继承了拉格比勋爵的全部财产，故而他自己十分富有，也就是说，不存在他想从克蕾姆夫人的死亡中谋取任何钱财的可能。他把这件事考虑再三，越想越觉得这位老太太正是恰当的人选，再则他觉得任何拖延都对不起西碧儿，便决定立即着手作出具体安排。

要做的第一件事自然是跟手相家结账；于是，他在靠窗的一张谢拉顿款式[1]小书桌旁坐下，签好一张付给塞普蒂默斯·波杰斯先生一百零五镑的支票，把它装入信封，吩咐贴身男仆送往月亮西街。接着，他打电话通知马房套好他的双轮双座轻便车，然后更衣外出。他离屋时回头看了一下西碧儿·默顿的相片，发誓无论出现什么情况，他决不让西碧儿知道他准备为西碧儿做的事，他要把这一自我牺牲的秘密永远埋在自己心中。

在前往白金汉俱乐部的途中，他曾在一家花店门口停车，要那儿给西碧儿送去一篮美丽的水仙花，花瓣儿洁白可爱，雉眼状斑点像是在目不转睛地瞅着你。抵达俱乐部后，他径直来到图书室，打铃让侍者给他来一杯加柠檬的苏打水，还让他取一本毒物学方面的书来。他已认定下毒是这件麻烦事里头可采取的最佳手段。任何加于人身的暴力行为，哪怕只是类似的做法，都令他极度反感；此外，他十分急切地希望，千万勿用可能引起公众注意的任何方式谋杀克蕾门蒂娜，因为他深恐会在温德米尔夫人家被目为稀有动物，或者看到自己的名字出现在专登社会新闻的黄色小报上，他甚至痛恨这样的想法。他还得为西碧儿的父母着想，他们是相当老派的人，万一发生什么迹近丑闻的情况，他们有可能反对这门亲事，虽然他有把握：假如他把全部事实告诉他们的话，他们将最先对驱使他这样做的动机表示赞赏。因此，他有充分的理由决定选择毒药。此法安全、稳妥、宁静，可避免出现任何少不了的痛苦景象——他和大多数英国男人一样，对此类场面持根深蒂固的反对态度。

不过，对于毒物学他却一无所知，而那名侍者除了他拿来的《拉甫手册》和《贝利杂志》外，在图书室里大概再也找不到别的什么了，阿

---

① 谢拉顿款式，指英国家具制造商托马斯·谢拉顿（1751—1806）设计的家具风格，以线条平直、简朴雅致为其特点。

瑟勋爵只得自己去仔细查看一排排书架，终于发现装帧很漂亮的《药典》和厄斯金《毒物学》，后者由皇家医学院院长马修·里德爵士主编，他是白金汉俱乐部最老的成员之一，因被误认为另外一个人而入选，出了那次差错以后，委员会反而恼羞成怒，及至讨论到原先准备吸纳的那个人时，委员们竟全体投反对票把他否决。《药典》和《毒物学》里都用了不少专业术语，把阿瑟勋爵搅得头昏脑涨，他开始后悔自己牛津求学时在拉丁文经典上用功不够；幸好他发现厄斯金《毒物学》的第二卷里关于乌头碱的性能用明白流畅的英语作了生动而详尽的介绍。看来这正是他所要的那种毒药。它见效迅速，几乎立刻致命，而且没有痛苦，如果按照马修爵士推荐的方式将此药置于胶囊内服用，还不存在任何口味不佳难以下咽的问题。于是他把致命所需的剂量记在自己的衬衫袖口上，把书放回原处，然后徒步来到圣詹姆斯街上的佩瑟尔与亨贝大药房。每逢贵客光顾，佩瑟尔先生总是亲自接待，他得知贵客要的竟是这种药后，感到相当惊讶，并且压低音调恭恭敬敬地提到此药必须有相关的证明方可出售。然而，阿瑟勋爵向他解释道，他家的一条挪威大驯犬近来显示出狂犬病的早期症状，并且已经在车夫的腿肚子上咬了两回，因此必须把这条狗除掉。佩瑟尔一听，马上表示十分满意，还恭维阿瑟勋爵拥有惊人的毒物学知识，并当即吩咐助手开了处方。

阿瑟勋爵在邦德街一处橱窗内看到一只小巧玲珑的银质糖果盒，便把那颗胶囊放入其中，扔掉了佩瑟尔与亨贝药房那只怪难看的药丸盒子，随即驱车上克蕾门蒂娜夫人家。

“啊，坏人先生，”老太太在他进屋时用一个法语称呼欢迎他，“这阵子你怎么一直不来看我？”

“我亲爱的克蕾姆夫人，我一直连一小会儿自己的工夫都没有，”阿瑟勋爵面带微笑道。

“莫非你是说你成天价陪着西碧儿·默顿小姐买衣装、侃大山？我就闹不明白，人们结婚干嘛要这样大动干戈？想当年，我们从不在公开场合卿卿我我，肉麻当有趣，即便私下里也一样。”

“请相信我，我已经二十四小时没有见到西碧儿。据我推测，那些给她设计帽子和服装款式的人把她所有的时间全吞没了。”

“当然；这是你会来看我这么个丑老婆子的唯一原因。我不明白，你们男人怎么老是不听劝告。人们也曾经为我神魂颠倒，”刚才这句话她也是用法语说的，“到如今，我成了一个浑身风湿关节痛的可怜虫，额前的头发是假的，脾气又坏。唉，要不是詹森夫人把她能找到的所有最坏的法文小说派人给我送来，我真不知道怎样把这日子一天天熬过去。大夫们除了向你收费，一点儿用处都没有。他们就连我的胃灼热也治不好。”

“我给你带来了治这种病的药，克蕾姆夫人，”阿瑟勋爵神情严肃地说。“这药灵得很，是一个美国人发明的。”

“我不太喜欢美国的那些新发明，阿瑟。我确确实实不喜欢。近来我读过几本美国小说，全是胡扯淡。”

“哦，这药可绝对不是胡扯淡，克蕾姆夫人！我向你担保，这是最好的特效药。你一定得保证试试看，”说着，阿瑟勋爵从兜里掏出那个小盒子，把它递给克蕾门蒂娜夫人。

“哦，这盒子很可爱，阿瑟。你真要把它送给我？你真是太好了。这就是你说的灵丹妙药？它看上去像粒糖果。我马上就把它吃下去。”

“我的老天爷！克蕾姆夫人，”阿瑟勋爵喊道，同时急忙抓住她的手，“你可千万别这么干。这是一种顺势疗法药物，要是你在胃灼热不发作的时候服药，它会对你造成很大伤害。你必须等到发作的时候服药。你会发现它有惊人的奇效。”

“我倒是很想现在就把它吃下去，”克蕾门蒂娜夫人说，一边把那粒小小的透明胶囊举到亮处，可以看到里边液态乌头碱在流动的气泡。“我想这东西味道一定很好。其实，我虽然讨厌医生，可是很爱吃药。不过，我会把它保留到下一次胃病发作。”

“那会在什么时候？”阿瑟勋爵急切地问。“是不是很快？”

“我希望在一星期以内不至于发作。昨天早晨我给折腾得够呛。不过谁也拿不准。”

“那么，你能不能肯定月底以前还会发作一次，克蕾姆夫人？”

“恐怕是的。不过，今天你非常富有同情心，阿瑟！说真的，西碧儿对你很有些好影响。现在你必须赶快走，因为我要跟几个不谈丑闻的人一起吃晚饭，真没劲；我知道，要是现在我不睡一觉的话，回头吃晚饭的时候，我怎么也不可能不让自己睡着。再会，阿瑟，告诉西碧儿我爱她，多谢你的美国药。”

“你可别忘了吃药，克蕾姆夫人，能记住吗？”阿瑟勋爵说着离座起身。

“我当然忘不了，你这个傻孩子。你能想着我，我觉得你的心地已经够好的了；如果我还要这种药，我会写信告诉你的。”

阿瑟勋爵离开这所房子时情绪很高，还有一种如释重负的感觉。

这天晚上，他跟西碧儿·默顿见了面。他告诉西碧儿，自己如何突然被置于骇人听闻的两难境地，而想要回避退缩，无论荣誉感还是责任心都不允许他这样做。他对西碧儿说，目前必须把婚事暂且搁一搁，在他摆脱这一可怕的困境之前，他是个身不由己的人。他恳请西碧儿相信他，切莫对未来产生任何疑虑。一切都将恢复正常，但必须要有耐心。

上面这一幕发生在公园路默顿先生住宅的花房里，阿瑟勋爵通常总是在未婚妻家吃晚饭。西碧儿显得比任何时候更加快乐，有那么一瞬间，阿瑟勋爵都快禁不住了，正想扮演一回懦夫，给克蕾门蒂娜夫人写信告知药丸的事，并且让婚事继续进行，就像世上压根儿没有波杰斯先生这样的人似的。然而，他本性中善良的一面立刻不甘示弱，甚至当西碧儿扑倒他怀里嘤嘤啜泣的时候，他也没有动摇。使他心旌摇荡的美貌，同样也触及他的良知。他觉得，若是贪图几个月的欢乐而毁了如此姣好的生命，那就将大错特错。

他在西碧儿身边一直待到将近午夜，两人轮番安慰对方和得到对方的安慰，翌日上午，他早早地离开伦敦前往威尼斯，行前写了一封措辞坚决、颇有丈夫气概的信给默顿先生，强调婚礼延期势在必行。

4

在威尼斯，他遇见了他的哥哥萨比顿勋爵，后者正好乘自己的游艇从科孚岛[①]过来。两个年轻人在一起度过了令人高兴的两个星期。早晨，他们到里多岛上去骑马，或坐狭长的黑色凤尾船在运河的绿水中荡漾；中午，他们通常在游艇上款待来访的客人；晚上，他们到弗洛里安饭店用餐，在中心广场上吸掉不计其数的烟卷。但不知为什么，阿瑟勋爵并不快活。他每天都在研究《泰晤士报》的讣告栏，期待看到一则通报克蕾门蒂娜夫人去世的讣告，但每天都令他失望。他开始担心老太太发生了什么意外，时常后悔在老太太急于试试药效的时候，自己阻止了她服下乌头碱。同样，西碧儿的来信虽然充满挚爱、信任和柔情，可往往会从字里行间透出深深的忧伤，他不止一次产生过这样的想法：他和西碧儿已被永远分开了。

两周以后，萨比顿勋爵在威尼斯玩腻了，决定沿着海岸线南下拉文纳[②]，因为他听说在那里的松木场可以玩一种绝妙的射鸡游戏[③]。阿瑟勋爵起初绝对不愿参与，但他极其喜欢的萨比顿最后还是说服了他，说他要是一个人留在达尼埃里旅馆内，会无聊得闷死的；于是，他们在十五号早晨驾艇出发，那天劲吹东北风，海上波浪翻滚。体育运动很有好处，生活在自由的广阔天地间，使阿瑟勋爵的脸上又重现红润，但是到了二十二号左右，他惦念克蕾门蒂娜夫人的情况变得焦灼万分，终于不顾萨比顿的再三劝阻，坐火车回到威尼斯。

他刚跨出凤尾船，踏上旅馆的台阶，老板便拿着一沓子电报迎上前去。阿瑟勋爵一下子从他手中把电报抢了过来，急忙拆开。一切都圆满成功。克蕾门蒂娜夫人在十七号夜里十分突然地去世了！

他首先想到的是西碧儿，便给她拍了一通电报去，告知对方他将马上返回伦敦。之后，他吩咐贴身男仆收拾行装赶乘当夜的邮政列车，以大约五倍于正常水平的费用把他雇用的凤尾船船夫打发走，这才步履轻松、心情愉快地登楼跑到自己的起居室去。他发现已有三封信在那里等着他。一封来自西碧儿本人，信中充分表达了哀悼和慰问之意。另外两封是他母亲和克蕾门蒂娜夫人的律师寄来的。看来这位老太太十七号当天曾与阿瑟勋爵的母亲公爵夫人共进晚餐，她机智诙谐的谈吐令所有在座的人笑口常开，但她好像早早便告辞回家，说是胃灼热又发作了。第二天早晨，她被发现死在自己床上，显然并未承受痛苦。当时曾立刻派人把马修·里德爵士请来，但当然已无力回天，二十二号老太太被葬在比切姆·开尔柯特墓地。她在去世前不多几天立下了遗嘱，把她在柯曾街的小房子包括所有的家具、个人动产、藏画悉数留给阿瑟勋爵，只有两项除外：老太太把所收藏的小型画像给了她的妹妹玛格丽特·拉福德夫人；她的一串紫晶项链则归西碧儿·默顿所有。这些财产所值有限，但律师曼斯菲尔德先生却迫切希望阿瑟勋爵马上回国，如果可能的话；因为有一大堆账单需要支付，而且克蕾门蒂娜夫人从来没有理清过自己的账目。

阿瑟勋爵为克蕾门蒂娜夫人生前念着他的一片好心所深深感动，他觉得这件事在很大程度上应由波杰斯先生负责。不过，他对西碧儿的爱压倒了所有其他的感情，何况他认为自己已经尽责，大可心安理得。当他到达切林十字塔时，感觉简直幸福极了。

---

①科孚岛，又名克基拉岛，位于希腊西北部，是爱奥尼亚海中的第二大岛，首府科孚，又名克基拉。

②拉文纳，又译腊万纳，意大利北部一城市，有运河连接亚得里亚海。

③开枪惊动山鸡（欧洲山鹬等野禽），把它们赶入张在林中空地的罗网。

默顿一家非常亲切地接待了他。西碧儿让他作出承诺，他再也不允许任何情况成为横在他俩之间的障碍；另外，婚期已定在六月七日。生活在他眼里再次显得光辉灿烂，他原先拥有的一切欢乐重又回到他身边。

一天，他偕同克蕾门蒂娜夫人的律师和西碧儿一起到柯曾街那所房屋去，把好几包年久发黄的书信烧掉，把抽屉一只只拉出来清理其中的垃圾杂物，忽然，那位年轻的小姐高兴地叫了起来。

“你发现了什么东西，西碧儿？”正干着自己那份活的阿瑟勋爵抬起头来，面带微笑望着她问道。

“是这个小巧玲珑的银质糖果盒，阿瑟。这玩意儿做得很精巧，不是吗？把它给我吧！我知道，紫晶跟我一点也不相配，除非我能活到八十多岁。”

这正是他用来放乌头碱的那只盒子。

阿瑟勋爵吃了一惊，脸上泛起一阵淡淡的红晕。他几乎已把自己做过的事忘得一干二净，在他看来，这是一个奇特的巧合：他遭那份忧心如焚的洋罪，完全是为了西碧儿；而第一个提醒他这件事的，偏偏就是西碧儿。

“当然可以，西碧儿，它归你了。可怜的克蕾姆夫人，那东西还是我自己给她的。”

“哦！谢谢你，阿瑟；里边的糖果也归我吗？我没想到克蕾门蒂娜夫人还喜欢吃甜食。我原以为她是个很有头脑的人。”

阿瑟勋爵的脸顿时变得死一样惨白，他脑际闪过一个可怕的想法。

“糖果？你说什么，西碧儿？他嗓音沙哑、语调缓慢地问。

“盒子里有一粒糖，就那么回事儿。它看上去已经搁了很久，灰头土脸的。你怎么啦，阿瑟？你的脸怎么白成这样！”

阿瑟勋爵一下子从屋子的另一头冲过去把盒子抢过来。里边就是那粒带有剧毒气泡的琥珀色胶囊。原来克蕾门蒂娜夫人是自然死亡!

这一发现对他造成的冲击太大了。他把胶囊扔入火中，自己随着一声绝望的号叫倒在沙发上。

5

婚期第二次被推迟，令默顿先生大为苦恼，而玖丽亚夫人已经定制了自己准备在婚礼那天穿的服装，这回她倾全力一定要西碧儿退掉这门亲事。不过，西碧儿虽然深爱她的母亲，可她已把自己的一生全都给了阿瑟勋爵，故而无论玖丽亚夫人怎么说，都无法动摇她的忠诚。至于阿瑟勋爵本人，他过了几天才从可怕的失望中缓过神来，有一阵他的精神彻底崩溃了。然而，他深明事理、实事求是的性格不久便发挥作用，在该怎么办的问题上没有让他长时间陷入迟疑不决的状态。毒药已被证实完全失败，炸药或别的什么爆炸物，显然值得一试。

于是，他把那份他的亲友名单又从头看了一遍，经过仔细斟酌，决定炸死他的舅舅——奇切斯特[①]的教长。这位教长学问精深，有很高的文化修养，他酷爱钟表，收藏有一批从十五世纪至当代的珍奇时计，在阿瑟勋爵看来，仁厚教长的这一癖好，为他提供了实现计划的好机会。当然，上哪儿去弄一台爆炸装置则是另一码事。他翻阅了《伦敦分类人名录》[②]，结果不得要领；若是去苏格兰场打听，他觉得不会有什么用，因为警方在爆炸发生前好像从来不了解炸弹党的动向，即便在爆炸发生之后也不甚了了。

忽然，他想起了去冬他在温德米尔夫人家中结识的朋友卢瓦洛夫，此人是个颇具革命倾向的俄国青年。据信卢瓦洛夫伯爵正在写一部彼得大帝的传记，来英国目的是研究那位沙皇曾以木匠身份逗留该国学习造船技术的有关文件；但外界普遍怀疑他是个民粹派[③]，可以肯定的一点是俄国大使馆认为此人出现在伦敦不会有什么好事儿。阿瑟勋爵觉得卢瓦洛夫正是他所需要的人，便在一天上午坐马车前往布鲁姆斯伯里他的寓所，向他请教求助。

“如此说来，你是认真想从事政治活动喽？”卢瓦洛夫伯爵在阿瑟勋爵说明来意后问道；但一贯讨厌自吹自擂的阿瑟勋爵，感到有义务向对方承认自己对社会问题丝毫没有兴趣，只是需要一个爆炸装置，而且纯粹是为了家庭事务，此事除他本人外与任何人都不相干。

卢瓦洛夫伯爵诧异地对他注视有顷，见对方完全不像在开玩笑，这才在一张纸上写了个地址，署上自己姓名的首字母，隔着桌子交给对方。

“我亲爱的朋友，要是能知道这个地址，苏格兰场是愿意出大价钱的。”

“他们决不会知道，”阿瑟勋爵笑呵呵说道；在跟俄国青年热烈握手之后，他跑步下楼，仔细看了一下那张纸，吩咐车夫赶奔索霍广场。

到了那儿，他把车夫打发走，自己徒步沿着希腊街走到一处叫做贝尔大院的地方。他从拱门下面穿过去，发现自己走进了一个奇怪的死胡同，那处所显然被法国人开的一家洗衣作占用着，从一所房屋系到另一所房屋的许多晾衣服绳子布成了一张完整的网，白色的内衣在晨风中哗啦啦地飘。他径直走到死胡同的尽头，敲响了一所绿色小屋的门。隔了一会儿（其间每一个窗户都出现好多朝外张望的面孔而变成一团模糊），一个看上去相当粗鲁的外国人出来开门，操着蹩脚的英语问他有什么事。阿瑟勋爵把卢瓦洛夫伯爵交给他的纸条递过去。那人一见纸条，便

---

① 奇切斯特，英格兰南部西苏塞克斯郡首府。

② 《伦敦分类人名录》（The London Directory），按行业编排的类书，登录有姓名、住址等资料。

③ 十九世纪后期俄国革命运动中一个主张采取个人恐怖手段的派别。

鞠了一躬，把阿瑟勋爵让进底层一间非常寒酸的前屋；稍过片刻，温克尔科普夫先生[①]——在英国别人是这样称呼他的——匆匆忙忙走进来，他脖子上围着一方酒迹斑斑的餐巾，左手还拿着一把餐叉。

“卢瓦洛夫伯爵介绍我来找你，”阿瑟勋爵鞠躬道，“我有件事急需跟你作一次简短的晤谈。敝姓史密斯，罗伯特·史密斯先生，我想要你给我配备一枚定时炸弹。”

“幸会，阿瑟勋爵，”和颜悦色的小个子德国人说着放声笑了起来。“不用紧张，了解每一个人是我的天职，我记得在温德米尔夫人家的一个晚会上见到过你。夫人阁下想必安康。你不介意跟我一起坐下，让我吃完我的早餐吗？今天有极好的肉饼，而且，承蒙我的朋友们夸奖，说我的莱茵白葡萄酒胜过他们在德国大使馆品尝到的任何佳酿，”阿瑟勋爵还没有从身份被识破的惊愕中定下神来，发现自己已经坐在后屋，拿着一只标有皇族名讳图案的淡黄色白葡萄酒杯，从中啜饮琼浆玉液般的马可布吕涅尔[②]，一边以无比友好的态度跟那位有名的暗杀党交谈。

“定时炸弹不宜运出国境，”温克尔科普夫先生说，“即使能通过海关，由于火车运行不太准时，也往往会在抵达真正目的地之前爆炸。不过，既然你需要一枚家用，我可以为你提供一件优质品，并且保证效果能使你满意。我可不可以问一下：它是用来对付什么人的？倘若用来对付警方或任何跟苏格兰场有关连的人，那么对不起，我不能为你做任何事情。英国的刑侦人员确实是我们最好的朋友，我一向认为，仰仗他们的愚蠢，我们完全可以想怎么干就怎么干。这些人我们一个也舍不得。”

“请相信我，”阿瑟勋爵道，“这跟警方毫无关系。事实上，定时

---

① 温克尔科普夫(Winckelkopf)是一个德语姓氏，而且与之相连的“先生”也用德语 Herr。

② 马可布吕涅尔，莱茵白葡萄酒最佳品牌之一，原为葡萄园名。

炸弹的目标是奇切斯特教长。”

“天哪！我没料到你会有如此强烈的宗教感情，阿瑟勋爵。如今的年轻人像你这样的实在是凤毛麟角。”

“恐怕你把我估计得太高了，温克尔科普夫先生，”阿瑟勋爵脸涨得通红说道。“其实，我对神学简直一窍不通。”

“如此说来，此番纯属私事？”

“纯属私事。”

温克尔科普夫先生耸耸肩膀，从屋里走出去，数分钟后返回，带来一块圆形的炸药，大小近似一枚一便士的硬币，还有一座精巧的法国小台钟，顶上饰有自由女神的镀金塑像踩在象征专制主义的九头蛇身上。

阿瑟勋爵一见此钟，脸上的神色豁然开朗。

“这正是我所要的，”他高兴得叫了起来，“现在请告诉我，这东西怎样才能爆炸。”

“啊！这是我的秘密，”温克尔科普夫先生答道，同时注视着他的发明，目光中流露出一种无可非议的自豪感；“我需要知道你希望它什么时候爆炸，我就把这装置设定在那个时候，分秒不差。”

“呃，今天是星期二，如果你能立刻派人把它送去——”

“这办不到，我手上还有好多重要的工作，是为我的几个莫斯科朋友做的。不过，我可以在明天派人送去。”

“哦，这样时间就很充裕！”阿瑟勋爵客气地说。“只要能在明天晚上或星期四上午送到。至于爆炸的确切时间，就定在星期五中午十二点正吧。那个时刻教长一定在家。”

“星期五，正午，”温克尔科普夫先生重复了一遍，并把这条内容记入放在壁炉旁边写字台上的大账本。

“现在，”阿瑟勋爵说着离座起身，“请告诉我该付给你多少费用。”

“区区小事，阿瑟勋爵，我不在乎什么费用。炸药的价格是七先令六便士，钟是三镑十先令，本资大约五先令。只要是卢瓦洛夫伯爵的朋友，我都十分乐意为之效劳。”

“那么你的酬劳呢，温克尔科普夫先生？”

“哦，那算不了什么！这对我来说是一种乐趣。我工作不是为了钱；我活着完全是为我的艺术。”

阿瑟勋爵把四镑二先令六便士放在桌上，向小个子德国人道了谢，在成功地谢绝本周六参加一个茶会跟几位无政府主义者见见面的邀请之后，便离开那所房屋，往海德公园方向走去。

接下来的两天，他处于一种极度亢奋的状态，到了星期五中午十二点，他坐车去白金汉俱乐部等候消息。整个下午，那名面无表情的大堂杂役一直在张贴来自全国各地的电讯，内容涉及赛马结果、离婚案的裁定、天气状况，诸如此类，自动收报机的嗒的嗒通过纸带打出有关下议院一次彻夜讨论以及证券交易所一场小小恐慌的无聊细节。到了四点钟，晚报已经出版，阿瑟勋爵一下子溜进阅览室，把《佩尔美尔街》、《圣詹姆斯》、《环球》和《回声》这几份报纸全拿过来，引起古德柴尔德上校的强烈不满，后者想读关于那天上午他在伦敦市长官邸发表的一篇讲话的报道，在讲话中他读到了南非传教团问题，谈到了让那里的每个省都有黑人主教是明智之举，而这位上校不知什么缘故对《新闻晚报》抱有很深的成见。然而，上述那些报纸任何一份都没有只言片语提到奇切斯特，阿瑟勋爵感到这次企图想必又失败了。这对他是一个可怕的打击，有一段时间他彻底泄了气。第二天，他去走访温克尔科普夫先生，后者说了一大串表示歉意的话，措辞都经过精心推敲，并愿意为他免费提供另一座钟，或按成本价提供一箱硝化甘油炸弹。但阿瑟勋爵对炸药已完全失去信心，而温克尔科普夫先生自己也承认，如今什么东西都能掺假，就连炸药也很难弄到质地纯正的货色。不过，小个子德国人一方面认为爆炸装置想必出了什么机械故障，另一方面仍抱有希望，认为那座钟还可能爆炸，并举了有一次他派人给敖德萨总督[1]送去的晴雨表为例：那只晴雨表虽然定在十天内爆炸，不料过了大约三个月一直没有炸响。有一点是千真万确的：当它果然爆炸的时候，仅仅把一名女佣炸成齑粉，总督则在六星期前就离开了敖德萨，但这至少表明，炸药只要处于机械装置的控制下，毕竟具有强大的破坏力，尽管不太守时。听了这番意见，阿瑟勋爵稍感宽慰，但即便这么一点儿残留的希望也注定要破灭，因为两天后，他回到家里正在上楼的时候，公爵夫人把他叫到自己屋里，给他看一封刚收到的信，那是从教长宅邸寄来的。

"洁恩写的信向来很精彩，"公爵夫人说；"她最近的一封值得你好好读一读。这跟缪蒂派人给我们送来的那几本小说相比毫不逊色。"

阿瑟勋爵急忙把信从母亲手中拿过来。信的内容如下：

寄自奇切斯特教长府

五月二十七日

我亲爱的姑妈：

十分感谢你捐赠给多加会[2]的绒布，还有方格布。我完全同意你的见解，她们说没有漂亮衣服穿——真是无稽之谈。但如今人人都那么好走极端，漠视宗教，以致很难使她们明白，她们不应该竭力把自己打扮成上层阶级。我真的不知道长此以往将伊于胡

---

①敖德萨，乌克兰南部黑海西北岸的港口城市。当时乌克兰在沙俄版图之内，这里的"总督"指沙皇派到那里去的军政长官。

②多加会，据《圣经 · 新约 · 使徒行传》第 9 章第 36—41 节，多加是个广行善事的女基督徒，经常制衣周济穷人，死后由使徒彼得使之复活。因此，基督教会由女教徒们缝制衣服行善的组织往往以"多加会"命名。

底。正如爸爸在布道时经常说的那样，我们生活在一个没有信仰的时代。星期四，一个不知名的崇拜者给爸爸送来一座钟，让我们大大地乐了一阵。钟是装在木箱里由马车从伦敦拉来的，运费已先付讫。爸爸认为送这件礼物的人想必读过他的布道名篇《放纵是自由吗?》，因为钟顶上有一个女人的雕像，她头上戴的东西据爸爸说叫做“自由帽”。我个人认为它不太好看，但爸爸说这种帽子有历史意义，所以我想它还可以吧。帕克尔打开了包装，爸爸把钟放在藏书室的壁炉架上。星期五上午，我们全家都坐在那儿，当钟刚敲十二点时，我们听到一阵嗡嗡的噪音，然后有一缕烟从雕像垫座里喷出来，接着自由女神从钟顶上跌落，在壁炉的围栏上撞破了鼻子！玛丽亚吓得要命，但这情景实在太滑稽，詹姆斯和我爆发出阵阵狂笑，连爸爸也给逗乐了。经过仔细察看，我们发现那不过是一只闹钟，而且，如果我们把它设定在某一时刻，再放一些火药和一个火药帽在小钟槌下面，那么它就会在你需要的时刻放炮。爸爸说不能把它留在藏书室，因为它会发出噪声，莉琪就把它搬到课室去了，于是她一天到晚在那里制造小爆炸。姑妈，依你看，阿瑟会不会喜欢来一次这样的爆炸作为结婚礼物？我以为爆炸在伦敦十分时髦。爸爸说爆炸会起到很好的作用，因为东也爆炸西也爆炸恰恰表明自由长不了，一定会失败。爸爸说，自由是在法国大革命时期发明的。这太吓人了！

现在我得去多加会了，我要在那儿宣读你写的那封极有教育意义的信。亲爱的姑妈，你主张她们这样身份的人应当什么难看就穿什么，这个想法太合理了。我必须说，一个人生前在这个世界，死后到另一个世界，有许许多多更重要的事可做，而她们却为衣着打扮而苦闷烦恼，实在荒唐可笑。你那块花毛葛料子做成衣服挺好看，而且你的花边也没有撕破，我很高兴。星期三在主教家承蒙你赐给我一块黄缎子衣料，不久即将穿在我身上，我想它看起来一定很不错。你要不要蝶形领结？简宁斯说，现在人人都戴蝶形领结，而衬裙都要滚荷叶边。莉琪刚刚又制造了一次爆炸，爸爸命令把那座钟挪到马房去。我看爸爸已经不像最初那样喜欢这东西，尽管他为有人送给他这样一件漂亮而又巧妙的玩具感到得意非凡。这件事表明有人读他的布道集并从中获益。

爸爸要我转达他的挚爱，詹姆斯、莉琪和玛丽亚都和他一样，更有一个人希望塞西尔姑丈的痛风有所好转，相信我，亲爱的姑妈，那人就是永远爱你的侄女

洁恩·珀西

请一定告诉我要不要蝶形领结。简宁斯认定这是当今的时尚。又及。

阿瑟勋爵读完了信，神情凝重而又沮丧，公爵夫人见状反倒大笑不已。

“我亲爱的阿瑟，”她嚷道，“往后我再也不给你看年轻小姐写的信了！不过，你要不要听我说说对那座钟的看法？我认为那是一项了不起的发明，我自己倒想要一座。”

“我认为没有什么了不起，”阿瑟勋爵面带苦笑说，在吻过母亲后便离开了那间屋子。

他上楼后，颓然倒在沙发上，顿时热泪盈眶。他尽了最大的努力去实施谋杀，但两次均告失败，而且都不是由于他自己的过失。他力图尽到自己的责任，可是看来命运之神好像扮演了奸细的角色。好的设想得不到好结果，把事情办妥的努力纯属白费劲，这种意识令他深感压抑。

或许，还是干脆推翻这门亲事为好。诚然，西碧儿会伤心的，但伤心不至于彻底毁掉像她这样高贵的一个人。至于他本人，那又算得了什么？任何时候都有可能导致一个男人死去的战争，任何时候都有一个男人可以为之献出生命的理由，既然生命对他来说已无乐趣，那么死亡对他来说也并不恐怖。任凭命运之神安排他的末日去吧。他不会动一根手指头帮上一把。

七点半，他换好衣服徒步前往俱乐部。萨比顿在那里跟一群年轻人聚会，阿瑟只得与他们共进晚餐。他们无聊的谈话和乏味的玩笑引不起他的兴趣，所以等到咖啡一端上来，他就离开了他们，推说自己有个约会以便脱身。他正要走出俱乐部的时候，大堂杂役递给他一封信，那是温克尔科普夫先生写来的，请他次日晚上去看伪装成一把伞的炸弹，它只要一打开便会爆炸。那是刚从日内瓦到货的最新发明。阿瑟勋爵把那封信撕成碎片。他拿定主意再也不作新的尝试。随后他沿着泰晤士河堤信步而行，在河边坐了几个小时。月亮从蓬乱的茶褐色云层后面探头窥视人间，像一只狮子的眼睛；无垠无底的苍穹闪耀着数不清的星星，宛如金粉洒在紫色的圆屋顶上。不时会出现一艘摇摇摆摆的驳船驶入浊流，随着潮水漂去；当火车尖叫着飞驰过桥时，铁路上的信号灯由绿色变换成深红色。过了一段时间，从威斯敏斯特教堂高高的塔楼上传来钟鸣十二点的巨响，洪亮的钟声每敲一下，夜空仿佛就会跟着一哆嗦。然后，铁路上灯光熄灭，只留下孤零零一盏灯，像是一颗红宝石在巨大的桅樯上闪着微光；都市的喧嚣趋于减弱。

凌晨两点，他站起身来，朝着黑修士会①方向踽踽而行。周围的一

---

① 黑修士会，天主教多明我会的修道士因裹黑色披风，被称为黑修士，这里指伦敦中部圣保罗教堂西南不远处过去曾有一座多明我会修道院的地带。

切景物看上去是多么不真实！多么像一个奇怪的梦！河对岸的房屋似乎是用黑暗构筑起来的。给人的感觉仿佛银色的月光和憧憧的黑影把世界改变得面目一新。圣保罗教堂巨大的圆顶像一个气泡透过暗沉沉的夜色赫然耸现。

他走近克娄巴特拉方尖碑①时，见一个男人倾出上半身倚在堤墙上，及至他走得更近时，那人抬起头来，煤气灯光正好把他的脸照亮。

原来是波杰斯先生，那个手相术专家！没有人会认错那张皮肉松弛的胖脸、那副金丝边眼镜、那种虚多实少的微笑，还有那张包藏邪念的嘴巴。

阿瑟勋爵收住脚步。一个绝妙的主意霎时在他脑际闪过，于是他蹑手蹑脚走到手相家背后。说时迟，那时快，他抓住波杰斯先生的两条腿往上一翻，把他扔进了泰晤士河。只听得一句粗俗的咒骂，接着是重重的扑通一声响，然后一切都静了下来。阿瑟勋爵急煎煎地向河中望去，但连手相家的影儿也没望见，只有一顶高帽子在月色溶溶的水面上一股涡流中飞快地旋转。过不多久，帽子也沉了下去，还是看不到波杰斯先生的任何踪迹。他一度以为自己瞥见一个肥胖、丑陋的身影挣扎着想登上桥边的台阶，他顿时毛骨悚然地感到这一回又失败了；但后来发现这仅仅是水中的倒影，当月亮又从浮云后面露脸时，那映象便消失了。看来，他终于实现了命运的旨意。他长舒了一口气，嘴唇不由自主地轻轻呼唤着西碧儿的名字。

“先生，你是不是掉了什么东西？”忽然有一个声音在他背后问道。

---

① 克娄巴特拉方尖碑，从古埃及搬来的两块方尖碑之一，除了伦敦泰晤士河堤的这一块，在纽约中央公园还有一块。它们都被叫做“克娄巴特拉（古埃及女皇名）的针”。

他转过身去，看见一名手提牛眼灯的警察。

“没有什么重要东西，巡官，”他面带笑容回答，随即招呼一辆过路的街车跳了上去，告诉车夫去贝尔格莱夫广场。

接下来的几天工夫，他时而满怀希望，时而惊恐张皇。曾经有不止一个短短的瞬间，他几乎以为波杰斯先生马上会走到屋里来；而另外有几次，他又觉得命运不可能对他如此不公。他按照手相家名片上月亮西街那个地址去过两回，但无法迫使自己拉响门铃。他渴望得到确实的消息，同时又害怕直面真相。

确实的消息终于来了。那天，他正坐在俱乐部的吸烟室里喝茶，百无聊赖地听着萨比顿津津乐道配乐表演剧院最新推出的滑稽歌曲，这时侍者拿着晚报进来。阿瑟勋爵拿起《圣詹姆斯》没精打采地一页页翻过去，直至这样一条奇怪的标题引起他的注意：

手相术专家自尽身亡

他激动得脸色煞白，便开始阅读。这则短讯内容如下：

> 昨天上午七时，颇有名气的手相术专家塞普蒂默斯·R·波杰斯先生的尸体被冲上格林尼治的河滩，正好在船舶旅馆前面。那位不幸的先生失踪已有数日，手相家圈内人士对他的安全深感忧虑。他被认为是在劳累过度引起的暂时性精神错乱影响下自尽身亡的，包含上述结论的裁决已于本日午后由验尸陪审团正式宣布。波杰斯先生刚刚完成一篇精心构思的论文研究人的手相，该文不久即可发表，并且无疑将引起广泛关注。死者终年四十五岁，似乎并未留下任何遗属。

阿瑟勋爵从俱乐部里冲了出去，手里仍拿着报纸，把试图拦住他未果的大堂杂役惊得目瞪口呆。阿瑟勋爵立刻驱车赶往公园巷。西碧儿从窗内望见了他，某种感觉告诉她，阿瑟带来了好消息。她奔下楼去迎接阿瑟，一看到阿瑟的脸，她就知道诸事顺遂。

“我亲爱的西碧儿，”阿瑟勋爵喊道，“我俩明天就结婚吧！”

“你这个傻瓜男孩！咳，连蛋糕都还没定好呢！”西碧儿说着破涕为笑。

6

大约三个月后婚礼正式举行时，圣彼得教堂被衣着入时的人群挤得水泄不通。由奇切斯特教长主持的仪式，给大家留下极为深刻的印象，在场的人一致认为他们从未见过比这对新人更漂亮的新郎新娘。不过，他们不光是漂亮——他们还幸福美满。阿瑟勋爵对于自己为了西碧儿所遭受的一切，从未感到片刻的后悔；反过来说，凡是任何男人从一个女人那里所能得到的最美好的奉献——崇敬、温柔和爱情，西碧儿也都给了他。对于他们来说，罗曼司没有被现实生活摧折。他们永远觉得青春常在。

若干年后，他们已经有了两个美丽的孩子，温德米尔夫人来到奥尔顿隐修山庄作客，那所古朴典雅的别墅是公爵送给儿子的结婚礼物。一天午后，她和阿瑟勋爵夫人坐在花园里一棵椴树下，看小男孩和小姑娘像两束活泼好动的阳光在玫瑰花径上来回奔跑嬉戏。忽然，温德米尔夫人握住女主人的手问：

“你快活吗，西碧儿？”

“亲爱的温德米尔夫人，我当然快活。难道你不快活？”

“我没有时间快活，西碧儿。我总是喜欢最近一个被介绍给我的人；可是，一旦我了解那个人以后，就感到厌倦了。”

“你对所驯养的狮子是否满意，温德米尔夫人？”

“哦，亲爱的，不满意，狮子仅仅维持了一个社交季的新鲜感。一旦它们的鬣毛被剪掉，它们就是现有的最最乏味的东西。再说，要是你真正善待它们的话，它们的行为却糟糕得要命。你还记得那个讨厌透顶的波杰斯先生吗？他是个可恶的江湖骗子。当然，这些我都不在乎，甚至他要借钱的时候，我也原谅他；但是我无法容忍他向我求爱。他使我恨透了手相术。现在我爱好心灵感通术。这要有趣得多。”

“你千万不要在这儿说手相术的什么坏话，温德米尔夫人；这是阿瑟唯一不愿意人们说三道四的话题。请相信我，他在这一点上是十分认真的。”

“你的意思不会是说他相信手相术吧，西碧儿？”

“你问他吧，温德米尔夫人，他来了，”这时阿瑟勋爵拿着一大束黄玫瑰在花园里走过来，他的一双儿女一路围着他跳舞。

“是阿瑟勋爵？”

“是的，温德米尔夫人。”

“你的意思不会是说你相信手相术吧？”

“我当然是这意思，”年轻的勋爵含笑道。

“为什么？”

“因为我生活中所有的幸福都应当归功于它，”他小声说着在一把柳条椅子上舒舒坦坦坐了下来。

“我亲爱的阿瑟勋爵，你究竟得到了什么，要归功于它？”

“西碧儿，”他答道，一边把玫瑰花递给妻子，一边凝视着她紫罗兰颜色的双眸。

“无稽之谈！”温德米尔夫人嚷了起来。“我一辈子从没听说过这样的无稽之谈。”

坎特维尔的幽灵

——唯物唯心主义传奇

1

当美国公使海勒姆·B·奥梯斯先生要买下坎特维尔庄苑的时候，人人都说他是在干一件十分愚蠢的事，因为那地方毫无疑问有鬼怪作祟。确实，在买卖双方着手谈价钱的时候，甚至坎特维尔勋爵本人——这是位一丝不苟的至诚君子——也认为有责任向奥梯斯先生提起这一事实。

“自从我的姑奶奶、博尔顿公爵的遗孀被吓得晕厥过去以来，我们自己不想再住这个地方，”坎特维尔勋爵说，“我的姑奶奶也始终没有彻底复原。那一次，她正在换装准备吃晚饭，突然有两只仅剩枯骨的手搁在她的肩上。我感到有责任告诉你，奥梯斯先生，我的家族中好几个还活着的成员曾见到过那个幽灵；还有，本教区的教区长奥古斯塔斯·丹皮尔牧师也看到过，他是剑桥皇家学院的董事。公爵夫人不幸受到那次惊吓以后，比较年轻的仆人都不愿再留在我们家，而坎特维尔夫人经常彻夜不得安眠，因为老是有神秘的响声从走廊和图书室里传来。”

“阁下，”公使回答说，“我愿意把家具和幽灵一起买下来。我来自一个现代化的国家，那里，我们可以用钱买到任何东西。我们的年轻人脑瓜灵、手脚快，正在给旧大陆①带来朝气，而把你们最出色的戏剧女演员和歌剧女明星带走。我认为，倘若欧洲有幽灵这样的玩意儿，我们一定要在很短的时间内把它弄到国内某一座公共博物馆里去，或者到各处巡回展出。”

“我担心幽灵确实存在，”坎特维尔勋爵微笑着说，“尽管它可能拒绝贵国善做生意的经纪人提出的建议。这幽灵出名已有三个世纪，确切些说是从1584年起就为大家所知道。以后，它总是在我们家族的任何一个成员死亡之前出现。”

“是啊，就像家庭医生在类似的情况下总要来一下那样，坎特维尔勋爵。但是，先生，世上根本没有幽灵这样的东西；我估计，自然法则对于英国的贵族也不会不适用的。”

“你们美国人当然是非常顺应自然的，”坎特维尔勋爵回答说，他还没有完全理解奥梯斯先生末了那句话的意思，“既然你对这所房子里的幽灵并不在乎，那就没有问题。但你必须记住，我已预先告诉过你了。”

几个星期以后，这桩买卖成交了，到那一个社交季节结束时，公使便举家迁往坎特维尔庄苑。奥梯斯太太，西五十三街的卢克丽霞·R·塔潘小姐，当年是纽约有名的美人儿，如今仍是一位非常漂亮的中年妇女，一双俏眼睛和绝妙的面庞轮廓风韵犹存。许多美国女士一旦离开她们的故土，往往会装出一副慢性病患者的样子，以为这是一种欧洲式的优雅气派；但是奥梯斯太太却从不犯这种错误。她具备上佳的体质和确实令人惊异的蓬勃朝气。诚然，在许多方面，她像一个十足的英国人，足以为如下的事实提供卓越的范例，即：如今我们同美国简直什么都一样，当然，只有语言除外[2]。她的长子由父母在爱国热情的一时冲动下，取名叫华盛顿(这事他本人一直引以为憾)。他是一个相当英俊的金发青年，曾接连三个社交季节在新港游乐场领头跳德国华尔兹舞，卓越的舞艺甚至已经誉满伦敦，凭这一点他就认为有资格进入美国外交界。栀子花和名人录是他仅有的两大癖好。在其他方面，他是非常精明的。弗吉妮亚·E·奥梯斯小姐是个十五岁的少女，像一头小鹿一样柔美可

---

① 指欧洲，与新大陆(指美洲，尤指美国)相对而言。

② 意指英国人处处摹仿美国生活方式，而美国人所说的英语却与英国人颇有些不同。

爱，她那双碧蓝的大眼睛充分显示出奔放不羁的性格。她的骑术非常高明，一次，她曾和比尔顿老勋爵比赛，绕海德公园两周，结果她骑的一匹矮种马到达阿基里斯雕像前面时，以一匹半马身的优势赢了老勋爵，使年轻的柴郡公爵欣喜若狂，当场向她求婚，结果被他的监护人连夜送回伊顿公学，可怜小公爵哭得像个泪人儿似的。在弗吉妮亚之后是一对孪生兄弟，他们通常被称为“星星和条条”，因为这哥儿俩老是挨棍棒和鞭笞。这是两个挺讨人喜欢的男孩，除了可尊敬的公使外，他们是这个家庭里仅有的正宗共和党人。

因为坎特维尔庄苑离最近的火车站阿斯考特有七英里地，所以奥梯斯先生事先打电报吩咐派一辆四轮游览马车来接他们，现在他们兴冲冲地坐上马车向那里进发。那是七月里一个可爱的傍晚，空气中散发出松树的清香。他们不时听见一只斑鸠陶醉于它自己甜美的歌喉，或者看到山鸡光滑的胸脯在簌簌作声的羊齿草丛深处一闪而过。马车经过时，小松鼠从山毛榉的树枝上向他们偷看，野兔穿越灌木丛或翻过苔藓覆盖的小丘飞快地逃走，它们的小白尾巴翘得老高。可是，他们刚进入通往坎特维尔庄苑的林阴道，天空突然乌云密布，周围的空气被一阵异样的沉寂所笼罩。一大队白嘴鸦在他们头顶上方悄悄地飞过。他们还没有来得及到达宅第门前，豆大的雨点已经纷纷落下。

站在台阶上迎接他们的是一位老妇人，穿着一身干净的黑色绸服，戴一顶白帽子，系一条围裙。她就是管家厄姆尼太太，奥梯斯太太应坎特维尔勋爵夫人恳切的请求，同意留用她担任原来的职务。当他们下车时，她向每一个人躬身行屈膝礼请安，并且按照一种怪有趣的老派规矩说道，“欢迎光临坎特维尔庄苑。”他们跟着她走过按都铎王朝[①]时代风

① 都铎王朝，1485—1603 年的英国封建王朝，凡五代，历 119 年。

格陈设的华丽前厅，来到图书室。这是一间长而低的房间，四周装有黑色栎木嵌板，它的尽头是很大的有色玻璃窗户。在这里，他们发现茶点已经准备好，于是便脱去外衣坐下来环顾四周，由厄姆尼太太给他们斟茶。

突然间，奥梯斯太太发现，就在壁炉旁边的地板上有一摊暗红色的痕迹。她完全没有意识到这究竟是什么痕迹，便对厄姆尼太太说，“恐怕曾经有什么东西洒在那里了吧。”

“是的，夫人。”老管家压低了嗓门回答，“曾经有血洒在那个地方。”

“太可怕了！”奥梯斯夫人叫了起来，“我讨厌起居室里有血迹。必须马上把它擦掉。”

老妇人淡淡地一笑，用同样低沉而又神秘的声调回答，“这是埃丽诺·德·坎特维尔夫人的血。1575 年，她就在那个地方被她的丈夫赛蒙·德·坎特维尔爵士所杀。赛蒙爵士在她死后又活了九年，后来在十分神秘的情况下突然失踪。他的尸体始终没有发现，但他那罪恶的阴魂至今在这个庄苑里作祟。游客和其他人等对这摊血迹很感兴趣，就是没法把它除去。”

“完全是胡说八道，”华盛顿·奥梯斯大声说，“平克尔顿公司出品的冠军除迹剂和模范去垢剂能立即把它消除干净，”说着，在吓呆了的女管家想要加以阻止之前，他已经跪下来，用一支样子像黑色化妆油膏的东西很麻利地动手擦地板。一会儿，那摊血迹一点也看不出来了。

“我知道平克尔顿能解决问题。”他十分得意地说，一边环顾表示赞赏的全家人。然而，他这话刚出口，一道可怕的闪电刷地照亮了这间昏暗的屋子，接着，一声令人丧胆的霹雳把他们震得全都跳起来，厄姆尼太太当即昏倒。

“这天气真会吓人！”美国公使平静地说着，点起一支很长的方头雪茄。“我看，这个古老的国家人口实在太多了，连比较像样的天气也不够让人人都有。我一直认为移民是英国的唯一出路。”

“我亲爱的海瑞姆，”奥梯斯太太大声说，“像这么一个动不动就晕过去的女人，我们该拿她怎么办？”

“扣她一次工钱，就像赔偿破损的器皿那样，”公使回答说，“往后她就不会昏倒了。”没过多久，厄姆尼太太果然苏醒过来。不过，她在精神上毫无疑问受到很大震荡，并且十分严肃地告诫奥梯斯先生提防行将降临这座宅第的祸祟。

“先生，我亲眼看到过的一些景象，”她说，“能使每一个基督徒毛骨悚然。这里发生的骇人事件曾使我不知多少个夜晚不能合眼。”尽管如此，奥梯斯先生和他的太太还是竭力让这位诚实的妇人放心，说他们不怕鬼。在祈求上帝降福给她的新主人、新主母，并为增加薪水作了一些安排之后，这位老管家才踉踉跄跄回到她自己的房间里去。

2

狂风暴雨肆虐了整整一夜，但没有什么异常的情况发生。翌晨，他们下楼进早餐时，发现那摊可怕的血迹又出现在地板上。“我想，这不能怪模范去垢剂不灵，”华盛顿说，“因为我用它在各种污迹上都试过。这肯定是鬼干的。”于是他第二次擦去血迹。但第二天早晨又出现了。第三天早晨还是那样，虽然图书室的门临睡前由奥梯斯先生亲自上了锁，并且把钥匙带上楼去。现在，全家人对此都感到极大的兴趣；奥梯斯先生开始怀疑自己否认鬼的存在是否太武断了，奥梯斯太太表示她有意加入心灵研究会，华盛顿则写了一封长信给迈尔和波德摩两位先生，论述涉及犯罪行为的血迹的永久性。如果说，关于幽灵的客观存在过去还有些怀疑的话，到那天晚上，对这一点已永远不再置疑。

白天，天气很热，阳光充足；晚凉时全家乘车出去兜风，直到九点才回来用一顿简单的晚餐。谈话的内容决计不涉及鬼魂，可以说连一点神经过敏的迹象也没有，而这往往是鬼魂出现的先兆。事后，我从奥梯斯先生那里知道，当时谈的纯粹是有教养的上层美国人一般谈话的内容，诸如：作为一个女演员，芳妮·戴文波特小姐远远超越萨拉·本哈特；甚至在最体面的英国人家席上也吃不到嫩玉米、荞麦饼和玉米片粥；波士顿在发展世界精神中的重要性；行李票制度在火车旅行中的便利；纽约口音比慢吞吞的伦敦拖腔脆甜。没有一个字涉及超自然现象，也没有用任何方式提起赛蒙·德·坎特维尔爵士。到十一点钟，全家回房就寝，半小时后，所有的灯火都告熄灭。过了一会儿，奥梯斯先生被他房外走廊里一种奇异的响声所惊醒。这动静像是金属互碰发出的锒铛声，而且好像愈来愈近。他立即起来，擦亮一根火柴，看了一下时间。这时恰好一点正。他十分镇静，而且按了一下自己的脉搏，肯定没有亢奋失常。奇怪的声响还在继续，同时，他还清楚地听到了脚步声。他穿上自己的拖鞋，从梳妆匣里取出一只椭圆形的小瓶子，然后把门打开。借着苍白的月色，他看见自己正前方有一个样子非常可怕的老头，他的眼睛像两块烧红的炭，灰白的长发成螺旋形，乱蓬蓬地披散在肩上；他的服装是古代式样，又脏又破；他的手腕子和脚脖子上都戴着沉重生锈的镣铐。

“亲爱的先生，”奥梯斯先生说，“我不得不坚决要求给你的锁链上一些油，为此我已给你带来一小瓶坦曼尼的日出润滑油。据说一用就灵，包装纸上有好些例子可资佐证，都是敝国一些最著名的神学家提供的。我把它给你留在这里的卧室烛台旁边，并且十分乐意供给你更多的润滑油，如果你需要的话。”说完这番话，美利坚合众国公使便把瓶子放在大理石桌面上，关上门，休息去了。

坎特维尔的幽灵理所当然地气得站在那里纹丝不动有一会儿工夫，接着把那瓶东西猛掷在打蜡地板上，然后顺着走廊飞奔，一边发出低沉的呻吟和鬼气森森的绿光。可是，他刚踏上宽阔的栎木扶梯的平台，一扇门蓦地打开，出现两个穿白色睡袍的小小身影，只见一只大枕头嗖的一声从他头上飞过！显然，已没有时间可以耽搁，于是他匆匆忙忙采用第四维①遁身法，穿越护壁板逃之夭夭，整座房子重又归于沉寂。

到了左厢一间小小的密室里，幽灵才倚着月光停下来喘一口气，开始分析他自己的处境。在绵延三百年威名赫赫的经历中，他从未受到如此粗暴的侮辱。他想到公爵的遗孀正在对镜穿戴锦绣珠宝之际被他吓破了胆；想到他仅仅从一间备着留客的卧室帷幕后面向四个女仆龇牙一

① 指普通空间的三维长、宽、高之外的“第四维”，意即不可思议的空间。

笑，就把她们吓得歇斯底里发作；想到某一天夜里，他把从图书室里出来的教区长拿着的蜡烛吹灭了，从此一直由威廉·古尔爵士治疗这位精神失常的受害者；想到德·特雷慕亚克老夫人一天清晨醒来，看见一具骷髅坐在炉边一张圈椅里读她的日记，由此得了脑膜炎，卧床达六个星期之久。康复后，她终于同教会和解，并毅然与臭名昭著的怀疑论者伏尔泰先生决裂。幽灵想起那个可怕的夜晚，诡计多端的坎特维尔勋爵[①]在更衣室里被发现行将噎死，一张方块J正卡在他的咽喉的半道上。临死前他承认曾在克罗克福特牌室用那张牌骗了查理·詹姆士·福克斯五万镑，并发誓说，是幽灵使他吞下了那张牌。幽灵的历次巨大成功在他自己眼前一一重演，从那个在餐具室里开枪自杀的侍役长（因为他看到一只绿色的手轻轻敲着玻璃窗）到美丽的斯塔特菲尔德夫人（她不得不老是用一条黑丝绒宽带子围住她的脖子，以遮盖在她雪白的皮肤上烙下的五个指印，最后她在皇家林阴道尽头的鲤鱼塘中自溺身死），可以列出长长一大串。他怀着一位戏剧大师自我陶醉的心情追忆自己最精彩的表演，回想起他最近一次扮演“红发鲁宾，或缢死的婴孩”，回想起他初次出场扮演“憔悴的吉比昂，或贝克斯里沼地的吸血鬼”，回想起六月里一天可爱的黄昏，他只不过在草地网球场上用自己的骨头玩玩九柱戏，竟引起全场骚动；回想起这一切，他禁不住对自己苦笑。在取得一连串辉煌的胜利之后，想不到一些可恶的现代美国人居然来介绍他使用日出润滑油，扔枕头打他的脑袋！是可忍，孰不可忍？历史上还从来没有人这样对待鬼魂的。于是，他决心进行报复，就这样保持着深思的姿势直到天明。

---

①指某一代庄苑主人，是出售庄苑的坎特维尔勋爵的先人。

3

次日上午，奥梯斯一家在早餐桌上会面时，就幽灵的事谈了不少工夫。合众国公使发现他的礼物没有被接受，自然略略有点不悦。他说："我并不想对幽灵进行人身攻击，我必须指出，考虑到他在这所宅子里待了那么久，我认为向他扔枕头是极不礼貌的。"对于这句中肯的评论，我不得不遗憾地指出，那一双孪生兄弟却报之以纵声大笑。"不过，"公使接着说，"如果他坚持拒绝使用日出润滑油，我们将不得不卸去他身上的链条。要是卧室外面有这种响声，那就甭想睡觉了。"

然而，在这一周剩余的时间里，他们没有受到骚扰，唯一引人注意的事就是图书室地板上的血迹每次擦掉以后总是重新出现。这当然是很奇怪的，因为奥梯斯先生每天临睡前都亲自锁门，把窗户关严上闩。而且，那血迹具有变色龙一样的性质，这也引起不少议论。有几个早晨，它是一种暗红色，几乎是印第安人的肤色，有时它变成朱红色，有时是一种鲜艳的紫红色。有一次，当他们下楼准备按照自由美国新教圣公会的简单仪式全家作祈祷时，他们发现血迹变成了一种亮闪闪的翠绿色。这些万花筒似的变化自然使一家子感到十分有趣，每天晚上他们都要就这件事随意打赌。小弗吉妮亚是唯一不介入这种游戏的人。不知什么缘故，她每次看到血迹，总是显得非常苦恼，在血迹呈现出翠绿色的那天上午，她几乎哭了。

幽灵第二次出现是在星期日的晚上。一家人在就寝之后只过了一会儿工夫，突然被大厅里一声巨响所惊醒。他们冲下楼去，发现一副巨大的古代铠甲从架子上卸了下来，掉在石板地上，而坎特维尔的幽灵正坐在一把高背椅子上来回搓揉他的膝盖，脸上显出一种极其痛苦的表情。一对双胞胎把他们的豆子枪带来了，立刻对着他射出两颗小豆子，瞄准的精确程度只有先前在书法老师身上经过长期勤学苦练才能达到。其时，合众国公使手持左轮手枪对准幽灵，按照加利福尼亚的礼节，要他“举起手来”，幽灵发出一声狂怒的尖叫，像一团雾那样向他们扑过来，刮灭了华盛顿·奥梯斯手里的蜡烛，听凭他们全家留在一片漆黑之中。到了楼梯顶上，他自己喘了口气，决定发出他那著名的恶魔式狂笑。这一招他曾使过不止一次，而且屡试不爽。据说这狂笑曾把雷克勋爵的假发在一夜之间变成灰白色，并且确实使坎特维尔夫人的三个法国女家庭教师上工不到一月就提出离职预告。现在他又故伎重演，发出他那最可怕的狂笑，直到古老的拱顶一再格啷啷激起回响。然而恐怖的回声刚一停下，就有一扇门被打开，奥梯斯夫人穿着浅蓝色的晨袍走了出来。“我想，你大概身体不太舒服，”她说，“所以给你带来了一瓶道贝尔医生处方的药水。如果是消化不良引起的话，你会发现它的疗效是再好不过的。”幽灵狠狠地瞪了她一眼，旋即开始准备把自己变成一条大黑狗——他在这方面的才华早有公正的定评，而且家庭医生总是把坎特维尔勋爵的舅舅、尊敬的托马斯·霍尔顿不治的痴呆症归因于此。不过，这时有脚步声向他趋近，使他在这个存心不良的打算面前踌躇起来，最后他只是发出一点微弱的磷光了事，正好在一对双胞胎来到他跟前的当口儿，随着一声发自坟场的凄楚的呻吟及时隐去。

回到自己房间里以后，他完全瘫倒了，沉浸在最强烈的悲愤之中。双胞胎的无礼行为和奥梯斯夫人赤裸裸的唯物主义固然极端可恼，但最使他伤心的却是他不能穿上那副铠甲。他曾指望，即使是现代的美国人看到全身披挂的鬼魂也会发抖，如果没有更充足的理由，至少出于对他们的民族诗人朗费罗[1]的敬意也该打几个哆嗦。当坎特维尔一家在伦敦住的时候，幽灵自己也曾靠朗费罗优美动人的诗篇排遣过很多无聊的时光。何况，这副铠甲是他自己的。他曾穿着这副甲胄在凯尼尔沃思比武场上大出风头，并因此受到伊丽莎白女王本人的高度赞扬。可是刚才他披挂穿戴的时候，被巨大的胸甲和钢盔的分量彻底压垮，结果重重地摔倒在石板地上，两个膝盖都擦破不少皮，还撞青了右手的指关节。

在这以后，有好几天他感到身体极不舒服，除了必须使除去的血迹重新显现外，几乎一直待在自己房间里。不过，由于对自己精心调理的结果，他还是恢复了健康，并决心作第三个尝试去吓唬合众国公使和他的一家。他选定在八月十七日星期五现身，把白天大半天时间花在打扮上，最后挑中一顶插有红羽毛的垂边高帽子、一件袖口和领子上加褶边的尸衣和一柄生锈的短剑。当晚，下了一场暴雨，狂风刮得这幢古老宅第里所有的窗户格啷啷晃个不停。其实，这正是他所喜爱的那种天气。他的行动计划是这样的：先悄悄地潜入华盛顿·奥梯斯的房间，站在他床前放脚的一端，对着他念念有词，然后在缓慢的乐声伴奏下用短剑在自己喉部捅三下。他对华盛顿特别怀恨在心，因为他十分清楚，正是华盛顿老是用平克尔顿公司出品的模范去垢剂抹去有名的坎特维尔血迹。他打算把这个轻率而莽撞的年轻人吓得失魂落魄之后，再进入合众国公使夫妇的房间，用一只又冷又湿的手按在奥梯斯夫人的脑门子上，同时往她浑身发抖的丈夫耳中咝咝地缕述积骨堂里骇人听闻的秘密。至于对小弗吉妮亚，他还没有拿定主意。小姑娘挺可爱的，性情又温顺，从来没有伤害过他。他想，从衣橱里发出几声仿佛来自空穴的呻吟

---

① 朗费罗（1807—1882），美国诗人，代表作为长诗《海华沙之歌》。他在1841年发表的《歌谣及其他》中有一首很出名的诗，题为《穿甲胄的骷髅》。

也就够了；如果这样不能把小姑娘吓醒，他可以用僵直痉挛的手指在床单上摸索。对于那一双孪生兄弟，他下定决心要好好教训教训他们。要做的第一件事当然是坐在他们的胸口，以造成梦魇中窒息的感觉。然后，因为他们的床互相靠得很近，他只消现出一具冰凉的绿色尸体的形状站在两张床之间，直到把他们吓得软瘫下来，临了再抖去尸衣，露出白骨和一只的溜溜转动的独眼，在房间里绕着圈儿爬行，扮演“哑巴丹尼尔，或自杀者的骷髅”。这个角色曾多次收到奇效，他认为完全可以同他的拿手好戏“疯子马丁，或伪装的秘密”媲美。

十点半，他听到那一家子准备就寝。从双胞胎房间里传来的尖声大笑使他好久不能定下神来，那两个无忧无虑的学童显然在他们上床之前还要顽皮一番。但是到了十一点一刻，一切都沉寂下来，等到午夜钟响，他便出发开始行动。猫头鹰撞在玻璃窗上，乌鸦在多年的水松树上怪叫，风像孤魂野鬼在房屋周围呜咽徘徊；但是奥梯斯一家在酣睡中，全然不知厄运即将临头。他可以听到合众国公使均匀的鼾声压倒迅猛的风雨声。幽灵悄悄地溜出护壁板，冷酷、扭曲的嘴角挂着一丝狞笑，他偷偷地经过灯笼式大窗，窗上用天蓝和金色画着他自己的纹章，也有被他杀死的妻子的纹章，此时，月亮躲到一块浮云后边去了。他像一个邪恶的影子一路滑行，经过时连黑暗似乎也非常厌恶他。有一次，他仿佛听到了呼唤，便停下来；但这仅仅是从叫做红庄的农场那边传来一条狗的吠声，于是他继续走去，嘴里嘟哝着十六世纪时古里古怪的骂人话，一边不时在午夜的空气里挥舞那柄生锈的短剑。最后，他来到通往首当其冲的华盛顿所住房间的一条甬道转角处，在那里站停片刻。风把他头上的一绺绺灰白长发吹得蓬蓬松松，把尸衣所能引起的不可名状的恐怖折入千奇百怪的皱襞中去。钟敲十二点一刻，他感到是时候了，便暗暗忍住笑拐过转角。但他刚拐了个弯，立即吓得发出一声哀号倒退几步，把变成惨白色的脸埋在他那双瘦骨嶙峋的长长的手中。就在他面前站着一个可怕的鬼魂，像一座雕像那样纹丝儿不动，又像疯子做梦一样荒谬！它的秃头溜光溜滑；脸是圆的，白白胖胖；它的五官似乎被可恶的狞笑所扭曲，变成一副永难复原的怪相。从它的眼睛里射出猩红色的光芒，嘴像一口喷火的井，一身丑恶的装束和他自己的一样，如同一堆无声的雪裹着巨人的身躯。它胸前一块牌子上写着莫名其妙的古体字，看来是一份劣迹的清单、作孽的记录、罪恶的年表。它的右手高举一柄钢锋闪着寒光的偃月刀。

由于他自己以前从来未见过鬼，自然吓得魂不附体，在向那个可怕的怪物再次匆匆瞥了一眼之后，立即往自己房间里逃。他顺着走廊撒腿飞奔的时候，不断被长长的尸衣绊跌，最后把生锈的短剑也掉进了公使的长筒靴里，第二天早晨才被侍役长在那里发现。回到自己独居的密室以后，他扑倒在一张小床上，用被子把脸蒙起来。然而，过了一会儿，坎特维尔老幽灵的勇气重新抬头，他决定等天一亮，就去找那另一个鬼魂谈话。主意既定，当晨曦刚刚给山丘抹上一层银色的时候，他便向着第一次遇见形容可怖的鬼怪的那个地方走回去，心想，两个鬼总比一个强，在他的新朋友的援助下，他一定可以制伏那对双胞胎。可是，到了那里，呈现在他眼前的却是一幅触目惊心的景象。那个鬼魂一定出了什么事情，因为它那空洞的眼窝里的光芒已完全熄灭，寒光逼人的偃月刀已从它手中掉下，它以一种不自然而又不舒服的姿势靠在墙上。老幽灵冲上前去把它抱住，不料它的脑袋突然脱落，滚到地上，身体朝后一仰，使老幽灵大吃一惊；他发现自己抱着的原来是一幅白色粗斜纹布床幔！他脚边散落着一把扫帚、一柄切肉刀和一棵空心大头菜！他无法理解这奇异的变化是如何发生的，慌忙中抓起那块牌子，借着灰蒙蒙的晨光，读到如下几句可怕的话：

我们是奥梯斯的幽灵。

维(唯)有我们是真正的原板(版)鬼魂。

谨防假帽(冒)。

其他鬼魂都是鹰(赝)品。①

于是他恍然大悟。他中了圈套，受了愚弄，上了大当！他的眼睛里重又露出当年坎特维尔的凶光，无齿的牙床咬得格格作响。他把一双干瘪的手高举过头，按照老派讲究词藻的方式发誓说，一俟金鸡第二遍吹响欢乐的号角，一连串血腥的行为将要做出来，凶杀将以无声的步伐横行无阻。

他这番可怕的誓言的话音甫落，从远处农场的红瓦屋顶上传来了一声鸡啼。他发出一阵悠长、低沉的苦笑，开始等待。他等了一个小时又一个小时，可是那公鸡不知为了什么奇怪的原因，没有再啼。最后，到了七点半，女仆们的脚步声使他放弃了可怕的株守，悄悄然回自己的房间里去，为希望落空、计谋受挫而神伤。到了那里，他查阅了特别心爱的几本关于古代骑士风度的书，发现过去逢到有人立下他刚才那样的誓言，雄鸡总是啼第二遍的。“让这可诅咒的呆鸟永堕地狱，”他喃喃地说，“总有一天，我要用长矛捅穿它的咽喉，我要叫它为我用啼声作临终的祈祷！”说罢，他躲进一口舒适的铅棺，在里边一直待到晚上。

①一对双胞胎学童犯了好些拼写错误，而幽灵原先还以为是“古体字”。

4

第二天，幽灵感到非常疲乏，周身无力。近月来高度紧张的精神状态，现在开始 显示影响了。他的神经系统已完全被震垮，哪怕是最最轻微的一点声响，也会把他吓一大跳。他在自己房间里待了五天，最后决定放弃在图书室地板上制造血迹的做法。既然奥梯斯一家不要它，这说明他们不配。显然，这些人还处在比较低级的发展阶段，活着只讲究实利，对于应激起美感的现象及其所包含的象征意义，完全无法鉴赏。幻影鬼魅的问题，还有魂魄幽灵的发展，当然完全是另一回事，确非他所能控制。他的神圣的职责就是每周在走廊里出现一次，每月的第一和第三个星期三从灯笼大窗那里发出急促而含糊的自言自语。他不知道如何才能体面地摆脱他所承担的义务。诚然，他生前干过许多坏事，但是话得说回来，他在涉及超自然的一切问题上却是最凭良心行事的。因此，在以后的三个星期六，他照例从午夜到三点在走廊里巡行，一边尽可能小心提防被人听到和看见。他脱去靴子，尽可能轻声地踩在年久蛀蚀的地板上；身穿一件黑丝绒大斗篷，从不忘记用日出润滑油涂在链条上。必须承认，他终于采用这一方法以策安全可着实不容易。一天晚上，公使正在吃晚饭的时候，他溜进奥梯斯先生的卧室，拿走了那瓶东西。起初，他略略感到屈辱；但后来，他毕竟没有糊涂到看不出这项发明确有不少好处，在某种程度上可以为他所用。然而，尽管他步步留神，还是不得安宁。走廊里经常绷着绳索，在黑暗中把他绊倒。有一次，他穿上“黑艾萨克，或霍格利森林的猎人”的服装，不料因为从壁毯厅门口到栎木扶梯平台的一段路被双胞胎设计用黄油涂成了滑坡，他踩在上面，结结实实摔了一跤。这最近的一次侮辱简直把幽灵气炸了，他决心作出最后一次努力来维护自己的尊严和社会地位，打定主意第二天夜里扮作有名的“冒失鬼茹珀特，或无头伯爵”那个角色出现在这一双无礼的伊顿公学学生面前。

他已有七十多年没有以这身装束出现了。事实上，从他扮那个角色把美丽的巴蓓拉·莫迪希夫人吓坏以后再没有穿过，事后她突然撕毁与现在的坎特维尔勋爵的祖父所订的婚约，偕同漂亮的杰克·卡斯尔顿逃往格雷特纳·格林[①]，并宣称世上任何东西都不能诱使她嫁到竟让如此可怕的鬼怪在黄昏的回廊上走来走去的人家。可怜的杰克后来在一次决斗中被坎特维尔勋爵用枪打死在旺兹沃思[②]公地；不出一年，巴蓓拉夫人也在滕布里奇韦尔斯[③]伤心而死。因此，从任何方面来说，这都是一次极其成功的演出。不过，演这个角色“化妆”起来特别麻烦——请允许我用一个戏剧名词来表示超自然界(或者用一个学术味较浓的术语，叫做高级自然界)最了不起的秘密之一。他足足花了三个小时准备出场。最后，一切都准备停当，他对自己的仪容颇为欣赏。诚然，与服装相配的一双大马靴稍嫌大些，两支骑士手枪他只找到一支，但总的来说，他感到十分满意。到了一点一刻，他便从护壁板里边溜出来，顺着走廊蹑行到双胞胎的卧室前面。我应该说明一下，这一间屋子称做蓝卧室，因为那里的帐幔壁纸都是蓝色的。为了制造出场效果，幽灵骤然把门开得笔直，不料很重的一壶水当头掉下来，淋得他一直湿透全身，水壶差两英寸还险些打中他的左肩。在这同时，他听到从带帐幔的四柱床上爆发出原先被强抑着的哈哈大笑。他的神经系统受到的震撼是如此

①格雷特纳·格林，苏格兰南部登弗里斯郡的一个村庄。过去在苏格兰结婚无需父母同意，英格兰的私奔情侣往往到该村匆匆办理结婚手续。

②旺兹沃思，大伦敦郡内一个有议员选举权的自治城市。

③滕布里奇韦尔斯，英格兰东南部肯特郡一市镇，那里的含铁矿泉素负盛名。

之大，使他立刻没命地逃回自己房间里去。次日，他终于因重伤风躺倒了。在这整个事件中唯一可以使他告慰的是，他没有把脑袋带去，否则后果将是十分严重的。

现在，他放弃了吓唬这个非常麻木不仁的美国家庭的一切念头，仅仅满足于按照惯例穿一双镶边的拖鞋，用一条红色的厚围巾裹住脖子以免感冒，悄悄地徘徊在过道内，手拿一支小小的火绳钩枪，防备遭到那对双胞胎的袭击。他受到的最后一次打击发生在九月十九日。那天，他下楼到穿堂大厅里去，满以为至少在那里他可以平安无事。著名纽约摄影师萨罗尼为合众国公使夫妇照的一些大幅相片如今取代了坎特维尔家族的画像，幽灵正在嘲笑这些相片聊以自娱。他只裹着一件沾上了墓地青苔的尸衣，装束简单，但还整洁；下巴颏儿用黄布条扎起来，手里拿着一盏小灯和一柄掘墓的铲子。事实上，他这身衣着扮的是“无坟野鬼乔纳斯，或丘特西巴恩的强盗僵尸”。这也是他演过的最著名的角色之一，坎特维尔一家有一切理由记住这一点，因为这是他们和邻居拉福特勋爵闹翻的真正原因。到了凌晨两点一刻左右，他可以肯定所有的人都睡了。然而，当他缓步走向图书室，准备去看看那摊血迹是否还有一点残痕时，突然，从黑暗的角落里跳出两个白色的身影向他扑来，一边拼命挥动高举过头的胳膊，一边冲着他的耳朵发出嘲弄的狂笑。

在这种情况下，他自然吓得慌慌张张往楼梯那边逃去，但发现华盛顿·奥梯斯拿着一只很大的浇花水壶在那里等他。幽灵腹背受敌，几乎陷于绝境，只得钻入大铁炉子(幸亏没有生火)，通过烟道和烟囱夺路逸去。他回到自己房间里时，身上脏得可怕，神态狼狈不堪，心情完全绝望。

打这以后，他再也不敢夜间出游了。双胞胎还为他设了几次埋伏，每夜在过道里撒了好多核桃壳，把他们的父母和仆人都烦死了，但并没有结果。很明显，幽灵的自尊心受到了极大的伤害，所以再也不愿意现身。由于奥梯斯先生又把已经花了他好多年工夫的一部关于民主党历史的巨著写下去；奥梯斯夫人组织了一次出色的海滨野餐会，使全郡为之惊叹；男孩子们热衷于打长曲棍球、玩尤克和扑克等纸牌戏，以及其他美国人的国粹游戏；弗吉妮亚则常常跨着她的矮种马，由那位来到坎特维尔庄苑度过最后一周假期的柴郡小公爵陪同在跑道上骑行。大家都认为幽灵已经离去，的确，奥梯斯先生还写了大意如此的一封信给坎特维尔勋爵。后者回信表示他得悉这个消息极其高兴，并向尊敬的公使夫人捎去了良好的祝愿。

然而，奥梯斯一家受骗了，因为幽灵仍然在这座宅第里，虽则他现在几乎成了残废，但决不愿就此罢休，特别在他听到柴郡小公爵在此作客以后。因为后者的叔祖弗兰西斯·斯蒂尔顿勋爵有一次曾以一百个金畿尼为注与卡伯里上校打赌，说他要和坎特维尔的幽灵掷骰子；第二天早晨，人们发现这位勋爵中了风躺在牌室地板上不能动弹。后来他虽然活到很大年纪，但除了“双六①”两个字以外，再也不会说任何别的话。当年，这个故事是众所周知的；自然，为了顾全这两大贵族世家的体面，总是千方百计把它遮盖起来。有关此事经过的详细情形可在塔特尔勋爵的《回忆摄政王太子和他的朋友》第三卷中找到。在这样的情况下，幽灵自然非常渴望显示他对斯蒂尔顿家族还没有丧失影响。其实，他跟斯蒂尔顿还是远亲：他的嫡堂姐妹 *en secondes noces*② 嫁给巴尔克利先生，而尽人皆知，柴郡公爵这一脉正是从巴尔克利先生传下来的。于是，他作了安排，准备以他负有盛名的一个形象“吸血僧，或缺血的

---

①指骰子掷出两个六点。
②法语：再醮。

本笃会教士”出现在弗吉妮亚的小爱人面前。也是命中注定，在1764年除夕，年老的斯塔特普夫人看到了这次恐怖透顶的演出，当即发出几声最凄厉的惨叫，卒告中风，三天以后就去世，死前剥夺了本来是她至亲的坎特维尔一家的继承权，把所有钱财遗赠给她那在伦敦的药剂师。然而，幽灵对那一双孪生兄弟的恐惧在最后一分钟使他没敢离开自己的房间，故而小公爵得以在接待王室的卧房里用羽毛装饰起来的大帐顶下，高枕安睡，并且梦见了弗吉妮亚。

5

此后过了不多几天，弗吉妮亚和她的鬈发骑士到布罗克利草地去骑马。在通过一道树篱时，弗吉妮亚的骑装给撕破了，而且破得很厉害，以致回到家里以后她决定从后扶梯上楼，免得被人看见。当她跑过壁毯厅时，发现门开着，她好像看到里边有人，心想那大概是她母亲的使女，因为她往往把活计带到那里去做，于是弗吉妮亚进去看看，准备请她补缀一下自己的骑装。然而，使她非常惊讶的是，里面竟是坎特维尔的幽灵！他正靠窗坐着，看刚从发黄的树上脱落的金叶随风飘扬，变红以后则沿着长长的林阴道一路狂舞。他手托腮帮，整个神态显得极其沮丧。小弗吉妮亚本想赶快跑到自己房间里去把门上锁，可是看到他如此恓惶，如此狼狈，不禁心中充满了怜悯，决定尽力安慰他。她的脚步是那样轻，而幽灵的哀愁又是那样深，直到弗吉妮亚对他说话，幽灵才发现她在旁边。

“我很替你难过，”她说，“不过我的兄弟明天要回伊顿去了，因此，假如你规规矩矩的话，谁也不会打搅你的。”

“要我规规矩矩是荒唐的，”幽灵回答道，一边惊讶地打量这个胆敢跟他攀谈的可爱的女孩子，“太荒唐了。我必须让我的锁链锒铛作响，必须通过钥匙孔发出呻吟，必须在夜间出来游荡，我想你所指的就是这个吧。这正是我存在的唯一理由。”

“这根本不成其为存在的理由，你自己也知道，你的表现实在糟透了。我们来到这里的第一天，厄姆尼太太就告诉我们，你曾经杀死了你的妻子。”

“好，就算是吧。”幽灵没好气地说，“但这纯粹是家庭问题，跟其他任何人都不相干。”

“杀任何人都是很不好的，”弗吉妮亚说，她有时会表现出一种挺可爱的清教徒式认真态度，那是从某一位新英格兰祖先那里继承下来的。

“呵，我最恨那种假正经的抽象伦理观念！我的妻子长得极难看，她从来没有浆好过我的绉领，完全不懂得烹调术。有一次，我在霍格利森林猎到一头鹿，一头绝妙的两岁小公鹿，可是你知道她把那只鹿做成了什么菜送到餐桌上来？现在说这些也没有意思，事情都过去了。不过，我认为她的几个兄弟把我活活饿死也做得不够漂亮，尽管我确实杀死了他们的姐妹。”

“把你饿死？啊，幽灵先生，不，我是说，赛蒙爵士，你饿不饿？我的盒子里有一份三明治，你请吃吧。”

“不，谢谢你，我现在不吃任何东西，不过你的一番好意我还是非常感谢，你比你家其余那些讨厌、粗野、庸俗、狡猾的人好多了。”

“闭嘴！”弗吉妮亚跺脚叫了起来，“粗野、讨厌、庸俗、狡猾的恰恰是你，你自己明白，你从我的颜料盒里偷走了颜料，在图书室地板上一再涂上那摊可笑的血迹。起初，你偷走了我所有的红颜色，包括银朱在内，弄得我再也没法画夕阳；接着你又把翠绿和铬黄拿去；最后我除了靛蓝和白色什么也没剩下，只能画月光下的景色，这种画看着总是叫人心里不好受，而且又难画得要命。虽然我很恼火，但我从来没告过你的状，再说，整个这件事情简直可笑透顶，有谁听说过血有翠绿色的？”

“这倒是真的，”幽灵说，语气已温和多了，“可是我有什么办法呢！如今要弄到真正的血非常困难，既然你的哥哥先用他的模范去垢剂，我当然没有理由认为我不该用你的颜料。至于什么色彩好，这永远是一个审美范畴的问题。比方说，坎特维尔家族的血是蓝色的，是英格兰最蓝的一种[1]；不过我知道你们美国人把这类事情看得一文不值。”

“你什么也不懂，最好还是出国去开开眼界。我父亲一定很乐于为你安排一次免费旅行；虽然对于任何种类的 spirit[2] 都要课重税，不过海关方面不会留难的，因为海关的官员都是民主党人，都是他的朋友。到了纽约，你一定可以取得巨大成功。我知道那里有许多人愿意出十万美元买一个爷爷；如果能买到一个家庭幽灵，再大的价钱也有人肯出。”

“我想，我不会喜欢美国。”

“那大概是因为我们那里没有废墟和古董吧。”弗吉妮亚用挖苦的语气说。

“没有废墟！没有古董！”幽灵接口说，“你们不是有自己的船队和自己的派头吗？”

“再见吧，我要去请求父亲让双胞胎在家里多待一个星期。”

“请不要走，弗吉妮亚小姐，”他叫了起来，“我实在太孤独，太不幸了，简直不知道怎么才好。我想去睡觉，但又不能。”

“那是十分荒唐的！您只要上床去，把蜡烛吹灭就可以了。有时硬要撑住不睡着倒是很难的，特别在教堂里；要睡觉可一点也不难。那是连婴儿也知道怎么做的，而他们并不很聪明。”

“我已经有三百年没睡觉了，”他伤心地说，弗吉妮亚把一双美丽的蓝眼睛惊异地睁得大大的，“三百年没睡觉了，我是多么疲倦啊！”

弗吉妮亚一下子变得十分严肃，她的嘴唇开始像玫瑰花瓣一样颤动。她走到幽灵跟前，在他身旁跪下，抬头凝视着他那衰老、枯萎的脸。

---

① “蓝色的血”即贵族血统。

② 作者在这里用了一个双关词语。英语 spirit 既是“烈酒”，又是“幽灵”。

“可怜哪，可怜的幽灵。”她喃喃地说，“你难道连睡觉的地方也没有吗？”

“在松树林后面很远的地方，”他用一种低沉的梦幻似的声调回答，“有一个小花园。那里的草长得又高又密，蘑菇花像很大的白色星星，夜莺整夜歌唱。夜莺整夜唱个不停，水晶盘一般冷森森的月亮俯视着地面，水松树伸出它那巨大的臂膀罩住长眠的人。”

弗吉妮亚渐渐地感到泪眼迷茫，她把脸埋在自己的手里。

“你说的不是死亡园吗？”她悄悄地问。

“是的，是死亡园。死应该有这样美！躺在柔软的褐土中，头上有青草摇曳生姿，听到的只是一片寂静，没有昨天，也没有明天，忘掉时间，宽恕人生，永远安息。你可以帮助我，你可以为我打开死亡宫殿的大门，因为爱一直伴随着你，而爱比死更强。”

弗吉妮亚打了个寒战，一阵震颤透过她的全身，有半晌谁也不做声。弗吉妮亚感到自己好像在做一个可怕的梦。

随后，幽灵又说话了，他的声音听来像风在叹息。

“你有没有读过图书室窗上那首古老的预言诗？”

“噢！读过好多遍，”小姑娘昂起头来兴奋地说，“我已经背了下来。那是用一种古怪的黑色字体写的，读起来很费劲，那首诗一共只有六行：

待到一个金发女孩
从罪人口中引出祈祷来，
待到不育的巴旦杏开花结果，
泪水从孩子眼里扑簌簌洒落，
这座宅院方能平静，
坎特维尔才得安宁。

但我不懂是什么意思。”

“这几句诗的意思是，”幽灵悲哀地说，“你必须和我一起为我的罪孽而哭泣，因为我没有眼泪；你必须和我一起为我的灵魂祈祷，因为我没有信仰；然后，假如你是始终温柔、善良、和蔼的话，死亡天使将会怜悯我。你将在黑暗中看到可怕的怪物，邪恶的声音会向你耳语，但是他们不会伤害你，因为地狱面对一颗赤子之心也无法施展它的威力。”

弗吉妮亚并不答话，幽灵俯视着她垂下的一头金发，绝望地扭绞自己的手。突然，弗吉妮亚站起来，脸色非常苍白，眼睛里闪耀着异样的光芒。“我不怕，”她坚定地说，“我一定请求天使怜悯你。”

幽灵发出一声微弱的欢呼，从座位上站起来，并拿起弗吉妮亚的一只手，以老派的优美姿势俯下身去吻了一下。幽灵的手冷得像冰，而嘴唇却烫得像火，但是当他领着弗吉妮亚穿过这间昏暗的屋子时，小姑娘毫不畏缩。褪了色的绿色壁毯上的图案是几个小猎人在吹饰有流苏的号角，他们招着小手叫她回去。“回来，小弗吉妮亚！”他们喊道，“回来！”但是幽灵把她的手抓得更紧些，而弗吉妮亚闭上眼睛不理他们。壁炉架上所雕的一些长着蜥蜴尾巴的怪物向她眨巴着暴突的眼睛，嘟嘟哝哝地说：“当心！小弗吉妮亚，当心！我们也许再也看不见你了。”可是幽灵滑行得更快了，弗吉妮亚也不去听它们。当他俩走到屋子尽头的时候，幽灵停下来，念念有词地说了一些她莫名其妙的话。她睁开双眼，只见墙壁像雾一样渐渐隐去，出现在她前面的是一个又大又黑的洞穴。一阵刺骨的冷风在他们周围刮了起来，她感到有什么东西在拉她的衣服。“快，快，”幽灵敦促道，“要不就太晚了。”霎时间，护壁板已在他们背后合拢，而壁毯厅里顿时空无一人。

6

大概十分钟以后，通知用茶点的铃声响了，因为弗吉妮亚没有下楼来，奥梯斯夫人便差一个仆人上去叫她。过了一会儿，仆人回话说，他哪儿也找不到弗吉妮亚小姐。由于她每天傍晚有到花园里去采集鲜花装点餐桌的习惯，奥梯斯夫人起初一点也不惊慌。但是到钟敲六点，还不见弗吉妮亚回来，她才真的着了急，就派几个男孩子到外面去找，奥梯斯先生把整座房子的每一间屋都搜遍了。六点半，男孩们回来说，他们哪儿都没有发现他们的姐妹的踪迹。现在，全家人都焦急万分，可又不知道该怎么办，这时奥梯斯先生突然想起，几天以前，他曾允许一群吉卜赛人在庄苑内宿营。由此，他立即在大儿子和两名农庄仆人陪同下出发到勃莱克费尔凹地去，他知道他们在那里。柴郡小公爵急得要发疯，他坚决请求让他也去。但是奥梯斯先生不同意，因为他担心那里可能会有一场殴斗。然而，到了那个地方，他发现吉卜赛人已经走了，而且显然他们的离去是非常仓猝的，因为火堆还在燃烧，草地上还扔着几只盘子。奥梯斯先生派华盛顿和两名仆人在周围一带搜索，自己赶回家去，拍电报通知郡内所有的巡官，要他们寻找一个被流浪乞丐或吉卜赛人拐走的女孩子。接着，他吩咐备马，并坚持要妻子和三个男孩坐下来吃饭，自己带一名马夫前往阿斯各特大路。但是，他骑行还不到两英里，就听见有人策马跟上来，他回头一看，只见小公爵骑着他的矮种赛马在后面追赶，满脸通红，帽子也不戴。“我万分抱歉，奥梯斯先生，”这少年气喘吁吁地说，“可是，不找到弗吉妮亚，我无论如何吃不下饭。请不要生我的气，如果去年您让我们订了婚约，就决不会发生这等麻烦。您不会打发我回去吧，是吗？我不能回去！我不走！”

公使看着这个英俊而淘气的少年，被他对弗吉妮亚如此忠诚的一片痴情所深深感动，禁不住露出微笑，于是从马上俯下身去，慈祥地拍拍他的肩膀，说："好吧，塞瑟尔，既然你不愿回去，只得跟我一起走喽，不过到了阿斯各特，我得给你买一顶帽子。"

"噢，不要为我的帽子操心！我要弗吉妮亚。"小公爵笑着喊道，于是他们一起飞奔火车站。到了那里，奥梯斯先生问站长，是否有人看见一个与弗吉妮亚外貌相似的女孩子来到站台上，但并没有获得有关她的消息。不过，站长还是往该线上下行各站发了电报，并向他保证密切注意有没有这样一个女孩子。公使从一个正在上窗板准备打烊的亚麻织品零售商那里为小公爵买了一顶帽子，然后上马前往大约四英里外的一个村子贝克斯里，据说那里大家都知道是吉卜赛人经常出没的地方，因为旁边就有一大片放牧地。在贝克斯里，他们叫醒了当地的警察，但从他那里也得不到任何消息。他们把放牧地纵横都找遍以后，只得掉转马头回家去，抵达庄苑时已快十一点，人累得半死，心都要急碎了。他们发现华盛顿和一对双胞胎点了灯在大门口等候，因为林阴道上暗得很。然而弗吉妮亚连一点儿踪影都没有发现。吉卜赛人已在布罗克利草地被扣，但弗吉妮亚没有和他们在一起。吉卜赛人解释他们突然出发是因为搞错了乔顿集市的日期，故而匆匆离去，生怕赶不上趟。他们听说弗吉妮亚失踪了，也感到十分难过，因为他们非常感激奥梯斯先生允许他们在他的庄苑里宿营，故而留下四个人帮助寻找。鲤鱼塘用捞锚探索过了，整座庄苑给兜底翻了过来，但是仍然毫无结果。很明显，弗吉妮亚是找不到的了，至少那天晚上他们不可能找到。奥梯斯先生和几个男孩子回宅第去的时候，情绪极其沮丧，马夫牵着三匹马跟在后面。在前厅，他们发现一群仆人个个惊慌失色；可怜的奥梯斯夫人躺在图书室沙发上，被恐惧和焦虑搞得失魂落魄，老管家厄姆尼太太用花露水给她洗了脑门子。奥梯斯先生看到这个情景，立刻一定要她吃点东西，并吩咐大家吃夜宵。这是一次闷闷不乐的进餐，几乎没有人说话，甚至连那对双生子也不敢放肆，蔫头蔫脑的，因为他们非常爱自己的姐姐。吃完夜宵，奥梯斯先生不顾小公爵的一再恳求，吩咐所有的人都去睡觉，说今夜再也没有什么可做的了，明天一早他会打电报给苏格兰场，要他们立即派几名侦探来。正当他们走出餐室时，钟楼上午夜的钟声响了。最后的一下刚刚敲过，他们立即听到一声巨响和一声突发的尖叫。房子给令人丧胆的一个惊雷震得摇摇晃晃，空中飘来一阵非人间的乐声，楼梯顶端有一块嵌板訇然跌落；接着，弗吉妮亚跨到梯阶上，脸色非常苍白，手里拿着一只小首饰盒。大伙在刹那间一齐向她冲上去。奥梯斯夫人急切地把她搂在怀里，小公爵热烈地吻得她透不过气来，那对孪生兄弟则环绕着这一群人跳起了原始部落粗犷的战争舞蹈。

“我的上帝啊！孩子，你到哪里去了？”奥梯斯先生颇为恼怒地责问，他以为女儿跟他们开了一个荒唐的玩笑。“塞瑟尔和我骑马走遍了全郡找你。你母亲急得命都没了。以后再也不许你玩这种鬼把戏。”

“除非拿幽灵开心！除非拿幽灵开心！”双胞胎一边跳跃，一边喊叫。

“我的心肝宝贝，感谢上帝，总算把你找到了；以后再也不准你离开我身边。”奥梯斯夫人嘟哝道，一边吻着哆嗦不已的弗吉妮亚，给她捋平纷乱的金发。

“爸爸，”弗吉妮亚平静地说，“刚才我跟幽灵在一起。他死了，你应该去看看他。他过去的行为非常恶劣，但他对自己的所作所为表示真诚悔过，还在临死前给了我这一盒美丽的珠宝。”

全家人默默地愕然望着她，但她的神色非常严肃；她转过身去带领他们穿过护壁板上的窟窿，进入一条狭窄的秘密通道，华盛顿从桌上拿起一支点着的蜡烛跟在最后面。末了，他们来到一扇厚实的栎木门前，门上钉满生锈的钉子。弗吉妮亚在门上才一碰，沉重的铰链立刻把门摇开，他们发现自己来到了一间低矮的拱顶小室，一扇小窗上装有窗栅。墙上嵌着一个铁环，铁环上用链条拴着一具怪吓人的骷髅。它伸直四肢躺在石板地上，看上去想用无肉的长指头尽力去抓一只旧式的木质食盘和一只水壶，只差那么一丁点儿，可就是够不到。这壶里显然曾经盛满水，里面覆盖着一层绿苔。木盘里除了一堆灰，已经什么也没有了。弗吉妮亚在骷髅旁边跪下，合起她那双小手，开始默默地祈祷，而其余的人惊异地看着这一副惨烈的悲剧场景，现在他们才明白其中的秘密。

“瞧！”双胞胎之一突然叫了起来，他正望着窗外，竭力想弄清楚这间屋子是在宅第的哪一侧。“瞧！那棵干枯的老巴旦杏开花了。我清清楚楚看到月光照亮树上的花朵。”

“上帝已经原谅了他。”弗吉妮亚庄严地说着站起身来，好像有一道瑰丽的光芒照亮了她的脸庞。

“你真是个天使！”小公爵激动地说，并用一条胳臂搂住她的脖子，和她亲吻。

7

在这些奇事发生之后过了四天，晚上十一点钟左右，一支送殡的行列从坎特维尔宅邸出发。柩车由八匹黑马牵引，每一匹马的头上都插着一大簇随风摇曳的鸵鸟羽毛，铅棺上覆盖用金线绣有坎特维尔纹章的深紫色柩衣。仆人们擎着点亮的火把走在柩车和几辆马车的旁边，整个队伍给人留下难以忘怀的印象。坎特维尔勋爵是丧主，特地从威尔士赶来参加葬礼，他与小弗吉妮亚一道坐第一辆马车。接着是合众国公使夫妇，再后面是华盛顿和三个男孩，最后一辆马车上坐着厄姆尼太太。大家都认为，既然她受幽灵的惊吓有五十多年，现在自然有资格送他最后的一次。在坟场的一角已经掘好一个很深的墓穴，正好在一棵古老的水松树下。悼词是由奥古斯塔斯·丹皮尔牧师以最动人的语调宣读的。仪式结束后，仆人们按照坎特维尔家族的老规矩熄灭了各人手中的火把。当棺材渐渐放入坟墓时，弗吉妮亚跨前一步，把用白色和粉色巴旦杏花做成的一个大十字架放在上面。她刚做完这一动作，月亮就从浮云后面露出来，把一片银辉静静地洒在小小的坟场上，远处矮树丛里有一只夜莺开始歌唱。弗吉妮亚想起幽灵所描绘的死亡园，眼睛因噙着泪水而变模糊了，在坐车回家的路上，她几乎一语不发。

第二天早晨，在坎特维尔勋爵准备动身回伦敦去的时候，奥梯斯先生就幽灵给弗吉妮亚的珠宝一事和勋爵作了一次谈话。那些珠宝辉煌夺目，特别是一串古代威尼斯镶嵌的红宝古项链，确系十六世纪的一件珍品，它的价值太大了，所以奥梯斯先生认为不应该随随便便让女儿接受这份礼物。

“阁下，”他说，“我知道，贵国关于永久管业[①]的法律不但适用于土地，也适用于首饰，而我十分清楚，这些珠宝一定是或者应该是府上的动产继承物[②]。因此，我不得不恳求你把这些东西带回伦敦去，今后就把它们看作你的财产的一部分，不过它们是在某种奇特的情况下归还原主的。至于小女，她还只是一个孩子，而且，我可以很高兴地说，她对于这些奢侈而不实用的身外之物暂时并没有什么兴趣。另外，奥梯斯太太出嫁之前曾在波士顿度过几个寒暑，凭这一点，我可以说，她对艺术品颇有一些鉴赏力。据她告诉我，那些珠宝价值连城，可以卖极高的价钱。在这种情况下，坎特维尔勋爵，我相信你也会同意，我决不能让它们留归我家的任何一个成员所有。何况，所有这些中看不中用的玩意儿，尽管对于支持英国贵族的体面是合适或必要的，但在我们这些按照严格的、而且我相信是不朽的朴素共和精神教育出来的人中间则完全不相称。可能我应该提一下，弗吉妮亚渴望你能答应她保留这只盒子，作为对府上那位不幸的、误入歧途的祖先的一点纪念。由于这盒子已经破旧不堪，你也许会同意满足她的请求。至于我个人，我承认，我的一个孩子竟会对某种形式的中世纪遗物如此感兴趣，这使我大为惊讶，我只能把这归因于如下一件事实：弗吉妮亚是在奥梯斯太太去雅典旅行回来之后不久在贵国伦敦郊区某地出生的。”

坎特维尔勋爵非常认真地听完了可敬的公使这番话，时而捻一下斑白的髭须，掩饰情不自禁的微笑。等奥梯斯先生说完后，勋爵热烈地握住他的手说：“亲爱的先生，你可爱的小女儿给我那不幸的祖先赛蒙爵士帮了大忙，我和我的全家对她非凡的勇气和胆量感恩不浅。珠宝显然应该归她；说真的，如果我毫无心肝地从她那里把东西拿走，我相信那

①归法人所有而不能变卖的产业。
②应随不动产一起转移产权的动产。

位作恶多端的老先生不到两个星期就会从坟墓里出来，叫我从此不得安宁。说到这些珠宝是否动产继承物的问题，凡是遗嘱或其他法律文件上没有指明的任何东西，都不属于动产继承物，何况过去谁也不知道这些珠宝的存在。请你放心，我如同你的司膳一样没有理由对它们的所有权提出要求。等弗吉妮亚小姐长大成人后，我敢说她一定乐于戴上一些漂亮的首饰。再说，奥梯斯先生，你忘了你是把房子连同家具和幽灵一起买下来的。凡是属于幽灵的东西自然同时归你所有。因为，赛蒙爵士尽管夜间在走廊上活动频繁，但从法律的观点看，他毕竟死了，你通过购买，已经获得了他的财产。”

奥梯斯先生苦于坎特维尔勋爵不肯接受，只得请他对自己的决定再考虑一下，但是那位性情谦恭的贵族这一次态度十分坚决，最后还是说服公使让他的女儿留下幽灵给她的礼物。到了1890年春天，当年轻的柴郡公爵夫人刚刚结婚便蒙女王正式接见的时候，她的珠宝受到普遍的赞赏。弗吉妮亚接受了爵冕，这是所有品德优良的美国女孩子当之无愧的奖赏。她的小爱人刚一成年，他们就结了婚。新郎新娘都非常可爱，他们是那样相亲相爱，谁都为这段姻缘感到高兴，只是邓布尔顿侯爵老夫人除外，因为她曾千方百计想把自己七个未婚的女儿嫁一个给小公爵，并为此举行过三次豪华的宴会。还有，说也奇怪，奥梯斯先生也不高兴。他对小公爵的人品极其喜爱，但是，在理论上他是反对爵衔的，用他自己的话说，他“担心在追求享乐的贵族使人萎靡的影响下，真正的朴素共和精神可能被遗忘”。不过，他的异议完全被打消了。我相信，当他的女儿挽着他的胳膊通过汉诺威广场圣乔治教堂的甬道走向圣坛时，全英国没有一个人比他更值得自豪了。

蜜月结束后，公爵和公爵夫人前往坎特维尔庄苑。在他们到达的第二天午后，小两口散步到松树林旁僻静的坟场上去。起初，为了在赛蒙爵士的墓碑上刻什么铭文这个问题颇费了一番斟酌，但最后决定只刻上这位老先生姓名的第一个字母，还有就是图书室窗上的那首诗。公爵夫人带去一些可爱的玫瑰花，把它们撒在坟墓上。他们在墓旁站了一会儿以后，便信步走进那座现已成了废墟的古老的教堂。公爵夫人在那里一根倾倒的柱子上坐下，她的丈夫躺在她脚边，一边抽烟卷，一边仰望她那美丽的眼睛。忽然，公爵扔掉纸烟，握住她的一只手，对她说："弗吉妮亚，做妻子的不应该有什么事对她的丈夫秘而不宣。"

"亲爱的塞瑟尔，我对你可没有秘密。"

"不，你有，"他笑着说，"你从来没有告诉过我，你和幽灵一起关在墙内的时候，究竟发生了什么事情。"

"我从来没有对任何人说过，塞瑟尔。"弗吉妮亚严肃地说。

"这我知道，但你可以告诉我。"

"请不要问我，塞瑟尔，我不能告诉你。可怜的赛蒙爵士！我非常感激他。是的，你不要笑，塞瑟尔，我真的很感激他。他使我懂得了什么是生命，什么是死亡，为什么爱比两者都强。"

公爵站起来，深情地吻他的妻子。

"只要你的心属于我，你可以一直保守你的秘密。"他喃喃地说。

"我的心永远属于你，塞瑟尔。"

"有朝一日，你会告诉我们的孩子的，不是吗？"

弗吉妮亚刷地红了脸。

译文名著精选书目

傲慢与偏见	〔英〕简·奥斯丁 著 王科一 译
简·爱	〔英〕夏洛蒂·勃朗特 著 祝庆英 译
基督山伯爵	〔法〕大仲马 著 韩沪麟 周克希 译
少年维特的烦恼	〔德〕歌德 著 侯浚吉 译
茶花女	〔法〕小仲马 著 王振孙 译
呼啸山庄	〔英〕艾米莉·勃朗特 著 方平 译
悲惨世界	〔法〕雨果 著 郑克鲁 译
堂吉诃德	〔西班牙〕塞万提斯 著 张广森 译
红与黑	〔法〕司汤达 著 郝运 译
雾都孤儿	〔英〕狄更斯 著 荣如德 译
欧叶妮·葛朗台／高老头	〔法〕巴尔扎克 著 王振孙 译
莎士比亚四大悲剧	〔英〕莎士比亚 著 孙大雨 译
泰戈尔抒情诗选	〔印〕泰戈尔 著 吴岩 译
乱世佳人	〔美〕玛格丽特·米切尔 著 陈良廷等 译
鲁滨孙历险记	〔英〕笛福 著 黄杲炘 译
安娜·卡列尼娜	〔俄〕列夫·托尔斯泰 著 高惠群等 译
十日谈	〔意〕薄伽丘 著 方平 王科一 译
福尔摩斯探案精选	〔英〕柯南·道尔 著 梅绍武 屠珍 译
老人与海	〔美〕海明威 著 吴劳等 译
漂亮朋友	〔法〕莫泊桑 著 王振孙 译
巴黎圣母院	〔法〕雨果 著 管震湖 译
双城记	〔英〕狄更斯 著 张玲 张扬 译
最后一片叶子	〔美〕欧·亨利 著 黄源深 译
瓦尔登湖	〔美〕梭罗 著 徐迟 译
一九八四	〔英〕奥威尔 著 董乐山 译
复活	〔俄〕列夫·托尔斯泰 著 安东 南风 译
三个火枪手	〔法〕大仲马 著 郝运 王振孙 译
苔丝	〔英〕哈代 著 郑大民 译
变色龙	〔俄〕契诃夫 著 汝龙 译
钢铁是怎样炼成的	〔俄〕奥斯特洛夫斯基 著 王志冲 译
浮士德	〔德〕歌德 著 钱春绮 译
太阳照常升起	〔美〕海明威 著 赵静男 译
莎士比亚喜剧五种	〔英〕莎士比亚 著 方平 译
理智与情感	〔英〕简·奥斯丁 著 武崇汉 译
罪与罚	〔俄〕陀思妥耶夫斯基 著 岳麟 译
羊脂球	〔法〕莫泊桑 著 郝运 王振孙 译
鼠疫	〔法〕加缪 著 刘方 译
青年艺术家画像	〔爱尔兰〕乔伊斯 著 朱世达 译

我是猫　〔日〕夏目漱石　著　刘振瀛　译
神曲　〔意〕但丁　著　朱维基　译
红字　〔美〕霍桑　著　苏福忠　译
到灯塔去　〔英〕伍尔夫　著　瞿世镜　译
格列佛游记　〔英〕斯威夫特　著　孙予　译
大卫·考坡菲　〔英〕狄更斯　著　张谷若　译
道连·葛雷的画像　〔英〕王尔德　著　荣如德　译
童年／在人间／我的大学　〔俄〕高尔基　著　高惠群等　译
城堡　〔德〕卡夫卡　著　赵蓉恒　译
汤姆·索亚历险记　〔美〕马克·吐温　著　张建平　译
九三年　〔法〕雨果　著　叶尊　译
铁皮鼓　〔德〕格拉斯　著　胡其鼎　译
卡拉马佐夫兄弟　〔俄〕陀思妥耶夫斯基　著　荣如德　译
远大前程　〔英〕狄更斯　著　王科一　译
马丁·伊登　〔美〕杰克·伦敦　著　吴劳　译
名利场　〔英〕萨克雷　著　荣如德　译
嘉莉妹妹　〔美〕德莱塞　著　裘柱常　译
细雪　〔日〕谷崎润一郎　著　储元熹　译
哈克贝里·芬历险记　〔英〕马克·吐温　著　张万里　译
儿子与情人　〔英〕劳伦斯　著　张禹九　译
野性的呼唤　〔英〕杰克·伦敦　著　刘荣跃　译
牛虻　〔英〕伏尼契　著　蔡慧　译
包法利夫人　〔法〕福楼拜　著　周克希　译
达洛卫夫人　〔英〕伍尔夫　著　孙梁　苏美　译
永别了，武器　〔美〕海明威　著　林疑今　译
喧哗与骚动　〔美〕福克纳　著　李文俊　译
猎人笔记　〔俄〕屠格涅夫　著　冯春　译
圣经故事　〔美〕阿瑟·马克斯威尔　著　杨佑方等　译
希腊神话　〔俄〕库恩　编著　朱志顺　译
格林童话　〔德〕格林兄弟　著　施种等　译
月亮和六便士　〔英〕毛姆　著　傅惟慈　译
失乐园　〔英〕弥尔顿　著　刘捷　译
海底两万里　〔法〕凡尔纳　著　杨松河　译
丧钟为谁而鸣　〔美〕海明威　著　程中瑞　译
安徒生童话　〔丹麦〕安徒生　著　任溶溶　译
了不起的盖茨比　〔美〕菲茨杰拉德　著　巫宁坤等　译
虹　〔英〕劳伦斯　著　黄雨石　译
摩格街谋杀案　〔英〕爱伦·坡　著　张冲　张琼　译
坎特伯雷故事集　〔英〕乔叟　著　黄杲炘　译
战争与和平　〔俄〕列夫·托尔斯泰　著　娄自良　译
环游地球八十天　〔法〕凡尔纳　著　任倬群　译
人生的枷锁　〔英〕毛姆　著　张柏然　张增健　倪俊　译